（典藏版）

百部国学传世经典

中华国学经典盛宴／获取先贤核心智慧

李太白集

【唐】李　白／著
林宇宸／主编

漓江出版社

图书在版编目（CIP）数据

李太白集 /（唐）李白著；林宇宸主编. -- 桂林：漓江出版社，2020.10
（百部国学传世经典）
ISBN 978-7-5407-8941-1

Ⅰ. ①李… Ⅱ. ①李… ②林… Ⅲ. ①唐诗-诗集 Ⅳ. ①I222.742

中国版本图书馆 CIP 数据核字(2020)第 196611 号

李太白集　LITAIBAI JI

作　　者　【唐】李白　著
主　　编　林宇宸

出 版 人　刘迪才
出 品 人　张　谦
策划编辑　陈植武　林晓鸿
责任编辑　林晓鸿
助理编辑　秦　灵
装帧设计　林晓鸿　宋双成
责任监印　杨　东

出版发行　漓江出版社有限公司
社　　址　广西桂林市南环路 22 号
邮　　编　541002
发行电话　010-65699511　0773-2583322
传　　真　010-85891290　0773-2582200
邮购热线　0773-2582200
电子信箱　ljcbs@163.com
微信公众号　lijiangpress

印　　制　北京飞达印刷有限责任公司
开　　本　710mm×1000mm　1/16
印　　张　28
字　　数　480 千字
版　　次　2021 年 3 月第 1 版
印　　次　2021 年 3 月第 1 次印刷
书　　号　ISBN 978-7-5407-8941-1
定　　价　45.00 元

前言

中华民族有着数千年的文明历史，创造了光辉灿烂的古代文化，其中中国传统国学是我国辉煌灿烂的文化典籍的核心部分，它博大精深、源远流长，显示出中华文化的深厚根基，给人类留下了丰富的精神财富。它塑造了我们中华民族的民族精神，开启心智，滋润生命，陶冶人格，塑造灵魂。

开卷有益，忙碌的人们闲暇之时，应该用传统国学来陶冶自己的情操，开阔自己的心胸，提高自己的人文修养，用先人的哲思来涤荡自己忙碌的心灵。我们应该坚持阅读的爱好，在潮流文化的强大攻势下，让传统文化永驻我们的心田。“复兴国学，从根本上讲，是复兴中华民族的自尊心、自信心。”我们要甄选传世经典著作中最经典的部分来读，要以开放的胸襟和燃烧的激情去承接古人的经典大论与哲思华章，以自豪而不狂妄、执着而不僵化的精神风貌来直面当今社会的竞争与挑战。

为了弘扬中国传统文化，帮助读者深刻了解我们的历史与文化，用经典历史文学知识陶冶情操、提高文化修养，同时使国学得到承传，得以弘扬光大，我们精心编排了本书。

本书选取了国学经典著作中很多优秀的作品及资料，博采各类经典作品的长处，并有所创新，以使得本书风格迥异、卓然超群，相信会给读者带来全新感受。

由于时间仓促，书中难免有不尽之处，恳请读者朋友提出宝贵意见，在此深表谢意。

导读

唐代是中国诗歌艺术的巅峰，其中李白以其独特的艺术成就做出了卓越的贡献。李白是中国诗歌史上的璀璨巨星，深受后人的喜爱，有“诗仙”的美誉。除了诗歌之外，李白在词、赋等方面也多有杰作。后人对这位“笔落惊风雨，诗成泣鬼神”（杜甫《寄李太白二十韵》）的伟大诗人的喜爱始终不减。

李白（公元701—762年），字太白，号青莲居士。祖籍陇西成纪（今甘肃秦安）。出生地有争议，一说出生在唐剑南道绵州昌隆青莲乡（今四川江油青莲镇），这是他长大的地方；一说出生在大唐设在西域的重镇碎叶城（今吉尔吉斯斯坦托克马克市附近），五岁时才随父亲来到青莲乡。

李白从小就喜欢读书和游历，二十余岁时，他胸怀安社稷、济苍生的壮志，离开蜀中远游，一边游山玩水，一边探访各地名士。三十岁时，他到了长安，谒见多位王公大臣，想要得到引荐进入仕途，但是没有成功。三十五岁他再入长安，结识了名士贺知章，贺知章读了他的《蜀道难》等作品，大为惊叹，称他为“谪仙人”。

由于依然没有得到朝廷任用，李白再次黯然离开长安。

公元 742 年，经过贺知章及玉真公主的极力引荐，唐玄宗召李白进京。唐玄宗虽然喜爱李白的文采，对他礼遇有加，但只让他供奉翰林，即出任陪侍左右、以诗文娱乐皇帝的闲官。李白非常郁闷，整日与贺知章、张旭、崔宗之等人在长安闹市中饮酒，被杜甫称为“饮中八仙”（《饮中八仙歌》）。由于遭到谗谤，唐玄宗疏远了他，李白请求归隐，于是被“赐金放还”。李白不再追求仕途，开始醉心道教，遍访名山大川“寻仙”。在东都洛阳，他与杜甫、高适相遇，三人志同道合，一同游历了一段时间。安史之乱爆发后，李白和家人奔走避难。公元 757 年，他成为永王李璘的幕僚，永王兵败后他被流放夜郎（今贵州桐梓），途中得到赦免。公元 762 年，李白在当涂（今安徽当涂）病逝。

国家不幸诗家幸。李白一生仕途失意，不得已寄情山水，创作了大量宏伟豪放、情感炽烈、想象奇崛的诗歌。据统计，李白流传下来的诗歌有近千首，而事实上，这些不过是李白一生所作诗歌中极少的一部分，绝大多数都散佚了，甚至“十丧其九”（李阳冰《草堂诗序》）。在流传下来的诗歌中，无论是律诗、绝句还是歌行，都有不少杰作，尤以歌行和七绝最为绝妙。李白的律诗不受格律限制，他的七律《登金陵凤凰台》是脍炙人口的杰作；五律佳作更多，如《秋登宣城谢朓北楼》《赠孟浩然》《送友人》《渡荆门送别》等。李白的绝句，以七绝最为出色，佳作数不胜数。如《早发白帝城》《赠汪伦》《黄鹤楼送孟浩然之广陵》《望庐山瀑布》《望天门山》等，而“朝辞白帝彩云间，千里江陵一日还”“桃花潭水深千尺，不及汪伦送我情”“故人西辞黄鹤楼，烟花三月下扬州”“我寄愁心与明月，随风直到夜郎西”等名句更是家喻户晓。李白的五绝《静夜思》传诵千古，如不经意之作，却妙绝古今，他的《夜宿山寺》

《怨情》《秋浦歌》《独坐敬亭山》等五绝也都朴素自然、率真可爱。

李白的诗歌，成就最高的是歌行，这种形式上没有严格限制的诗歌体裁，使得他的天才和豪迈得以尽情施展。他的《蜀道难》《行路难》《将进酒》《梦游天姥吟留别》《宣州谢朓楼饯别校书叔云》《南陵别儿童入京》《庐山谣寄卢侍御虚舟》《长相思》《清平调》《月下独酌》《长干行》……无不豪迈飘逸，变幻莫测，洋溢着非凡的气魄和生命的激情，展现出盛唐蓬勃向上的时代精神。可以说，盛唐的魅力就体现在李白的歌行中。李白非凡的自信乃至自负、标新立异的个性、傲世独立的人格、飘逸如仙的想象力、爽朗清丽的语言，都在他的歌行中体现得淋漓尽致："天生我材必有用，千金散尽还复来。""长风破浪会有时，直挂云帆济沧海。""仰天大笑出门去，我辈岂是蓬蒿人。"直率畅快，热情洋溢，让读者获得自信的力量。"安能摧眉折腰事权贵，使我不得开心颜。"让读者看到他独立的人格，并受到鼓舞。"郎骑竹马来，绕床弄青梅。""同居长干里，两小无嫌猜。"展现出鲜明生动的儿童嬉戏画面和两小无猜的纯洁感情……在李白的歌行中，高山、流水、诗、酒、宝剑、月光，都成为他抒发豪情的工具，其他诗人笔下伤感、抑郁的意象，在李白笔下总是被蒙上一层浪漫色彩。他的想象力穿越古今，天马行空，用鲜明的夸张、对比等手法，以及"清水出芙蓉，天然去雕饰"的语言，创作出这些独具一格的佳作。

词作为一种文学体裁，在晚唐逐渐引起人们的重视，而李白也被视作词学的宗师。李白的词目前多数被收录于北宋时期编成的《尊前集》中，其中《菩萨蛮》（平林漠漠烟如织）一首最受推崇，与其他词集收录的《忆秦娥》（箫声咽）一起被誉为"百代词曲之祖"。但是，由于李白词都是宋人收集的，所以很多人质疑为伪作或误算到李白名下的，至今争议不断。不过，如果质疑者拿不出有力的证据，《菩萨蛮》（平林漠漠烟如织）和《忆秦娥》（箫声咽）等数首，依然应该被视为李白的作品，李白词也依然被视为词体发展史上不可或缺的一环。

李白的文章，主要包括八篇古赋、二十篇序文，此外还有表书、记颂赞、铭碑祭文等。他的《大鹏赋》，将自己比作“水击三千里，传扶摇而上者九万里”（《庄子·逍遥游》）的大鹏，用一泻千里、变化万千的笔调，写出自己那毕生都汹涌澎湃的豪情逸致。《明堂赋》是李白献给唐玄宗的干谒之作，他用洋洋洒洒、不逊汉赋的语言，赞美了玄宗前期的统治，表达了自己的政治主张。李白的序文以《春夜宴从弟桃花园序》最为著名，这篇潇洒自然的“锦心绣口之文”，得到后人的广泛赞誉。文中“夫天地者，万物之逆旅也；光阴者，百代之过客也。而浮生若梦，为欢几何”的描写，表达的是寄情诗酒、及时行乐的感情，其他人写来难免消极，但在“诗仙”笔下，却满是旷达、潇洒之意，幽怀逸趣，辞短韵长。

“酒入豪肠，七分酿成了月光，余下的三分啸成剑气。绣口一吐，就半个盛唐。”这是著名诗人余光中《寻李白》中的名句，也是对李白最贴切的赞誉。李白是盛唐的代言人，也是诗的化身，人们对他的喜爱和研究跨越了千年时光而延绵不绝。

目录

诗选

文　选

诗 选

访戴天山[1] 道士不遇

犬吠水声中，桃花带露浓。
树深时见鹿[2]，溪午不闻钟[3]。
野竹分青霭[4]，飞泉挂碧峰。
无人知所去，愁倚两三松。

注释

①戴天山：也称大匡山、大康山，位于今四川江油。李白十八九岁时曾在此读书。

②时见鹿：经常能看到鹿，以此来反衬不见人。时，常常。

③不闻钟：道观中午时分应鸣钟，诗人没有听到钟鸣声，暗指道士外出未归。

④分：分开。青霭：青色的云气，暗指天色暗淡下来。

译文

隐隐犬吠，流水潺潺，桃花上带着几滴露珠。

树林深处，常见到鹿影闪过；正午时分的小溪旁，没有听到山寺的钟声。

野竹丛丛，划破青色的云气；犹如白练的瀑布，从碧绿的山峰上垂挂下来。

幽幽山野，没人知晓道人的行踪；我忧愁地徘徊在林中，不时地倚靠着两三棵古松。

赏析

十八九岁时，诗人曾在戴天山大明寺中读书，这首诗便是他这段时期所作，这也是目前已知的诗人最早的诗作。诗中主要讲述了诗人在戴天山游览时的见闻，生动形象地展现了道士的生活环境，表现了诗人拜访道士却没有相见的惆怅心情。

“言外求旨”是本诗最为绝妙之处，诗中虽没有一字提及寻访道士不遇，但句句表现出了寻访不遇之意。

首联描绘了一派远离世俗的桃源之景。“带露浓”点明时间是在清晨，也说明此时诗人踏上了拜访道士的路途。

颔联叙写进山的第二程。极力刻画山中的幽静，并以“时见鹿”“不闻钟”暗示道士已外出。

颈联是寻访的第三程。诗人来到道观却未见道士，百无聊赖，只得环顾戴天山，细细品味周围的景色。

尾联中诗人的情感顺势流转，表达出寻访道士不遇的惆怅之情。

全诗真实自然，风格清新明丽，虽是写景，但意在写人。整首诗充满了年轻人蓬勃的朝气。

上李邕[1]

大鹏一日同风起，扶摇[2]直上九万里。
假令风歇时下来，犹能簸却沧溟水[3]。
世人见我恒殊调[4]，闻余大言皆冷笑。
宣父[5]犹能畏后生，丈夫未可轻年少[6]。

注释

①李邕：字泰和，唐代著名学者李善之子，因于唐玄宗时任北海（今山东青州）太守，所以世称李北海。其书法、文章皆有所成。

②扶摇：自下而上的旋风。

③簸：掀起。沧溟：这里指大海。

④殊调：与众不同的格调。这里指不同的观点与态度。

⑤宣父：唐朝统治者尊封孔子为宣父。

⑥丈夫：对年长者的尊称，这里指李邕。年少：指李白自己。

译文

大鹏一日凭风而起，盘旋直上可达九万里。
假使在风住时回落大地，它的力量仿佛能将海中的水掀起。
时人见我的想法常与众不同，听了我的言论都冷笑不止。
孔子还认为后生可畏，丈夫不可轻忽年轻人。

赏析

这首诗是诗人青年时代的作品，充满了自信和朝气。诗的前四句极力夸大大鹏的神力，以简单的笔墨勾勒出一只勇武不凡的大鹏，这也是诗人的自喻。诗的后四句是诗人对李邕轻慢态度的回应，揶揄和讽刺的意味显露无遗，彰显了诗人的锐气，更显示出“不屈己、不干人”、笑傲权贵、平交王侯的李太白本色。

白头吟[①]二首（选一首）

其一

锦水[②]东北流，波荡双鸳鸯。
雄巢汉宫树，雌弄秦草芳。
宁同万死碎绮翼[③]，不忍云间两分张。
此时阿娇[④]正娇妒，独坐长门愁日暮[⑤]。
但愿君恩顾妾深，岂惜黄金买词赋。[⑥]
相如作赋得黄金，丈夫好新多异心。
一朝将聘茂陵女，文君因赠《白头吟》。
东流不作西归水，落花辞条羞故林。
兔丝故无情，随风任倾倒。
谁使女萝枝，而来强萦抱？
两草犹一心，人心不如草。
莫卷龙须席，从他生网丝。

且留琥珀枕，或有梦来时。
覆水再收岂满杯，弃妾已去难重回。
古来得意不相负，只今惟见青陵台⑦。

注释

①白头吟：乐府曲调名。据《西京杂记》记载，西汉蜀地富商卓王孙之女卓文君是当时有名的才女，寡居在家时，对司马相如心生爱慕，并与他私奔。司马相如因而得到卓王孙的资助。司马相如功成名就后，想要纳妾，卓文君便写了《白头吟》给他，诉说自己的哀怨。司马相如感动于卓文君的情意，于是放弃纳妾。此调多用来写遭到遗弃的妇女。

②锦水：锦江，岷江的支流，在四川境内。

③绮翼：美丽的翅膀，这里特指鸳鸯的翅膀。

④阿娇：指汉武帝的第一任皇后。

⑤“独坐”句：相传，汉武帝刘彻年少时，曾对其姑母（阿娇的母亲）馆陶长公主说：“若得阿娇作妇，当作金屋贮之。”刘彻登基为帝后，便立阿娇为皇后。后来，阿娇失宠被废，退居长门宫。

⑥“但愿”二句：阿娇想要让汉武帝回心转意，当得知司马相如善作辞赋后，便以百斤黄金请他作赋，司马相如因而替她创作了《长门赋》。

⑦青陵台：据说，战国时宋康王因韩朋（也有说是韩凭）的妻子样貌出众，便强行占有了她。而后又强命韩朋修筑青陵台，借机杀死了他。韩朋的妻子参加葬礼时，趁机投身墓中而死。宋康王命人将夫妇二人分别葬在青陵台的两侧。一年之后，二人的墓旁分别长出了一棵梓树，两棵树盘根错节，其上有两只鸟不住地哀鸣，人们将这种树称为相思树。

译文

锦江水朝着东北方流去，碧波中有一对鸳鸯随波漂荡。
雄鸳鸯在汉宫树上修筑巢穴，雌鸳鸯在玩赏秦地花草的芬芳。

宁可碎裂美丽的翅膀同死一万次，也不忍在云间飞往不同的地方。

此时阿娇正因性情娇妒，独自在长门宫中因日暮而愁闷。

盼望君王对自己情意深厚，不惜耗费黄金买来词赋。

相如作赋得了许多黄金，但男子弃旧恋新轻易变心。

一度想要聘茂陵的少女为妾，卓文君因此创作了《白头吟》。

河水早已奔流向东难以西归，落花从树枝上飘落也羞于返回故枝。

菟丝草本就柔弱无情，随着风而东倾西倒。

谁让那些女萝枝，非要与它相互缠绕？

这两种草仍能犹如一心，而人心却远不及多情小草。

不要去卷那龙须草席了，放任蜘蛛在其上吐丝结网吧。

那琥珀装饰的枕头暂且可以留下，也许能在相会的梦境中得到安慰。

倾覆的水怎么可能满杯收回，弃妇已离开难以返回。

得意之后依然不负旧恩的，至今为止恐怕只有殉情于青陵台的韩朋夫妇。

赏析

诗歌开篇由鸳鸯起兴，自然而然地引出司马相如和卓文君的故事，使行文条理分明且具象征意义。

接下来几句描绘鸳鸯相亲相恋的情形。“宁同万死碎绮翼，不忍云间两分张。”写出了它们宁愿身死翼碎也不肯分别的深厚情意，暗讽了司马相如对卓文君的爱情还没有水中嬉戏的鸳鸯深厚。

“此时”以下六句，写汉武帝的皇后陈阿娇千金买赋和司马相如喜新厌旧。诗人认为司马相如之所以想要“聘茂陵女”，是因为作赋得到了陈皇后的黄金。

接下来，诗人化用南朝《子夜歌》中诗句“不见东流水，何时复西归”，以东逝的流水和落花暗示司马相如和卓文君的感情难以回到最初的状态。

接下来四句是诗人对《古诗十九首·冉冉孤生竹》中“与君为新婚，兔丝附女萝”的化用。诗中将男子比喻为摇摆不定的菟丝，将女子比喻为痴情的女萝，谴责了男子对爱情的不贞。

“两草犹一心，人心不如草。”以草喻人，表达了深沉无奈的情感。

“莫卷”以下四句，写女子怀念往昔甜美幸福的夫妻生活。

“覆水再收岂满杯，弃妾已去难重回”两句引用的是姜子牙的典故。据说姜子牙因专注读书而不关注生产，其妻马氏离他而去。后来姜子牙受封诸侯，马氏请求复合，姜子牙以覆水难收来表明夫妻难以回到最初。诗人借此点明弃妇难回，表现了对卓文君敢爱敢恨的赞美。

最后两句格调哀婉、愤激，借用韩朋夫妇的典故表现了诗人对负心男子的批判。

登峨眉山

蜀国多仙山，峨眉邈难匹。
周流[①]试登览，绝怪安可悉[②]。
青冥[③]倚天开，彩错疑画出。
泠然紫霞赏[④]，果得锦囊术[⑤]。
云间吟琼箫，石上弄宝瑟。
平生有微尚[⑥]，欢笑自此毕。
烟容如在颜，尘累[⑦]忽相失。
倘逢骑羊子[⑧]，携手凌白日[⑨]。

注释

①周流：周游。

②绝怪：奇特，怪异。悉：穷尽，全部。

③青冥：青而暗昧的样子，这里指山峰。

④赏：赏玩。道家有“餐霞”法可修仙之说，此处的“赏”暗含“餐”的意思。

⑤锦囊术：指修仙求道之术。

⑥微尚：微小的愿望。指修仙求道的心愿。

⑦尘累：世俗的烦扰、牵累。

⑧骑羊子：指葛由。据《列仙传》记载，周时有羌人葛由，喜欢刻木羊售卖。有一天，葛由骑羊来到西蜀，蜀中追随他登上绥山（在峨眉山西南）的王侯贵人都得道成仙了。

⑨凌白日：凌跨白日，指得道成仙。

译文

蜀国仙山众多，但都不能和绵邈的峨眉山相媲美。

试着登山周游赏览，那奇特的景色哪里能全部领略。

山峰展列在天际，色彩缤纷犹如出自画中。

飘然登上峰顶赏玩紫霞，好像真得到了修仙求道之术。

我在云间吹起玉箫，在山石上弹奏宝瑟。

我一直就有修仙学道的心愿，尘俗的欢乐自此将要结束。

我的脸上好像布满烟霞之气，尘俗的牵累似乎忽然间消失不见。

如若恰好遇到骑羊子，就与他一起凌跨白日。

赏析

这首诗是李白青年时期所作，为五言古体。全诗十六句，根据内容，可以划分为四个部分。

“蜀国多仙山”至“绝怪安可悉”为第一部分。极尽渲染峨眉山的无与伦比，为登山游览做好铺垫。

“青冥倚天开”至“果得锦囊术”为第二部分。前两句详细铺陈峨眉山之景色，使人顿感心神宁静，犹如置身于美丽的图画之中，后两句叙写登山后的所思所感。

“云间吟琼箫”至“欢笑自此毕”为第三部分。前两句写诗人怡然自乐的场景，后两句展现诗人不慕纷华、超脱潇洒的心态。

“烟容如在颜”至“携手凌白日”为第四部分。前两句写峨眉顶峰的“佛光奇景”令人不禁产生羽化登仙之感，世间的纷纷扰扰似乎也因此而远离，后两句表现诗人的追求和感慨。

全诗韵律和谐，结构严整，语言流转，表现了诗人豪迈不羁的性格和对真善美的执着追求。

峨眉[1]山月歌

峨眉山月半轮秋[2]，影入平羌[3]江水流。
夜发清溪向三峡[4]，思君不见下渝州[5]。

注释

①峨眉：峨眉山（在今四川乐山境内）。

②半轮秋：半轮秋月。

③平羌（qiāng）：平羌江，在峨眉山东北部。

④发：出发。清溪：指青溪驿，在今四川犍为。三峡：长江三峡，由瞿塘峡、巫峡和西陵峡组成。

⑤君：指峨眉山月。不见：这里指层层山峦遮住了月亮。渝州：在今重庆一带。

译文

半圆的秋月高高地悬挂在峨眉山上，月影倒映在平羌江中，江水在月光的照耀下缓缓流淌。

深夜从青溪驿坐船出发前往三峡，想念你却无法见到你，只好顺水驶向渝州。

赏析

开元十三年（公元725年）秋，李白游峨眉山，深夜从峨眉山坐船沿平羌江东下，顺水直至渝州，写下了这首《峨眉山月歌》。

诗的前两句写月，用“峨眉山”来修饰月，可见诗人爱月的原因是思念故乡。

后两句写诗人乘船由“清溪”向“三峡”，有明月相随却无友人相伴，表达了对故乡友人的思念。

整首诗构思精巧，意境明朗，语言自然，堪称七言绝句之绝唱。

渡荆门[1]送别

渡远[2]荆门外，来从楚国[3]游。
山随平野尽，江入大荒[4]流。
月下飞天镜，云生结海楼[5]。
仍怜故乡水[6]，万里送行舟。

注释

①荆门：荆门山（在今湖北宜都西北）。

②渡远：坐船远渡。

③楚国：今湖北、湖南一带。

④大荒：指辽阔的原野。

⑤海楼：海市蜃楼。

⑥怜：爱，思念。故乡水：这里指长江。诗人的故乡在四川，而长江自蜀东流，故说“故乡水”。

译文

从蜀地一路乘船远行至荆门外，在楚国故地尽情游玩。

山丘在平原的遮掩下渐渐看不见，江水流入辽阔的原野奔腾不息。

月亮倒映在江中就像明镜飞下，彩云变幻形成海市蜃楼。

我仍然无比深爱故乡的江水，它不远万里用波涛载送行舟。

赏析

这首诗是李白出蜀后在荆门外所作，是他早期的作品之一。整首诗以雄健豪迈的文笔，生动地描写了长江两岸绮丽壮阔的自然景象，抒发了诗人豪放不羁的情怀，同时表达了对故乡深深的眷恋之情。

全诗共八句。前两句用两个地名点明自己出游的路径：从蜀国出发一路远渡到“荆门外”的“楚国”。

中间四句写景：江水、原野、月影、彩云，如一幅长轴山水图，秀美壮丽。

最后一句抒发了诗人对故乡强烈的思念之情，诗人常在蜀地，一朝离别，自然感慨万千。

秋下荆门

霜落荆门江树空①，布帆②无恙挂秋风。

此行不为鲈鱼脍③，自爱名山入剡④中。

注释

①江树空：霜打江树，树叶落尽。

②布帆：据《晋书》记载，顾恺之在荆州任职时，有一次请假回家，殷

仲堪借给他一只布帆船。船行驶到破冢（地名）时，遇见大风，损毁了很多东西。顾恺之写信给殷仲堪，说：“地方叫破冢，真像破冢（坟墓）而出一样。行客安然，布帆无恙。”后用“布帆”比喻平安。

③鲈鱼脍：传说西晋吴人张翰在他乡做官时，见秋风起而思念家乡莼菜羹、鲈鱼脍的美味，因此辞官还乡。

④剡（shàn）：地名，在今浙江嵊州一带。

译文

荆门山中迎来了秋霜，江树的叶子被霜打落；我乘着船，高挂着帆，顺着秋风一路平稳地东行。

这次出行并不是为了鲈鱼和莼羹，只是因为热爱名山，被剡中吸引。

赏析

开元十三年（公元725年），诗人第一次出蜀漫游，经过荆门山时，见到山上壮丽的景色，不禁有感而发，创作了此诗，以表达自己的豪情与心志。

诗的前两句，诗人先描绘了荆门山的秋景，之后借用顾恺之乘船遇险的典故来表示自己旅途“无恙”。在瑟瑟的秋风中，诗人乘着船扬着帆，在开阔的江面上欣赏着美景，可见诗人无比乐观的心态。

诗的后两句，诗人借用典故，表明自己并不像西晋的张翰那样因为思念家乡而辞官返乡，只是难以忘怀家乡的美景罢了。

整首诗气势恢宏，笔势灵活，巧用典故，颇具艺术特色，表达了作者豪放不羁的性情和对家乡美景的热爱。

荆州[1]歌

白帝城边足风波[2]，瞿塘[3]五月谁敢过？
荆州麦熟茧成蛾，缲丝忆君头绪多[4]。
拨谷飞鸣奈妾何[5]！

注释

①荆州：地名，在今湖北荆州一带。

②白帝城：地名，在今重庆奉节东。足：多。

③瞿塘：长江三峡之一，礁石多，水流急，夏季行船极其危险。

④缲（sāo）丝：蚕茧被浸在热水中抽出来的丝。缲，通“缫”。“丝”，同“思”。君：女子对丈夫的称呼。

⑤拨谷飞鸣：指丰收的季节。拨谷，即布谷鸟。妾：我，女子的自称。

译文

白帝城边的江面上狂风掀起层层波涛，谁敢乘船在五月份渡过瞿塘峡？

荆州到了麦子成熟的时节，茧已经化成了蛾，家家户户都在煮茧缫丝，我对你的思念比那一团乱丝的头绪还要多。

听着布谷鸟哀怨的叫声，我更加思念你，到底该怎么办呢？

赏析

这首诗表达的是妇人对远在他乡的丈夫的思念之情。诗歌的笔法细腻，感情真挚，语言淳朴，具有浓厚的民歌色彩。

前两句刻画了江面的恶劣环境，表现出妇人对夫君旅途风险的担忧。

后三句描写了妇人对丈夫的思念之情。

全诗短短几句，却将思妇复杂的情感刻画得淋漓尽致，同时也表达了诗人对劳动人民苦难生活的同情，以及对劳动人民质朴、勤劳品质的赞美。

望天门山①

天门中断楚江②开，碧水东流至北回③。
两岸青山相对出，孤帆一片日边④来。

注释

①天门山：在安徽省和县与芜湖市长江两岸，江北的叫西梁山，江南的叫东梁山。

②楚江：长江的一段，流经湖北宜昌至安徽芜湖。

③至北回：指长江流到这里向北流。一作“至此回”。

④日边：太阳东升的地方。

译文

楚江就像一把巨大的斧头将天门山劈开，碧绿的江水向东流去，到此处向北流。

两岸耸立着的青山相对成排，美景无限，我乘着一叶孤舟，悠悠地从日边而来。

赏析

这是一首七言绝句，是诗人于开元十三年（公元 725 年）初次出巴蜀，乘船赴江东途经天门山时所作。整首诗用六个动词“断、开、流、回、出、来”，将山水景物以动态的形式呈现在读者面前，场面极其雄奇、阔远。

前两句写诗人远望天门山，看到江水横穿天门山，江水急流、荡气回肠的壮观景象。“天门中断楚江开”一句紧扣题目，将人们带入一个开阔的境界：本为一个整体的天门山，使浩荡的江流无法通过，但楚江的怒涛日复一日地冲击天门山，故将“天门”撞开，使它中断成为东西两座山。在诗人的笔下，楚江被赋予了鲜活的生命力。“碧水东流至北回”一句重点描绘了天门山下的江水：天门两山之间通道狭窄，当滚滚江水流过时，便会激荡起波澜，江水翻腾，无比壮观。同时，这句诗通过汹涌的江水衬托出了山的险峻。

后两句描绘了诗人从两岸青山夹缝中望过去的远景，写出了水势的浑阔茫远，同时也饱含着诗人自己的豪迈激情。“两岸青山相对出”一句，“出”字用得极妙，让静止不动的山增添了动态美，表明诗人并不是站在岸上某个特定的位置“望天门山”。“孤帆一片日边来”，生动形象地描绘出孤帆乘风破浪，渐渐驶向天门山的情景，叙事的同时也展现了诗人豪迈不羁、自由洒脱的性格特点。

望庐山[①] 瀑布二首

其一

西登香炉峰[②]，南见瀑布水。
挂流三百丈，喷壑数十里。
欻如飞电来[③]，隐若白虹起。

初惊河汉落，半洒云天里。
仰观势转雄，壮哉造化功。
海风吹不断，江月照还空。
空中乱潨射④，左右洗青壁。
飞珠散轻霞，流沫沸穹石⑤。
而我乐名山，对之心益闲。
无论漱琼液⑥，且得洗尘颜。
且谐宿所好，永愿辞人间。

注释

①庐山：也称匡山、匡庐山，在今江西九江南部。
②香炉峰：庐山有四座香炉峰，这里指的是南香炉峰。
③欻（xū）：快速。飞电：空中闪电，也作“飞练”。
④潨（cōng）射：喷射，四处飞溅。
⑤穹石：高大的山石。
⑥琼液：神仙饮的琼浆玉液，这里指山中甜美的清泉。

译文

从西面攀登庐山的香炉峰，看见山的南面高高挂着的瀑布。
那高挂的瀑布有三百丈，喷流而下的溪水达数十里长。
瀑布以闪电般的速度向下流动，若隐若现就像天空升起了白虹。
乍看以为是银河从天上落下，弥漫飘洒在半空中。
抬头仰观，瀑布的气势更加雄伟，这是大自然的造化之功。
海风吹不断瀑布水练，江月照射也是一片虚无。
水花在空中任意飞溅，冲刷着两边青色的石壁。
水珠飞溅就像轻霞散射，流淌的水沫在巨石上翻腾。
我本来就最爱游赏名山，面临此景只觉心胸更宽广。

不仅可以饮用琼浆玉液般的甘泉，还可以洗掉旅途的风尘。

遁世归隐本是我的夙愿，只想久居于此永远辞别人间。

赏析

一般认为本诗作于开元十四年（公元726年）前后诗人游赏庐山之时。

诗的前两句连用两个方位词，交代了远望庐山瀑布的立足点和方向。

中间十四句描写了不同角度下瀑布的宏伟气势，将庐山瀑布的壮观表现得淋漓尽致，可谓洒脱不羁。

最后六句写诗人只愿隐居于此地，远离人世间的喧嚣，可见诗人豁达不羁的性情。

整首诗气势恢宏，感情奔放，想象丰富，意境壮阔，可以看出诗人思想中孤傲遁世的一面，表达了诗人无拘无束、率性自由的心态。

其二

日照香炉生紫烟①，遥看瀑布挂前川。
飞流直下三千尺，疑是银河落九天。

注释

①紫烟：紫色的云烟。

译文

在阳光的照射下，香炉峰生出紫色的烟霞；远远望去，瀑布像白色的绸缎挂在山前。

从高崖上飞落而下的瀑布有几千尺，让人不禁怀疑是银河从九天垂落到了人间。

赏析

这首诗描写的是庐山瀑布的壮丽景色，语言简洁有力，极具表现力，表达了诗人对祖国大好河山的热爱之情。

诗的前两句采用浪漫主义手法，写香炉峰的缥缈和瀑布飞奔而下的恢宏气势，给人一种视觉上的享受。

后两句别出心裁，采用夸张的手法，将瀑布的恢宏气势展现得淋漓尽致，透露出诗人洒脱不羁的气概。

全诗短短二十八个字，却给人豪放不羁、纵意驰骋、情感激切的感觉，让人不得不感叹诗人独特的胆识和文采。

望庐山五老峰①

庐山东南五老峰，青天削出金芙蓉②。
九江秀色可揽结③，吾将此地巢云松④。

注释

①五老峰：庐山著名景点之一，因形状像五位老人并肩而立而得名。李白曾在此地读书。

②削出：形容高耸直立。芙蓉：荷花，比喻山峰秀丽。

③揽结：采集，收取。

④巢云松：隐居于白云青松之间。巢，隐居。

译文

庐山的东南面坐落着五老峰，高大耸立，直插云霄，就像一朵盛开的金色荷花。

登上峰顶，九江的秀丽景色一览无余，我想要隐居在这里，以白云青松为家。

赏析

这是诗人吟咏庐山美景的一首佳作，以远望五老峰的视角，将五老峰的峭拔秀丽生动形象地描绘了出来，别具一格，淋漓尽致。

首句采用仰视的视角，点明了五老峰的地理位置。

第二句采用比喻的修辞手法，描写出五老峰的险峻美丽与大自然的鬼斧神工，其中“削”字运用极妙，使五老峰的险峻陡直更为传神。

第三句采用俯视的视角，描写了五老峰周围壮丽的景象。

第四句收束全诗，点明诗人的避世之心，传达出他想要过一种隐居的生活。

整首诗想象奇特，笔法夸张而充满情趣，读来张力十足。

长干行[1] 二首（选一首）

其一

妾发初覆额，折花门前剧[2]。
郎骑竹马来[3]，绕床弄青梅[4]。
同居长干里，两小无嫌猜。

十四为君妇，羞颜未尝开[5]。
低头向暗壁，千唤不一回。
十五始展眉[6]，愿同尘与灰[7]。
常存抱柱信[8]，岂上望夫台[9]。
十六君远行，瞿塘滟滪堆[10]。
五月不可触[11]，猿声天上哀。
门前迟[12]行迹，一一生绿苔。
苔深不能扫，落叶秋风早。
八月胡蝶来[13]，双飞西园草。
感此伤妾心，坐[14]愁红颜老。
早晚下三巴[15]，预将书报家。
相迎不道[16]远，直至长风沙[17]。

注释

①长干行：乐府曲调名。长干，即长安里，地名，在今江苏南京。

②剧：玩耍，游乐。

③郎：女子的丈夫，也是其童年时的玩伴。竹马：孩童玩具，用竹子做成的马。

④绕床弄青梅：男孩和女孩围着庭院中的井栏互相追逐，投掷青梅。床，庭院中的井栏。弄，玩耍，戏玩。

⑤未尝开：没有消散。

⑥展眉：眉眼舒展。

⑦愿同尘与灰：形容爱情至死不渝。

⑧存：指怀有某种想法。抱柱信：传说一个名叫尾生的男子和情人相约在桥下相会，情人未按时到来，尾生便一直等，即使大水来了也不离开，抱着桥柱，最后被大水淹死。比喻彼此终生相守。

⑨望夫台：望夫石。传说有一个女子，因过度思念离家的丈夫，天天登

山眺望，最终变成了一块石头，但仍然保持着眺望的形象，故称为望夫石，山为望夫山。

⑩滟滪堆：瞿塘峡口的一个大礁石，是三峡最险恶的地方。

⑪不可触：滟滪堆在五月份江水猛涨时会没入江水之中，只有一小部分露出来，船只容易触礁，极其危险，故说“不可触”。

⑫迟：一作“旧”。

⑬胡蝶来：一作“蝴蝶黄”。据说秋天黄色蝴蝶居多。

⑭坐：因为。

⑮早晚：什么时候。下三巴：乘船到三巴。下，乘船而下。三巴，巴郡、巴东、巴西的总称，位于今四川东部，这里指蜀地。

⑯道：说。

⑰长风沙：地名，也称长风夹，在今安徽安庆。

译文

我头发刚刚盖住额头，在门前折花游戏。

你骑着竹马过来，我们围着井栏相互追逐，投掷青梅。

同在长干里居住，两个人从小就没有猜疑和顾忌。

十四岁时嫁给你做了妻子，脸上总是带着羞涩的神情。

我低头对着墙壁的暗处，不管你怎么呼唤也不回头。

十五岁时才露出笑颜，愿我们如同尘与土永不分离。

我相信你的忠贞，根本不需要上望夫台。

我十六岁时你离家远行，所经过的瞿塘滟滪堆惊险无比。

五月水涨时行船危险，千万别触礁，三峡两岸的猿声哀切，响彻云霄。

临走前你踟蹰门前留下足迹的地方，全都长满了青苔。

青苔太厚无法清扫，树叶飘落，秋风早早来到。

八月黄蝴蝶比较多，成对地飞舞在西边小园的草丛里。

看到这种景象，我伤感不已，只能在孤寂中等待红颜衰老。

你何时才能从三巴顺流而下，请预先托个人捎信来家。

再远的路我也不怕，哪怕走到七百里外的长风沙，我也会去迎接你。

赏析

这首诗以一位商妇的口吻写成，叙述了她的爱情生活，表达了她对在长江上游经商的丈夫的思念之情。诗歌将商妇各个生活阶段巧妙地串联在一起，描绘了一幅幅鲜明生动的画面。

前六句写女主人公与丈夫幼时的生活，两个人一起长大，彼此青梅竹马，两小无猜，给人一种纯洁爱情的既视感。

接下来四句细腻地刻画了女主人公初为人妻的羞涩心情。

“十五始展眉”等四句将写作的视角转到婚后的生活，描写两人婚姻生活的甜蜜。“尘”与“灰”的意象表现出女主人公对爱情的忠贞，也流露出其想要和丈夫同甘共苦的决心。在这里，诗人借用“尾生抱柱”和“望夫石”的典故，突出表现了两人对爱情的矢志不渝。

“十六君远行”等四句笔锋突转，写丈夫远行，女主人公时刻担心丈夫的安危。诗情由此发生转折。

“门前迟行迹”等八句通过节气变化和景物描写，展示了女主人公内心的孤苦，表现了她对丈夫缠绵婉转的思念之情。

最后四句是女主人公对丈夫的嘱托，体现了她对幸福生活的向往和追求。

整首诗条理清晰，语言细腻，格调清新，形象饱满，堪称诗歌中的上品。

少年行① 二首（选一首）

其二

五陵②年少金市东，银鞍白马度春风。
落花踏尽游何处，笑入胡姬酒肆中。

注释

①少年行：乐府旧题名。

②五陵：指埋葬汉高祖的长陵、埋葬惠帝的安陵、埋葬景帝的阳陵、埋葬武帝的茂陵、埋葬昭帝的平陵。汉代五陵气势磅礴，高大雄伟，位于陕西咸阳北部，是中国的“金字塔”群。

译文

在长安金市的东面，五陵的少年公子骑着银鞍白马，满面春风。

他们在骑马赏花之后会去哪里游玩呢？他们常常带着笑容去胡姬的酒肆中寻欢作乐。

赏析

本诗描绘了一群饱含激情、寻欢作乐的豪侠少年。诗人并没有将自己的褒贬明显地表现出来，只是用浓重的笔墨来刻画少年的形象。少年的无忧无虑、爽朗率真彰显了盛唐的国威给这个时代的人们带来的庇佑，由此可以看出诗人对国家富强的自豪之情。

整首诗语言豪迈，刚中带柔，浑然天成，是一篇佳作。

江上寄巴东故人

汉水波浪远，巫山①云雨飞。
东风吹客梦，西落此中时。
觉后思白帝②，佳人与我违。
瞿塘饶贾客，音信莫令稀。

注释

①巫山：山名，在今重庆，有著名的巫山十二峰。
②白帝：白帝城。

译文

汉水随着波浪流向远方，巫山则云雨蒙蒙。
梦里东风将我飘然吹去，飞到巴东，飞入你的心里。
醒后心里仍然想念着白帝城，友人啊，你和我竟然分离。
瞿塘峡上客商络绎不绝，希望我能常常收到你的信息。

赏析

这首诗是诗人李白于开元十四年（公元 726 年）第一次游湖北汉水流域时写给蜀地老朋友的作品。诗歌通过描写汉水与巫山间的美丽景色，表达了诗人对故乡和友人浓浓的思念之情。

金陵城西楼[1] 月下吟

金陵夜寂凉风发，独上高楼望吴越[2]。
白云映水摇空城[3]，白露垂珠滴秋月。
月下沉吟久不归，古来相接眼中稀。
解道澄江净如练[4]，令人长忆谢玄晖。

注释

①城西楼：指金陵城西孙楚酒楼。
②吴越：指今江苏苏州至浙江绍兴一带。
③空城：指城中寂无声息，像是无人居住的空城。
④解道：会吟，能吟。练：白色的熟绢。

译文

金陵的夜晚静寂无声，凉风习习，独自登上西楼遥望吴越之地。
江水荡漾着白云和空城的倒影，露珠坠入水里倒映着的秋月。
在月下沉吟久久不想归去，古往今来找不到一位知己。
能够写出“澄江净如练”的诗句，使我长久地想念谢玄晖。

赏析

这是一首即景抒怀诗，作于开元十四年（公元 726 年）诗人游历金陵之时。

诗的前二句写金陵城的夜晚，生动形象。

三、四句中“摇”“滴”二字巧妙地写出了白云和秋月倒映在江中的情景，静中带动，意趣横生，令人心驰神往。

五、六句写诗人触景生情，并发出感慨，苍茫人世间，知音寥寥无几，自己怀才不遇，心情难免低落。

最后两句是诗人的联想，他想到南齐诗人谢朓，引为知音，表达了对谢朓的崇敬和追慕之情。

金陵酒肆[①]留别

风吹柳花满店香，吴姬压酒唤客尝[②]。
金陵子弟[③]来相送，欲行不行各尽觞[④]。
请君试问东流水，别意与之谁短长。

注释

①酒肆：酒店。

②吴姬：吴地的女子。这里指酒家女。压酒：榨糟取酒。

③子弟：指诗人的朋友。

④欲行：将要离开的人，指李白。不行：送别的人。觞（shāng）：

酒杯。

译文

柳絮在春风的吹拂下飘动，花香充满着整个酒家；侍女捧着刚压出的新酒，呼唤客人尽情品尝。

金陵的朋友前来为我送行，主客各自饮尽杯中之酒。

请君问一问东流的长江水，它与这离情谁长谁短？

赏析

开元十四年（公元726年），诗人离开金陵赴扬州，临行时，友人为他饯行，诗人有感而发作此诗。

诗的前两句描绘了一幅优美的春色风景画，营造出一种其乐融融的赠别氛围。

中间两句刻画了友人为诗人饯行的画面：主宾依依惜别，借饮酒作乐来表达彼此的不舍。短短几字将离别前的踯躅表现得淋漓尽致。

最后两句，诗人把离情别意诉诸滚滚江水，暗喻自己与友人之间的情谊就像那连绵不断的江水一般，意蕴奥妙，情致悠长。

全诗语言明练，自然天成，反映出诗人豪放不羁的性格，表达了诗人与金陵友人依依惜别的深厚感情。

越女词五首

其一

长干吴儿女，眉目艳新月。
屐上足如霜，不著鸦头袜①。

注释

①鸦头袜：一种分趾袜，脚的拇指和其余四趾分开的袜子。

译文

江浙长干的女子，眉清目秀就像天上的明月。
脚上穿着木屐，白如霜雪的脚没有穿袜子。

赏析

《越女词》是李白在吴越会稽一带所作的组诗。本诗为第一首，以白描的手法刻画了吴越女子的相貌和衣着。

一、二句采用比喻的修辞手法，极力赞美了吴地女子的美貌。

三、四句交代了吴地女子的特殊着装：双足洁白如霜雪，脚上未穿袜子。

整首诗语言洗练自然，富有情趣。

其二

吴儿多白皙，好为荡舟剧。
卖眼[1]掷春心，折花调行客。

注释

①卖眼：指暗送秋波。

译文

吴地女子的皮肤一般都白皙光洁，她们喜爱在镜湖划船玩乐。
明亮的眼睛不断暗送秋波，折下花枝戏弄游客。

赏析

这首诗描写了吴越女子无忧无虑、活泼调皮的性格。
一、二句描绘了吴地女子美丽的容貌和爱好。
三、四句刻画了吴地女子爽直泼辣的性格。
整首诗塑造的人物形象生动传神、栩栩如生，语言简练而富含韵味。

其三

耶溪[1]采莲女，见客棹歌[2]回。
笑入荷花去，佯羞不出来。

注释

①耶溪：若耶溪，在今浙江绍兴境内。

②棹歌：划船时所唱的歌。

译文

若耶溪采莲的少女，见到客人就唱着歌划船回去。

笑着驶进荷花丛，假装害羞不肯出来。

赏析

本诗刻画了一个羞涩内向的少女形象。

前两句展现了一幅江南水乡优美清新的采莲泛舟图，采莲女子的异常行为，为下面情节的发展做了铺垫。

后两句描写了采莲女子娇羞的心理和情态，充满诗意，惟妙惟肖，尤其是“佯羞”二字，恰到好处，起到画龙点睛的作用。

整首诗语言浅显，风格清新，意境优美，令人心旷神怡。

其四

东阳素足女①，会稽素舸郎。

相看月未堕，白地断肝肠。

注释

①东阳：今浙江东阳。素：白皙。

译文

东阳双足白净的姑娘，会稽荡着白色木船的小伙子。

他们含情脉脉地注视着彼此，欲诉衷肠，但明月高悬无法幽会，不禁愁断肝肠。

赏析

这首诗描写的是一对青年男女素不相识但却一见钟情，奈何无法倾诉爱慕之情的惆怅。全诗情韵婉转，缠绵悱恻，感人至深。

其五

镜湖①水如月，耶溪女如雪。
新妆荡新波，光景两奇绝。

注释

①镜湖：也称鉴湖，在浙江绍兴境内。

译文

镜湖的水澄澈透明就像皎洁的月光一样，若耶溪的女子皮肤白皙如同雪花一般晶莹。

穿着新衣服的姑娘在明净的湖面上泛舟，波光人影交相辉映，奇妙绝伦。

赏析

这首诗描写了吴地女子顾影自怜的娇媚姿态。
一、二句连用两个比喻，写了吴越湖水之美和女子之美。
三、四句将人景合一，描述了一幅精妙绝伦的人物风景画。
全诗语言清新自然，情景交融，别具情致。

越中[1]览古

越王勾践破吴归，义士还家尽锦衣。
宫女如花满春殿，只今惟有鹧鸪飞。

注释

①越中：指会稽（今浙江绍兴）。

译文

越王勾践灭亡吴国后返回朝堂，从征的战士全部衣锦还乡。
昔日如花似玉的宫女站满宫殿，现在只有鹧鸪在王城的旧址飞来飞去。

赏析

这是一首怀古诗，系诗人在会稽山游玩时所作。
前两句交代了所怀古迹的详细内容，描述了越王及众将士得胜归来后的喜悦之情和欢庆场面。一个“尽”字，暗示了越王以后的生活图景。

后两句揭露和讽刺了越王贪恋美色，忘记亡国之耻，并通过今昔对比，表达了诗人对盛衰无常、世事变化的感叹。

全诗笔力雄健，结构新奇，对照强烈，前三句一气呵成，极尽铺陈之能事，勾勒昔时的繁盛景象，末句急转一笔，回到现实，描写今日之凄凉、破败，体现了诗人变化多端的艺术技巧。

杨叛儿①

君歌《杨叛儿》，妾劝新丰酒②。
何许最关人③？乌啼白门④柳。
乌啼隐杨花，君醉留妾家。
博山炉中沉香火⑤，双烟一气凌紫霞⑥。

注释

①杨叛儿：本为童谣，后来演变为乐府曲调名。

②新丰酒：汉代新丰（今陕西西安附近）所产之酒，味香可口。

③何许：什么地方。关人：动人，感人。

④白门：六朝都城建康（今江苏南京）的西门。

⑤博山炉：古时熏香用的器具，上面雕有奇禽怪兽。沉香：一种名贵的香料。

⑥“双烟”句：香化为烟，升入云霞。双烟一气，暗喻男女坚贞的爱情。

译文

你唱着《杨叛儿》，我劝你尝尝那新丰美酒。
哪里最使人动情？西门外有乌鸦栖息的垂柳。
暮鸦停止啼鸣栖身在杨花丛中，你也喝醉了住宿在我家。
博山炉里燃起了沉香，香化为烟渐渐飞入云霞。

赏析

这首诗是诗人根据六朝民歌改写而成。全诗以一位女子的口吻展开，风格清新活泼。

起首两句写男子唱歌、女子劝酒，营造了一种男女慕悦、暧昧的气氛。接下来两句采用设问的形式，写女子暗示心上人提出约会，表现了女子对爱情的大胆追求。五、六句写男子醉酒后女子挽留，直白的语言体现了女子的热情和勇敢。最后两句采用比喻的修辞，表现了主人公两情相悦、难舍难分的炽烈爱情，将全诗推向了高潮。

夜下征虏亭①

船下广陵②去，月明征虏亭。
山花如绣颊③，江火似流萤。

注释

①征虏亭：亭名，相传为东晋征虏将军谢石所建。
②广陵：郡名，在今江苏扬州一带。
③绣颊：涂抹胭脂的女子面颊。这里指红艳的鲜花。

译文

船儿驶向扬州，征虏亭在月光的映照下轮廓分明。

鲜艳的山花就像涂抹了胭脂的少女的面容，江上的渔火若隐若现如同流萤飞动。

赏析

此诗是诗人下扬州时所作。第一句交代诗人的行走路线，二、三句描写诗人所见岸上之景，末句描绘了一幅美丽的江中夜景图。

全诗语言自然明丽，意境优美，比喻贴切，状物虽寥寥数笔，但却极尽神韵，将诗人对祖国河山的热爱和出游的欣慰表现得畅快淋漓。

横江词六首①

其一

人道横江好，侬②道横江恶。

一风三日吹倒山③，白浪高于瓦官阁④。

注释

①关于这组诗的创作年代和背景，目前学术界并未取得一致意见。有人认为写于开元年间，是单纯的写景诗；有人认为写于天宝年间，属于政治抒

情诗。横江：也称横江浦，在今安徽和县东南。

②侬：吴地人的自称。

③此句也作“猛风吹倒天门山”。

④瓦官阁：寺阁名，也称升元阁，位于江苏南京西南，高二百四十尺。

译文

人们都说横江好，我却要说横江险恶。

狂风呼啸三日仿佛要吹倒山，白浪滔天似乎高过瓦官阁。

赏析

本诗主要描写了横江浦地势的险恶。

前两句以充满地方色彩的语言，写出了诗人对横江的独特看法，并引出下文。后两句采用夸张的手法展示了横江的风大浪高，将横江的雄奇情景巧妙而又合乎情理地展现在众人面前。

整首诗想象丰富，语言流畅，感情朴实而真挚，意境雄伟而壮阔，体现了诗人的浪漫主义情怀。

其二

海潮南去过浔阳，牛渚由来险马当①。
横江欲渡风波恶②，一水牵愁万里长。

注释

①牛渚：采石矶。险马当：险恶远远超过马当。马当，山名，在今江西彭泽东北。

②风波恶：表面指横江风波险恶，其实指世事险恶。

译文

海潮向南流去，经过浔阳，牛渚山地势险要远远超过马当山。

想要渡过横江但又怕那险恶的风波，跨越这一水之江将牵动愁肠几万里。

赏析

一、二句描写了长江天险的险要地势，表现了诗人旅途的艰难。

三、四句刻画了诗人途中受阻的心情：欲渡横江，怎奈风大浪高，望着悠悠江水，不禁愁思万千。这两句表面写诗人北上的急切和行路受阻的惆怅、焦虑，实际上委婉表达了诗人报国无门的忧愁。

全诗语言不加雕饰，平白如话，比喻形象，韵味无穷。

其三

横江西望阻西秦①，汉水东连扬子津②。

白浪如山那可渡，狂风愁杀峭帆人③。

注释

①西秦：这里指长安。

②汉水：指长江。扬子津：古时渡口，在今江苏扬州南。

③峭帆人：指船夫。峭帆，耸立的船帆。

译文

从横江向西望去，视线被大江阻挡，望不到长安，长江水东流到扬子津渡口。

江中滔天的白浪翻滚如山，哪里可渡？江上的狂风使船夫极为忧愁。

赏析

前两句写诗人站在横江边上远望的画面：江水茫茫，阻隔了通往长安的道路；江水奔腾，直达东部的扬子津渡口。表现了诗人虽然身处险恶之境，但仍不忘报国之志。

后两句反映了诗人仕途的险恶和内心的愁闷。诗人急于渡江，到长安报君恩，但白浪如山，无法渡船过江。“愁杀”二字则从侧面反映了横江之“恶”。

其四

海神①来过恶风回，浪打天门石壁开。

浙江②八月何如此，涛似连山喷雪来。

注释

①海神：传说中的东海神女，出现时会带来疾风暴雨。

②浙江：钱塘江。

译文

好像是海神经过这里一样，江上刮起暴风，汹涌的浪涛击打着天门山，似乎要把石壁劈成两半。

钱塘江八月的大潮比得上横江的风浪吗？波涛翻滚就像连绵的山喷着白雪似的浪花涌来。

赏析

这首诗主要描写了横江风猛浪急的凶险景象。

第一句借助神话传说描绘横江的狂风，给诗歌蒙上了一层神秘色彩。

第二句以近乎夸张的笔法极言横江浪涛之大，一个“开”字将浪涛的声势表现得淋漓尽致。

第三句将横江海潮和钱塘江大潮作比，突出了横江海潮的壮观、险恶。

第四句运用比喻的修辞手法，将层层叠叠的波涛比喻为连绵起伏的山峰，白色的浪花比喻为雪，生动贴切地描绘出了横江浪涛的汹涌和壮丽，使人读之如身临其境。

其五

横江馆前津吏迎①，向余东指海云生②。
郎今欲渡缘何事③，如此风波不可行。

注释

①横江馆：也叫采石驿，是横江浦渡口的驿馆。津吏：管理渡口的小吏。

②海云生：海上升起了云雾，表示暴风雨即将来临。

③郎：津吏对诗人的称呼。缘何事：究竟因为什么事。

译文

我在横江驿前受到管理渡口的小吏相迎，他手指着东边，告诉我海上升起了云雾。

你现在着急渡江究竟所为何事？这么大的风浪不能前行。

赏析

前两句文字精练简洁，借津吏之口表达横江险情，预示诗人北上之路的艰难。

后两句是津吏说的话。津吏劝诫诗人如此风波不可渡江而行，反映了津吏的善良，也暗示着诗人的仕途再遭阻断。

全诗语言自然，形象动人，风格明快，不仅有主客双方的对白，而且还适时佐以动作，可谓绘声绘色，给人以真实的感觉。

其六

月晕天风雾不开，海鲸东蹙①百川回。
惊波一起三山②动，公无渡河归去来③。

注释

①东蹙：从东压迫。

②三山：又称护国山，在今江苏南京西南，是南北相接、三峰并列的一座山。

③公无渡河：乐府古辞。《古今注》记载，一疯癫老人不顾河水汹涌渡河，其妻子未能阻止，老人坠河而亡。其妻拨弹箜篌，唱《公无渡河》曲，声调凄怆。归去来：回去吧。东晋诗人陶渊明有《归去来兮辞》。

译文

月出星天，暴风忽起，江面上笼罩着云雾，海里的鲸鱼吐气，从东压迫使百川倒流。

惊涛骇浪声势浩大，三山都为之震撼，劝先生不要渡河，还是返回吧。

赏析

这首诗以横江之恶来暗示仕途难行。

前两句，诗人借横江的风起浪涌暗示了时局的险恶。

第三句采用夸张的手法写出了浪涛的浩大和汹涌。

末句前半部分是古乐府《公无渡河》的曲名，后半部分引用陶渊明《归去来兮辞》的题名，表达了诗人对前途险恶的忧虑。

整首诗意境壮阔，感情真挚，充满了想象与浪漫，读来使人精神一振，豁然开朗。

静夜思

床前明月光，疑是地上霜。
举头望明月，低头思故乡。

译文

皎洁的月光洒在床前，误以为是地上凝结的白霜。

抬起头来望着高高的明月，不由得低下头，思念起久别的故乡。

赏析

这是一首清新自然的抒情小诗，是李白五言绝句中的杰出代表。全诗以“月”为中心，描写了诗人羁旅途中的思乡之情。

前两句描写月光的皎洁明亮，通过比喻和衬托的手法，表现出秋夜的寒意和诗人漂泊他乡的凄凉，塑造了一个寂寞孤愁的游子形象。

后两句由月光引入思乡，末句直接道明思念之情，凝聚了诗人全部的情感。

诗中以“看”“疑”“望”“思”等动作和心理描写，展现了诗人的怀乡之情。整首诗构思细致，语言质朴，情真意重，使人读后回味无穷。

夜泊牛渚怀古

牛渚西江[①]夜，青天无片云。
登舟望秋月，空忆谢将军[②]。
余亦能高咏，斯人[③]不可闻。
明朝挂帆席[④]，枫叶落纷纷。

注释

①西江：从江西到南京的一段长江。

②谢将军：东晋安西将军谢尚。据《晋书·文苑传》记载，谢尚镇守牛渚时，一天秋夜泛舟赏月，适逢袁宏在船上吟咏《咏史》诗，音辞俱佳。谢尚赞赏不已，邀请袁宏前来，二人谈论到天明。自此袁宏声名大振。

③斯人：指谢尚。

④帆席：船帆。

译文

夜色笼罩着牛渚附近的西江，蓝色的天空没有一丝云影。
我登上船头仰望秋月，徒然地想起了将军谢尚。
我也能高声咏诵，但谢将军却听不到。
明早我将挂起船帆离开这里，秋风中枫叶纷纷飘落下来。

赏析

这是一首怀古诗，表达了诗人知音难觅、怀才不遇的惆怅之情。
前两句写景，展现了秋天景色的空阔悠远、静穆澄明。
接下来两句写诗人面对空阔渺远的秋景，情不自禁地生发出怀古的情绪。
五、六两句，诗人抒发了自己怀才不遇的愁闷。
结尾两句再一次表达了诗人内心的孤寂，因难遇知音只能离开无奈之地。“枫叶落纷纷”一句极力渲染了凄冷的秋色，使感情更显悲凉。
整首诗层次分明，条理清晰，意境高远，令人回味。

黄鹤楼送孟浩然之广陵①

故人西辞黄鹤楼②，烟花③三月下扬州。
孤帆远影碧空尽④，唯见长江天际流。

注释

①黄鹤楼：我国四大名楼之一，故址在今湖北武昌。之：去，前往。
②故人：指孟浩然。西辞：从西方离开。黄鹤楼在广陵的西部，所以说

“西辞”。

③烟花：指美丽的春景。

④尽：尽头。

译文

老朋友离开了黄鹤楼，在柳絮如烟、繁花似锦的三月，乘船去往扬州。

孤独的帆影渐渐远去，消失在青山尽头，只见一江春水，浩浩荡荡地流向水天交接处。

赏析

开元十六年（公元728年）春，李白和朋友孟浩然相会于江夏（唐代郡名，在今湖北武汉），后孟浩然乘船去往扬州，李白在黄鹤楼为其送行，并写下这首诗。

全诗共四句。前两句开门见山，以平铺直叙的语言点明送别的时间、地点，渲染出一片繁花似锦的美丽景象。

后两句情景交融，将离别的不舍寄托在自然景象之中，突出了惜别的深情。

整首诗语言自然清新，情致深厚绵长，堪称送别诗中的绝唱。

山中问答

问余何意栖碧山[1]，笑而不答心自闲。
桃花流水窅然[2]去，别有天地非人间。

注释

①碧山：在今湖北安陆境内，诗人曾在此读书。

②窅（yǎo）然：形容深远。

译文

问我为何隐居碧山，我笑而不答，心中却安闲舒适。

桃花落入流水，杳然远去，这里别有一番天地，远非世俗人间可比。

赏析

这首诗是诗人隐居在碧山桃花岩读书时所作，以问答的形式表现了诗人隐居生活的闲情雅致。

前两句设置疑问，营造出一种神秘的气氛，使诗歌显得扑朔迷离。

后两句是对上文提问的回应，通过景物描写表现了诗人超然物外的情怀。

整首诗虽短短二十八个字，但写得活泼流利，感情真挚，意味深长。

山中与幽人对酌[1]

两人对酌山花开，一杯一杯复一杯。

我醉欲眠卿且去[2]，明朝有意抱琴来。

注释

①幽人：指隐居山林的人。对酌：相对饮酒。

②“我醉”句：典出《宋书·陶潜传》。晋人陶渊明用酒招待客人时，只要自己先醉，就对客人说：“我醉欲眠，卿可去。”卿，“你”的意思，古代用来称呼熟悉的朋友。李白引用陶潜句意，表明自己与友人关系亲密。

译文

我们对饮时周围山花绽放，喝了一杯一杯又一杯。

我醉了想睡觉，你可自行离开，如果余兴未尽，明天早晨请再把琴抱来。

赏析

这是一首饮酒诗，以直率质朴的语言，描写了诗人与朋友毫无嫌猜的山林生活和深厚情谊，展现了诗人不拘礼节、洒脱自由的性格。

首句点明题意，介绍诗人和友人饮酒的时间、地点、方式，用语十分简练。

次句描写了双方开怀畅饮的情景，接连重复三次“一杯”，不仅写出了饮酒之多，也写出了饮酒的快意。

三、四句运用典故，刻画了诗人酒酣耳热的情态，表现了诗人的真率可爱，反映出一种随心所欲、恣情纵饮的人生态度。

子夜吴歌四首

其一

秦地罗敷女[1]，采桑绿水边。
素手青条上，红妆白日鲜。
蚕饥妾欲去，五马[2]莫留连。

注释

①秦地：今陕西关中一带。罗敷女：乐府诗《陌上桑》有“日出东南隅，照我秦氏楼。秦氏有好女，自名为罗敷。罗敷善蚕桑，采桑城南隅”等句。

②五马：这里指达官贵人。

译文

秦地有位罗敷女，在绿水边采摘桑叶。

纤纤素手在青绿的枝条上采来采去，在阳光的照耀下妆饰显得格外艳丽。

蚕儿饿了，我要回去了，大人们不要再流连于此了。

赏析

《子夜吴歌》是组诗，共四首，第一首写的是秦罗敷的故事，刻画了一个不慕虚荣的美丽女子形象。

开头两句点明了主人公的身份。

中间两句通过色彩的对照，具体描绘了主人公美丽的容貌。

结尾两句通过语言描写，表现了主人公洁身自好、自重自爱的高尚品质。

整首诗文字简练而不失意味，风格清新自然，别有一番意境。

其二

镜湖三百里，菡萏①发荷花。
五月西施采，人看隘若耶②。
回舟不待月，归去越王家。

注释

①菡（hàn）萏（dàn）：古时称未开苞的荷花为菡萏。

②“人看”句：因围看之人较多，所以若耶溪显得狭小。

译文

镜湖水面宽三百余里，到处都是含苞待放的荷花。

五月时西施在这里采莲，来观看的人使若耶溪显得狭窄。

回去的时候月亮还未出来，被选进了越王的宫中。

赏析

这首诗叙述的是西施在若耶溪采莲的故事。

诗的开篇写景，由荷花之美引出如同荷花一样明艳动人的西施。

中间两句通过人们争相观看西施的热闹场面，从侧面衬托了西施的貌美，一个“隘”字用得尤为传神，将人潮涌动的状态如实呈现在读者的面前。

末尾两句描写西施被选入宫，然后戛然而止，给读者留下广阔的想象空间。

整首诗风格清新，意境开阔，耐人寻味。

其三

长安一片月，万户捣衣①声。
秋风吹不尽，总是玉关②情。
何日平胡虏，良人罢远征。

注释

①捣衣：古时为了方便缝制衣服，妇女常常将织好的布帛铺在砧石板上，然后用木棒捣平，称作捣衣。

②玉关：玉门关，在甘肃敦煌西北，是中原通向西域的门户。

译文

长安城里月光皎洁，千家万户都在捣衣。

瑟瑟秋风吹不尽的，是对玉门关外亲人的思念之情。

什么时候才能彻底打败敌寇，丈夫不再远征呢？

赏析

这首诗描写的是思妇为征人捣衣之事，表达了长安妇女对远戍边疆的丈夫的思念与关切。

开头两句通过景物和声音传达了思妇对在外征战的丈夫的思念和牵挂。

中间两句，诗人借瑟瑟秋风，营造了一种悲凉的气氛。句中“总是”一词用得生动形象，将秋风和妇人对丈夫的思念之情巧妙地结合在一起，可谓传神。

结尾两句，诗人以妇女的口吻，吐露其心声，表达了对和平、团圆生活的向往。

整首诗饱含情意，荡气回肠，激动人心，是一首出色的闺怨诗。

其四

明朝驿使[①]发，一夜絮[②]征袍。
素手抽针冷，那堪把剪刀。
裁缝寄远道，几日到临洮。

注释

①驿使：古时以驿马通信，所以称寄信人为驿使。

②絮：在衣服里填棉絮。

译文

明天早晨驿使就要出发，连夜为远征的丈夫缝制棉衣。

素手抽针就已经冷气逼人，更何况是用冰冷的剪刀裁衣服。

将裁制好的衣服寄向远方，几天能送到边关临洮？

赏析

这首诗通过写一位女子连夜为丈夫缝制冬装，表现了她对丈夫的关切和思念之情。

开头两句描绘了一幅温馨的挑灯制衣图。虽然句中并没有直接用“赶制”之类的字眼来表现女子的焦灼，但“明朝”“一夜”等词语已经可以使人感受到女子缝制棉衣的急切。

中间两句通过细节描写表现了女子的焦急，展现了她对丈夫的深情。

结尾两句是女子缝制好征袍后发出的心声，最后的一问，形象具体地展示了一个凝神眺望边关的女子形象。

整首诗语言流畅自然，用字精练传神，表现了诗人高超的语言驾驭能力。

送友人入蜀

见说蚕丛路①，崎岖不易行。
山从人面起，云傍②马头生。
芳树笼秦栈③，春流绕蜀城④。
升沉⑤应已定，不必问君平⑥。

注释

①见说：听说。蚕丛路：指蜀道。

②傍：依靠。

③秦栈：自秦入蜀的栈道，称为秦栈。

④春流：指郫江和流江，均在成都境内。蜀城：指成都。

⑤升沉：指仕途的沉浮。

⑥君平：东汉隐士严遵的字，他曾以卖卜为生。

译文

听闻去往蜀地的道路坎坷不平，难以行走。

山似乎贴着人的脸陡然升起，云仿佛挨着马的头突然涌出。

苍翠的树木遮蔽着秦栈，碧绿的流水环绕蜀城。

政治上的得意与否想来已成定局，没有去请教严君平的必要了。

赏析

天宝初年，李白在长安为友人王炎送行，写下此诗。诗中描绘了入蜀道路的崎岖和艰险，表达了诗人对友人的关切，也寄寓着诗人政治上不得意的感慨。

全诗按照送别、入蜀时间展开描述，前两句开门见山，提出送别，点明了蜀道的崎岖。三、四句具体描绘了蜀道的艰险。“起”“生”两个动词用得极为巧妙，将栈道的险峻、危耸形象地展示了出来，想象丰富，颇有意境。五、六句则笔锋忽转，写秦栈的景色，写“芳树”“春流”给人舒适的感觉，同时也很好地呼应了下文。最后两句抒情，借用典故表达了诗人难以施展远大抱负的感慨。整首诗颇有一番风格，被后人推崇为“五律正宗”。

乌夜啼①

黄云城边乌欲栖，归飞哑哑②枝上啼。
机中织锦秦川女③，碧纱如烟④隔窗语。
停梭怅然忆远人⑤，独宿孤房泪如雨。

注释

①乌夜啼：乐府曲调名，据说是南朝宋临川王刘义庆所作。

②哑（yā）哑：形容乌鸦的叫声。

③“机中”句：化用窦滔之妻苏蕙的故事。据《晋书》记载，前秦秦州刺史窦滔被苻坚发配流放，其妻苏蕙思念他，织《璇玑图》寄给他。织锦秦川女，这里指诗中的思妇。秦川，陕西秦岭以北的平原地区。

④碧纱如烟：碧纱糊成的窗像烟雾一样朦胧。

⑤远人：指远戍的丈夫。

译文

风卷黄云，城边的乌鸦想要栖息，飞回枝头哑哑地鸣叫。
正在机上织锦的秦川女子，透过朦胧的碧纱看到它们在私语。
停下织机怅然思念起戍守边疆的丈夫，独宿空房不禁泪流满面。

赏析

这是一首闺怨诗，写的是闺中少妇的愁思。

开头两句写风卷黄云，乌鸦归巢，营造出一种孤寂清冷的氛围。

第三句借用典故表现了秦川女对丈夫的思念，第四句从视觉和听觉的角度表现出思妇内心的哀怨。

结尾两句从举止、神态等细节直接刻画思妇独守空房的伤感，将她内心的悲苦展现在读者的面前。

整首诗语浅意深，让人回味无穷。

春思

燕①草如碧丝，秦桑低绿枝。
当君怀归②日，是妾断肠时。
春风不相识，何事入罗帏③？

注释

①燕（yān）：今河北、辽宁一带。

②怀归：盼望返回。

③罗帏：丝织的帷帐。

译文

寒冷的燕地，小草还嫩绿如青丝；秦地的桑树，绿枝早已低垂。

夫君思归的那天，正是我肝肠欲断的时候。

春风啊，我和你根本不相识，为什么你却吹入我的帷帐？

赏析

这首诗描写的是一位秦地女子对远在边塞的丈夫的思念之情。诗人通过刻画女子细腻的内心世界，表现了她对爱情的坚贞。

起首两句采用起兴的手法，通过写燕秦两地春天景物的不同，点明相思的缘由——远别，表现出秦地思妇对远在燕地的丈夫的思念之情。

中间两句紧承前两句，思妇站在丈夫的角度设想丈夫怀乡思归，同时引出自己的相思之苦，更进一层地表达出她的思夫之情。

结尾两句，思妇以埋怨的口吻诉说春风的无情，将无尽的哀愁融入春风中，表达了对丈夫不归的哀怨，对春光易逝的感慨，以及对爱情的忠贞。

整首诗借景抒情，委婉动人，耐人寻味。

登新平①楼

去国登兹楼②，怀归伤暮秋。
天长落日远，水净寒波流。
秦云③起岭树，胡雁④飞沙洲。
苍苍几万里，目极令人愁。

注释

①新平：唐代郡名，也称邠（bīn）州（今陕西彬州）。

②去国：离开都城。兹楼：指新平城楼。兹，这。

③秦云：战国时代，新平一带隶属秦国，故称这里的云为秦云。

④胡雁：大雁来自北方胡地，故称。

译文

离开国都，登上这新平城楼，想要归去却不能，独自面对这寥落暮秋。
天空苍茫，落日遥远，寒冷的水面荡起细小的波纹，河水静静地流淌。
白云好像是从高山的树林上升起，北来的大雁停落在沙洲。
广阔的数万里大地，一眼望去使人忧愁。

赏析

开元十八年（公元730年）夏天，李白第一次来到长安，“历抵（——登门拜访）卿相”，希望自己的才华得到赏识，怎奈有志难伸，于是败兴而归。暮秋时，西游至新平，登楼有感而发，写下此诗。诗中描述了诗人远望帝都长安所见的景象，流露出诗人壮志未酬的悲愤和对国家命运的担忧。

前两句交代了诗人登楼的时间、背景和情感，“怀”“归”“伤”“暮秋”等词渲染出一种伤感的气氛，起到画龙点睛、升华主题的作用。

中间四句描绘了一派苍茫、寂寥的深秋景象，反映了诗人怀归忧国，但却无力改变现状的迷茫，抒发了诗人怀才不遇的愤懑。“天”“日”“水”“云”“落”“寒”“流”“起”“飞”等具有气势的事物或词语，使整首诗显得气势磅礴、唯美伤感。

结尾两句借景抒情，写出了诗人对长安的思念，对国家命运的忧虑。其中“伤暮秋”和“令人愁”起到了很好的呼应作用，使整首诗的情调统一了起来。

整首诗语言精练，意境开阔，情意深长，前人评论曰“写景感怀，无不曲尽其妙。结亦有跌宕之意”。

下终南山过斛斯山人宿置酒[①]

暮从碧山下，山月随人归。
却顾[②]所来径，苍苍横翠微[③]。
相携及田家[④]，童稚开荆扉[⑤]。
绿竹入幽径，青萝拂行衣[⑥]。
欢言得所憩，美酒聊共挥[⑦]。
长歌吟松风[⑧]，曲尽河星稀[⑨]。
我醉君复乐，陶然共忘机[⑩]。

注释

①终南山：也叫太乙山，是秦岭的一部分，在陕西西安境内。过：探望，拜访。斛（hú）斯山人：隐士，复姓斛斯。

②却顾：回头看。

③翠微：青翠的山，这里指终南山。

④相携：携手，一同。田家：农家，这里指斛斯山人家。

⑤荆扉：用荆条编成的门。

⑥青萝：一种攀藤植物。行衣：行人的衣服。

⑦挥：这里指举杯。

⑧“长歌”句：歌声与松风相应。松风，即《风入松》，古曲名。

⑨河星稀：银河中星辰稀疏，暗示夜色已深。

⑩陶然：高兴的样子。忘机：忘掉世俗机巧，形容与世无争。

译文

薄暮时分从终南山下来，山月陪伴我一同归来。
回望刚才经过的那条小路，横卧的青山一片苍翠。
一起来到田家，小童打开柴门。
穿过绿竹踏上幽径，低垂的青萝轻拂人衣。
欢快交谈得以放松休息，痛饮美酒共举酒杯。
放声高歌与松风相应，歌尽时云淡星稀。
我喝醉了酒，你也很欢愉，高兴得忘掉世俗名利。

赏析

这是一首田园诗，描写的是山林美景和田家生活的安逸，表达了诗人对田园生活的向往。

前四句用简练的文笔描述了诗人日暮时分下山途中所见的景色，可以从中看出诗人精神振奋，心情愉悦。

五至八句写出了田家庭园的安谧和恬静，流露出诗人的羡慕之情。

九至十二句写诗人与友人畅怀豪饮、放声纵歌，表现出酒逢知己的欢悦之情。

结尾两句展现了诗人豁达的心境和不为世俗名利牵绊的高洁情怀。

整首诗感情饱满，语言流畅，富有强烈的艺术感染力。

大车扬飞尘（《古风》其二十四）

大车扬飞尘，亭午暗阡陌①。
中贵②多黄金，连云③开甲宅。
路逢斗鸡者④，冠盖何辉赫⑤。
鼻息干虹蜺⑥，行人皆怵惕⑦。
世无洗耳翁⑧，谁知尧与跖⑨。

注释

①亭午：正午。阡陌：田间小路。南北方向的叫作阡，东西方向的叫作陌。

②中贵：中贵人，指宦官。

③连云：形容房屋高耸入云。

④斗鸡者：指因擅长斗鸡而受唐玄宗宠幸的人。

⑤辉赫：声势显赫。

⑥“鼻息”句：形容斗鸡之人盛气凌人、嚣张跋扈。干，冲破。

⑦怵惕：害怕，恐惧。

⑧洗耳翁：指许由，是尧舜时的贤人。据说尧要把帝位禅让给他，他拒不接受，逃到颍水边隐居下来。尧又召他做九州长，他听说后觉得自己的耳朵受到了污染，便以清水洗耳。后人常以此典故表示志向高洁，不想做官。

⑨跖：传说是春秋时代反抗贵族统治的领袖，被诬为盗贼。

译文

大车驰过，扬起阵阵灰尘，京城大道即使在正午也变得昏暗不明。

那些显贵的宦官黄金真多，建筑的豪宅仿佛上接云霄。

在路上遇见斗鸡的人，冠服、车乘多么辉赫。

呼出的气息能够吹散天上的彩虹，路上的行人没有一个不惶恐。

现在世上已经没有像许由那样不慕荣利的人了，谁分得清哪些是尧一类的人，哪些是盗跖一类的人。

赏析

此诗作于开元十八年（公元 730 年）李白初入长安之时。当时唐玄宗宠幸宦官，又酷爱斗鸡的游戏，使得一些宦官和斗鸡者气焰熏天，不可一世。李白深感于朝廷的腐败，愤而写下这首古风。

前八句采用浓厚的笔墨描绘了当时权宦贵族的豪华生活和飞扬跋扈的姿态，讽刺了他们得势后的丑陋嘴脸。

最后两句是诗人所发的感慨，表达了诗人对唐王朝腐朽政治的谴责和不满。

整首诗叙事具体，感情深沉，饱含讽刺意味。

元丹丘[1]歌

元丹丘，爱神仙，朝饮颍川[2]之清流，
暮还嵩岑之紫烟[3]，三十六峰常周旋。
长周旋，蹑星虹[4]，身骑飞龙耳生风，
横河跨海与天通，我知尔游心无穷。

注释

①元丹丘：李白的友人，当时著名的隐士。
②颍川：颍水，发源于河南嵩山，最终流入淮河。
③嵩岑：嵩山顶峰。紫烟：紫色的云雾。
④蹑星虹：登上星宿，攀上彩虹。

译文

元丹丘啊，喜爱神仙之术，早晨你还在颍川的清流里饮水，
傍晚就返回紫烟缭绕的嵩山来了，常在三十六峰来回盘旋。
你来往于群峰之间，登上星宿，攀上彩虹，身骑飞龙，两耳生风，
横跨江河，飞越大海，上通天界，我知道你是想遨游无穷之境，追求极致。

赏析

这首诗是诗人与元丹丘隐居于嵩山时所作。诗中诗人对元丹丘无忧无虑的神仙生活进行了歌颂，祝愿他能够像神仙一般逍遥快乐，同时也表达了自

已的理想和愿望。

开头四句，诗人采用夸张的手法描述了元丹丘求仙学道一天的生活，从早晨到晚上，描写得具体而逼真，给人以元丹丘已经得道成仙的感觉。

接下来三句，诗人将重点放在了元丹丘的神力上，盘旋于群峰、登星宿、攀彩虹、骑飞龙、跨大海，不仅写出了元丹丘的神通广大，也借此表达了自己对自由的无限向往。

结尾一句，诗人表明了解元丹丘想要追求的是庄子所说的精神遨游的逍遥状态。

这首诗是歌谣体，语言自然天成、明白如话，句式富于变化且具有音乐美，是一首出色的游仙诗。

春日醉起言志

处世若大梦，胡为劳其生。
所以终日醉，颓然①卧前楹。
觉来眄②庭前，一鸟花间鸣。
借问此何时？春风语流莺。
感之欲叹息，对酒还自倾。
浩歌待明月，曲尽已忘情。

注释

①颓然：萎靡不振的样子。

②眄（miǎn）：斜视。

译文

人生恍如一场梦，何必辛劳终生呢？

所以我终日酩酊大醉，颓然地卧倒在前庭。

睡醒后望着庭院，看见一只鸟儿正在花丛间飞鸣。

请问现在是什么时间，春风正和流莺低声细语。

心有所感想发一番感慨，但还是对酒自饮。

放声高歌邀请天上的明月，一曲终了又使我沉醉忘情。

赏析

李白仕途不顺，经常遭受排挤和打击，因此常常借酒来抒发内心的苦闷。这首诗便是他醉诗中的一首。

开头四句，诗人感叹人生就像一场梦，写自己终日沉醉于酒中，表达了诗人对残酷现实的痛恨。

中间四句，写诗人醉酒醒来发现眼前的光景是如此明媚，展现了诗人对安逸、舒适生活的向往。

最后四句，诗人面对所见情景不禁感慨，想要饮酒永远沉醉其中。

整首诗自然流畅，豪放旷达，有着陶渊明《饮酒》的诗风，但又保持着自身豪放不羁、无拘无束的风格。

大堤曲①

汉水临襄阳，花开大堤暖。
佳期②大堤下，泪向南云满。
春风复无情，吹我梦魂散。
不见眼中人③，天长音信断。

注释

①大堤曲：南朝乐府旧题，又作《襄阳曲》。大堤，堤名，在湖北襄阳。
②佳期：男女约会的日期。
③眼中人：意中人，想念的人。

译文

襄阳城濒临汉水，大堤上春暖花开。
我们曾在大堤下约会，如今却望着南飞之云泪水盈眶。
春风又是那么无情，将我的梦魂吹散。
看不到深深思念的人，天长路远音信全无。

赏析

这首诗是诗人游襄阳之时所作，感情含蓄而深厚。
前两句点明了时间和地点，一个“暖”字，暗传出春意。
其余六句，由景入情，道出了无尽的情意。“佳期”二句，写游子独自站在大堤上，望着蓝天白云，黯然流泪。“春风”二句折回，写游子望着此景不禁想起昨夜的梦境，诗人并没有明说梦境的内容，勾起了读者种种揣想，意味隽永，这也正是诗的巧妙之处。最后以“天长音信断”结尾，颇有韵味。“断”者，断的是双方的音信，双方之间的情意不仅未断，反倒更显悠长。

襄阳歌

落日欲没岘山[1]西，倒着接䍦花下迷[2]。
襄阳小儿齐拍手，拦街争唱《白铜鞮》[3]。
傍人借问笑何事，笑杀山公醉似泥[4]。
鸬鹚杓[5]，鹦鹉杯[6]，
百年三万六千日，一日须倾三百杯。
遥看汉水鸭头绿[7]，恰似葡萄初酦醅[8]。
此江若变作春酒，垒曲便筑糟丘台[9]。
千金骏马换小妾，笑坐雕鞍歌《落梅》[10]。
车旁侧挂一壶酒，凤笙龙管行相催[11]。
咸阳市中叹黄犬[12]，何如月下倾金罍[13]。
君不见晋朝羊公[14]一片石，龟头剥落生莓苔[15]。
泪亦不能为之堕，心亦不能为之哀。
清风朗月不用一钱买，玉山自倒[16]非人推。
舒州[17]杓，力士铛[18]，李白与尔同死生。
襄王[19]云雨今安在？江水东流猿夜声。

注释

①岘（xiàn）山：也叫岘首山，在湖北襄阳南部，东临汉水。

②“倒着”句：《世说新语·任诞》载，西晋名士山简做荆州刺史时，常外出饮酒，大醉而归。当时有民间歌谣曰：“山公时一醉，径造高阳池，日莫倒载归，茗艼无所知。复能乘骏马，倒著白接篱（lí）。”接䍦，即接篱，古时的一种头巾。

③《白铜鞮（dī）》：南朝梁时曲名，也叫《襄阳白铜鞮》。

④山公：山简。醉似泥：喝得大醉，不省人事，就像一摊泥。

⑤鸬（lú）鹚（cí）杓（sháo）：用来舀酒的勺子，形状像鸬鹚。

⑥鹦鹉杯：酒器，形状像鹦鹉嘴。

⑦鸭头绿：颜色像鸭头一样翠绿。

⑧酦（pō）醅（pēi）：没有过滤的重酿酒。

⑨曲：酒母，酿酒用的配料。糟丘台：用酒糟堆积成山丘和高台。

⑩《落梅》：曲名，即《落梅花》。

⑪凤笙：笙身像凤，故称笙为“凤笙”。龙管：笛子。

⑫叹黄犬：秦朝丞相李斯被杀时对儿子说，“我想和你再一起牵着黄犬出上蔡东门去追逐狡兔，又怎么可能呢”。

⑬金罍（léi）：古代的一种酒器，用木头制成，用金子装饰，雕刻云雷纹，故称。

⑭羊公：西晋大将羊祜。《晋书》记载，羊祜死后，襄阳百姓在岘山为他建碑立庙，每年祭祀。看见石碑的人无不落泪，杜预便将这座石碑命名为堕泪碑。

⑮龟头：古时石碑下面常常雕刻一种叫作赑（bì）屃（xì）的动物，头雕在碑前，形状像乌龟。莓苔：青苔。

⑯玉山自倒：形容醉酒后站立不稳的样子。

⑰舒州：今安徽潜山，以盛产酒器而闻名。

⑱力士铛（chēng）：温酒的器具，用力士瓷制成。力士瓷是唐代豫章（今江西南昌）出产的一种有名的瓷。

⑲襄王：楚襄王。

译文

夕阳即将隐没于岘山之西，我倒戴着山公的头巾在花下喝得大醉。

襄阳的小孩子一起拍着手，在街上拦住我争着高唱《白铜鞮》。

路边的行人询问所笑何事，孩子们说笑我像山公一样烂醉如泥。

提起鸬鹚杓将酒添满，举起鹦鹉杯开怀痛饮。

一百年共有三万六千日，我要每天都尽情喝酒三百杯。

远远望去，汉水的颜色就像鸭头一样翠绿，宛如没有过滤的绿葡萄酒。

如果这一江水能够变为一江春酒，我要在江边用酒糟搭建山丘和高台。

学习曹彰，用骏马换美妾，笑着坐在马上，唱着《落梅花》。

在车的旁边挂上一壶美酒，在悠扬的笙笛声中出游行乐。

咸阳城中即将腰斩徒叹黄犬的李斯，哪比得上我在月光下自由自在地喝酒快乐？

你不是见过晋朝羊公在岘山上的那块堕泪碑吗？驮碑的赑屃头部掉落，长满青苔。

看到它我不会流泪，也不会感到悲哀。

这山间的清风明月，不用花钱就能得到，醉酒后，像玉山一样自己倾倒而不是被人推。

拿起舒州杓，擎起力士铛，李白和你们共存亡。

楚襄王与巫山神女翻云覆雨的美梦哪里去了？月光下只能看到江水静静流淌，听到猿猴悲哀的啼鸣。

赏析

此诗为李白的醉中歌，作于开元二十二年（公元 734 年）。诗人用一双蒙眬的醉眼，将世间的喜怒哀乐展现在读者面前，表达了自己不重功名富贵，追求浪漫、自由的思想。

开头六句，诗人采用晋人山简嗜酒的典故来展现自己醉酒的状态，抒发了自己无拘无束、洒脱不羁的情怀。

接下来十二句，诗人继续写酒，借用曹彰的风流韵事，表达了自己纵酒作乐、潇洒恣意的生活，字里行间表现出诗人豪放的性格。

再接下来十句，诗人将诗歌推向了高潮，通过李斯和羊祜的故事，表现了自己对功名利禄的蔑视。

结尾两句，诗人再次宣扬富贵利禄如过眼云烟，只有纵酒人生、快意当下的生活最快乐。

整首诗语言恣肆流畅，句式长短交错，感情狂放不羁，充分体现了诗人的浪漫主义情怀。

江上吟

木兰之枻沙棠舟①，玉箫金管②坐两头。
美酒樽中置千斛③，载妓④随波任去留。
仙人有待乘黄鹤，海客无心随白鸥⑤。
屈平词赋悬日月，楚王台榭空山丘⑥。
兴酣落笔摇五岳⑦，诗成笑傲凌沧洲⑧。
功名富贵若长在，汉水亦应西北流。

注释

①木兰：一种香木，也叫紫玉兰。枻（yì）：船桨。

②玉箫金管：用金玉做成的箫、笛，这里指吹奏的乐人。

③樽（zūn）：盛酒的器具。置：盛放。斛（hú）：量器，古时十斗为一斛。

④妓：歌伎。

⑤海客：在海边居住的人。无心：无忧无虑。

⑥楚王：指楚怀王和楚顷襄王。台榭：泛指亭台楼阁。

⑦酣（hān）：浓，盛。落笔：下笔。摇：震撼。五岳：指东岳泰山、西岳华山、南岳衡山、北岳恒山、中岳嵩山。此处泛指山岳。

⑧笑傲：嘲笑，轻视。沧洲：水边，隐士或神仙的居所。

译文

木兰树做桨，沙棠木造舟，吹奏玉箫金管的歌伎坐在船的两头。

樽中的美酒有千万斗，载着歌伎放任船儿随波漂流。

乘黄鹤的仙人并不自由，海客却无忧无虑地随着白鸥嬉游。

屈原的辞赋像日月一样光照千古，楚王的台榭却只剩下一片荒丘。

兴致勃发时落笔可以摇动山岳，诗写成后高傲地凌驾于沧洲之上。

功名富贵如果能长存，汉水也会向西北倒流了。

赏析

这首诗为诗人游江夏时所作，是代表诗人创作特色的篇章之一。在这首诗中，诗人认为，楚王的光辉不能长在，而屈原的才赋永垂不朽，表现了诗人藐视富贵的高傲精神以及对美好自由生活的追求。

开头四句写泛舟江上所见的景色和游乐时的舒适畅意，营造出一种超脱世俗的氛围，表现出诗人狂放不羁的性格。

中间四句通过两个对比体现了诗人对待人生和功名富贵的态度。前两句将仙人驾鹤遨游和自己泛舟行乐对比，突出了诗人的洒脱。后两句将屈原和楚王对举，屈原精忠爱国，辞赋可与日月争光，而楚王荒淫无道，所建的台榭只剩荒凉的山丘，由此表现了诗人对利禄的蔑视和厌恶。

结尾四句笔力雄健，刻画出诗人酣畅尽兴摇笔赋诗时睥睨一切、傲岸不羁的情态，表现出诗人对功名富贵的鄙弃。

全诗气势磅礴，感情激昂，一气呵成，将读者引入了一个不平常的境界之中。

江夏行

忆昔娇小姿，春心亦自持。
为言嫁夫婿，得免长相思。
谁知嫁商贾，令人却愁苦。
自从为夫妻，何曾在乡土。
去年下扬州，相送黄鹤楼。
眼看帆去远，心逐江水流。①
只言期一载，谁谓历三秋。
使妾肠欲断，恨君情悠悠。
东家西舍同时发，北去南来不逾月。
未知行李②游何方，作个音书能断绝③。
适来往南浦，欲问西江船。
正见当垆女④，红妆二八年。
一种为人妻，独自多悲凄。
对镜便垂泪，逢人只欲啼。
不如轻薄儿⑤，旦暮长追随。
悔作商人妇，青春长别离。
如今正好同欢乐，君去容华谁得知。

注释

①“去年”四句：模仿乐府诗“闻欢下扬州，相送楚山头。探手抱腰看，江水断不流”。

②行李：行人。这里指女子的丈夫。

③“作个”句：为什么音信断绝了。作个，为什么。

④当垆女：卖酒女。古乐府《羽林郎》：“胡姬年十五，春日独当垆。”

⑤轻薄儿：轻浮的年轻男子。

译文

想起以前未嫁的时候，我还是一个娇小的女子，虽有思春之情，芳心也还可以控制。

想早日嫁个夫婿，避免长相思。

没想到却嫁给了一个商人，令我心生愁苦。

自从结为夫妻以来，他何曾在家待过一天？

去年他离家去扬州，我送他至黄鹤楼前。

眼看着帆船渐渐远去，我的心也随着江水追逐他而去。

只说一年就回来，但过了三年还不归。

相思之苦使我肝肠寸断，心中对夫君的恨意犹如绵绵不断的江水。

同他一起离开的左邻右舍，北去南来一个月内就回来了。

不知道夫君身在何方，为什么音信断绝？

只身前往南浦，想打听是否有从江夏西边过来的商船。

正好见到一个在岸边卖酒的女子，年方二八，一身红装。

同样是做妻子的，只有我形单影只，真是悲凉。

对着镜子就掉眼泪，遇见人就想啼哭。

还不如当初嫁给一个轻薄少年，至少能和他日夜相随，早晚相伴。

我后悔做了商人之妇，在多年别离的生活中消耗了美好的青春。

现在正是同欢乐的大好时光，夫君却一去不回，我的青春容华又有谁知道呢？

赏析

这首诗以“嫁商贾”“却愁苦”为线索，描述了一位女子的不幸婚姻，表现女子懊悔之情的同时，也反映了她对幸福婚姻的向往。

前六句写女子对婚姻生活的美好向往和残酷现实的巨大落差，表现了女子对婚姻的失望。

“自从”以下十句，描写女子对外出经商的丈夫的思念和怨恨。

最后十八句写女子寻夫，将女子的遭遇与“东邻西舍”和“当垆女”的幸福生活对举，凸显了女子对丈夫的怨恨之情。

全诗前后照应，脉络清晰，细致地描绘出思妇的心态。

春夜洛城[1]闻笛

谁家玉笛暗飞声，散入春风满洛城。
此夜曲中闻《折柳》[2]，何人不起故园[3]情。

注释

①洛城：指洛阳。

②《折柳》：指《折杨柳》，乐府曲调名，常抒发离情别绪。

③故园：故乡。

译文

谁家的庭院暗暗地传出笛曲之声？它飘散在春风中，弥漫了整个洛阳城。在这个夜晚听到《折杨柳》的曲调，谁能不涌起浓浓的思乡之情呢？

赏析

这首诗是开元年间李白客居洛阳时所作，写的是诗人对家乡的思念之情。

首句从笛声落笔，写诗人深夜听到笛声。其中“暗”字用得极其巧妙，写出了笛声的幽微，渲染了一种孤寂、清冷的气氛。

第二句由听觉转为视觉，以夸张的笔法描写笛声随风飘散的画面，意境开阔，生动感人。

第三句点明诗人听到的笛声是《折杨柳》曲。《折杨柳》内容多是离愁别绪，曲调悲切。可以想见，寂静的夜晚，远行的游子听到此饱含伤感之曲，必会勾起无尽的思乡之情。

末句紧承上文，表现诗人浓浓的乡愁。

全诗用语自然，意远字精，情真意切，感人至深。

太原早秋

岁落众芳歇①，时当大火流②。
霜威出塞早③，云色渡河④秋。
梦绕边城月，心飞故国⑤楼。
思归若汾水⑥，无日不悠悠⑦。

注释

①岁落：光阴流逝。众芳歇：花草凋零。

②大火：星辰名，指二十八宿的心宿。流：移动。

③“霜威”句：是说雁门关周边地区霜露降得早。塞，边塞。

④河：指黄河。

⑤故国：指故乡。

⑥汾水：汾河，黄河的支流，发源于山西宁武，流经太原。

⑦悠悠：水流绵长的样子。这里用以形容自己的思归之情。

译文

秋天花草零落，大火星向西移动。

边塞早早就见识到寒霜的威力，黄河对岸的云色染上了秋意。

梦环绕着边城的明月，心早已飘到了故乡的楼头。

想回家的心情就像汾水，没有一天不绵长。

赏析

这首诗作于开元二十三年（公元735年）诗人和友人元演共游太原之时。

前两句通过景物描写点明所处的时节是早秋。

三、四句承接上文，写太原早秋时的自然气候。诗人采用镶嵌的修辞手法，即在诗句的末尾添加上“早”“秋”两字，巧妙点题，使诗句相互照应，形成对偶，在结构上更加完整。

四、五句由写景转为抒情，表达了诗人的思归之情。“梦绕边城月”描写的是梦境，点明诗人此时正客居他乡。“心飞故国楼”写的是诗人梦醒之后的样子，一个“飞”字，表现出诗人思归之急切。

最后两句紧承上文，将全诗推向高潮。诗人运用明喻的修辞手法，将自己的思乡之情具体化，明确表达了自己浓浓的乡愁。

全诗融情入景，借景抒情，语言虽然平淡自然，意蕴却极为悠长。

五月东鲁[1]行答汶上翁

五月梅始黄，蚕凋桑柘空[2]。
鲁人重织作[3]，机杼鸣帘栊[4]。
顾余不及仕，学剑来山东[5]。
举鞭访前涂[6]，获笑汶上翁。
下愚忽壮士[7]，未足论穷通[8]。
我以一箭书，能取聊城功。
终然不受赏，羞与时人同。[9]
西归去直道，落日昏阴虹[10]。
此去尔勿言，甘心如转蓬[11]。

注释

①东鲁：今山东曲阜一带。

②蚕凋：指蚕事结束。桑柘（zhè）：桑树和柘树。叶子都可以饲蚕。

③织作：纺织操作。

④机杼（zhù）：指织布机。帘栊（lóng）：窗帘。

⑤山东：指东鲁。

⑥访：问询，打听。涂：通“途”，路。

⑦下愚：儒家学说将人根据智力水平分为上智、中人和下愚，其中天生属于下等，愚蠢不改变的人为下愚。这里指汶上翁。忽：轻视，嘲笑。壮士：李白的自称。

⑧穷通：穷困和显达。这里指政治上的沉浮。

⑨“我以”四句：战国时代，齐将田单收复聊城，一年多攻克不下，死

伤无数。鲁仲连于是写了一封信缚在箭上射进城中，劝燕将弃城。燕将读后自裁而死，齐军随后攻取聊城。事后，齐王想要册封鲁仲连，被其拒绝。诗人在此以鲁仲连自比。

⑩阴虹：霓，虹的外侧较暗的部分，这里形容朝廷的佞臣。

⑪转蓬：随风旋转的蓬草。

译文

五月梅子开始变黄，蚕事结束，桑树和柘树的叶子被采空。
鲁地人重视纺织操作，每家每户的窗户里都传出机杼声。
只因我不能入仕，来到山东学剑术。
举起马鞭向人打听去路，却受到汶上翁的嘲笑。
愚蠢的人轻视壮士，不能以此来判断穷困和显达。
我能像鲁仲连一样在箭上附书信，取得攻克聊城的功勋。
最后却拒绝君王的赏赐，因为我羞于和世俗之人一样。
我将踏上大道西行而去，落日被阴虹遮掩，显得昏暗不明。
此去你不必多言，我甘愿做那随风飘转的蓬草。

赏析

这首诗是开元二十四年（公元 736 年）李白初到东鲁时所作。

前八句写诗人创作此诗的缘由。诗人为学剑术来到山东，途中被汶上翁所讥笑，所以作此诗来为自己正名。

后十句写诗人的理想与抱负。诗人以鲁仲连自比，表示不屑于苟求富贵，以阿谀猎取功名，而要发挥自己的政治才能，以实现自己的夙愿。

整首诗条理清晰，有力地反驳了嘲笑诗人的汶上翁，将诗人坚毅果敢的个性展现出来。

东鲁门[1]泛舟二首

其一

日落沙明天倒开[2]，波摇石动水萦回。
轻舟泛月寻溪转[3]，疑是山阴雪后来[4]。

注释

①东鲁门：位于兖州（今山东曲阜、兖州一带）城东。

②沙：指沙滩。天倒开：指天空倒映在水中。

③泛月：在月光下泛舟。寻：沿着。

④山阴雪后来：东晋书法家王徽之（字子猷）家住山阴（今浙江绍兴），一次夜里下大雪，他突然想起居住在剡县（今浙江嵊州）的朋友戴逵，于是欣然前往。经过一夜的时间到达好友门前，没有进去就返回了。身边的人不解，他说："乘兴而来，兴尽即归，是否见过不重要。"

译文

太阳即将落山，沙滩上分外明亮，天空倒映在水中；水波摇晃，石影浮动，流水回旋萦绕。

驾起小舟，在月光下划行，随着溪水流转，就像王子猷山阴雪后寻访戴逵。

赏析

开元二十五年（公元737年），诗人寓居东鲁，在朗月下泛舟东鲁门时作此诗记游。

前两句写景，“日落沙明天倒开”表现了流水的清澈，“波摇石动”给人一种河中石影浮动的错觉，真实感极强。

后两句写诗人在月光下泛舟，借用典故，写出了诗人陶然心醉、忘怀一切、豪迈潇洒的风貌。一个“轻”字将诗人悠然的状态刻画了出来，“疑”字极为传神，带有无限的诗意。

整首诗景中含情，景象特征和主观感受相融合，诗意盎然。

其二

水作青龙盘石堤，桃花夹岸鲁门西。
若教月下乘舟去，何啻①风流到剡溪。

注释

①啻（chì）：只有，仅仅。

译文

水流像青龙一样环绕石堤，流向桃花夹岸的鲁门西。
倘若能在这皎洁的月光下泛舟，王子猷雪夜访友的风流又怎能与之相比！

赏析

前两句写景，描述了东鲁城郊月下的优美景色。“水作青龙盘石堤”，将流水比喻成青龙，生动形象地写出了水流的蜿蜒。“桃花夹岸鲁门西”，点明了时间和地点，写出了两岸桃花掩映的美丽景象。

后两句抒情，写诗人月下泛舟的安逸。借用“王子猷雪后访戴”的典故，描述山阴夜晚的静谧和乘舟的乐趣，表现诗人内心无限的闲适愉悦。

咏邻女东窗海石榴①

鲁女东窗下，海榴世所稀。
珊瑚映绿水，未足比光辉。
清香随风发，落日好鸟归。
愿为东南枝，低举拂罗衣。
无由一攀折，引领望金扉②。

注释

①海石榴：石榴自海外传入中国，故称海石榴。
②金扉：华贵的门户。

译文

鲁地女子的东窗下，有一株世间稀有的海石榴。
即使是绿波中映现的珊瑚，也比不上它的光华。

清香随着风儿飘散，日落时美丽的鸟儿飞返枝头。

我愿意化作东南方向的枝条，低头轻拂你的衣裙。

可惜不能与你一起攀折花枝，只能伸长脖子望着你华丽的门窗。

赏析

这是一首五言咏物诗，写于开元二十五年（公元 737 年）。

诗的前两句描绘了一幅“花面交相映”的美妙画面。“稀”既指海石榴，也指鲁女，在诗人心中，美丽的鲁女和海石榴都是世上罕见的珍品，表达了诗人对鲁女的爱慕之情。

三、四句，诗人用珊瑚与海石榴对比，衬托出海石榴的花红叶绿，委婉地表现了鲁女的清丽脱俗。

五、六句写海石榴的清香，进一步表现鲁女和海石榴的珍贵。

七、八句讲述诗人的心愿，从侧面表现诗人对海石榴的喜爱，以及对鲁女的爱慕。

结尾两句紧承上文，写诗人愿望破灭后的感慨，流露出诗人对鲁女的渴慕之情。

日出入行[①]

日出东方隈[②]，似从地底来。
历天又入海，六龙[③]所舍安在哉！
其始与终古不息，人非元气[④]，
安得与之[⑤]久徘徊。
草不谢荣于春风，木不怨落于秋天，
谁挥鞭策驱四运，万物兴歇皆自然。

羲和[6]，羲和，汝奚汩没于荒淫之波[7]？
鲁阳何德，驻景挥戈。[8]
逆道违天[9]，矫诬[10]实多。
吾将囊括大块[11]，浩然与溟涬[12]同科。

注释

①日出入行：乐府旧题。

②隈：通"隅"，边远的地方。

③六龙：神话传说中为太阳神驾车的六条龙。

④元气：中国古代哲学术语，指产生和构成万物的原始物质。

⑤之：指代太阳。

⑥羲（xī）和：传说为太阳神驾车的神。

⑦奚（xī）：为什么。荒淫之波：指浩瀚无边的大海。

⑧"鲁阳"二句：传说春秋时期，楚国的鲁阳公率军与韩国交战，双方打得正激烈时，太阳落山了，鲁阳公举起长戈挥向太阳，太阳又升了起来。驻，停止。景，通"影"，指日影。

⑨逆道违天：指违背自然规律。道，规律。天，自然。

⑩矫诬：虚妄。

⑪大块：指大自然。

⑫溟（míng）涬（xìng）：自然之气混混沌沌的样子。这里指元气。

译文

太阳从东方的海角升起，就像从地底下升上来一样。
经历周天又落入西海之中，为太阳神驾车的六龙休息的地方在哪里呢？
太阳运行经久不息，人不是元气，
怎么能随着它长久地往返回旋？
小草并不感谢春风使它茂盛，树木也不埋怨秋天使它凋零，谁能挥舞鞭子驱动四季？万物的兴衰都取决于自然。
羲和啊羲和，你为何要沉没于浩瀚的大海？
鲁阳公何德何能，竟然一挥长戈使太阳停止运行？
这些传说违背自然常理，不实的成分居多。
我要囊括天地，广阔地和元气融为一体。

赏析

这是一首情理交融的哲理诗，体现了诗人朴素的唯物主义天道观。

前六句，诗人以反诘的方式提问，表现了诗人对宇宙人生奥秘的思索。

中间四句是全诗的核心，点明万物的兴衰是由自然规律决定的。

最后八句，诗人先用两个诘问句点明传说的不可信，随后提出自己的观点：天地万物应顺应自然并与之融为一体。

整首诗句式错落有致，极具说服力，轻快又不失凝重。

赠孟浩然

吾爱孟夫子，风流①天下闻。
红颜弃轩冕②，白首卧松云③。
醉月频中圣④，迷花⑤不事君。
高山安可仰⑥，徒此揖清芬⑦。

注释

①风流：这里指孟浩然爱喝酒、吟诗、啸傲林泉的洒脱的生活方式。

②红颜：指少年，这里指孟浩然青年时期。轩冕：古时大夫以上的官员的车

乘和冕服，后用以代指官位和爵禄。轩，华美的车子。冕，高级官员戴的帽子。

③卧松云：这里借指隐居。

④醉月：月下醉饮。中圣：指醉酒。

⑤迷花：迷恋丘壑花草，这里指对自然景物的热爱。

⑥“高山”句：这里指孟浩然具有高尚的品格，使人敬仰。

⑦揖：本意是指拱手行礼，这里表示崇拜敬仰。清芬：比喻高风亮节的品格。

译文

我非常敬爱孟夫子，他洒脱豪迈的品格闻名天下。

年轻的时候屏弃做官不走仕途，年老白首时隐居在山中逍遥自在。

明月的夜晚经常沉酣在醉梦中，迷恋花草树木，不愿为国事和君王操劳。

您高山一般的品格我怎么可能学到呢？只能对您的高洁人品表示深深的崇敬和赞美。

赏析

李白的律诗向来豪放不羁，从不拘泥于固有的体式风格，他追求古体自然流走之势，直抒胸臆，展现出一股飘逸豪迈之气。

整首诗首联即点题，“吾爱”二字情真意切，言由心出，毫不掩饰诗人对孟浩然的钦佩与赞美之情。“孟夫子”指出诗人所崇敬的对象，紧扣主题。孟浩然比李白长十二岁，他生性淡泊，豪迈洒脱，才华出众，这是诗人崇敬的原因，因此以“夫子”相称来表示自己的仰慕之情。“爱”字成为全文的抒情线索。一句“风流天下闻”表达了诗人对孟浩然一生自然洒脱、屏弃官场的钦佩和由衷的赞美。

颈联和颔联使一个隐居山林、与松云为邻，醉月当歌，只喜花草，飘逸洒脱的诗人形象跃然于纸上。诗人着重刻画这位淡泊名利、逍遥自在的“孟夫子”形象。“红颜”对“白首”，向我们概括出孟浩然漫长的人生旅程，“轩冕”对“松云”，则象征官场名利与田园生活，前者对于多少人来说都是可遇不可求的，孟浩然宁愿放弃名利富贵，而选择不问世事与田园花草为伴，通过这种取舍的对比，突出了他的高风亮节和光明磊落的胸襟。“白首”后一“卧”字，刻画出孟浩然不问世俗、悠闲自在的惬意生活。在月色皎洁的夜晚，他举杯邀月，神情淡然，沉醉在自然万物中，让身心流连于天地间。

颔联在形象的描写中饱含着对孟浩然的敬爱之情，尾联将感情再一次升华。孟浩然淡泊名利、宁静致远的品格已写得充分具体，在此基础上，诗人的抒情也愈来愈浓，并逐渐推向顶峰。情感自然流露，水到渠成。“高山”这个形象的比喻将诗人的崇敬之情具体刻画了出来，可惜只能是高山仰止，因此发出“安可仰”这一充满敬畏的慨叹，所以只能向他高风亮节的品格作揖行礼。这样的写作手法将诗人对孟浩然仰慕的情怀一层叠一层，充分透露诗人崇仰之情至深，全诗就在赞语中结束。

另外，诗的语言在形式上自然古朴。首联看似平常，但风格高雅，情趣自然。它以一种舒展的唱叹语调来表达诗人的仰慕之情，有一种飘逸淡然、风格超俗之韵。尾联也具有同样的格调。颔联和颈联不拘泥于对偶声律，对偶流畅自然。“弃轩冕”“卧松云”体现了同一种人生的两个层次。当李白这样落笔的时候，又极好地塑造了孟浩然一生闲情高雅的取舍和悠然自得的诗人形象，更是增添了几分情趣。诗中用了两处典故，不露痕迹，流畅自然。开篇以开门见山的方式直接写出“吾爱”孟浩然，将喜爱之处一一展现，最后归结到“敬爱”。感情自然流淌，贯穿全诗，不加雕琢且清晰流畅，既表现出孟浩然洒脱豪迈、淡泊名利的品格，又透露出李白率真豪迈的秉性。

嘲鲁儒[①]

鲁叟谈《五经》[②]，白发死章句。
问以经济策[③]，茫如坠烟雾。
足著远游履[④]，首戴方山巾[⑤]。
缓步从直道，未行先起尘。

秦家丞相⑥府，不重褒衣⑦人。

君非叔孙通⑧，与我本殊伦。

时事且未达，归耕汶水滨⑨。

注释

①鲁儒：鲁地遵从儒家学说的读书人。

②鲁叟：鲁地的老人，指鲁儒。《五经》：指五部儒家经典。

③经济策：治理国家的政策和谋略。这里的经济，是“经世济人”，指治理国家。

④远游履：古代一种鞋的名称。

⑤方山巾：古代儒者戴的帽子。

⑥秦家丞相：指秦国丞相李斯。

⑦褒衣：一种宽大的长衣，儒生常穿。

⑧叔孙通：汉初薛县（今山东枣庄薛城）人。

⑨汶水滨：指鲁儒的故乡，即大汶河，位于山东。

译文

鲁地的老叟谈论《五经》，白发苍苍却只能死守着字面上的意思。

问他治理国家的政策和谋略，就好像坠入烟雾茫然不知所以。

脚下穿着华丽的远游鞋，头上戴着方形的头冠。

沿着笔直的通道缓缓迈步，还没有抬起脚，尘土就已经飞扬起来。

秦朝丞相李斯，早就不重用穿着宽大衣服的儒生。

你也不是圆融贯通的叔孙通，和我原本就不是同一类人。

什么适合时代的事都不知道，还是回到汶水边去耕地吧。

赏析

这是一首讽刺诗，大约是开元末年李白游东鲁时所作。此诗笔调严厉辛辣，淋漓尽致地刻画出腐儒不切实际，装腔作势，只会满口仁义道德，迂腐愚蠢且令人厌恶的形象。

开头四句，李白嘲笑“鲁叟”只知道读死书，不懂治国谋略。鲁地满头华发的老叟在谈论《五经》时都是死守章句，拘泥于字面上的意思，就算将圣贤之书烂熟于心也毫无用处。倘若询问他们治理国家的方略，他们就如坠落在迷雾中，茫然无措。这里将鲁儒精通四书五经与不懂世情进行对比，揭露了鲁儒迂腐的本质特征。

五至八句，李白以形象的漫画笔法、灵活的手法描绘出他们迂腐可笑的行为。他们的鞋子纹饰考究，头上戴着古代读书人的方形头巾，有风度地走在大路上，还没迈开步子，就已扬起一片尘土。鲁儒们这种故作威严的神态与其本身的酸腐气做出滑稽的对比，同时将外表的矜持与内心的无知构成对比，突出了这些鲁儒表里不一的性格。

九至十二句，李白与“鲁叟”划清界限，表达了自己不耻与这样的人为伍的态度。

结尾两句，李白奉劝“鲁叟”不要再装腔作势，如果没有治国安邦的谋略，不如回家去种田。再一次嘲讽鲁儒，却也暗指诗人对国家有强烈的济世情怀。

整首诗采用了以古喻今的写法，讽刺辛辣而形象，展现了鲁叟们表里不一，只知穷尽死守章句却不懂经世谋略的腐儒形象，凸显出他们只是金玉其外而败絮其中的迂腐个性，也表现出诗人甘愿为国家鞠躬尽瘁的伟大理想。

短歌行①

白日何短短，百年苦易满。
苍穹浩茫茫，万劫太极长②。
麻姑③垂两鬓，一半已成霜。
天公见玉女，大笑④亿千场。
吾欲揽六龙，回车挂扶桑⑤。
北斗酌美酒，劝龙各一觞。
富贵非所愿，为人驻颓光⑥。

注释

①短歌行：乐府旧题，属于《相和歌辞·平调曲》。

②万劫：万世，形容时间很长。太极：这里借指太初时代，道家哲学中代表无形无质，比混沌更原始的宇宙状态。

③麻姑：中国民间信仰的女神，属于道教人物。

④大笑：天公与玉女一起玩投壶游戏，投中者天公为之大笑。

⑤扶桑：传说在海面上生长的树。

⑥颓光：逝去的岁月，也指老去的年华。

译文

白天的时光是多么短暂啊，一百年的光阴也很快就过去了。
浩渺的天空无边无际，生生世世的时间实在太长久了。
就连人们所知道的长寿仙女麻姑，头发至少有一半都白了。

天公和玉女玩投壶的游戏，每投中一次就会放声大笑一次，也笑了千亿场了。

我想驾驭日车指挥六龙，转车向东回去，将车挂在海边的扶桑树上。

将北斗星当作酒器斟上美酒，让每条龙都喝上一杯，好让它们都昏睡过去，就不能驾日车出发。

名利富贵并非我想要的，只要能为人们留住光阴，永葆青春。

赏析

《短歌行》是乐府相和歌平调七曲之一，多是叹息人生短短数十载，应该及时行乐。诗人的这首诗却积极向上，满腔热忱，通过传说中的神话人物，揭示时光稍纵即逝，但宇宙无穷的自然规律，表达诗人对时间的珍惜和早日建功立业的愿望。

开头两句，诗人开门见山，慨叹时间一去不复返。“短短”两字叠用，更突出时间如白驹过隙，短暂而珍贵。诗人用“白日”来指代时间，概念被鲜明化，时光稍纵即逝，百年光阴也是如此短暂，流露出人生易老、时光难留的慨叹。

接下来四句，诗人紧紧围绕对时光易逝的感叹，展开了自己丰富的想象力。时光没有尽头，浩瀚无垠的天空，磨难经历万世久远。在这漫长的岁月里，即使长生不死的仙女麻姑，如今也已两鬓斑白了。

然而故事还未完结。李白又将《神异经》中的故事巧妙地融入诗篇。“天大笑”，就是人间见到的电闪雷鸣。“亿千场”就是这种常见的自然现象到现在已经千亿次了，再一次强调了时间流逝是非常快的。至此，诗人将苍穹的浩渺、时间的无垠，通过大胆而奇特的想象表达得淋漓尽致。

随后，诗人笔锋陡转，描绘出另一番景象。以天马行空的想象为人们留住光阴，让人们永远保持青春活力。“劝龙”二字极妙，想象奇特新颖，充满诗意浪漫的情调。

结尾两句，表达了诗人的真情实感，以及对人生匆匆时光的珍惜，对实现心中抱负、干一番轰轰烈烈的事业的渴望，诗人其实也是在劝诫人们要趁早为国奉献，济世为民。

全诗构思新颖，基调乐观积极，弥漫着浓郁的浪漫主义色彩，塑造了瑰奇壮观、多姿多彩的艺术形象。

客中作

兰陵美酒郁金香①，玉碗盛来琥珀②光。
但使主人能醉客，不知何处是他乡。

注释

①兰陵：县名，在今山东临沂。郁金香：一种香草，古人常用来浸酒，后以郁金香为酒名。

②琥珀：这里用来形容酒的色泽。

译文

兰陵产的美酒是用郁金香浸制的，盛在玉碗里发出琥珀一样金黄的光芒。只要主人殷勤招待使客人沉醉，我哪里还会知道自己身处异乡。

赏析

这是一首羁旅诗，作于开元年间诗人漫游东鲁之时。与同类诗歌不同的是，这首诗并没有表达诗人客居异地的愁思，而是自始至终充满着洒脱、豁达的情感。

前两句点明做客的地点，写出了酒宴之盛，字里行间透露出诗人的愉悦之情。后两句写诗人受到热情招待，乐而忘返，体现了诗人豪迈乐观的性格特点。

关山月①

明月出天山②，苍茫云海间。
长风几万里③，吹度玉门关。
汉下白登道④，胡窥青海湾。
由来⑤征战地，不见有人还。
戍客望边色，思归多苦颜。
高楼⑥当此夜，叹息未应闲⑦。

注释

①关山月：乐府“鼓角横吹十五曲”之一，属横吹曲辞，多描写离别哀伤之情。

②天山：祁连山，位于青海东北部与甘肃西部边境。泛指西北边疆的山峦。

③几万里：此处是夸张的说法，意为非常遥远。

④汉：指西汉。下：和下句“窥”都是出兵的意思。白登：山的名称。

⑤由来：历来，一直以来。

⑥高楼：这里指住在高楼里守卫边关的将士的妻子。

⑦“叹息”句：因悲伤而不断地叹息。

译文

天山上升起一轮明月，在无边无际的云海之间徘徊。

萧瑟的秋风从西方吹来，吹过绵延无尽的万里关山，一直吹进玉门雄关。

想起汉高祖曾经受匈奴围困，出兵白登山与匈奴作战，到现在胡兵依然觊觎青海湾。

这些历来兵家征战的地方，守卫边关的将士都未能回到家乡。

守卫边关的将士望着凄冷的边疆，期盼回家乡的面容多么凄凉沧桑。

此时站在高楼上的将士的妻子，想来也在叹息什么时候能够见到远方的亲人。

赏析

诗人通过对边塞苍凉风光的勾画和无休无止的战争的铺垫，描写出征将士无法还乡与亲人团聚的悲苦遭遇，并通过望月来表达将士与家中妻子两地相思、互相牵挂的痛苦。

开头四句，诗人展开了一幅一望无尽的边塞风景图，强调了茫茫边疆萧瑟苍凉的画面感，一股深切的思乡之情也随之而来。诗人以天山、云海、长风、玉门关为形象特征，描绘出一幅边塞萧瑟图，也暗喻了出征将士厌倦边关凄冷，怀念故土的急切情怀。

中间四句，诗人承上启下，化用两则历史典故说明战争无休无止，烽火不断，而出征的将士几乎无人生还，不加掩饰地说明现实的残忍，更增添了叹息悲哀之意。

最后四句，诗人通过望月描写长期守卫边关的将士常年忍受至亲分离的痛苦，又从对面落笔，描述妻子对戍边丈夫的思念，将思情推上了高潮。

全诗雄壮苍茫，意境高远。描绘了一幅浩瀚辽远、气势浩大的边塞壮丽图，用景色苍茫衬托妻子盼望丈夫归家的思念之情，将这份情意衬托得格外深沉厚重。侧面反映了诗人关心民生的家国情怀，从而带给人更为沉静深远的思索。

游泰山[1] 六首（选二首）

其一

四月上泰山，石平御道开。
六龙过万壑，涧谷随萦回。
马迹绕碧峰，于今满青苔。
飞流洒绝巘[2]，水急松声哀。
北眺崿嶂[3]奇，倾崖向东摧。
洞门闭石扇，地底兴云雷。
登高望蓬瀛，想象金银台。
天门一长啸，万里清风来。
玉女四五人，飘飖下九垓。
含笑引素手，遗我流霞杯。
稽首再拜之，自愧非仙才。
旷然小宇宙，弃世何悠哉。

注释

①泰山：五岳之一，位于山东泰安西北，是中国东部著名的高山。又名岱宗。

②绝巘（yǎn）：高耸入云的山峰。

③崿（è）嶂（zhàng）：指山峰和山峦。

译文

四月，我来攀登泰山，看到天子走的路沿石壁凿开。

皇帝曾经乘坐六龙车翻山越岭，纵横深邃的山谷迂回曲折。

当年在青山上马蹄踏过的痕迹早已被厚厚的青苔覆盖。

悬空的瀑布从高高的山顶喷泻而下，水流湍急，松涛呼啸。

我从高处向北望去，那一座座峰峦叠起的山峰，仿佛在像东边倾斜。

山洞前巨大的石门紧紧地关闭着，大地的深处升起云烟，似乎感觉到有波涛如云般奔腾，声音就像风雷涌起一般。

我站在高处远远地望着东海蓬莱三个神仙居住的岛屿，不由得想起了金银台。

来到天门长啸一声，从万里以外吹来的清风吹至胸怀。

有四五个美丽的玉女，飘逸地从九重天上飞下来。

她们向我嫣然一笑，将盛满流霞的玉杯捧给我。

我感激不尽，低头叩首拜谢，惭愧自己并不能成为神仙。

此时忽然觉得心胸开阔，宇宙如此渺小，抛下尘世烦恼是多么地悠闲自在啊！

赏析

这组诗是李白天宝元年（公元742年）四月游泰山时所作，不仅描写了游泰山的所见所感，也写诗人因山势之雄伟、景色之瑰丽而产生的丰富的想象世界。这组诗采用奇妙的想象与夸张的手法，不仅向世人展现了泰山令人称奇的壮丽景色，也在想象的世界中展现了自己虽有壮志在心却无法实现的失落与彷徨。本诗是组诗中的第一首。

开头六句，诗人先交代游山的时间，遥想当年帝王祭祀天地之时盛大的场景，寥寥几笔便描绘出了泰山壮丽的景象，令人心驰神往。

中间六句，诗人采用散点透视的视角，移步换景，从不同层次用不同的皴法描绘了沿途山水景色的气势险峻和奇幻风光，形象地衬托出泰山的奇诡秀丽，好似一幅深远的意境山水图。

最后十二句，诗人面对眼前之景浮想联翩，仿佛进入了极具想象力、亦真亦幻的迷人仙境，本诗也由此增强了艺术感染力。泰山历来就多有神仙往来的传说，诗中将泰山的山水与神仙人物结合在一起，更增添了几分朦胧，也更加令人心生憧憬。“旷然小宇宙，弃世何悠哉。”见到如此巍峨神秘的泰山，诗人竟然生出了远离世事烦恼、追随仙人而去的想法，表明了诗人对世事的厌倦和向往美好仙境的情怀。

全诗想象奇特，意境深远，极度夸张，流露出诗人对污浊尘世的厌弃和对美好仙境的向往之情。

其六

朝饮王母池①，暝投天门关②。
独抱绿绮琴③，夜行青山间。
山明月露白，夜静松风歇。
仙人游碧峰，处处笙歌④发。
寂静娱清辉，玉真连翠微⑤。
想象鸾凤⑥舞，飘飖龙虎衣⑦。
扪天摘匏瓜⑧，恍惚不忆归。
举手弄清浅⑨，误攀织女机。
明晨坐相失⑩，但见五云飞。

注释

①王母池：又名瑶池，传说中西王母居住的地方，位于泰山东南麓。

②暝：傍晚。天门关：在泰山上。

③绿绮琴：泛指名贵的琴。

④笙歌：吹笙伴歌。笙，中国古老的吹奏乐器，属于簧片乐器族的吹孔簧鸣乐器类，是世界上现存大多数簧片乐器的鼻祖，也是世界上最早使用自

由簧的乐器。

⑤玉真：道观。泛指泰山上的道观。翠微：青翠的山色。

⑥鸾凤：神话传说中天上的仙鸟。

⑦龙虎衣：绣有龙虎花纹的衣服。

⑧扪：触摸。匏（páo）瓜：天上的星宿名。

⑨清浅：指银河。《古诗十九首·迢迢牵牛星》有“河汉清且浅”之句。

⑩坐相失：瞬间消失不见。

译文

清晨喝的是泰山瑶池里的泉水，晚上投宿在天门关。

怀里抱着绿绮琴，天黑了依然行走在青山之间。

皎洁的月光照得山下一片明亮，还有那晶莹剔透的露水；风停了松林也安静得没有一点声音，夜显得更加寂静。

这寂静的夜晚，或许此刻有位仙人在翠微峰游玩，吹着笙伴着歌声在四处回荡。

我沉醉于这寂静清凉的月色，望着掩映在青翠山色中的玉真道观。

我身边仿佛有仙鸟起舞，绣有龙虎花纹的仙衣轻巧优美地旋转，姿态动人。

我一伸手就可以从青天摘下匏瓜，香甜味美，神魂颠倒，流连忘返。

本想用双手掬起清澈的银河水，却不小心摸到了织女的纺织机。

第二天早晨这些虚幻的场景忽然消失不见，只看见五色彩云飞舞在山间。

赏析

这首诗是天宝元年（公元742年）四月李白春日游泰山时所作。此诗描写李白在天门关的夜游场景与面对美景时不自觉产生的奇妙丰富的幻想，幽秘的泰山之夜，诗人怀抱绿绮名琴，漫步于青山之间。此诗想象美妙绝伦，充满李白独有的浪漫主义色彩。诗人把夜游时所看、所想、所感的天门关之景描写得缥缈奇逸，极具魅力，同时又带领读者走进了奇幻空灵、亦真亦假的仙人世界，使天门关夜游之行变幻莫测，趣味十足，展现了灵动的艺术境界。作者极写天门关之高，让人有一种如临其境的错觉，误攀织女机，这般独一无二的联想力让人不得不由衷地赞叹和敬佩。整首诗给人以高度的艺术美感和愉悦的精神享受！

苏台览古①

旧苑荒台杨柳新②，菱歌清唱不胜春③。
只今惟有西江月④，曾照吴王宫里人⑤。

注释

①苏台：姑苏台，春秋时期吴王阖闾所建，故址在今江苏姑苏山。览古：游览古迹。

②苑：园林。荒台：指姑苏台。

③菱歌：江南水乡人们采菱时唱的歌。不胜春：歌曲中包含无尽的春意。

④西江月：西江上空的明月。

⑤吴王宫里人：指吴王夫差宫中的嫔妃和宫女。

译文

姑苏台荒芜园林的杨柳逢春更新，采菱女清亮的歌喉唱不尽荣春。
如今只有那西江上的一轮明月，曾照耀过吴王宫中的歌舞美人。

赏析

这首诗作于天宝初年诗人游姑苏台时。诗人通过对姑苏台过往今朝的描写，表达了对昔盛今衰的感慨之情，对物是人非的伤怀之感，对世事无常无限感伤的心情。

前两句，诗人描写今日所见的景象，想到昔日歌舞升平、灯红酒绿的吴苑苏台，如今常新不变的只有那青翠的杨柳，过往人事早已如云烟一般飘散而去，不免觉得失落凄凉。

后两句，诗人面对眼前这一切，抒发了古往今来峥嵘兴衰的感怀与叹惋，更是表达了哀伤凄楚、无限惆怅的心境。

全诗思古伤今，着重描写今朝之孤寂荒芜，暗示昔日之繁荣昌盛；景色凄美，感人肺腑，意味悠长。

南陵[①] 别儿童入京

白酒新熟山中归，黄鸡啄黍秋正肥。
呼童烹鸡酌白酒，儿女嬉笑牵人衣。
高歌取醉欲自慰，起舞落日争光辉。
游说[②]万乘苦不早，著鞭跨马涉远道[③]。
会稽愚妇轻买臣[④]，余亦辞家西入秦[⑤]。
仰天大笑出门去，我辈岂是蓬蒿人[⑥]。

注释

①南陵：此南陵应该指的是东鲁。

②游说：战国时，有才之人以口辩舌战说服诸侯，获取官位，称为游说。

③著鞭：挥鞭，指骑马赶路。远道：遥远的道路，指赶赴京城。

④买臣：朱买臣，西汉会稽吴县（今属江苏苏州）人。家境贫困，只能卖薪度日，但是非常喜欢读书，可是妻子不愿忍受清苦的生活，改嫁他人。后来朱买臣当上了会稽太守，妻子因感到惭愧而自尽。

⑤秦：指唐朝首都长安。

⑥蓬蒿人：住在乡野的人，寒士。蓬、蒿，都是草本植物，这里借指民间。

译文

我从山中游玩归来，家中白酒正好酿熟，时值秋天，长得正肥的黄鸡啄着米粒。

我呼唤童仆为我炖上黄鸡，斟满白酒，孩子们牵着我的衣服吵闹嬉笑。

今天这么高兴就要好好痛饮一番，要用美酒来宽慰自己，喝到尽兴时就忍不住跳起舞来，要和秋天的落日争光辉。

我没有尽早劝帝王重用于我，浪费了多少时光，我要骑上快马挥舞着鞭子走上遥远的道路。

当初会稽朱买臣那愚蠢的妻子轻视于他，如今我也要辞家前往长安向西进入秦地。

仰面朝天大笑着走出门去，像我这样的怎么会是虚度时光的草野之人！

赏析

天宝元年（公元742年），四十二岁的李白得到唐玄宗召他入京的诏书，他异常兴奋，以为实现政治抱负的理想时机到了，于是兴高采烈地回到南陵家中，让童仆准备酒菜并与儿女道别，兴奋之情溢于言表，激动地写下了这首激情洋溢、踌躇满志的诗作。

开头两句，诗人描绘出一派秋熟季节丰收的景象，来烘托自己喜不自禁的情绪，为下面描写诗人掩藏不住激动兴奋的心情做了铺垫。诗人刚从山中归来，家中新酿的白酒正好酿熟，秋天长得正肥的黄鸡正在啄着谷粒，这样欢乐的气氛，绝佳地衬托了诗人激动万分的好心情，侧面写出诗人对功名的渴望与真率、自然的心情。

接下来四句，诗人一进门就呼唤童仆炖上美味的黄鸡，并斟上醇美的白酒，孩子们见诗人这么高兴都围在他身边扯着他的衣服嬉闹玩耍。痛饮一番后觉得不过瘾，还要起身舞剑，剑光闪闪好像要与秋天落日光辉争个高低。通过嬉闹、痛饮、高歌、舞剑这几个生动形象、活泼有趣的场景描写，淋漓尽致地表达出诗人心中的兴奋和喜悦，此刻诗人就是想要表达自己的快慰兴奋之情。

以下两句，表现出诗人对自己多年怀才不遇的叹息，诗人向君王表达自己政治主张的时间已经太晚了，现在君王召见诗人入宫，诗人恨不得快马加鞭奔向通往京城的大道，一下子跑完遥远的路程，表现出诗人满怀希望又急切盼望的心情。

再以下两句，诗人借用朱买臣不受妻子重视最终功成名就的故事来类比自己像朱买臣那样大器晚成，从这里可以看出其溢于言表的得意之态。朱买臣的妻子因目光短浅，看不起贫穷的朱买臣。于是李白将那些目光短浅而轻视自己的世俗小人比作“会稽愚妇”，而自比朱买臣，以为自己像朱买臣一样，西进长安就可青云直上了。

结尾两句，将诗人受到君王召见时激动万分、扬扬自得的情绪推向高潮，表现诗人此刻欣喜到了极点。

全诗贯穿着诗人意气风发、壮志凌云的心理状态，表现了人生得意须尽欢的主题。诗人放弃以往夸张想象、飘逸灵动的写作手法，而是将激动万分的心情直截了当地叙说开来。

全诗生动形象，风格鲜明，别具一格。诗人匠心独运，不是一条大道直通到底，而是由表及里，有曲折，有起伏，一层层把感情推向顶点，使感情酝酿得更为强烈，最后喷发而出。全诗跌宕多姿，把感情表现得真挚而又鲜明。

蜀道难

噫吁戏，危乎高哉！
蜀道之难，难于上青天。
蚕丛及鱼凫[①]，开国何茫然。
尔来四万八千岁[②]，不与秦塞通人烟[③]。
西当太白有鸟道[④]，可以横绝峨眉巅。
地崩山摧壮士死[⑤]，然后天梯石栈相钩连。
上有六龙回日之高标[⑥]，下有冲波逆折之回川[⑦]。
黄鹤[⑧]之飞尚不得过，猿猱[⑨]欲度愁攀援。
青泥何盘盘[⑩]，百步九折萦岩峦。
扪参历井仰胁息[⑪]，以手抚膺坐长叹。
问君西游何时还，畏途巉岩不可攀[⑫]。
但见悲鸟号古木，雄飞雌从绕林间。
又闻子规啼夜月，愁空山。
蜀道之难，难于上青天，使人听此凋朱颜[⑬]。
连峰去天不盈尺，枯松倒挂倚绝壁。
飞湍瀑流争喧豗[⑭]，砯崖转石万壑雷[⑮]。
其险也若此，嗟尔远道之人胡为乎[⑯]来哉！
剑阁峥嵘而崔嵬[⑰]，一夫当关，万夫莫开。
所守或匪亲[⑱]，化为狼与豺[⑲]。
朝避猛虎，夕避长蛇，
磨牙吮血，杀人如麻。
锦城[⑳]虽云乐，不如早还家。
蜀道之难，难于上青天，侧身西望长咨嗟[㉑]。

注释

①蚕丛、鱼凫：传说两个古代蜀国的君主，难以考证。

②尔来：从鱼凫、蚕丛建立国家以来。四万八千岁：指时间遥远漫长。

③秦塞：秦国的关塞（今属陕西），古代秦国四面有山，被称为“四塞”（四面都有险阻）之国。通人烟：指两地之间交往。

④太白：指太乙山。鸟道：只有鸟儿才能穿越的道路。

⑤“地崩”句：《华阳国志·蜀志》记载，战国时秦惠王想征服蜀国，他知道蜀王好色，答应送蜀王五个美女，蜀王于是派五位壮士去迎接，在回梓潼的路上，只见一条大蛇钻进洞穴，五位壮士一起拽住蛇尾，结果山石崩塌，五位壮士和美女被压死。从此，山分为五岭，秦蜀之路相通。

⑥回日：回日车，载着太阳神在天空巡回的车子。高标：指蜀道上险峻的山峦。

⑦冲波：水流冲击腾起的波浪，这里指激流。逆折：水流回转。回川：有漩涡的河流。

⑧黄鹤：黄鹄（hú），一种善于高飞的大鸟。

⑨猿猱：蜀山中最善攀缘的猴类。

⑩青泥：青泥岭，为唐代入蜀要道。盘盘：山路迂回曲折的样子。

⑪扪：触摸。历：擦过、挨着的意思。参、井：两个星宿名。秦属参宿分野，蜀属井宿分野。胁息：屏气不敢呼吸。

⑫畏途：令人害怕、不敢穿行的道路。巉岩：险恶陡峭的悬崖峭壁。

⑬凋朱颜：这里指脸色由红润变为铁青。

⑭湍：急流。瀑流：瀑布。喧豗（huī）：指急流和瀑布发出的巨大响声。

⑮砯（pīng）：原意为水冲击山崖的声音，这里是撞击的意思。壑：山谷，山沟。

⑯胡为乎：为什么。

⑰剑阁：位于四川省的奇险栈道，群峰如剑，又称剑门关。峥嵘：险峻陡峭的样子。崔嵬：高大雄伟的样子。

⑱所守：指把守关口的人。或：假如。匪亲：不是亲近、可以信赖的人。

匪，通“非”。

⑲狼与豺：与下文的猛虎、长蛇都比喻叛乱生事者。

⑳锦城：成都古代以产棉闻名，朝廷曾经设官于此，专收棉织品，故称锦城或锦官城。

㉑侧身：转身，回头。长咨嗟：长长地叹息。

译文

哎呀，真是又高又险啊！

蜀道真是太难攀登了啊，比上青天还难。

相传是蚕丛和鱼凫这两个君主建立了蜀国，开国的年代到现在实在太遥远。

那以后的四万八千年，秦蜀两地因秦岭阻拦就不曾交往。

西边的太白山只有飞鸟能越过的小道，从那里走可以直接穿过峨眉山的山顶。

那时因山石崩塌，五壮士因此壮烈牺牲，才将这陡峭的山路栈道把两地连接在一起。

上面有最高峻的山峰挡住了六龙车使它回转，下有曲折险峻的大川，波浪滔天急流汹涌。

就算是擅长高飞的黄鹤都无法飞过去，最善攀缘的猿猱想要爬上去都无可奈何。

青泥岭多么的迂回曲折，百步之内盘绕山峰能转九个弯。

仰头只能屏气摸着参、井两个星宿往前走，用手摸着胸口惊恐不已发出长长的叹息。

想问朋友你游览蜀山何时才能回来呢？这陡峭险峻的山峰真是不可攀登。

只看到古树上群鸟正哀鸣啼叫，雄鸟和雌鸟相互盘旋飞翔在森林之间。

月色下又听见了杜鹃那凄苦的叫声，把哀愁传遍这空荡荡的山峦。

蜀道真是难攀越啊，简直难于上青天，使人听了不由得变了脸色。

一座座山峰紧密相连，距离青天不满一尺，枯朽的松树倒挂着倚靠在绝壁上。

急流和瀑布发出巨大的响声似乎在争相喧闹着，水流冲击悬崖和撞击石头的声音就像山谷里传来的巨大的雷声。

蜀道艰险已经到了这般地步，唉，你这远方的友人为何要来到这个地方？

剑门关崎岖险峻又高耸巍峨，哪怕只有一人把守千军万马也难以攻占。

把守的如果不是自己可以信赖的人，就会成为叛乱者在此谋反。

早晨要小心提防猛虎，晚上要注意防范长蛇，

它们磨着尖牙吮吸鲜血，全都杀人不眨眼。

锦城虽说很欢乐令人流连忘返，但这么险恶不如早日返回家。

攀登蜀道太艰难啊，真是比上青天还难，我侧身向西望去，不由得因感慨而长叹。

赏析

这首诗一般认为是天宝元年（公元 742 年）至天宝三载（公元 744 年）诗人身在长安为送友人王炎入蜀而作，主要规劝王炎不要羁留蜀地，早日回到长安，以避免途中遭遇不测，为小人所害。《蜀道难》是乐府旧题，齐梁以来文人多以此描绘蜀道之艰险，李白也是如此，但此诗的思想性与艺术性已远远超越了同类作品，成为诗人的代表作之一。整首诗豪放洒脱，感情强烈，极富浪漫主义气息，气象雄伟，雄浑壮阔，极力刻画了蜀山的艰险壮观以及不可凌越之势，令人读之欲罢不能，充分显示出诗人丰富的想象力和歌咏祖国山河雄伟壮丽的浪漫主义思想。

全诗可分成三个部分。

第一部分为“噫吁嚱”到“然后天梯石栈相钩连”。从历史传说开始起笔，说明了蜀道的来历，将这一历史传说演绎得生动形象、鲜活立体，为蜀道艰难增加了一层神秘莫测的面纱，也以强烈的咏叹为全诗定下了雄奇奔放的基调。

第二部分从“上有六龙回日之高标”到“嗟尔远道之人胡为乎来哉”。这一部分又可分为两层。前八句为第一层，主要写蜀道山势险峻以及想要攀登的艰难险阻。接下来的十四句为第二层，描绘了悲鸟在古木上哀鸣、杜鹃在夜色中凄厉地鸣叫、空荡荡的山峦、枯朽的松木、悬崖峭壁、急流和瀑布

击打着岩石的巨大响声等一系列象征险峻的景象，动静相衬，有声有形，前后相应，浑然一体。这部分从头至尾都在点明主题，咏叹蜀道之难，彰显行路之愁。另外，诗人还将奇幻的神话与夸张的表达巧妙地结合起来，青山高峻接天，连羲和驾驶的太阳神车至此也要回还，用虚写手法层层映衬，将蜀道之难行描绘得淋漓尽致。

第三部分从“剑阁峥嵘而崔嵬”到“侧身西望长咨嗟”。通过地理形势的险要联想到现实中小人难防，暗示诗人希望君王小心提防“豺狼虎豹”这些奸诈凶恶之人，并因此对友人进行规劝。而诗人最后一声长叹，借蜀道之“难”，表达了诗人对朝中险恶小人意图谋反深深的忧虑。

诗人笔法雄浑壮丽，豪放洒脱，将气势磅礴、宏伟壮观的古老蜀道艺术地再现在读者眼前。同时，诗人从蜀道之险联想到当时的现实背景，揭露蜀地“豺狼”的所作所为使得人民生活贫苦不安，表达了诗人对国家命运的关心，后来发生的安史之乱，证明诗人的忧虑极具前瞻性。

塞下曲六首（选二首）

其一

五月天山雪，无花只有寒。
笛中闻《折柳》[①]，春色未曾看。
晓战随金鼓[②]，宵眠抱玉鞍。
愿将腰下剑，直为斩楼兰。[③]

注释

①《折柳》：指《折杨柳》曲，古乐曲名。

②金鼓：指四金和六鼓。

③“愿将”二句：意为愿意用腰间的宝剑斩杀侵犯的敌人。

译文

五月的天山依然风雪交加，看不到鲜花开放，只有刺骨的寒冷。
有人用笛子吹着《折杨柳》的曲子，可根本不曾看见那明媚的春色。
天刚蒙蒙亮战士们跟随鼓声作战，寒气凛冽的夜晚抱着马鞍睡觉。
只愿用腰间悬挂的宝剑，为君王过关斩将，打败敌人。

赏析

《塞下曲六首》是李白的组诗，于天宝二年（公元743年）所作，诗人讲述了汉武帝平定匈奴侵扰的史实。盛唐时期，西北游牧部落与唐王朝之间发生过多次战争，李白在这首诗中，借用历史题材，歌颂了戍边将士不畏艰险、奋不顾身的英雄气概，以高亢的基调和雄浑壮美的意境反映盛唐的精神。

首联两句言明季节已是仲夏五月，天山却一直被积雪覆盖，天气极为严寒。诗人从视觉入笔，表明五月的中原正是盛夏的好时节，而塞外天山满天雪花依旧飘飘洒洒。这种在同一季节的反差被诗人敏锐地捕捉到，诗人并没有客观地描写景致，而是用轻描淡写的笔法写出自己内心的感受。“无花只有寒”，一个“寒”字可以隐约透露出诗人悲天悯人的家国情怀。

颔联两句，紧承首联写景。诗人从听觉入笔，看似写在边关听到了春天的笛声，实则描写这白雪茫茫的极寒之地无春色可赏，无花可摘，暗指戍守边关的将士不仅承受着身体上的寒冷，还要忍受别离家乡、思念亲人的愁苦。只有一曲笛音将故乡春风拂面的美景与思念的亲人带到戍守边关将士的心中。然而春天在边疆是看不到的，只有在笛曲《折杨柳》中才能感受家乡的春意盎然。

颈联两句，诗人承前两联对边关极寒天气的描写，渲染边疆战士不仅要承受塞外的艰苦，还要随时准备上阵杀敌，使诗歌进入苍凉悲壮的意境。“晓战”与“宵眠”相对应，可以看出军中生活随时面临战争威胁的常态，而“抱”字表现出将士夜间警备的状态，可以看出他们奋勇杀敌、建功立业的心情。

尾联两句，诗人急作转合，描写守卫边疆的战士不畏严寒，誓杀敌虏。这里借用了西汉傅介子计斩楼兰王为国立功的典故，表现了戍边战士不畏艰险、为国杀敌的爱国情怀。“愿”“直”两字，描写战士们无怨无悔、保家卫国的伟岸形象。振起全篇，画龙点睛，气势逼人，让人忍不住神游于边疆战场，体会古时战火硝烟、战士征战沙场的豪迈气势，艺术魅力自书面喷涌而出。

全诗雄伟壮阔，意境深远，是五律别调佳作。

其三

骏马似风飙①，鸣鞭出渭桥②。
弯弓辞汉月③，插羽破天骄④。
阵解星芒尽⑤，营空海雾⑥消。
功成画麟阁⑦，独有霍嫖姚⑧。

注释

①风飙（biāo）：暴风。

②鸣鞭：马鞭挥动时发出声响。渭桥：长安城西面渭水河上的一座大桥。

③辞汉月：离开中原的意思。

④插羽：腰间插着箭。箭杆上端有羽毛，叫箭翎，又叫箭羽。羽，指箭，箭杆上有羽毛。天骄：指匈奴。匈奴曾自称“天之骄子”。

⑤阵解：指战争结束。星芒：客星的光芒。

⑥海雾：沙漠上的雾气，喻指战场上硝烟弥漫。

⑦麟阁：麒麟阁。

⑧霍嫖姚：西汉名将霍去病。

译文

骏马如狂风般向前驰骋，在清脆响亮的马鞭挥动声响中，飞快地奔出了渭桥。

背着弓箭辞别中原来到边疆，在战场上弯弓搭箭打败匈奴。

当我们打败了敌人结束战争后，客星的光芒也渐渐散去，军营里空无一人，战争的烟云也已消散。

在那象征着战功显赫的麒麟阁功臣像上，只有霍嫖姚的画像。

赏析

此诗为诗人所作组诗《塞下曲》第三首。

首联两句，诗人描写战事紧急将士们骑上快马前往战场的壮观场面，渲染出军令如山的紧急和戍边战士即将上阵杀敌的斗志昂扬的心情，骏马犹如风驰电掣般狂飙，在响亮的马鞭声中飞奔出京，凸显将士们杀敌心切、报效国家的心情。

颔联两句，诗人叙写从军队出发到克敌制胜，没有对战场厮杀惨烈的片段进行描写，语言简洁传神，描绘了将士们士气高昂、旗开得胜的壮观场面：壮志雄心的将士离开京城到达边疆，未歇息便马上备好弓箭鏖战疆场，怀着必胜的信念战士们旗开得胜，将前来侵扰的匈奴打得大败。

颈联两句，诗人描写“破天骄”后的战场情形。“阵解”与“营空”对仗，描写了敌人战败逃离，人去营空，战争的烟火已然消散，诗人仰望星空，客星光芒已尽，意味着战争即将结束。

尾联两句，诗人似乎具有讽刺的意思，其实，凯旋的战士心里明白，即使打了胜仗也并不是所有人都能加官晋爵，但他们依然为报效国家、守住国土而感到自豪，这才是诗人最想表达的主题，将士们甘愿为国效力，体现出男儿的英雄主义性格。

全诗笔力雄健，气势不凡，构思独特新颖，思想境界深沉高远。

丑女来效颦[1]（《古风》其三十五）

丑女来效颦，还家惊四邻。
寿陵失本步[2]，笑杀邯郸人。
一曲斐然子，雕虫[3]丧天真。
棘刺造沐猴[4]，三年费精神。
功成无所用，楚楚且华身。
《大雅》[5]思文王，颂声久崩沦。
安得郢中质[6]，一挥成斧斤[7]。

注释

①丑女来效颦（pín）：西施因心口痛捂着胸口皱着眉，一个丑女见了觉得她这个样子很美，便模仿西施的样子，以为自己很美，结果显得更丑了。颦，皱眉头。

②寿陵失本步：相传寿陵有个少年特地学习邯郸人是怎样走路的，结果非但没有学会，还把原来自己怎么走路的样子给忘记了，只好爬着回去。寿陵，古时燕国的城邑。

③雕虫：比喻微不足道的技能。这里指雕琢文字。

④棘：小而丛生的枣树，泛指有刺的草木。沐猴：猕猴。传说有个卫国人欺骗燕王，说自己能在棘刺的尖端上雕刻沐猴，燕王便赏赐他很多金银财宝。

⑤《大雅》：《诗经》中的篇名。

⑥安得：怎么可能得到。郢（yǐng）：古时楚国的都城，位于今湖北江陵西北。质：这里指施展技艺的对象。

⑦一挥成斧斤：形容挥舞斧子的动作快速又精准。郢人把白泥涂抹在鼻尖上，叫石的木匠用斧子削掉，木匠一挥成风，削去了白泥而且没有伤到鼻子，郢人丝毫不害怕。一个君王听说了这件事，叫这位木匠表演这个绝技，木匠回答说："郢人已经死了，没有人能配合我了。"

译文

西施因为心口痛常常捂着胸口皱着眉，东邻丑女觉得西施这个样子很美，也学西施的样子捂着胸口皱着眉，见到她的四邻都被她的怪模样给吓了一跳。

一个寿陵人想学邯郸人走路，结果不仅没有学到，反而连自己以前怎样走路也不记得了，最后只能爬着回到家中，还让邯郸人嘲笑了一番。

斐然子一曲虽然能骗取人们的信赖和支持，但是因过于注重雕琢而失去了原先的本真。

就像在一个棘刺的尖上雕出一个猕猴，足足花了三年的时间。

虽栩栩如生，惟妙惟肖，但也是白白浪费时间没有什么用处。

如今像《诗经·大雅》中的《文王》等和《颂》中诗篇的，已经非常少见了。

要是能够再遇到像郢人这样能够施展绝技的对象，我也会如那个名叫石的木匠那般运斧成风，一展绝技。

赏析

此篇是论诗之作，针对参加科举的诗赋考生，辛辣地批评了只重视形式，不注重诗歌社会责任的现象和风气，嘲笑那些诗词歌赋的作者不过想借此求取功名，过上荣华富贵的生活而已，背离了诗歌美好纯洁的本真，破坏了正统的思想教育。

前四句引用两则典故来说明作诗赋者，内在没有真才实学只会没出息地模仿别人，这免不了遭到他人耻笑。

中间六句言当时的诗篇虽然言辞华丽，但只会追求章句上的华丽美艳，就像雕刻沐猴一样徒有其表，不仅浪费时间，也没有多大用处。

最后四句承接上文，意思是说现在的诗作再也不能像周文王那个时代的作品一样真实可贵了，没有了像雅、颂那样的佳作。

此诗运用一系列典故针对雕琢模拟、华而不实的诗风进行了尖锐的讽刺，显示进步的文艺观，从中透露诗人迫切希望这一现象得到改善，希望参加科举的考生能够写出古朴真实的诗篇，也从侧面表达了诗人因为缺少志同道合的知己而感慨不已。

送杨山人归嵩山

我有万古宅，嵩阳玉女峰[①]。
长留一片月，挂在东溪松。
尔去掇[②]仙草，菖蒲花紫茸。
岁晚或相访，青天骑白龙。

注释

①玉女峰：为嵩山支脉太室山二十四峰之一，峰北有一外形像女子的石头，因而得名。

②掇：拾取，摘取。

译文

我有一座千万年都不会坏的仙宅，那就是嵩山东峰的玉女峰。
在那里一直保留着一片皎洁的月光，它挂在东溪边古老的松树上。
杨先生您又要上嵩山摘取仙草、菖蒲和紫茸花，为了维持青春的容颜。

今年晚些时候我或许会去那儿拜访您，您可能正在青天之上骑着白龙来迎接我。

赏析

这首送别诗作于天宝初年，杨山人是诗人游嵩山时结识的好友，如今好友要返回嵩山与其分离，诗人怀念起两人初次相识一见如故并把酒言欢的场景，忍不住感慨万千，作此诗送别友人。

全诗可分为三个部分。

前四句为第一部分。诗人展开了丰富奇妙的想象，表达了自己对雄伟壮观的嵩山的喜爱，以及对过往在嵩山结交好友、畅游山水的生活的眷念之情。这里选用的“玉女峰”是为了与上句“万古宅”相互对应。“万古宅”暗指仙人居所，诗人生活的神秘淡然，使人向往，也充分表明了隐居者高洁的情怀。

五、六两句为第二部分。诗人想象杨山人回归嵩山后悠然自得的隐居生活，羡慕之中又充满了依依不舍的离别之情。“尔”与前面的“我”相呼应，渲染出浓郁的别离气氛。

结尾两句为第三部分。诗人同杨山人一样都是仙风道骨、不喜世俗之人，今日就要分别，诗人急切地期盼着能再次与友人一起畅游山水、讨论仙道智慧。想到这里，诗人将再次相见时的画面进行了形象地刻画。诗人的想象里，友人那时候的样子潇洒自然，飘然若仙，意境缥缈浪漫，极富画面感。

全诗风格空灵旷远，想象神奇又豪放飘逸，不仅将情感与自然相和谐，抒发了诗人对秀丽山川强烈的喜爱之情，也深切地表达了诗人对与友人栖隐山水、寻仙访道生活的热爱与向往。虽惜别而不感伤，对友情不讷其表，真挚而又情深，表现了诗人惊人的创造力。

玉阶怨[1]

玉阶生白露，夜久侵罗袜。
却下水精帘[2]，玲珑望秋月。

注释

①玉阶怨：乐府曲调名，内容多写宫廷妃嫔的哀怨之情。

②却：还。下：放下。水精帘：用水晶制成的垂帘，类似现代的琉璃帘。水精，即水晶。

译文

玉石砌成的台阶上滋生了露水，在深沉的夜色下站立了很久，袜子都被浸湿了。

转身回到房间放下水晶珠帘，隔着帘子继续望着那孤独的秋月。

赏析

这首诗描写了一位深居闺中的妇女寂寞和惆怅的心情。虽名为“玉阶怨”，但纵观全篇未提到一个“怨”字，而“夜久”“侵罗袜”“却下”“望秋月”却充分表现出女主人公怨意极深，此情此景抒发了女主人公如怨如诉的感伤情怀。

前两句，诗人描写女主人公深夜独自一人久久地站在玉石阶上望着洁白的月光，露水浸湿了罗袜，实际上体现了宫中失去君王宠爱的嫔妃落寞凄凉又思念君王的心理。

后两句，诗人以寒冷的月色衬托女主人公这一夜凄苦无眠，表现女主人公企盼君王爱怜却不能成真的愁苦心酸。她无奈地放下了水晶帘，终是敌不过这漫漫长夜，又忍不住望向那晶莹剔透、满载愁思的月光。“玲珑”二字看似简单的笔调，借月的玲珑来衬托人的愁怨，可见其功力，充分表现出女主人公的寂寞、幽怨。

全诗未曾着重描写“怨”，看似无意，实则满含无限忧愁怨苦，于幽微之处尽显惆怅凄凉，全诗以一个旁观的、带有距离感的视角描写妇人之怨，没有铺天盖地、声嘶力竭地极力渲染，却余韵悠长，无限幽深。

忆东山二首

其一

不向东山久，蔷薇[1]几度花？
白云还自散，明月落谁家[2]？

注释

①蔷薇：蔷薇花，是蔷薇属部分植物的通称。这里一语双关，既指蔷薇花又意蔷薇洞。相传蔷薇洞是谢安游宴之处。

②白云、明月：既指自然景物，也象征着谢安建造的白云、明月二堂。

译文

我离开东山已经很久了，不知蔷薇洞旁的那株蔷薇花又绽放了几次？

白云堂上空飘浮的白云是不是仍然自己聚散分开，明月堂前的皓月不知道又落到了哪户人家？

赏析

这两首诗是诗人天宝初年在京待诏翰林时所作。当时诗人虽身在京城，却被唐王疏远，并没有获得像谢安那样建功立业的机会，表达了诗人欲离朝归隐的思想感情。这组诗表明了诗人在仕途受阻时，向往归隐东山不问名利却又仰慕谢安成就了一番事业，而自己依然未能受到重用，面对荣华富贵却如浮云的思想。

前两句描写诗人饱含着时光匆匆而壮志未酬的无奈哀叹。自从踏入京城，已经很久没有回到东山看一看了，不知道蔷薇洞旁的蔷薇花开了多少次，可以看出诗人对于自己未曾施展一身抱负而伤感不已。

三、四句诗人抒发自己的内疚情感，表明自己身在京城却毫无作为，辜负了东山的白云明月，想起自己曾经居住的东山，那花草景色似乎就在眼前，而自己却一事无成，不免心怀惭愧和懊悔，觉得愧对东山的山水桃源，愧对当初那份离别之情。

诗人借景色写心中所感，读来却不拖泥带水，而是别有一番滋味在心头。诗人仰慕谢安的才华，更羡慕他离开东山后创下的功业，想到自己，虽也与东山道了别离，却毫无作为，徒留京城浪费大好光阴，既觉得愧对东山风物，又忍不住怀念起曾在东山纵情山水的日子，心中感慨无限。

全诗自然随意，毫无拘束之态，情怀深远，读来亦使人难以忘怀诗人心中的酸楚。

其二

我今携谢妓①，长啸绝人群。
欲报东山客②，开关扫白云。

注释

①谢妓：指妓女。
②东山客：东山的隐者，即谢安。

译文

如今我要像谢安一样，带着歌舞伎放声呼喊，远离人们。
我准备告知东山的隐者，为我打开蓬门，扫去环绕在山径上的白云。

赏析

前两句，诗人高调宣称自己要像谢安一样，带着歌舞伎远离人们归隐东山，表达了诗人狂放不羁、视名利如草芥的豪迈与豁达。

后两句，诗人以谢安自比，用白云、东山客衬托形象，表明自己淡泊名利的人生价值观。

全诗洒脱率真，无拘无束，展现了诗人旷达超然的性格。

月下独酌四首（选一首）

其一

花间一壶酒，独酌无相亲[①]。
举杯邀明月，对影成三人[②]。
月既不解[③]饮，影徒随我身。
暂伴月将[④]影，行乐须及春[⑤]。
我歌月徘徊，我舞影零乱[⑥]。
醒时同交欢，醉后各分散。
永结无情[⑦]游，相期邈云汉[⑧]。

注释

①无相亲：没有一个亲友。

②三人：指月亮、诗人自己及其影子。

③解：了解，懂得。

④将：偕，同。

⑤及春：趁着春色明媚。

⑥影零乱：因身形舞动影子随之凌乱。

⑦无情：指月与影都是没有情感的事物。

⑧期：相互约定。邈：高远辽阔。云汉：天河，这里指天上，意为最遥远的地方。

译文

花丛中备好一壶酒，独自饮酒没有亲近的人在身旁。

我举起酒杯邀请天上的明月与我共饮，明月、影子与我正好三人。

月亮不懂得如何饮酒，影子也只是徒然跟随着我。

只好与月亮、影子暂时做伴，趁着春光明媚的时刻及时行乐。

我放声高歌月随人移徘徊不定，我手舞足蹈影子也跟着纷乱。

清醒时我们共同欢乐，醉了便要与这月亮和影子道别。

但愿能够与它们无尽地漫游，在那遥远的天河旁相聚。

赏析

诗人以饮酒为题的诗歌众多，有盛宴聚饮的，有与友人把酒言欢的，也有独酌的。此诗是众多独酌诗作之中的代表作。主要描写诗人在清冷孤寂的月色下独自饮酒，没有亲朋好友在身旁的冷落情景，体现了诗人怀才不遇的寂寞和孤傲，以及在失意中依然旷达乐观、放浪形骸、狂放不羁的豪放个性。这首诗约作于天宝三载（公元744年）诗人被“赐金放还”之前，是《月下独酌》组诗中流传最广的一首。当时诗人遭谗臣诋毁，政治理想不能实现，内心的苦闷无处言说。

开头两句，诗人向我们展现了一人独自饮酒的凄清落寞，场面极其孤凄，诗人拎着一壶酒信步于花丛中，没有任何亲近的人在身旁，只好自斟自酌。

三、四两句，诗人突发奇想地邀请明月和自己的影子一起饮酒，想一扫孤寂冷清之感。此处运用拟人手法，使明月和影子的形象具体生动起来，也从侧面凸显了诗人空有一身抱负却不能有所作为的无奈、伤感的心理状态。

五、六两句，诗人悲叹明月与影子都是无情之物，又怎么会懂自己的苦闷呢！况且明月也不懂得人的悲伤，影子也只能徒然随人，两种无情物的比拟，显示了诗人的愁闷之情。

七、八两句，诗人称明月与影子虽然无情，但由于自己“无相亲”，所以也只能与其做伴，聊以自慰。

九至十二句，表面上是描写诗人对着明月纵情歌唱、与影子手舞足蹈，但这纵情欢乐的场面越热闹，越能反衬诗人心中无尽的凄凉孤独。诗人深知清醒时能与明月和影子饮酒作乐，而醉了以后“三人”就要分离，表达了诗人的感伤和离别之情。

结尾两句，描写诗人无法排遣现实中的苦闷，想象着与明月和影子一起遨游九霄，遁世归隐的心情一目了然。

全诗跌宕起伏，摇曳生姿。诗人运用丰富的想象，表现出由独至不独，又由不独而至独的复杂矛盾的情感，全诗以独白的方式表达诗人因未实现心中抱负善自排遣寂寞的个性。诗情波澜起伏而又旷达自然，自立自破，自破自立，因此为后人所传诵。

以诗代书答元丹丘

青鸟①海上来，今朝发何处。
口衔云锦书，与我忽飞去。
鸟去凌紫烟②，书留绮窗③前。
开缄④方一笑，乃是故人传。
故人深相勖⑤，忆我劳心曲⑥。
离居在咸阳，三见秦草绿。
置书双袂间，引领不暂闲。
长望杳难见，浮云横远山。

注释

①青鸟：传说青鸟为西王母的使者，故称传书人为青鸟使。

②凌紫烟：翱翔于紫色的烟霞之上。

③绮窗：雕饰华丽的窗户。

④缄：书信。

⑤勖（xù）：勉励，劝慰。

⑥心曲：心间。

译文

青鸟从广阔的大海上飞来，如今又要飞到哪去呢？

它的嘴里叼着一个装有锦囊的书信，把书信交给我以后，又一下子飞走了。

青鸟翱翔于紫色的烟霞之上，送给我的书信就留在了雕饰华美的绮窗前。

拆开信封忍不住笑了起来，原来是老朋友写给我的信。

朋友在信中真诚地勉励我，还说他因为思念我而心中伤感。

我俩分别后我一直住在咸阳，已经三次看到秦地的草木枯萎又茂盛。

我将这封珍贵的信放在袖子里，真希望再次见到友人，于是伸长脖子眺望远方。

我站在原地瞭望很久也看不到友人的身影，只有浮云环绕着远处的高山。

赏析

这首诗是李白于天宝三载（公元 744 年）所作，好友元丹丘给在长安拼搏的诗人来信，为诗人的仕途生活加油鼓劲，于是诗人写了这首诗当作回信。

开头六句，诗人以古代神话传说中的传书使者青鸟为喻，颇具趣味性地交代了接到友人书信的场景，将送信画面描写得生动可爱，一只来自九天仙人之处的精灵来为诗人送信，不失俏皮又画面感十足。

中间四句，诗人描述了书信中友人对其的支持、鼓励以及深切的思念，说明友人对诗人的深厚情谊。

结尾六句，诗人表达了对友人深深的怀念，想念却不能马上相见，更是觉得伤感失落，含蓄地吐露了与友人分离时间之久、思念之深，并以青草之绿暗示思念友人的心情。读罢来信后，诗人的心情久久不能平静，将来信小心地放在袖子里，深情地眺望着远方，诗人此刻多么希望友人能够出现在自己面前，这又怎么可能呢？诗人只能看到远处高山上飘着的浮云，将思念之情埋在心底。

全诗情感含蓄悠长，收放自如，画面想象灵动有序，却也满含深情。

白云歌送刘十六归山

楚山秦山皆白云，白云处处长随君。
长随君，君入楚山里，云亦随君渡湘水。
湘水上，女萝衣①，白云堪卧君早归②。

注释

①女萝衣：此处指代山鬼，亦为山中女神，代表隐居山林、闲云野鹤的生活。女萝，地衣类植物，亦名松萝。

②白云堪卧：南朝时，陶弘景隐于句曲山。齐高帝萧道成有诏问他：“山中何所有？”他作诗答曰：“山中何所有？岭上多白云。只可自怡悦，不堪持赠君。”此处意为能在白云下隐居。堪，能，可以。卧，指隐居生活。早归：这里是说诗人自己要早点隐居山林。

译文

楚山和秦山之上飘动着朵朵白云，每一朵白云都与您常相伴。
因为经常陪伴在您身边，您生活在楚山以后，云朵也跟着您渡过湘水。
在湘水上把女萝当作流苏，潇洒飘逸，白云下隐居真是恬然舒适，盼着您早些归隐。

赏析

这首送别诗是天宝初年诗人在长安送刘十六归隐时所作。诗文紧扣“白云歌”三字，围绕“白云”这一意象展开叙述，风格独特又韵味深远。

前四句，诗人表达了白云陪伴在身边一路相送的优美意境。诗人并没有刻画隐者归隐的状态，而是紧紧围绕白云这一比喻具有高洁品质的隐者的自然景物，一下子便把人们带入清逸悠远的境界，使隐于山林与大自然融为一体的隐者形象更加鲜明。

后两句，诗人在此处又用浪漫手法为隐者描摹了一幅灵动美妙的山水画卷，进一步渲染了隐逸的高尚和隐者的高风亮节。

全诗充满了对友人归隐的羡慕与鼓励，同时又感叹自己不能同友人一样与山水同眠，只能囿于朝中且不受重用。

整首诗意境悠长，情感含蓄深厚，采用了歌行体形式，句式上多用顶真手法，具有民歌复沓歌咏的特点，增加了音节的流动性，情意缱绻，余味无穷。

翰林读书言怀，呈集贤诸学士

晨趋紫禁中，夕待金门[①]诏。
观书散遗帙[②]，探古穷至妙。
片言苟会心，掩卷忽而笑。
青蝇[③]易相点，《白雪》[④]难同调。
本是疏散[⑤]人，屡贻褊促诮[⑥]。
云天属清朗，林壑忆游眺。

或时清风来，闲倚栏下啸⑦。
严光⑧桐庐溪，谢客临海峤⑨。
功成谢人间，从此一投钓。

注释

①金门：金马门，汉宫门名。这里指翰林院。

②帙：书套。散帙，即打开书套阅读书籍。

③青蝇：比喻小人的谗言。陈子昂《宴胡楚真禁所》：“青蝇一相点，白璧遂成冤。”

④《白雪》：古曲调名。属高雅类的曲调。因曲调高雅，能跟着唱的人很少，也指知音难得。现比喻言论或作品不通俗，能理解的人很少。

⑤疏散：喜爱自由，不受拘束。

⑥贻：招致，招来。褊促：心胸狭隘，嫉妒。诮：责备。

⑦啸：高声呼喊。

⑧严光：字子陵，东汉初著名隐士。

⑨谢客：谢灵运，小名客儿，南朝宋时山水诗人。临海峤（qiáo）：谢灵运作有《登临海峤初发彊中作与从弟惠连可见羊何共和之》诗。临海，郡名，位于浙江临海。峤，尖而高的山。

译文

早晨到宫廷里朝见皇帝，夜晚在翰林院等待宣诏。

观看古人留下来的书籍，探索古人历史的智慧和奥妙。

要是从书中领悟到了什么，我就合上书露出欣慰的笑容。

那可恶的苍蝇很容易玷污洁白无瑕的玉石，《白雪》那高雅的曲调没有几个人能懂。

我生性豪迈不羁不受拘束，却三番五次受到心胸狭隘的人嘲讽。

现在真是晴空万里的好天气，我不禁怀念起了在丛林山峦之间观赏游玩的美好。

清风在不经意间缓缓吹来，我轻松自在地倚着栏杆高声呼喊。

严光栖隐在桐庐溪旁，谢客也曾登上临海峤。

功成名就以后我就要远离尘世喧嚣，从此过着垂钓江边的闲适生活。

赏析

此诗作于李白入京遭到狭隘之人谗言之后。李白性格洒脱豪放、不拘礼法，因此遭到心胸狭隘之人责骂诋毁。这种终日黯淡无光、受人牵制的生活迫使诗人产生了寄居山水、垂钓江边的念头，希望能像严光和谢灵运一样成就功业之后去过安然舒适的归隐生活。

全诗开篇描写诗人初入宫廷，等待被君王召见，想必心情也是向往和期待的，也为自己受到君王赏识而骄傲自得。

三到六句描写诗人轻松闲适的读书生活，此处尽显诗人闲散愉悦的心境。

然而七、八句话锋一转，以苍蝇代指心胸狭隘、搬弄是非之人，以玉石比喻自己，诗人生性旷达，却常遭人嫉妒责骂，体现了诗人虽心中愤恨却又不屑理会这些平庸狭隘之人。

接下来六句诗人表达了对徜徉山壑丛林生活的怀念和向往，在这天高云淡的好时节，诗人是多么希望纵情于山林溪水，树影婆娑，一阵清风吹来，倚着栏杆长啸一声，深切地表达了诗人心向自然的情感。

十五、十六句诗人表达了对前人严光和谢客隐居山壑生活方式的羡慕与敬仰，希望像他们一样远离世俗，过着自得其乐的隐居生活。

最后两句诗人言明想等自己完成政治梦想之后，再投身山水丛林间，说明了诗人仍怀有建功立业的远大志向，仍不甘心放弃未竟之志。

全诗恣意豁达，突出表现了诗人那傲岸不屈、不染世俗的高洁品质，也表达了对自身遭遇的悲愤和对前途的忧虑。

送裴十八图南归嵩山二首[1]

其一

何处可为别？长安青绮门[2]。
胡姬招素手[3]，延客醉金樽。
临当上马时，我独与君言。
风吹芳兰折，日没鸟雀喧。
举手指飞鸿[4]，此情难具论[5]。
同归无早晚，颍水[6]有清源。

注释

①裴十八图南：裴图南，李白的友人，此诗即为他所作。因排行第十八，故称裴十八。嵩山：五岳之一，位于河南登封北。

②青绮门：长安东城最南边的一个城门，本名霸城门。因为门呈青色，所以又叫青城门、青绮门。

③胡姬：唐代胡人酒肆中的接待客人的侍酒胡女。素手：莲藕般的手臂。

④举手指飞鸿：晋人郭瑀隐居山谷中，前凉王张天锡派人召见他。郭瑀指着飞鸿对使者说："这只鸟怎么可以装在笼子里呢？"比喻不受拘束、超然尘世的隐者。

⑤难具论：难以说明。

⑥颍水：颍河，发源地为河南登封嵩山西南。

译文

到底哪里是我们分别的地方？我们已经到了这京城的青绮门。

胡姬挥舞着莲藕一样的手臂，招呼我们去酒楼里饮酒。

在您即将上马东去之前，我有一些心里话跟您说。

您看狂风把那芳香的兰草吹断了，太阳落下去，许多麻雀叽叽喳喳地吵闹着。

您一定记得晋代郭瑀手指飞鸿的故事，而我就像故事中的笼中之鸟内心矛盾不已。

祝您一路顺风，颍水源头将是我们共同的归隐之地，既然迟早要归隐到一处，早点晚点又有什么分别呢？

赏析

这两首诗是李白于天宝二年（公元 743 年）为送裴图南归隐嵩山而作。诗人此时虽身居京城，但未得唐玄宗的重用，再加上受到谗臣的诋毁和污蔑，心中苦闷，产生了离开长安与裴图南一同归隐嵩山的想法。此诗为两首诗中的第一首。

开头四句，诗人交代了送别之处以及在友人临走之前举杯对酌大肆醉饮一番，表达了诗人对友人的不舍。

中间四句，诗人在临别之际想与友人推心置腹地交谈自己的所思所想，语言真挚，情感深切，娓娓道来。“风吹”二句表面是写存在于眼前的自然景物，其实以“风吹”“日没”代指政治黑暗、朝中奸人当道，“芳兰折”，原本高洁芳馨的兰草却被风摧折，亦指贤哲之人被恶意中伤和诋毁，“鸟雀喧”，枝头上一群麻雀吵吵嚷嚷喧嚣不停，亦指奸诈狭隘之人得志猖狂，诗人用拟人的手法说明了当时自己虽身居京城但处境堪忧的情况。

结尾四句，诗人以郭瑀的典故向友人诉说自己就是被关在笼中的鸟儿，前路漫漫没有自由，心中充满了矛盾，也想一同归隐嵩山，等待有朝一日受到赏识。

全诗抨击了当时政治黑暗、奸佞当道，贤能之士备受谗毁和打击的现实，真实地表现了诗人此时有意暂且归隐，等待时机的心思，也体现了诗人对栖息山水的归隐生活的向往与羡慕。

其二

君思颍水绿，忽复归嵩岑[①]。
归时莫洗耳[②]，为我洗其心。
洗心得真情，洗耳徒买名。
谢公[③]终一起，相与济苍生。

注释

①忽：倏忽，一转眼，很快。嵩岑：嵩山。

②洗耳：化用许由的故事。尧让天下于许由，许由不受。尧又召为九州长，由不欲闻之，洗耳于颍水滨。今箕山有许由冢、洗耳池。

③谢公：谢安。

译文

您因怀念久别的碧绿清澈的颍水，又要回到颍水源头鲁山隐居去了。
回到颍水边不要用清水洗耳，您要洗涤自己的内心。
洗心才能心性纯净，洗耳只不过是留下虚名。
隐居东山的谢公最终还是要被重用的，因为一直没有忘记天下苍生。

赏析

这首诗作于天宝二年（公元743年）。时值诗人供奉翰林，虽在宫廷但唐玄宗并没有重用他，加上受奸人的嫉妒和诋毁，唐王渐渐冷落于他，诗人没能施展政治抱负，心中苦闷，听闻友人归隐颍水，更是感慨万千。

开头两句，诗人以颍水之美赞赏友人决意归隐，友人想念着美丽清澈的颍水，归隐于此处是值得羡慕的。

中间四句，诗人用许由洗耳的典故提醒友人注意归隐的态度，也是诗人仕途失意后自己所要采取的人生态度，只洗耳徒有虚名，真正要清洗的是自己的心，提醒友人和自己不做欺世盗名之辈。

结尾两句，诗人借谢安的典故对友人临别赠言，不论出世或入世，只有真正具有济世才干与高尚道德的人才是值得尊敬和钦佩的。

全诗直抒胸臆，既有对友人的不舍与劝勉，也有对归隐生活的理解，用词虽不华丽但质朴自然，同时也表达了诗人积极向上、乐观豁达的精神。

送贺宾客归越

镜湖[①]流水漾清波，狂客归舟逸兴多[②]。
山阴道士如相见，应写《黄庭》换白鹅。[③]

注释

①镜湖：鉴湖（在今浙江绍兴）。

②狂客：指贺知章。贺知章晚年自号“四明狂客”。逸兴：超凡脱俗的兴致。

③“山阴”二句：《晋书·王羲之传》记载，王羲之非常喜爱白鹅，他听说山阴有一位道士养的鹅好，便亲自前去观赏，并恳求道士送给自己几只鹅。道士告诉他，只要他肯书写《黄庭经》，就答应把鹅都送给他。贺知章不仅是著名的诗人，也是众人皆知的书法家，李白借用这个典故，称赞他的书法绝伦。

译文

镜湖流水清澈澄净像镜子一样，您归来荡舟真是好兴致。

山阴道士如果有幸看见了您，一定会请您书写《黄庭经》来换白鹅。

赏析

此诗是李白天宝二年（公元743年）十二月所作，太子宾客（官名）贺知章请求出家为道士并返回家乡。贺知章是越州永兴（今浙江萧山）人，因其豪迈不羁的性格与李白成为忘年交。天宝三载（公元744年）春天，贺知章从长安启程回乡，李白作此诗为他送行。

此诗首句即写镜湖，因镜湖乃越中名胜，也是贺知章家乡名胜，诗人特意言明贺知章回到家乡后一定会被镜湖美不胜收的景色吸引，兴致勃勃地乘舟好好游玩一番。贺知章告老还乡时已皈依道教，而李白此时也正尊崇道学，因此诗中围绕着“逸兴多”三字，以送出家人的口气来写。

前两句已经把主旨表达得很清楚了，后两句则画面一转，用王羲之写《黄庭经》与山阴道士换鹅的故事赞美贺知章书法高超，借著名典故来赞誉友人，表达了李白对贺知章的欣赏和钦佩之情，同时颇有情趣。

全诗既体现了贺知章同诗人一样潇洒豪迈的性格特点，也向读者展示了贺知章的才华横溢，读来形象生动，朗朗上口。

玉壶吟[①]

烈士[②]击玉壶，壮心惜暮年。
三杯拂剑舞秋月，忽然高咏涕泗涟。
凤凰初下紫泥诏[③]，谒帝称觞登御筵[④]。
揄扬九重万乘主[⑤]，谑浪赤墀青琐贤[⑥]。
朝天数换飞龙马，敕赐[⑦]珊瑚白玉鞭。
世人不识东方朔[⑧]，大隐金门是谪仙[⑨]。
西施宜笑复宜颦，丑女效之徒累身。
君王虽爱蛾眉[⑩]好，无奈宫中妒杀人。

注释

①玉壶吟：据《世说新语·豪爽》记载，东晋王敦酒后常吟唱曹操“老骥伏枥，志在千里；烈士暮年，壮心不已”的诗句，一边唱一边用如意敲打着痰壶，结果壶口都被敲破了。《玉壶吟》即以此为题。

②烈士：抱有远大志向又性格刚正不阿之人。

③“凤凰”句：《十六国春秋》记载，后赵武帝有一只木制的凤凰，他常让其口衔诏书，以此来宣诏，后称皇帝的诏书叫作凤诏。紫泥，一种紫色泥，古时用以粘封诏书。

④谒：朝见。称觞（shāng）：举杯祝酒。御筵：皇帝设的酒席。

⑤揄扬：称赞，夸奖。九重：这里指皇帝的住所。万乘（shèng）主：这里指唐玄宗。

⑥谑（xuè）浪：戏谑放荡，指不尊敬的态度。赤墀（chí）：皇宫中漆成红色的台阶。青琐：刻有青色连琐花纹的宫门。赤墀、青琐在这里均指皇宫。

贤：指皇帝身边的大臣。

⑦敕（chì）赐：皇帝的赏赐。敕，帝王的诏书、命令。

⑧东方朔：字曼倩，西汉平原厌次（今山东惠民）人，汉武帝时任太中大夫。这里是诗人以东方朔自喻。

⑨大隐：指隐居于皇宫之中。谪仙：居住在世间的仙人。

⑩蛾眉：形容容貌姣好的女子。这里是作者自比。

译文

烈士敲击着用玉制作的痰壶，虽有壮志的雄心可惜已临近暮年。

三杯酒下肚，拔剑在秋天的月色下起舞，忽然高声吟诵起曹操的诗句而涕泪涟涟。

当初我接到天子用紫色泥粘封的凤诏，拜谒天子并且在举行的酒宴上举杯朝贺。

颂扬住在华丽宫殿中的天子，嘲弄王公权贵于赤墀之上。

朝见天子曾屡次换乘飞龙马，天子赏赐的珊瑚白玉鞭在手中挥舞。

世上的人不知道我就是今天的东方朔，好像隐居在皇宫中下凡的神仙。

美丽的西施笑颦皆宜，而丑女却东施效颦，越来越丑。

君王虽喜爱蛾眉姣好的女子，但无可奈何的是皇宫中的嫉妒令人心惊。

赏析

此诗大约作于天宝三载（公元744年）李白供奉翰林的后期，赐金放还的前期。诗中叙述了他在长安遭小人谗言，帝王疏远的遭遇，表达了其慷慨激昂而壮志难酬的情怀。

全诗豪气干云却也未见野蛮之气，郁郁难平但不狭隘拘束。开头四句气势高昂，写尽胸中悲愤哀伤，如高山瀑流，奔泻而出。

第五句起六句诗人回忆了当初自己受天子赏识入宫和戏谑、嘲弄权贵之事，刻画出曾经志满气骄、轩轩甚得的自功之色，极力渲染当初鲜花着锦的辉煌时刻，也衬托了下文的遭遇冷落诋毁、郁郁不得志。

接下来二句气氛转入低沉。李白向来敬仰东方朔，以东方朔自喻，又自命谪居宫廷的仙人，从与天子把酒言欢、戏谑众臣，到受人嫉妒、轻视而大隐金门，无限得意之后是无尽的惆怅感伤，诗人正是想到这些，才悲伤地月下舞剑，泪水涟涟。

最后四句诗人展现了自己高傲的品格。诗人以蛾眉代指自己，虽德才兼备、超然脱俗，奈何受宫中小人妒忌，君王对他也没有那么宠爱了，道出了悲愤难平、无可奈何之感。诗笔擒纵结合，收放自如，传神入化，文气浑灏流转，首尾呼应。

燕昭延郭隗①（《古风》其十五）

燕昭延郭隗，遂筑黄金台②。
剧辛③方赵至，邹衍④复齐来。
奈何青云士⑤，弃我如尘埃。
珠玉买歌笑⑥，糟糠养贤才。
方知黄鹄举，千里独徘徊。

注释

①燕昭：燕昭王。延：聘请。郭隗（wěi）：战国中期燕昭王的大臣。

②黄金台：故址在今河北易县东南。相传燕昭王高建楼台，在台上铺设黄金千两，聘请天下有才能的人前来。

③剧辛：战国时著名的燕国将领，原为赵国人，燕昭王聘请天下贤能时，由赵入燕。

④邹衍：亦作驺衍，战国时著名的哲学家，齐国人，阴阳家代表人物、五行创始人。

⑤青云士：指位高名显的人，即当权者。

⑥买歌笑：指君王寻欢作乐而不理朝政。

译文

为了聘请到天下著名的贤才郭隗，燕昭王筑起了黄金台并将黄金千两放在台上。

后来赵国剧辛投奔燕国，邹衍也从齐国奔来，在他们的帮助下燕国渐渐强大起来。

只可惜如今的当权者，却弃我如尘埃。

他们宁肯把名贵的珠玉赏买歌舞，对于真正德才兼备的贤士给予低劣的待遇。

到现在我才明白，黄鹄为什么要离开君王，选择在千里之外独自徘徊。

赏析

这是一首以古讽今、寄慨抒怀的五言古诗，抒发了诗人对明主重视贤臣的赞赏以及自己拥有治国之才却被当政者冷落轻视，感慨一身才能得不到赏识。

前四句通过燕昭王求贤的故事，强烈对比了如今当权者只知寻欢作乐不知聘请贤士治理国家，并借此表明真正贤明的君主对待德才兼备的贤士应该像燕昭王那样恭敬尊重，此为怀古。

接着四句作者笔锋陡转，讽刺现实，诗人悲愤于统治者只想着把上好的珠玉和银两赐给卖弄身姿、载歌载舞的歌女，却予真正有才学的贤人最卑微的待遇，此处抨击和讽刺了当政者糊涂愚蠢的行为，用词犀利辛辣，抒发了诗人强烈的谴责和不满。

全诗最后两句回归主题，以黄鹄为喻，坦率地表露自己激愤的心情，揭露现实的黑暗腐朽，寓意颇深。表达了诗人对当政者愚蠢作为的愤懑和嘲讽，以及对于理想的坚定信念，全诗感情强烈，风骨傲然。

清平调① 词三首

其一

云想衣裳花想容，春风拂槛露华浓②。
若非群玉③山头见，会向瑶台④月下逢。

注释

①清平调：曲调名。

②露华浓：牡丹花沾着晶莹的露珠显得颜色更加艳丽。

③群玉：山名，传说中西王母的住所。

④瑶台：传说中西王母的宫殿。

译文

看到天空中的云朵那么洁白灿烂就想到了华丽的衣服，看到花朵的芬芳艳丽就想到了美丽的容颜，春风吹过，轻拂栏杆，雍容华贵的牡丹花沾着晶莹的露珠显得更加鲜艳美丽。

在群玉山山头看不到她的话，那么在传说中西王母的宫殿那美丽的月光下定会相逢。

赏析

此诗是诗人在长安供奉翰林期间所作，有一天唐玄宗和杨贵妃在兴庆宫沉香亭前赏牡丹，命李白来写新乐章，李白奉命写了这三首诗，此为第一首，诗的内容是歌颂名花与美人，赞美贵妃美如仙女。

前两句，诗人以云彩、名花牡丹来形容贵妃的美艳。看到变幻多姿的白云就想到了美人华丽的衣裳，看到娇艳妩媚的牡丹就想到了美人倾国倾城的容颜。诗人构建了扑面而来的花美、人美这一鲜艳多姿、艳丽娇媚的美感，接下来春风吹过，轻拂栏杆，沾着晶莹露珠的牡丹花显得更加美艳，使上一句更为饱满形象，读来更是美不胜收。

后两句，诗人打开了神奇丰富的想象空间。“群玉山”“瑶台”均是传说中西王母的宫殿所在，不着痕迹地将贵妃之美引到仙界，强调了贵妃的姿容世间少见，这样的花容月貌在缥缈的仙境才能一睹风采，极写贵妃容颜娇艳脱俗。

全诗生动别致，精妙奇巧；诗风清丽，令人向往。

其二

一枝秾艳露凝香①，云雨巫山枉断肠②。
借问汉宫谁得似，可怜飞燕倚新妆③。

注释

①凝香：沁人心脾的香气。

②断肠：无比惆怅悲伤。

③飞燕：赵飞燕，西汉成帝的皇后，因出众的美貌而闻名。妆：修饰，打扮。

译文

贵妃真像一枝带玉露的牡丹，芳香艳丽；楚王和巫山神女幽会，枉然神伤断肠。请问汉宫中的嫔妃谁与她相像，可惜的是赵飞燕也得依靠新妆。

赏析

这首诗为组诗的第二首，描写贵妃美如天仙，也衬托出其深受君王恩宠，诗人压低神女和赵飞燕来抬高杨贵妃，借古喻今。

前两句，诗人描写贵妃容貌绝美如同高贵娇媚的牡丹，不仅让见到贵妃的人惊叹于她的绝艳，更让人感受到了贵妃沁人心脾的香气。然后，诗人化用楚王与神女相会的典故，巧妙地交代了唐玄宗与杨贵妃如胶似漆的感情。

后两句，诗人又举例汉宫以美貌著称的赵飞燕，就算是赵飞燕那样的绝代美人，见到贵妃也要修饰面容好好装扮一番才能勉强与之相比，强调了贵妃举世无双的美丽容颜。

全诗辞藻华丽，具有强烈的画面感，极力描写花朵和美人的鲜艳多姿，富有深刻的表现力。

其三

名花倾国两相欢①，长得君王带笑看。
解释春风无限恨②，沉香亭北倚阑干③。

注释

①名花：指国花牡丹。唐人爱牡丹。倾国：指杨贵妃。

②解释：消除，消散。恨：烦恼，怨恨。

③沉香亭：亭子的名称，位于唐兴庆宫龙池东面。阑干：栏杆。

译文

牡丹的国色天香和贵妃的芳华绝代相辅相成，这样的美丽经常使君王微笑着观赏。

这妩媚动人的姿色就像春风一样能消除无限的烦恼和怨恨，君王和贵妃在沉香亭互相依偎着倚靠栏杆。

赏析

这首诗为组诗的第三首，前两句，诗人将娇艳动人的牡丹与风姿绰约的贵妃相比，意为名花与美人相得益彰，使君王常常带着笑容欣赏，也表现了玄宗与贵妃鹣鲽情深，两情相悦。

后两句，“春风”一词也象征着君王的宠爱与恩泽，牡丹和贵妃妖娆多姿，君王笑着观赏烦恼全无，和贵妃相互依偎着倚靠在沉香亭的栏杆上，远远地望着江山风景如画，如此风流优雅的画面被诗人刻画得仿似近在眼前，君王如此宠爱美人，才使美人更加倾国倾城，美艳动人。

全诗语句华丽，文风绚丽，将贵妃的美艳和君王与贵妃的情意绵绵刻画得精彩绝伦。

灞陵[1]行送别

送君灞陵亭，灞水流浩浩[2]。
上有无花之古树，下有伤心之春草。
我向秦人问路歧[3]，云是王粲南登之古道[4]。
古道连绵走西京，紫阙落日浮云生。
正当今夕断肠处[5]，骊歌愁绝不忍听[6]。

注释

①灞陵：白鹿原。汉文帝陵寝之地，因有灞水，遂称灞陵。

②浩浩：形容水势很大的样子。

③路歧：岔道。

④王粲：东汉末年文学家，建安七子之一，曾任曹操幕僚，其诗赋为建安七子之冠，与曹植并称“曹王”。南登之古道：指王粲从长安离开去往荆州时所走的道路。

⑤断肠处：指与友人分别的地方。

⑥骊歌：古人送别时所唱的歌。愁绝：十分哀愁。

译文

送你到灞陵亭，那灞水奔腾不息浩浩荡荡。

我向上看去，那古老的树上早已没有鲜花盛开，低头看见青青绿草似乎也一样伤心难过。

走到岔道上的时候我向当地秦人问路，他说这就是当年王粲从长安离开去往荆州南下的古道。

连绵不绝的古道直接通往长安，夕阳西下，京城外被浮云围绕起来。

如今夕阳落下已使我肝肠寸断，《骊歌》的愁音不忍心再听下去。

赏析

此诗是李白天宝三载（公元744年）于春日在灞陵送别友人时所作。

全诗前两句点明送友人远去的离别愁绪。

三、四句“无花之古树”“伤心之春草”为送别增添了强烈的惆怅和悲伤，诗人借景抒情，烘托出浓郁的离别气氛。

五、六句以古人的视角暗示了朋友此行的不得意，所踏上的路途正是当年王粲离京南下的古道，或许友人辞别长安时，也会像王粲一样不舍和留恋。

七、八句白描写景，也是诗人与友人回首所见，回望长安，夕阳落下，暮霭沉沉，京城被笼罩在浮云之中，此处诗人也暗指友人离京与忧心政局的原因相关。

结尾二句点明离别，感人至深。

全诗思绪绵绵，情意深切，情感自然又浑厚朴实。

把酒问月[①]

青天有月来几时？我今停杯一问之。
人攀明月不可得，月行却与人相随。
皎如飞镜临丹阙[②]，绿烟[③]灭尽清辉发。
但见宵从海上来，宁知晓向云间没。
白兔捣药[④]秋复春，嫦娥[⑤]孤栖与谁邻？
今人不见古时月，今月曾经照古人。
古人今人若流水[⑥]，共看明月皆如此。
唯愿当歌对酒[⑦]时，月光长照金樽里。

注释

①原注“故人贾淳令予问之”。

②丹阙：朱红色的宫阙，指宫廷。

③绿烟：指暮霭，傍晚时分遮蔽月光的云雾。

④白兔捣药：传说月亮上有白兔捣仙药。

⑤嫦娥：传说原是后羿的妻子，因偷食后羿从西王母处得到的仙药而成为仙人，奔入月中。民间关于嫦娥的传说众多，充满了浪漫主义色彩。

⑥若流水：像流水一般流逝。

⑦当歌对酒：面对歌舞和美酒。“当”“对”同义。

译文

青天上的明月你在什么时候出现？我放下手里的酒杯向你请教。
人要攀上明月显然是做不到的，但月亮却始终跟随着人。
宛若明镜飞临朱红的宫廷，当暮霭散尽时发出清冷的光辉。
只见晚上从海上升起，怎知拂晓又向云间沉没。
白兔捣药自秋而春，嫦娥独居与谁为邻？
今天的人看不到古时的明月，而今天的明月却照过古人。
古人和今人像流水一般流逝，共同看到的月亮都是如此。
只希望在对酒高歌的时候，月光能长久地照在酒杯里。

赏析

这首诗的创作时间没有准确说法，有学者认为作于天宝三载（公元744年）。整首诗感情奔放，笔触纵横恣肆，语言自然流畅，从多个方面写了孤高的明月形象，表达了诗人对时光流逝、人生苦短的感慨，也突出了诗人乐观旷达、豪放不羁的性格。

开篇起笔突兀，极富气势感，接着以“停杯一问”做补充说明，照应诗题，表现诗人对明月的向往和迷惑。

三、四句写明月与人的距离和关系。“人攀明月不可得”，表现明月的高不可攀；“月行却与人相随”，可见明月与人类关系亲密。

五、六句写月光。月光时而皎洁，时而清冷，使人不禁产生神秘莫测之感。

七至十句描写月亮的运行轨迹和神话传说。月亮每天东升西落，运行是如此规律，又是如此神秘。更奇妙的是，传说月中有白兔和嫦娥。诗人对此浮想联翩：白兔自秋而春地捣药是为了什么？嫦娥独居月宫与谁为邻？展现了诗人对于月亮的神往，流露出诗人孤寂的情怀。

十一句至十四句由遐想转为思考，传达出一种饱含哲理的人生意识。人事代谢，明月却亘古如斯，表现出诗人对人生易逝的感慨。

结尾两句承接上文，点明题旨，人生苦短，要及时行乐。

整首诗清新俊逸，想象丰富，意蕴悠长，极富回环错综之美，将诗人难以言表的无限愁思表达了出来，极富艺术感染力。

行路难三首

其一

金樽清酒斗十千①，玉盘珍羞直万钱②。
停杯投箸不能食，拔剑四顾心茫然。
欲渡黄河冰塞川，将登太行雪满山。
闲来垂钓碧溪上，忽复乘舟梦日边。③
行路难，行路难，多歧路，今安在？
长风破浪④会有时，直挂云帆济沧海。

注释

①清酒：清醇的美酒。斗十千：一斗值十千钱，形容酒的名贵。

②珍羞：珍贵的菜肴。羞，同“馐”，美味的食品。直：通“值”，价值。

③“闲来”二句：借用姜尚和伊尹的典故。据说，姜尚未遇文王前，曾在磻溪（在今陕西宝鸡）钓鱼；伊尹未遇商汤前，梦见乘舟经过日边。

④长风破浪：典出《南史·宗悫传》。据说宗悫年轻的时候，叔父宗炳问

他的志向，宗悫说“愿乘长风破万里浪”。这里比喻实现政治理想。

译文

金杯中清醇的美酒一斗价值十千钱，玉盘内的佳肴同样昂贵无比。

推开杯筷，不愿进餐，拔剑而起，环顾四周，心里一片茫然。

想渡黄河，不料严冰堵塞了河道；想登太行山，不料大雪封住了山路。

在碧溪上悠然垂钓，梦见自己乘船经过日边。

人生的道路多么艰难，多么艰难！到处是岔路，如今又身在何处呢？

总有一天会乘风破浪，在茫茫大海中扬起一片云帆。

赏析

天宝三载（公元744年），诗人被“赐金放还”。离开长安时，诗人有感而发，写下《行路难》三首，表达自己行路途中的艰难，并抒发自己怀才不遇的愤懑。

本诗是组诗的第一首，表现了诗人离京之际感情的激荡变化。诗人一方面因为政治失意而内心抑郁，一方面又满怀自信，对未来充满希望。

开头两句写诗人离开长安，友人不惜一掷千金为其饯行。价值万钱的美酒和佳肴，勾勒出一幅畅怀豪饮、一醉方休的画面。

三、四句笔调一转，写友人的盛情款待勾起诗人内心的愁闷。“停”“投”“拔”“顾”四个具有层次性的动作，形象地展示出了诗人内心的抑郁。

五、六句采用比兴的手法，以冰阻黄河、雪封太行暗寓诗人政治理想受挫的残酷现实。

七、八句借用历史典故，表现了诗人积极乐观、不甘消沉的心态。

九至十二句，诗人的思绪回归现实，联想到自己的经历，诗人再一次感到人生道路的艰难，表现了诗人复杂的心理变化和精神上的苦苦挣扎。

结尾两句写诗人经过感情的起伏跌宕最终摆脱行路上的苦闷与彷徨，揭示了诗人对理想的执着和豁达的胸襟。

全诗气势雄伟，用语夸张，笔势纵横，充分展现了诗人内心的不平以及对理想的执着追求，读之令人震撼不已。

其二

大道如青天，我独不得出。
羞逐长安社中儿[①]，赤鸡白雉赌梨栗。
弹剑作歌奏苦声，曳裾王门[②]不称情。
淮阴市井笑韩信，汉朝公卿忌贾生[③]。
君不见昔时燕家重郭隗，拥篲[④]折节无嫌猜。
剧辛乐毅感恩分[⑤]，输肝剖胆效英才。
昭王白骨萦蔓草，谁人更扫黄金台[⑥]！
行路难，归去来。

注释

①“羞逐”句：表示不屑与小人为伍。社，古时基层行政单位，二十五家为一社。

②曳裾（jū）王门：在贵族的门下充当门客。曳，拉。裾，衣服的大襟。

③贾生：贾谊。

④拥篲：手拿笤帚扫地。古人迎客，常拥篲表示敬意。

⑤剧辛：战国时燕国著名将领。乐毅：战国时著名军事家。

⑥黄金台：也称招贤台，燕昭王所筑。燕昭王曾在台上放置千金招引天下贤士。

译文

大道就像浩浩青天一般广阔，唯独没有我的出路。

我羞于跟随长安城中的贵族子弟，去玩斗鸡走狗这样的赌博游戏。

冯谖弹剑作歌抒发苦闷，我出入权贵的门庭并不如意。

韩信在受到赏识之前曾被淮阴市井之徒讥笑，贾谊有着一身本领却受到汉朝公卿的忌妒。

你看不到从前燕昭王重用郭隗，拥篲折节，招揽天下有志之人，没有丝毫猜忌之心。

剧辛和乐毅感激知遇之恩，披肝沥胆，用自己的才能报效君主。

现在燕昭王早已埋骨荒草之中，还有谁再去洒扫黄金台呢？

世上的路如此艰难，我只能归去了。

赏析

这首诗表达了李白仕途受阻的愤恨和对建功立业的渴望。

开头两句简单直白，没有任何埋笔，诗人的怨恨之气扑面而来。大道宽阔，本是易于通行的，但诗人却说自己“独不得出”，可见诗人内心的郁结。

三、四句写诗人对于当时社会流行的斗鸡游戏和赌博行为的厌恶。诗人明确表示自己不会为了荣华富贵和功名利禄抛弃自尊去斗鸡走狗、阿谀奉承。一个“羞”字，展现了诗人内心的清高、孤傲。

五、六句借用冯谖的典故，写诗人的不如意。冯谖是孟尝君的门客，因得不到孟尝君礼遇，经常弹剑而歌，表示要回去。李白身在长安，出入权贵的门庭，希望自己的才华受到举荐，但是权贵们却未把他放在心上，因此他内心“不称情”。

七、八句，诗人再次用典，通过写韩信受辱和贾谊遭妒，暗示了自己在长安时遭受他人侮辱、忌妒、嘲笑、轻视，烘托了诗人政治的失意以及内心的忧郁。

九至十二句，诗人通过写战国时燕昭王礼遇臣子，获得剧辛和乐毅的感恩尽责，表达了对建功立业、报效祖国的渴望和对理想的君臣关系的追求。

十三、十四句是诗人针对现实所发的感慨。诗人慨叹昭王死去，无人再扫黄金台，流露出对玄宗埋没人才的失望。

结尾两句是诗人沉重的叹息，照应开篇，点明诗人的出路只有一条，就是归去。当然，诗人是积极乐观的，他的归去并不意味着消极避世，他或许依然期待“直挂云帆济沧海”。

整首诗语言直白，用典精准，笔意蕴藉，颇有韵味。

其三

有耳莫洗颍川水，有口莫食首阳蕨[①]。
含光混世贵无名[②]，何用孤高比云月。
吾观自古贤达人，功成不退皆殒身：
子胥既弃吴江上[③]，屈原终投湘水滨[④]，
陆机雄才岂自保[⑤]，李斯税驾苦不早[⑥]，
华亭鹤唳讵可闻[⑦]，上蔡苍鹰何足道[⑧]。
君不见吴中张翰称达生，秋风忽忆江东行，
且乐生前一杯酒，何须身后千载名。

注释

①首阳蕨：据《史记·伯夷列传》记载，商朝灭亡后，孤竹国的王子伯夷、叔齐不食周粟，隐居在首阳山上，以采食薇菜为生。首阳，指首阳山，在山西永济境内。蕨，薇菜。

②“含光”句：意思是不露锋芒，随世俯仰。

③“子胥”句：据《史记·伍子胥列传》记载，吴王夫差听信谗言，杀了有功的伍子胥，把他的尸体装进皮袋子扔到吴江。吴江，吴淞江，在今江苏苏州。

④“屈原”句：屈原忠君爱国，却屡遭排挤。后来楚国都城被秦军攻破，他自投汨罗江而死。汨罗江在湖南汇入湘水，所以说“终投湘水滨”。

⑤“陆机”句：西晋时陆机才气过人，后来遭谗言被杀。

⑥“李斯”句：见《史记·李斯列传》。李斯曾叹息说：“事物发展到极致就要衰落，我还不知道自己的归宿在哪里！”税驾，指归宿。

⑦华亭：今上海吴淞口，陆机的故宅在其旁边。唳：鹤、鸿雁发出的高亢叫声。

⑧“上蔡”句：见《襄阳歌》注⑫。

译文

莫学许由用颍水洗耳，莫学伯夷和叔齐幽居首阳采薇而食。

人生在世贵在韬光养晦，何必隐居去和云月比清高？

我看自古以来的贤能通达之人，功成名就之后不自行归隐都不会有好下场：

伍子胥被吴王弃于吴江，屈原最终自沉汨罗江，

陆机才智出众也无法保全自己，李斯将死之际才想到急流勇退，却苦于太迟，

陆机还能不能听到华亭别墅间的鹤唳？李斯还能不能在上蔡东门牵鹰打猎？

你不知道吴中的张翰是个豁达之人，只是因为看到秋风吹起就思念故乡江东。

活着的时候有一杯酒就应该尽情欢乐，何必在乎身后千年的虚名。

赏析

这首诗借多个典故揭露了唐王朝政治统治的黑暗，同时也表达了诗人豁达豪爽、积极行乐的气概和精神。

开头四句，诗人用许由和伯夷、叔齐的典故，表达了自己想要归隐山林、及时行乐的想法。诗人坦言不追求功名利禄，不贪图荣华富贵，要韬光养晦，表现了诗人的高洁情操。

接下来八句，诗人列举了伍子胥、屈原、陆机、李斯四位著名历史人物功成不退而殒身的事实，以此警示自己：仕途艰险，如果不功成身退的话，只会招来祸事。

最后四句，诗人引用张翰的事例，写张翰在功成名就后借思乡而辞官回家，表现了诗人对适意人生的向往，委婉地透露出对现实的无奈和激愤。

整首诗感情真挚、自然、纯粹，表达通透；典故频繁，化用恰当；委婉达意，意味无穷。

登高望四海[①]（《古风》其三十九）

登高望四海，天地何漫漫[②]。
霜被[③]群物秋，风飘大荒[④]寒。
荣华东流水，万事皆波澜。
白日掩徂辉[⑤]，浮云无定端。
梧桐巢燕雀，枳棘栖鸳鸾[⑥]。
且复归去来，剑歌《行路难》。

注释

①四海：指天下。

②漫漫：无边无际。

③被：披，覆盖。

④大荒：辽阔的原野。

⑤徂辉：落日的余晖。

⑥枳（zhǐ）棘：带刺的灌木。鸳：通“鹓”，凤凰一类的鸟，据说只栖息在梧桐树上。

译文

登高遥望四海，天地何其广阔。

严霜覆盖万物，已是秋天，寒风呼啸，大地一片寒凉。

荣华富贵就像东流的河水，一去不返；人间世事也如波浪起伏，变化无常。

白日掩于夕阳暗淡的光辉中，浮云飘浮不定。
燕雀占据了梧桐，鸳鸾只能栖息在带刺的灌木上。
还是回去吧，弹剑高歌《行路难》。

赏析

这首古诗作于天宝三载（公元744年）诗人初离朝廷之时。诗人登高望远，看到无边的天际，不禁想到光阴流逝，荣华似水，最后发出“行路难”的感叹。诗人借景寓情，写出了当时奸佞当道的情势，抨击了统治者的昏庸无能，同时展现了自己内心难以言表的苦闷。

诗的前十句看似写景，实际上是在写当时政治的昏暗。严霜覆盖着天下万物，秋风笼罩着大地，白日掩于徂辉，皆象征着人君被小人所蒙蔽，政治充满了黑暗。九、十句通过写燕雀和鸳鸾栖息环境的调转，讽刺了权贵当道、压抑贤才的昏乱现象。

最后二句，诗人满腔悲愤难平，唯有归去，表达了诗人对仕途坎坷的悲愤。

整首诗构思巧妙，独具匠心，描写生动，语言自然，感情真挚，极具寓意。

登太白峰[1]

西上太白峰，夕阳穷[2]登攀。
太白[3]与我语，为我开天关[4]。
愿乘泠风[5]去，直出浮云间。
举手可近月，前行若无山。
一别武功[6]去，何时复更还？

注释

①太白峰：太白山（在陕西眉县、太白县一带）。

②穷：尽。这里是到顶的意思。

③太白：太白金星。这里指仙人。

④天关：古代星宿名，也叫天门。这里指天宫的门户。

⑤泠（líng）风：清风。

⑥武功：武功山（在今陕西武功县南）。

译文

向西攀爬太白峰，日落时才登上峰顶。

太白金星同我问好，为我打开天宫的大门。

我愿乘着清风而去，飞行在浮云之间。

抬手就可以接近月亮，前行的路上好像没有山峦的阻拦。

一旦离开武功山而去，什么时候才能再回来？

赏析

这首诗是李白即将离开长安时所作，表达了他既向往自由、想摆脱尘世束缚，而又留恋现实社会的矛盾心情。

开头二句写诗人向西攀登太白山，直到夕阳落山才登上峰顶，从侧面描绘出了太白峰的高大雄伟，一个“穷”字，写出了诗人不畏艰险、奋勇攀登的精神。

三、四句诗人浮想联翩，写自己和太白星交谈，极具情趣。

五至八句构建了一个高远自由的境界，写诗人恣意驰骋浮云之间，表现了诗人超脱世俗繁杂，追求自由的心态。

最后两句揭示了诗人复杂的心理状态，诗人想要超脱人世，但又对现实心存依恋，渴望有朝一日大展宏图。

整首诗意境高远，构思新奇，想象丰富，充满浪漫主义色彩。

乌栖曲①

姑苏台上乌栖时②，吴王③宫里醉西施。
吴歌楚舞④欢未毕，青山欲衔半边日。
银箭金壶⑤漏水多，起看秋月坠江波⑥，
东方渐高奈乐何⑦！

注释

①乌栖曲：乐府曲调名，大多描写男女欢爱之情。

②乌栖时：乌鸦停宿的时刻，指黄昏。

③吴王：指春秋末期吴国君主夫差。吴越争霸时曾打败越国，后来耽于声色，被越王勾践打败，自杀身亡。

④吴歌楚舞：吴地女子善歌，楚地女子善舞，泛指我国东南地区的歌舞。

⑤银箭金壶：指漏壶，我国古代用来计时的器具。

⑥秋月坠江波：形容黎明时的景象。

⑦东方渐高：指太阳渐渐升高。奈乐何：奈此欢乐何。形容吴王沉溺声色无法自拔。

译文

姑苏台上乌鸦归栖的傍晚，吴王和西施在宫中醉意蒙眬。

轻歌曼舞，欢兴未尽，青翠的山峰已经吞没了半边红日。

漏壶里漏出的水越来越多，抬头望时秋月已经坠入江波，
太阳渐渐升起不能继续作乐，这真是无奈啊！

赏析

这首诗是李白漫游吴地时所作。诗人通过写吴王沉醉于声色犬马，讽刺了吴王的荒淫，同时深刻地批判了因纵情声色而误国的统治者。

开头两句交代了时间、地点和事件。“乌栖时”点明时间，说明日色将暮，营造出一种幽暗、悲怆的氛围，暗示着吴国没落的趋势。“吴王宫里醉西施”描绘了吴王纵情享乐的情景，这一画面和“昏暗的傍晚”形成视觉上的对照。

三、四句着重描写了行乐过程中时间的流逝。“未毕”表现了吴王对于行乐时间短暂的惊讶和惋惜。青山衔落日，一方面点明时间，一方面照应前文“乌栖时”，再次烘托昏沉的氛围，暗示国家衰败的趋势。

五、六句，诗人宕开一笔，继续写吴王的荒淫，借计时的漏壶和秋月来暗示时间的流逝，营造了一种悲凉寂寥的意境，将统治者不满足于享乐时间太短的怅恨和悲哀展现了出来。

最后一句意味深长，既是吴王的喟叹，又是诗人对醉生梦死的昏庸帝王所敲的警钟，引人注目，发人深省。

整首诗构思巧妙，笔力冷峻，深婉隐微，是一首咏史而暗寓讽喻的佳作。

梁甫吟①

长啸②《梁甫吟》，何时见阳春③？
君不见，朝歌屠叟辞棘津④，八十西来钓渭滨。
宁羞白发照清水⑤，逢时壮气思经纶⑥。
广张三千六百钩⑦，风期⑧暗与文王亲。

大贤虎变愚不测[9]，当年颇似寻常人。

君不见，高阳酒徒起草中[10]，长揖山东隆准公[11]。

入门不拜骋雄辩，两女辍洗来趋风。

东下齐城七十二[12]，指挥楚汉如旋蓬[13]。

狂客[14]落魄尚如此，何况壮士当群雄。

我欲攀龙见明主，雷公砰訇震天鼓[15]。

帝旁投壶多玉女。

三时大笑开电光[16]，倏烁晦冥起风雨[17]。

阊阖[18]九门不可通，以额扣关阍者怒[19]。

白日不照吾精诚，杞国无事忧天倾[20]。

猰貐磨牙竞人肉[21]，驺虞[22]不折生草茎。

手接飞猱搏雕虎，侧足焦原未言苦[23]。

智者可卷愚者豪[24]，世人见我轻鸿毛。

力排南山三壮士[25]，齐相杀之费二桃。

吴楚弄兵无剧孟，亚夫咍尔为徒劳。[26]

《梁甫吟》，声正悲。

张公两龙剑[27]，神物合有时。

风云感会[28]起屠钓，大人峴屼当安之[29]。

注释

①梁甫吟：也作《梁父吟》，乐府曲调名，声调凄怆。梁甫，山名，又名梁父，泰山下的小山，是古代丛葬之地。

②啸：歌唱。

③阳春：早春，这里暗寓光明。

④朝歌屠叟：指姜尚。棘津：地名，在今河南延津东北。据说姜尚五十岁时在这里做小贩。

⑤清水：清澈的水。

⑥经纶：整理丝线，这里指治理国家大事。

⑦广张：广泛地设置。三千六百钓：指姜尚在渭河边上垂钓三千六百日。

⑧风期：风度和谋略。

⑨大贤：指姜尚。虎变：指老虎身上斑纹的变化。常形容有雄才大略的人行动变化无常。

⑩高阳酒徒：指西汉谋士郦食（yì）其（jī）。起草中：形容出身卑微。

⑪长揖：古时人们行相见礼，不分尊卑，均是自上而下拱手行礼。隆准公：指刘邦。

⑫“东下”句：楚、汉在荥（xíng）阳、成皋一带对峙，郦食其提议刘邦联合齐国孤立项羽。刘邦命他前往齐国游说。最终齐王田广将自己所管辖的七十余城交给了汉。

⑬旋蓬：在空中飞旋的蓬草。这里比喻易如反掌。

⑭狂客：指郦食其。

⑮砰訇：形容声音巨大。震天鼓：雷神击打之鼓。

⑯三时：指早晨、中午、晚间。大笑：指天笑。天空不雨而有闪电称为天笑。

⑰倏（shū）烁：电光闪烁的样子。晦冥：暗淡。

⑱阊阖：传说中的天宫之门。

⑲扣关：敲门。阍（hūn）者：指负责看守天门的人。

⑳“杞国”句：相传古代有个杞国人天天担心天掉下来，没有地方能够躲藏，食不下咽，寝不安席。

㉑猰（yà）貐（yǔ）：神话传说中一种食人的野兽。这里指奸诈阴险的小人。竞：争着做某事。

㉒驺（zōu）虞：神话传说中的老虎，既不伤害人畜，也不践踏青草。这里是诗人的自比，表示诗人性情高洁，不与阴险狡诈之辈为伍。

㉓侧足：指惊恐而不敢正立。焦原：相传春秋时期莒（jǔ）国有一块大石叫作焦原，宽五十步，下面是百丈深渊，很少有人敢站上去。

㉔可：却，表示转折。卷：收而不露。

㉕三壮士：齐景公的三位勇士，即公孙接、田开疆和古冶子。

㉖“吴楚”二句：汉代时，周亚夫受命平定七国之乱。到达河南后，他

找到剧孟，笑说吴楚等国叛乱，不用剧孟，必然失败。咍（hāi），嘲讽，讥笑。尔，你们这些人，指反叛的吴楚等国。

㉗张公两龙剑：指古代有名的宝剑干将和镆铘。

㉘风云感会：风云相会。古代用以表示君臣相得，成就伟业。

㉙大人：有能力的人。峴（niè）屼（wù）：危险。

译文

长啸一声，吟唱《梁甫吟》，什么时候我才能看到事业的春天。

你难道看不见姜尚五十岁在棘津做小贩，七十岁在朝歌当屠夫，八十岁垂钓于渭河边上？

不以白发照清水为羞，遇到良机就扬眉吐气考虑处理国事。

三千六百日每天垂放钓饵，风度和谋略与文王暗合。

贤能的人行动变化无常愚人难以预测，当年与寻常人一般无二。

你难道没有看见出身低微的高阳酒徒郦食其，谒见刘邦时只是长揖而不叩拜？

一进门就尽情地施展雄辩的口才，刘邦吩咐两位女子停止洗脚，疾行如风迎上前去。

东下齐国说服齐王率领七十二城降汉，指挥楚汉就像指挥在空中飞旋的蓬草一样容易。

狂生穷困失意尚且有风云感会之时，更别说力当群雄的壮士了。

我想攀附飞龙去见明君，雷公却擂起天鼓，震耳欲聋。

明君只顾和佳丽投壶戏耍。

一天之中时而电光闪烁，时而天昏地暗，风雨交加。

天宫之门紧闭不通，我以额叩门冒死求见，守门人却大发雷霆将我挡在门外。

明君不能体察我的精诚之心，说我杞人忧天。

奸佞权贵就像猰貐一样磨牙砺齿竞食人肉，朝臣当如驺虞一样不践草茎。

我愿左手射飞猱，右手搏雕虎，即使站在危险的焦原上也不觉得苦。

然而现实是聪明的人收起自己的才智，庸碌的人反而趾高气扬，世人把我看得轻如鸿毛。

齐国力拔南山的三位勇士，被丞相晏婴用两颗桃设计谋害。

西汉吴楚反叛却不用剧孟，周亚夫嘲笑他们只能徒劳无功。

吟唱《梁甫吟》，声音凄怆悲凉。

干将、镆铘两把神剑的会合早已有注定的时机。

既然当过屠夫和钓徒的姜尚最后也能风云感会，那么雄才大略之人自当安心，以待天时。

赏析

这首诗约写于天宝九载（公元 750 年）诗人被“赐金放还”的第六年。诗人袭用诸葛亮《梁甫吟》的立意，通过大量典故，表达了自己遭受挫折后的痛苦与无奈，同时也流露出对政治抱负的决心与期待。

开头两句突兀而起，振聋发聩，诗人直接抒情，悲叹自己得不到重用、显示出诗人内心的不平静，表达了诗人对黑暗现实的强烈不满。

接下来十六句，诗人用两个“君不见”引述历史故事，通过写姜太公垂钓十年才得到文王的重用、高阳酒徒郦食其凭借雄辩让刘邦刮目相待，来表明自己出类拔萃定能够成就一番伟业的志向。可见诗人满怀乐观，对理想坚持不懈。

“我欲”以下七句，诗人的情绪突然发生变化，从乐观、自信转为痛苦、怨怼。诗人通过想象自己在天国求见天帝处处碰壁，来映射自己在现实社会中的窘境，自己一心为国，却遭到朝廷上下的嘲讽，表达了诗人怀才不遇的愤懑与不平。

“白日”以下十二句，诗人运用多个历史典故暗示自己所面临的社会现状，讽刺和批判了政治的黑暗和不合理，抒发了诗人内心的忧虑和痛苦。

最后六句点明了主旨，表达出诗人对前途的自信和期待。“《梁甫吟》，声正悲”照应开篇，使整首诗的基调显得沉痛、悲怆。随后四句笔锋陡转，情感变得高亢，表现了诗人的达观、豪迈。

整首诗布局奇特，变幻莫测；气势恢宏，意境深远；节奏明快，错落有致，将诗人内心的情感表现得淋漓尽致。

登广武[1]古战场怀古

秦鹿[2]奔野草，逐之若飞蓬。
项王气盖世，紫电明双瞳[3]。
呼吸八千人，横行起江东。
赤精斩白帝[4]，叱咤入关中[5]。
两龙不并跃[6]，五纬[7]与天同。
楚灭无英图[8]，汉兴有成功。
按剑清八极[9]，归酣歌《大风》[10]。
伊昔临广武，连兵决雌雄。
分我一杯羹，太皇[11]乃汝翁。
战争有古迹，壁垒颓层穹[12]。
猛虎啸洞壑，饥鹰鸣秋空。
翔云[13]列晓阵，杀气赫长虹。
拨乱属豪圣[14]，俗儒安可通[15]。
沉湎呼竖子[16]，狂言非至公。
抚掌黄河曲[17]，嗤嗤[18]阮嗣宗。

注释

①广武：山名，在今河南荥阳。

②鹿：比喻帝位。

③紫电：紫色的光芒，形容目光敏锐有神。双瞳：每只眼睛里有两个瞳孔。

④“赤精”句：赤帝子，指刘邦。据说刘邦在起义前，曾在路上遇白蛇挡道，于是将其斩杀。晚上有一位老妇在斩蛇之地哭诉白蛇是自己的儿子白帝子的化身，被赤帝子刘邦杀害。

⑤叱咤：比喻威武强大。关中：指函谷关以西（今陕西一带）的地方。

⑥两龙：古时认为天子是真龙，世间不能有二龙，否则必然相斗。此处指刘邦和项羽。跃：腾跃。

⑦五纬：指金、木、水、火、土五个行星。在古代，五个行星同时出现是吉兆，暗示刘邦将要统一天下。

⑧英图：英明的谋略。

⑨八极：指天下。

⑩“归酣”句：刘邦归乡宴请家乡父老，酒醉后作《大风歌》。

⑪太皇：指刘邦的父亲。

⑫壁垒：围墙，古代用来防御敌人的建筑。颓：倒塌。层穹：高空。

⑬翔云：飞云。

⑭拨乱：平定叛乱。豪圣：品德高尚、智慧超群的人，指刘邦。

⑮通：明白。

⑯沉湎：形容沉迷于饮酒的样子。竖子：小子，含有轻蔑之意。

⑰抚掌：击掌。黄河曲：黄河水转弯的地方。

⑱嗤嗤：形容愚昧无知的样子。

译文

帝位如鹿奔跑在荒野草地之间，英雄豪杰就像飞旋的蓬草一样对它穷追不舍。

项王的气概举世无双，双瞳里闪耀着明亮的紫色光芒。

召唤八千子弟，自江东而起横行天下。

赤帝子刘邦醉中斩杀白帝子，风云叱咤进入关中之地。

两条龙不在一起腾跃，只有五个行星可以在天空并存。

楚国失败是因为没有良好的策略，汉朝兴起最终成就霸业是因为善于图谋。

手持宝剑征服天下，回到家乡尽情喝酒唱《大风歌》。
从前兵临广武，两军要一决胜负。
汉王答若项王要烹我父亲请分我一杯羹，我父亲也是你父亲。
战争过后留下古迹，当年军营的围墙早已在高空下倒塌。
高祖就像猛虎长啸于洞壑，又像饿鹰鸣叫于秋天的长空。
飞云列阵前，杀气贯长虹。
平定叛乱是大圣人所为之事，浅陋而迂腐的儒士怎么能够明白？
阮籍醉酒中大喊刘邦为竖子，这种狂放偏激的话是很不公正的。
我在黄河的弯曲处拊掌而笑，阮嗣宗真是一个愚昧无知的人。

赏析

诗人登上广武山，看到楚汉对峙的战场遗迹，感慨万分，以豪放的笔调，评论了乱世英雄项羽、刘邦的成败。

前十四句描写秦亡后楚汉争霸之事，后十六句缅怀广武古战场楚汉对峙的历史，结尾处对于阮籍给予刘邦的评价表示了强烈反对，认为刘邦拨天下之乱有功，具有豪杰和圣人的气质。

整首诗有头有尾，夹叙夹议，层次分明，字字珠玑，难能可贵。

长相思[①] 三首（选二首）

其一

长相思，在长安。
络纬秋啼金井阑[②]，微霜凄凄簟[③]色寒。
孤灯不明思欲绝[④]，卷帷[⑤]望月空长叹。

美人如花隔云端⑥。

上有青冥⑦之高天，下有渌水之波澜。

天长路远魂飞苦，梦魂不到关山难⑧。

长相思，摧⑨心肝。

注释

①长相思：乐府曲调名。

②络纬：昆虫名，也叫莎鸡、纺织娘。金井阑：装饰华丽的井栏。

③簟（diàn）：竹子做的席子。

④思欲绝：形容极度想念。

⑤帷：窗帘。

⑥美人：古代指贤人，这里指诗人在长安的故友。隔云端：形容距离遥远。

⑦青冥：高远的青天。

⑧关山难：关山难渡。

⑨摧：摧裂。

译文

深深地思念啊，我思念的人远在长安。

秋天的纺织娘，在精美的井栏边悲啼，薄霜凄冷，竹席一片寒凉。

面对暗淡的孤灯，我思念到了极点，卷起窗帘仰望明月，空自长叹。

如花的美人远隔云端。

上有浩瀚无际的青天，下有泛着波澜的清水。

天广地远，灵魂飞越十分辛苦；关山难渡，梦魂无法到达。

深深地思念啊，相思之情让我心肝断绝。

赏析

这首诗是诗人离开长安后回忆往事有感而发所作，通过描写主人公缠绵悱恻的相思之情，寄寓了诗人追求政治理想而不能的愁苦和愤懑。

诗歌在内容上可分为两部分。

前七句为第一部分，诗人通过景物的烘托、渲染，塑造了一个孤凄、寂寞的形象。“美人如花隔云端”一句是整首诗的中心句。古时常用“美人”来比喻理想抱负，“美人在云端”体现出诗人的政治抱负难以实现。

后六句叙写主人公对意中人执着追求，奈何障碍重重，追求无果。最后一句以沉重的一叹表现了主人公的痛苦，寄托了诗人理想受挫后的抑郁。

整首诗形式匀称整饬，韵律参差错落，诗意含蓄蕴藉，在艺术上很有创造性。

其二

日色欲尽花含烟，月明如素①愁不眠。
赵瑟初停凤凰柱②，蜀琴欲奏鸳鸯弦③。
此曲有意无人传，愿随春风寄燕然④，
忆君迢迢隔青天。
昔时横波⑤目，今作流泪泉。
不信妾肠断，归来看取明镜前。

注释

①素：白色的生绢。

②赵瑟：瑟，流行于赵国，故名。也有说赵国女子擅长弹瑟，故名。凤凰柱：形状为凤凰的瑟柱。

③鸳鸯弦：雌雄弦。

④燕然：今蒙古国杭爱山。

⑤横波：女子斜视的目光就像水横流一样。

译文

日色将尽，花儿就像含着烟雾似的，月光皎洁宛如生绢，心中愁闷难以入眠。

弹奏赵瑟的手刚停在凤凰柱上，又拿起蜀琴拨动着鸳鸯弦。

只可惜曲中之意无人传送，但愿它随着春风传递到燕然山。

思念夫君，但夫君远隔天边。

往日清澈灵动的双眸，如今成了泪水奔淌的清泉。

如果你不相信我肝肠寸断，请回来看看镜子里我憔悴的容颜。

赏析

这首乐府诗描写的是一个思妇对丈夫深厚的思念之情。诗人虽不是女子，但是在刻画女子的形象上却能够做到生动、细腻，不愧为“诗仙”。

开头两句写景，通过描写落日、花儿、烟雾、明月，展现了一幅温婉细腻的图景，起渲染气氛的作用。

三、四句对仗工整，“初停”“欲奏”两个动作揭示了思妇心绪的烦乱，“凤凰柱”“鸳鸯弦”一语双关，暗喻了思妇对远方丈夫的思念之情。

五、六句是思妇的想象。思妇明知丈夫在遥远的地方，春风不可能传达自己的情意，却仍然抱有希望，可见思妇对丈夫感情的真挚和深切。

第七句起过渡作用，引出下文思妇的哀伤情状。

八、九句，诗人采用夸张、对比的手法，形象、巧妙地展示了思妇的愁思与哀怨。

最后两句以反诘的语气表现了思妇对丈夫归家的期盼。

全诗句式整饬，韵律和谐，缠绵悱恻，令人动容。

梁园[1]吟

我浮黄河去京阙[2]，挂席欲进波连山[3]。
天长水阔厌远涉[4]，访古始及平台[5]间。
平台为客忧思多，对酒遂作《梁园歌》。
却忆蓬池阮公咏[6]，因吟渌水扬洪波。
洪波浩荡迷旧国[7]，路远西归安可得？
人生达命岂暇愁[8]，且饮美酒登高楼。
平头奴子[9]摇大扇，五月不热疑清秋。
玉盘杨梅为君设，吴盐[10]如花皎白雪。
持盐把酒但饮之，莫学夷、齐[11]事高洁。
昔人豪贵信陵君[12]，今人耕种信陵坟[13]。
荒城[14]虚照碧山月，古木尽入苍梧云[15]。
梁王宫阙今安在？枚、马[16]先归不相待。
舞影歌声散渌池，空馀汴水[17]东流海。
沉吟此事泪满衣，黄金买醉未能归。
连呼五白行六博[18]，分曹赌酒酣驰晖[19]。
歌且谣[20]，意方远，
东山高卧[21]时起来，欲济苍生未应晚。

注释

①梁园：也称梁苑，是集游乐、打猎等为一体的大型园林，西汉梁孝王所建。

②去：离开。京阙：长安城。

③挂席：挂帆，扬帆。波连山：波浪就像连绵起伏的山峰。

④远涉：乘船远行。

⑤平台：台名，位于梁园内。春秋时宋平公所建，梁孝王扩建。

⑥蓬池：大泽名，在今河南尉氏。阮公咏：指阮籍《咏怀》。“徘徊蓬池上，还顾望大梁。渌水扬洪波，旷野莽茫茫。”

⑦迷：难以分辨。旧国：指长安。

⑧达命：对命运抱豁达的态度。岂暇愁：指没有时间去发愁。

⑨平头奴子：戴平头巾的奴仆。

⑩吴盐：吴地生产的盐。

⑪夷、齐：伯夷和叔齐。

⑫信陵君：魏无忌，战国时魏安釐王的弟弟，封地在信陵（今河南宁陵）。

⑬信陵坟：魏无忌的陵墓，在今河南开封市郊。

⑭荒城：指魏都大梁（今河南开封）。

⑮苍梧云：相传苍梧山上有白云飘到大梁。苍梧，山名，也叫九嶷山，位于湖南宁远南。

⑯枚：指枚乘，字叔，西汉辞赋家。马：指司马相如，字长卿，西汉辞赋家。枚乘和司马相如都曾是梁园宾客。

⑰汴（biàn）水：古水名，又称汴河，泗水的支流。

⑱五白：古时一种以“五木”为博具的博戏，有五子，上黑下白，掷得五子皆白称为五白。六博：一种博戏，有六黑六白十二枚棋子。两人相博，每人六枚。

⑲分曹：分成很多对。曹，双方，班，组。驰晖：形容时光飞逝。

⑳歌且谣：指歌唱。

㉑东山高卧：指谢安隐居东山一事。

译文

乘船从黄河而下，我离开了长安，扬帆欲进但波浪连绵如群山。

广阔的水面和遥远的天际让我厌倦远行，终于访寻古迹来到梁园的平台。

在平台做客忧愁不断，与好友对饮，即兴创作一首《梁园歌》。

突然想起阮籍的蓬池诗，因而吟诵起“渌水扬洪波”的诗句。

绿水激荡起的巨浪遮住了长安，路途遥远，想要西归还有可能吗？

人生有命，应当积极乐观，哪里有时间去发愁？且上高楼畅饮美酒。

身旁戴平头巾的奴仆摇着扇子，五月的天气就像清秋一样凉爽。

玉盘里的杨梅已经为你摆好，吴地的盐就像雪一样洁白。

洒盐把杯你只需要开怀畅饮，不要学那伯夷、叔齐追求高洁。

昔日那么豪贵的战国公子信陵君，而今有人却在他的坟头上耕耘。

青山上的明月空自照着荒城，古木参天直入云端。

雕梁画栋的梁王宫阙现在又在哪里？早已作古的枚乘、司马相如不能相待。

渌池边上的歌舞早已消散，只留下汴水日夜东流到海。

沉思种种不禁泪满衣衫，黄金买醉不能返还。

连喊五白又用六博来赌，分曹赌酒酣畅淋漓，不知不觉间时光飞逝。

一边歌唱一边吟咏，含义深远悠长，

高卧东山等候将要到来的时机，要想救济百姓为时不晚。

赏析

天宝三载（公元744年），诗人离开长安东归，与杜甫、高适一起去大梁、宋州一带游历，写下此诗。诗中寄托了诗人“赐金放还”后的无奈、痛苦、失落和不甘。

整首诗在内容上可以分为三个部分。

前十句为第一部分。写诗人离开长安，与好友饮酒作诗，愁思不断，表现了诗人内心的怅惘情绪和深沉的忧怀，同时也为下文做好了铺垫。

中间二十句为第二部分。写诗人登楼远望，回想昔日的伯夷、叔齐、魏无忌、梁孝王、枚乘、司马相如，心中充满痛苦与无奈，酒兴正酣时，时而激昂狂放，时而癫狂愁苦。这一部分将诗人的形象刻画得淋漓尽致。诗人曾经积极地入世，并幻想自己能一展身手，但现实很残酷，满心的政治抱负无法实现，不得不靠纵酒来麻醉自己，以此来掩盖心中的苦楚。

最后四句为第三部分。诗人由苦闷转为积极乐观。期盼着自己能够像当年的谢安一样再度入世，可见诗人仍然不忘初心。

整首诗条理清晰，意境多变，典雅蕴藉，气韵超然，艺术感染力极强。

将进酒[①]

君不见黄河之水天上来[②]，
奔流到海不复回。
君不见高堂明镜悲白发，
朝如青丝暮成雪[③]。
人生得意须尽欢，莫使金樽空[④]对月。
天生我材必有用，千金散尽[⑤]还复来。
烹羊宰牛且为乐，会须一饮三百杯[⑥]。
岑夫子，丹丘生，[⑦] 进酒君莫停[⑧]。
与君歌一曲，请君为我倾耳听。
钟鼓馔玉不足贵[⑨]，但愿长醉不用[⑩]醒。
古来圣贤皆寂寞[⑪]，惟有饮者留其名。
陈王昔时宴平乐[⑫]，斗酒十千恣欢谑[⑬]。
主人何为言少钱，径须沽取对君酌[⑭]。
五花马[⑮]，千金裘[⑯]，呼儿将[⑰]出换美酒，
与尔同销万古愁[⑱]。

注释

①将进酒：乐府曲调名，多以放歌劝饮为内容。

②“君不见”句：古人认为黄河的源头是昆仑山，因昆仑山海拔高，所

以说天上来。

③青：黑色。成：也作“如”。

④空：枉然，白费。

⑤千金散尽：据说李白在梁宋游历时，曾得数万两黄金，全部散尽。

⑥会须：会当，应该。一饮三百杯：东汉时期郑玄喜欢饮酒，据说能一次饮酒三百余杯而不醉。这里指畅饮。

⑦“岑夫子”两句：指李白的友人岑勋、元丹丘。

⑧“进酒”句：也作“将进酒，杯莫停”。

⑨钟鼓：古代权贵人家宴会时演奏的乐器。馔玉：珍贵的食品。

⑩用：也作“复”或“愿”。

⑪圣贤：古时有道德、有才识的人。寂寞：悄无声息。

⑫陈王：指三国时期曹操之子曹植。平乐：汉代宫阙名，也称平乐观，在河南洛阳附近。

⑬恣欢谑：尽情地欢乐戏谑。恣，放纵，任意。

⑭径：干脆，直接。沽取：买取。这里指沽酒。

⑮五花马：鬃毛剪成花瓣状的名马，一说毛色斑驳的好马。

⑯千金裘：指珍贵的皮衣。

⑰将：取，拿。

⑱尔：你。万古愁：极言愁苦之深重。

译文

你可曾看见滔滔的黄河水从天而降，
汹涌澎湃，浩浩荡荡地流向大海一去不回？
你可曾看见在高堂上对着明镜自照，看到白发不觉悲从中来，
早上还是满头青丝，傍晚就变得像雪一样白？
人生得意的时候应当尽情欢乐，切莫让酒杯空对着明月。
上天赋予我奇才必定会有用处，千万两黄金用尽还会再次得来。
杀牛宰羊，姑且寻欢作乐，应该痛痛快快地喝它三百杯！
岑夫子，丹丘生，请喝酒，不要停杯！

我为你们吟唱一曲，请你们为我侧耳倾听。

钟鼓奏乐，美食如玉不值得珍贵，只愿长久地沉醉下去，再也不醒来。

自古以来圣人、贤人都寂寂无闻，只有喜欢饮酒的人才留下美名。

陈王曾经在平乐观大摆筵席，一斗美酒价值万钱，开怀畅饮，尽情欢乐。

主人怎么能说钱少，只管去买来相对共酌。

五花名马、千金轻裘，唤小童拿去换取美酒，

我要和你一醉方休，一起消解这万古悲愁！

赏析

这是一首劝酒歌，约作于天宝年间诗人“赐金放还”之后（约公元752年）。诗人借饮酒放歌之语，表现了自己鄙弃功名富贵、纵酒消愁的愤懑情绪。整首诗荡气回肠，气韵流畅，体现了李白诗歌创作的特色。

开篇四句气势磅礴，大开大合，气势不凡，带有浓厚的抒情色彩，历来被人们所赞誉。诗人凭借丰富的想象，借用时间和空间的表达将大河东去势不可当的姿态展现在读者面前。通过写黄河之水的一去不复还和黑发转眼变为白发，突出了时间飞逝、人生短促，渲染了跨越时空的伤感之情。

接下来六句，诗的情调从悲转为乐。诗人与友人相约痛饮，尽情欢乐，乐观积极的情感喷涌而出。

接下来五句，诗的节奏突变，铿锵有力，朗朗上口。诗人酒兴正浓之时，不仅直呼好友的姓名，而且高声劝好友痛饮，这一段将诗人眼花耳热的醉态展现得淋漓尽致。

再以下八句，表面上是写诗人要为友人高歌一曲，实际上是诗人借曲来表达自己内心真实的情绪。诗人想要报效国家，但走投无路，只愿长醉不醒。诗人还借用了曹植《名都篇》“归来宴平乐，美酒斗十千”之句，表达了自己与曹植惺惺相惜之感，彰显了自己怀才不遇、壮志难酬的窘境。

最后几句，诗人酒兴上来，忘乎所以，颐指气使，由此可见诗人放诞任性、不拘小节的性格。

整首诗笔饱墨酣，气势磅礴，格调激昂，充分展示了诗人内心的苦楚，是一篇佳作。

鸣皋歌送岑征君[1]

若有人兮思鸣皋，阻积雪兮心烦劳。
洪河凌竞不可以径度[2]，冰龙鳞兮难容舠[3]。
邈仙山[4]之峻极兮，闻天籁之嘈嘈。
霜崖缟皓以合沓兮[5]，若长风扇海涌沧溟之波涛。
玄猿绿罴[6]，舔舕崟岌[7]，
危柯振石，骇胆慄魄，群呼而相号。
峰峥嵘以路绝，挂星辰于岩嶅[8]。
送君之归兮，动鸣皋之新作。
交鼓吹兮弹丝[9]，觞清泠之池阁[10]。
君不行兮何待，若返顾[11]之黄鹄。
扫梁园之群英[12]，振《大雅》于东洛。
巾征轩兮历阻折[13]，寻幽居兮越巘崿[14]。
盘白石兮坐素月[15]，琴松风兮寂万壑[16]。
望不见兮心氛氲[17]，萝冥冥兮霰纷纷[18]。
水横洞以下渌[19]，波小声而上闻。
虎啸谷而生风，龙藏溪而吐云。
冥鹤清唳，饥鼯嚬呻[20]。
块独处此幽默兮[21]，愀[22]空山而愁人。
鸡聚族[23]以争食，凤孤飞而无邻。
蝘蜓[24]嘲龙，鱼目混珍。

嫫母衣锦[25]，西施负薪。
若使巢由桎梏于轩冕兮[26]，
亦奚异于夔龙蹩躠于风尘[27]？
哭何苦而救楚[28]，笑何夸而却秦[29]！
吾诚不能学二子沽名矫节以耀世兮[30]，
固将弃天地而遗身。
白鸥兮飞来，长与君兮相亲。

注释

①鸣皋：九皋山，位于河南嵩县东北。传说有只白鹤飞到此处长鸣，故以此命名。岑征君：李白的友人岑勋。

②凌竞：因寒冷而感到颤抖。径度：直接渡过。

③冰龙鳞：冰块的形状就像锯齿，参差不齐的样子就像龙鳞。舠（dāo）：形容小船的形状像刀一般。

④仙山：指鸣皋山。

⑤缟皓（gǎo hào）：洁白无瑕。合沓：重叠，隐约。

⑥玄猿：黑色的猿猴。绿罴（pí）：一种毛色为绿色的熊。

⑦舔舕（tiǎn tàn）：吐着舌头。崟岌（yín jí）：险峻的山峰。

⑧岩嶅（ào）：石头很多的山崖。

⑨弹丝：弹奏乐器。

⑩觞：畅快饮酒。清泠：指梁园的清泠池。

⑪返顾：离别时难舍难分的样子。化用苏武“黄鹄一远别，千里顾徘徊”之句。

⑫扫：扫平。群英：指梁园内的有才能之人。

⑬巾征轩：用以远行的车马，用帷幕盖住。历阻折：经历险阻和挫折。

⑭巘崿（yǎn è）：山崖。

⑮盘白石：在白石上盘腿而坐。坐素月：坐在洁白的月光下。

⑯琴：动词，弹琴。松风：琴曲名，即《风入松》。

⑰心氛氲：内心烦躁。氛氲，即纷纭。

⑱萝：一种植物，女萝。霰（xiàn）：雪珠。

⑲横洞：一片汪洋，无边无际。渌：清澈见底。

⑳鼯（wú）：鼯鼠，形态像蝙蝠，常常出现在夜晚，叫声像人的哭声。嚬（pín）呻：痛苦的呻吟声。

㉑块：独自一人。独处：一个人居住。幽默：幽静，寂寥。

㉒愀（qiǎo）：凄怆，悲怆。

㉓聚族：聚集成群。

㉔蝘（yǎn）蜓：蝎虎。

㉕嫫母：传说中黄帝的妃子，样貌极其丑陋，外号丑女。衣：穿。锦：华丽的服饰。

㉖巢、由：隐士巢父和许由。桎梏（zhì gù）：脚镣和手铐。这里指束缚。

㉗奚异：有什么相异的地方。蹩躠（bié xiè）：匍匐前行。

㉘救楚：据《战国策·楚策》记载，春秋时期吴国和楚国交战，吴军打进了楚国的国都，楚国大夫申包胥前往秦国请求救援，在秦国的宫殿上哭了七天七夜，秦王最终被感动，发兵救楚。

㉙却秦：据《战国策·赵策》记载，秦军派兵攻打邯郸，魏王派遣将军辛垣衍劝说赵国拥秦为帝，鲁仲连趁辛垣衍劝说之前，向魏国国君讲述秦国称帝的害处。

㉚沽名：沽名钓誉。矫节：矫揉造作，摆出清高的样子，希望得到他人的赏识。

译文

如果有人同岑征君一样想要回到鸣皋，却因为大雪冰封阻挡难以回归而担心。

如果乘船下江，则面对的是大河冰封，令人心惊胆战而难以渡过，河冰就像龙鳞一样，是无法行船的。

如果走旱路，则面对的是高险的群山，阵阵天风吹来，是无法登攀的。

白皑皑的雪崖霜峰，就像狂风吹着的海浪，波涛汹涌。

群山高耸如云，极其险要，山顶上有玄猿、绿熊在吐舌；

枯萎的树木和危险的石头摇摇欲坠，各种声音夹杂在一起，让人感到害怕。

群峰峥嵘阻断了道路，层峦叠嶂，高耸入云。

我送你离开，并以《鸣皋歌》相送。

在清泠池上大摆筵席，以鼓琴乐声来相伴。

你将行不行就像返回的黄鹤，还有什么期待呢？

看来是想要镇压梁园的群英，想要在东洛振兴《大雅》。

展示自己的才能之后走上了征途，历经阻折，翻山越岭，前往陇居。

想要过那种坐在白石上欣赏清月，弹松风而寂万壑的宁静生活。

自从你走后，我想要见你却见不到，心生愁苦，想象在鸣皋山中，松萝昏暗，雪雾蒙蒙。

泉水穿过山崖和山洞，清澈见底，只听见阵阵流水声。

虎啸生风，响彻整个山谷，龙藏深山，吐云洞中。

夜晚白鹤发出了清亮的鸣叫，饥饿的鼯鼠蹙眉而呻吟。

独自一人居住在这样清寂的地方，真让人感到担忧。

现在这个社会，小人得志就像群鸡聚集在朝堂上争食，君子失势就像孤独的凤凰一般只能远飞于山林。

是非不明就像蜥蜴嘲笑巨龙，将鱼目当作珍珠一般。

嫫母穿着华丽的衣服，受尽宠爱，而美女西施却负薪为奴。

这一切与让高士巢父、许由囚于轩车冠冕中，

让夔、龙这样的贤臣堕落到世俗之中有什么区别呢？

申包胥哭于秦国朝堂而拯救楚国，鲁仲连假借谈笑击败秦国的进攻。

我实在不能学这两个人沽名钓誉、矫立名节来流传后世，所以将独立于世间。

白鹤飞来与我为伴，山水与我相随。

赏析

天宝四载（公元745年）冬，李白前往梁园内清泠池，由景联想到自己，创作此诗。这是一首骚体诗，诗人通过写岑征君旅途中遇到的艰险情景，表

达了诗人对自己的遭遇感到不平的心情。诗的后半部分连用了多个比喻，生动形象地展示出了统治集团内部争夺权力的情景。整首诗语言优美流畅，结构多变，句式整齐，音节优美，想象奇特，气势奔放，意境远大，使读者深陷其中。那些借助含混、朦胧的意象所展示出来的韵味，酣畅淋漓，纵横驰骋，艺术效果如梦如幻，是李白所独有的特点。

忆旧游寄谯郡元参军①

忆昔洛阳董糟丘②，为余天津桥③南造酒楼。
黄金白璧买歌笑，一醉累月④轻王候。
海内贤豪青云客⑤，就中与君心莫逆⑥。
回山转海不作难，倾情倒意⑦无所惜。
我向淮南攀桂枝⑧，君留洛北愁梦思。
不忍别，还相随⑨。
相随迢迢访仙城，三十六曲水回萦。
一溪初入千花明⑩，万壑度尽松风声。
银鞍金络⑪到平地，汉东⑫太守来相迎。
紫阳之真人⑬，邀我吹玉笙。
餐霞楼上动仙乐⑭，嘈然⑮宛似鸾凤鸣。
袖长管催欲轻举⑯，汉中⑰太守醉起舞。
手持锦袍覆我身，我醉横眠枕其股。
当筵意气凌九霄，星离雨散不终朝⑱，
分飞楚关⑲山水遥。
余既还山⑳寻故巢，君亦归家度渭桥。
君家严君勇貔虎㉑，作尹并州遏戎虏㉒。

五月相呼渡太行[23]，摧轮不道羊肠[24]苦。
行来北凉岁月深[25]，感君贵义轻黄金。
琼杯绮食青玉案[26]，使我醉饱无归心。
时时出向城西曲，晋祠[27]流水如碧玉。
浮舟弄水箫鼓鸣，微波龙鳞莎草[28]绿。
兴来携妓恣经过，其若杨花似雪何。
红妆欲醉宜斜日[29]，百尺清潭写翠娥[30]。
翠娥婵娟初月辉[31]，美人更唱舞罗衣。
清风吹歌入空去，歌曲自绕行云飞。
此时行乐难再遇，西游因献《长杨赋》[32]。
北阙[33]青云不可期，东山[34]白首还归去。
渭桥南头一遇君，酂台[35]之北又离群。
问余别恨今多少，落花春暮争纷纷。
言亦不可尽，情亦不可及。
呼儿长跪缄此辞，寄君千里遥相忆。

注释

①谯（qiáo）郡：位于安徽亳州市一带。元参军：元演。

②董糟丘：酒店老板，洛阳人。

③天津桥：位于河南洛阳西南。

④累月：一连几个月。

⑤海内：指中国。古人认为中国被海环绕，故称。贤豪：有才能、有威望的人。青云客：德高望重之人。

⑥就中：其中。莫逆：趣味相投的友人。

⑦倾情倒意：倾付全力。

⑧攀桂枝：隐居于深山老林。出自淮南王刘安《招隐士》：“攀援桂枝兮聊淹留。”

⑨还相随：指李白与元演相约一起游随州。

⑩千花明：鲜花绽放。

⑪银鞍金络：指所骑的马装饰华丽。

⑫汉东：汉东郡，位于今湖北随州一带。

⑬紫阳之真人：指的是胡紫阳。真人，对道士的敬称。

⑭餐霞楼：阁楼，胡紫阳在随州苦竹院中建造。仙乐：一种乐器，指道士的笙管。

⑮嘈然：形容众多乐器一起奏乐的嘈杂声音。

⑯轻举：轻飘飘的样子，形容舞姿的轻盈。

⑰汉中：这里指的是汉东。

⑱星离雨散：分散，离别。不终朝：连一个早晨的时间都没有。形容时间很短。

⑲楚关：指随州，古时是楚国的附属地。

⑳还山：回归家乡。

㉑严君：父亲。勇貔虎：形容元参军的父亲是凶猛的武将。貔虎，一种猛兽。

㉒尹：官名。并（bīng）州：太原。遏：遏制，阻止。

㉓五月：指开元二十三年（公元735年）李、元一起去太原游玩。太行：太行山。两人从洛阳前往太原要经过太行山。

㉔羊肠：羊肠坂，太行山上一条狭窄的小路。曹操《苦寒行》："北上太行山，艰哉何巍巍。羊肠坂诘屈，车轮为之摧。"

㉕北凉：应作"北京"。天宝初期，太原被称为"北京"。岁月深：有了很长一段日子。

㉖琼杯：用玉做成的酒杯。绮（qǐ）食：珍馐美味。案：托盘。

㉗晋祠：周代晋国始祖唐叔虞的祠庙，位于山西太原西南。

㉘莎（suō）草：河边的水草。

㉙宜斜日：容颜在斜日的照映下显得更美丽了。

㉚写：画。翠娥：指美丽的女子。

㉛婵娟：美好、秀丽的样子。初月辉：月亮刚出来时的光辉。

㉜西游：向西游玩，这里指长安。《长杨赋》：西汉时期的扬雄献给汉成

帝的一篇赋。

㉝北阙：指朝廷。尚书向上禀告大事时，均去北阙。

㉞东山：位于浙江绍兴。晋代的谢安曾经隐居于此地。这里指的是隐居的地方。

㉟酂（zàn）台：酂亭，位于谯郡。

译文

想起曾经的洛阳酒商董糟丘，他为我在天津桥南头建造了一处酒楼。

宴饮与欢歌笑语的时光是用黄金白璧买来的，一次酒醉让我一连几个月轻蔑王侯将相。

天下有太多的贤士豪杰和道德高尚的人，我和你两人是情投意合成知交。

即使海枯石烂我们的友情也不会发生改变，我愿意为此献出全部的心血。

我隐居于淮南，你留在洛阳，两个人心生愁苦，相思不已。

我不忍和你别离，依旧追随你的脚步。

追随你的脚步行走万里，走过随州仙城山，那里环绕着三十六条溪流。

走近发现每一条溪流都盛开着千万朵鲜花，松树耸立，微风吹拂。

登银鞍挽金络一路来到了平川大地，汉东太守亲自迎接我们。

紫阳真人邀请我们两个人吹笙作乐。

餐霞楼上响起了真正的鼓乐之声，好似凤凰啼鸣的声音。

乐人穿着长袖拿着管乐吹奏，催人轻盈起舞，汉东太守酒兴正酣不禁手舞足蹈起来。

他拿着锦袍为我披上，我喝醉后躺在他的大腿上入睡。

意气风发直逼云霄，寻欢作乐后很快又要两地分别。

我们在关山分手，相距甚远。

我回到家乡找寻以往的家园，你也渡过渭桥走上了回家的道路。

你家里的人都有勇有谋，如虎如狼，担任并州长史曾经遏制了戎虏的进犯。

我们相约在五月穿越太行山，车马行走在羊肠小道上，一路劳顿却不觉得苦。

来到北都太原已经有一段时间了，你重情义轻黄金，我深受感动。

宴席中青玉盘上摆放着的都是珍馐美味，有酒有美食我暂时放下了回归的心。

我常常去城西弯曲之路游玩，晋祠旁边的流水静静流淌就像碧玉一般。

一路乘船划水吹奏着箫鼓，微波粼粼如同龙鳞，岸上长满了碧绿的草。

兴致来了就会带着歌伎、舞女来到此处，那里飘落的杨花就像纷纷扬扬的雪花。

傍晚太阳即将落山之时，红装歌伎、舞女喝得大醉，清澈的清潭倒映出她们姣好的容颜。

月亮高高挂起，散发着光辉，与翠娥和婵娟相映，美人们摆动着衣袖唱着新歌。

清风吹来，轻快的歌声传入空中，歌声嘹亮，围绕着白云而飞。

这样美妙的时光，以后恐怕会再难以遇到，我又西游再次向朝廷献上《长杨赋》。

难以期望再次在朝堂上大展身手，于是辞归隐居于东山。

渭南桥头再次和你相遇，马上又要和你分手离别于酂台之北。

你问我有多少离愁，你看看那暮春时节落下来的花便可知。

满心的离别无法表达，说也说不尽。

呼儿伏跪封上信函结束此书，寄给在千里之外的你，以表相思与祝福。

赏析

这首诗叙述的是诗人与元演四次相聚的经过，通过此诗可以很好地掌握李白的生平和思想。诗人并没有采用大量的笔墨直接来表现对现实生活的愤懑，而是将重点放在了往日的旧梦重温中，感情恣肆畅快，笔酣墨饱。诗人写与故人交往中发生的事情，将其理想化、浪漫化，从侧面反映出诗人对现实生活的愤懑，突出了现实的缺憾。通篇以七言为主，兼有三、五、九字句，结构严谨，层次分明，语言奔放，写法变化多端，给人以视觉上的享受。

梦游天姥[1]吟留别

海客谈瀛洲，烟涛微茫信难求[2]。
越人语天姥，云霞明灭[3]或可睹。
天姥连天向天横，势拔五岳掩赤城[4]。
天台四万八千丈[5]，对此欲倒东南倾。
我欲因之[6]梦吴越，一夜飞度镜湖月。
湖月照我影，送我至剡溪[7]。
谢公[8]宿处今尚在，渌水荡漾清猿啼[9]。
脚著谢公屐[10]，身登青云梯[11]。
半壁见海日，空中闻天鸡[12]。
千岩万转路不定，迷花倚石忽已暝[13]。
熊咆龙吟殷岩泉，慄深林兮惊层巅[14]。
云青青兮欲雨，水澹澹[15]兮生烟。
列缺霹雳[16]，丘峦崩摧。
洞天石扇[17]，訇然[18]中开。
青冥浩荡不见底[19]，日月照耀金银台[20]。
霓为衣兮风为马，云之君[21]兮纷纷而来下。
虎鼓瑟兮鸾回车[22]，仙之人兮列如麻。
忽魂悸[23]以魄动，恍惊起而长嗟。
惟觉时[24]之枕席，失向来之烟霞[25]。
世间行乐亦如此，古来万事东流水。
别君[26]去兮何时还？

且放白鹿青崖间，须行即骑访名山。

安能摧眉折腰事权贵㉗，使我不得开心颜。

注释

①天姥（mǔ）：山名，位于浙江新昌东五十里，东边是天台山。

②微茫：隐隐约约、模糊不清的样子。信：实在，确实。

③明灭：忽明忽暗，指因天气阴晴不定，云霞也跟着发生相应的变化。

④拔：超过，超越。赤城：山名，位于浙江天台北，为天台山的南门，因颜色为红色，故名。

⑤天台（tāi）：山名，位于浙江天台北。四万八千丈：并不是实际的数目，而是一种夸张手法。

⑥之：指越国人对天姥山的传说。

⑦剡（shàn）溪：水名，位于浙江嵊（shèng）州南。

⑧谢公：指谢灵运。

⑨渌水：清澈的水。清猿啼：形容猿猴的啼叫声凄冷哀怨。

⑩谢公屐：指谢灵运出去游玩时穿的一种特制木鞋，鞋底下有锯齿，为方便走路，上山时抽去前齿，下山时抽去后齿。

⑪青云梯：崇山峻岭，高耸入云。

⑫天鸡：据《述异记》记载，东南方有桃都山，山上的树上有一只天鸡，每天早上都会啼叫，引得天下的雄鸡跟随着啼叫。

⑬暝：天黑，夜晚。

⑭层巅：层峦叠嶂的山峰。

⑮澹（dàn）澹：水波闪动的样子。

⑯列缺：闪电。霹雳：形容雷声。

⑰洞天：道家认为神仙居住的地方。石扇：石门。扇，一作“扉”。

⑱訇（hōng）然：极大的声音。

⑲青冥：青天。浩荡：广阔，远大。

⑳金银台：神仙居住的地方。

㉑云之君：云神。

㉒鼓：弹奏。瑟：一种乐器。鸾：鸟，凤凰的一种。

㉓悸：惊醒。

㉔觉时：从睡梦中醒来。

㉕向来：刚才。烟霞：烟雾云霞。指梦中看到的景象。

㉖君：指东鲁的好友。

㉗摧眉折腰：低眉弯腰。事：侍奉。

译文

来往于海上的人所谈的瀛洲，据说那里烟波渺茫、一望无际，实在难以寻求。

越人所讲的天姥，说那里在云雾之中若隐若现。

天姥山高耸入云，横列在天际，它的磅礴气势超过五岳，盖过了赤城。

天台山有四万八千丈之高，对着天姥山，好像拜倒在天姥山的东南面一样。

我想按照越人所述梦游吴越，连夜沐浴着明月飞渡了明月映照的镜湖。

湖上的月光照着我的身影，一直将我送到了剡溪。

谢公的住处如今还在那个地方，清水荡漾，猿猴清啼。

我脚上穿着的是谢公当年特制的木屐，攀登像青云梯一样险峻的石梯。

在半山腰就看见了海上的日出，听到空中传来的天鸡的叫声。

千崖万壑，山路盘旋弯曲，变幻不定，倚着石头赏花，忽然发觉日色已暝。

熊咆龙吟声在山岩清泉之间震荡，茂密的森林为之战栗，层层山巅为之惊颤。

云苍苍啊像是要下雨的样子，水轻轻流动啊升起浓浓烟雾。

电光闪闪，雷声轰鸣，山峦就像要崩塌一样。

神仙洞府的石门，訇然一声从中间裂开。

天色昏暗无法看见洞底，金银台被日月照耀着。

仙人用彩虹做衣裳，把风当作马，云中的神仙啊纷纷下凡。

老虎弹着琴啊鸾凤驾着车，众多的仙人排成列啊多如密麻。

我感到魂悸而魄动，恍然中惊醒过来，感叹不已。

醒来时床上只剩下枕席，刚才梦中绮丽的仙境已经消失。

世间的赏心乐事也只是昙花一现，自古以来任何事情都像东去的流水一去不复返。

与你们分别后什么时候才能回来？

我要在青崖间放牧白鹿，等到想游览时就骑上它访遍名山，求仙学道。

怎能够低头弯腰去侍奉权贵，使自己心中不能快乐开怀，欢颜尽兴！

赏析

这首诗作于天宝三载（公元744年），也作《别东鲁诸公》，是诗人的名篇之一，已归入高中语文课本之中。诗人在长安三年，因为性格高傲，不阿谀奉承，终被唐玄宗以“非廊庙器”而“赐金放还”，诗人无奈离开京城告别友人时作了这首诗。诗人通过对奇异美妙的神仙境界的描绘和描写梦游天姥山的感受，抒发了他在济苍生、安社稷的追求失败后的苦闷心情和对现实生活的极度不满，表现了其不愿与黑暗现实同流合污、蔑视权贵的高尚精神。整首诗可以分为三个部分。

第一部分为前八句。通过描写天姥山的险峻和朦胧，突出天姥山的神秘高峻，采用夸张的手法让读者和诗人共同进入了天姥山之中，并由此入梦。

第二部分为接下来的二十六句。这一部分诗人通过写自己梦游吴地，来到了谢灵运居住的地方，镜湖、月光、清溪、猿猴、石梯、天鸡、山路、山花、熊咆龙吟、金银台、仙人、老虎、鸾凤，通过这一系列的事物，将诗人梦中的所见所闻清晰、形象地展现在了读者面前，诗人营造了两个差别极大的世界，笔调梦幻，寄托情怀。

第三部分为最后十一句。这一部分写的是诗人梦醒了，回到现实世界，梦中的仙境已经消失，诗人感慨世间的欢乐就像幻境一般，一去不复还。在这里，诗人的感情仍然是高亢激愤、慨然有声的，可见诗人内心不屈于时势、高傲不凡、自尊自傲的非凡形象。

整首诗充满了浪漫主义和现实主义色彩，情节奇特，大胆夸张，意境开阔，语言变幻，画面绮丽，形象辉煌，缤纷多彩，情调华赡，想象力丰富，将梦中的仙境和丑恶的现实世界进行对比，将对幻想的追求和人生的探索联系起来，超过了一般游仙题材的范围，具有深刻的社会意义。这首诗展现出了诗人不卑不亢、放纵不羁的性格特点，表达了诗人对仙境美好生活的向往之情和对世俗人间的不满与憎恶。

西岳云台歌送丹丘子[①]

西岳峥嵘[②]何壮哉！黄河如丝天际来。
黄河万里触山动，盘涡毂转秦地雷[③]。
荣光休气纷五彩[④]，千年一清圣人在[⑤]。
巨灵咆哮擘两山[⑥]，洪波喷箭射东海[⑦]。
三峰却立如欲摧[⑧]，翠崖丹谷高掌开[⑨]。
白帝[⑩]金精运元气，石作莲花云作台[⑪]。
云台阁道连窈冥[⑫]，中有不死丹丘生。
明星玉女[⑬]备洒扫，麻姑搔背[⑭]指爪轻。
我皇[⑮]手把天地户，丹丘谈天与天语。
九重[⑯]出入生光辉，东来蓬莱复西归[⑰]。
玉浆傥惠故人饮[⑱]，骑二茅龙[⑲]上天飞。

注释

①西岳：华山，位于陕西华阴。云台：华山上的云台峰。

②峥嵘：雄伟高峻。

③盘涡毂转：形容黄河水波急流，冲刷出来的漩涡如车轮般转动着。秦地雷：形容水流发出的声音就像秦地的雷声。秦地指的是华山一带。

④荣光：指河水在阳光下所呈现的光彩。休气：瑞气。古人认为黄河之上出现五彩灵光，则代表着圣人即将出现。

⑤“千年”句：黄河多挟泥沙，古代以河清为吉祥之事，也以河清称颂清明的治世。圣人，指当时的皇帝唐玄宗。

⑥巨灵：河神。擘两山：传说华山和对岸的山峰原本为一体，阻挡了河水的去路，河神为使河流通过，将其一分为二，由此华山和首阳山隔河而对。

⑦“洪波”句：指黄河的波浪喷涌而出冲向东海。

⑧三峰：指华山上西侧的莲花峰、南侧的落雁峰和东侧的朝阳峰，三峰都极为高峻。却立：退而立定。摧：倒，倾倒。

⑨翠崖丹谷：指华山翠色和赤色的岩石。高掌开：指华山的东北岩壁为黑色，流出石膏凝结成巨人手掌的形状，有传说是河神擘山时留下的痕迹。

⑩白帝：神话传说中的五大天帝之一，西方之神。白帝即少昊，管理华山。

⑪莲花：指华山上的莲花峰。云作台：指华山云台峰。华山中间的三座山峰突出，就像莲心，而周围的山像莲瓣，其下为云台峰，远远望去就像青色的莲花绽放于云台。

⑫阁道：栈道。窈（yǎo）冥：高深莫测的样子。

⑬明星玉女：仙女名。传说华山有仙女明星玉女，其手持玉浆，喝下就能成仙。

⑭麻姑搔背：《神仙传》载，麻姑的手似鸟爪，蔡经曾想象用它来搔背。麻姑，仙女名。

⑮我皇：神话传说中的西王母。据《汉武帝内传》记载，王母命侍女歌元灵之曲，曲中有“大象虽寥廓，我把天地户”之句。

⑯九重：指神仙所居住的地方。

⑰复西归：指元丹丘前往蓬莱求仙药，后又西归华山。

⑱“玉浆”句：希望元丹丘赐予我玉女的玉浆。玉浆，传说有老翁进入嵩山北面的大穴中，在穴中行走了十多日后看见一草屋，内有两个仙人在下棋，桌旁放置着几杯清水，老翁喝完觉得力气倍增。老翁后来到洛阳问张华，方得知所到之处乃仙馆，所饮之水为玉浆。傥惠，倘若赐予。

⑲茅龙：传说汉中卜师呼子先，一百多岁，某日突然告诉老妇要收拾东

西，随后看见仙人带了两只茅狗来，于是和老妇各骑一只，飞上华山成仙。

译文

西岳华山峥嵘高耸，多么雄伟壮观！黄河宛如一条细线一般，从天际飞涌而来。

黄河奔腾万里，声势浩大，山脉也为之震撼，激起的漩涡如飞转的车轮，水声轰鸣，犹如秦地的雷声。

黄河在阳光的照耀下绽放灵光，五彩缤纷，一片祥和；时隔千年，河水再次变得澄清，圣人就要出世了。

黄河咆哮而进，劈开相连的山峰，河水喷流直射，波涛滚滚，流向东海。

华山的三座山峰奇险无比，高高耸立，就像要倾倒一样；翠崖壁立，丹谷染赤，就像河神那张开着的巨掌神迹。

白帝用神力造就了华山的奇峰异景，将巨石铸成莲花的形状开放于云雾中。

云台峰的栈道一直通向高深莫测的幽冥之处，长生不老的丹丘生便住在那里。

明星玉女日日为他洒扫，麻姑的手可为他搔背。

西王母把持着天地的门户，丹丘生高声谈论着宇宙桑田。

他出入九重天宇，华山为此增光辉，东到蓬莱求仙药后飘然西归。

倘若将甘美的玉液琼浆赐予好友饮用，我们就同骑着两条茅龙飞上华山而成仙。

赏析

这首诗是李白为送友人元丹丘而作。诗人将丰富的神话传说与秀美的山水结合在一起，并采用夸张和奇诡的想象，将华山、黄河的雄伟壮大展示出来。诗人通过写元丹丘的仙风道骨，在赞颂隐居避世高人的同时也表达了诗人对自由自在隐居生活的向往之情。整首诗运笔收放自如，带有浪漫主义色彩，表达了诗人对神仙飞升的向往和仰慕。

鲁郡东石门送杜二甫①

醉别复几日，登临②遍池台。
何时石门路，重有金樽开。
秋波落泗水③，海色明徂徕④。
飞蓬各自远，且尽手中杯。

注释

①石门：山名，在今山东曲阜东北。杜二甫：杜甫。
②登临：登山临水，指游览。
③秋波：秋水。泗水：山东中部的一条河流，源出泗水。
④海色：指黎明时的天色。徂徕：山名，位于山东泰安东南。

译文

自从上次酒醉分别，又过了几天，我们再次一起登临同游池水楼台。
何时才能重聚在石门山前的路上，相约一起畅饮互诉思念之情？
月下的秋波静静地流入泗水中，海上的晨光照射着徂徕。
往后我们要像飞蓬一样飞散各处，请将手中的美酒喝尽吧！

赏析

天宝四载（公元 745 年），李白、杜甫同游齐鲁后分手，临别之际李白作此诗。此次分开后，两人再也没有见过面。这首诗以“醉别”开始，以“尽手中杯”结束，首尾呼应，表现了诗人与杜甫豪放不羁和乐观豁达的情感，反映了两人深厚的友谊。整首诗充满着自然美与人情美，景中带情，情中含景，充满了诗情画意，给人以美的感受。

沙丘① 城下寄杜甫

我来竟何事，高卧②沙丘城。
城边有古树，日夕连秋声③。
鲁酒不可醉，齐歌空复情④。
思君若汶水，浩荡寄南征⑤。

注释

①沙丘：城名，指鲁郡，故址位于今兖州之东。

②高卧：高枕而卧。这里指隐居。

③日夕：日日夜夜。连：绵绵不断。秋声：秋天风吹树叶发出的声音。

④空复情：空有情意。

⑤浩荡：浩浩荡荡，声势浩大的样子。南征：向南远行的人。此处指杜甫。

译文

我来这里是为了什么事，闲居在这沙丘城。

城边有一片苍老的树林，每日每夜都传出瑟瑟的秋声。

鲁酒难以使我沉醉，齐歌纵然有情意也难以让人忘记忧愁。

我思念着你，就像那汶水，浩浩荡荡地向南流去。

赏析

李白与杜甫乃是好友，这首诗是天宝四载（公元745年）秋，诗人与杜甫游赏鲁东分手后所作。杜甫西去长安，而诗人李白则暂居沙丘城，内心对杜甫的思念难以抑制，故作此诗。

开头两句，诗人采用自问的方式，问为何独住在沙丘城，带有浓浓的自责意味。

三、四两句，诗人借古树、秋风营造一种萧瑟、冷清的气氛，从侧面展现了诗人的愁思。

五、六两句，诗人叹息美酒难以让人沉醉，歌声难以让人忘记忧愁，表达诗人对好友杜甫的思念之情。

结尾两句，诗人寄情于流水，点明主旨，那滔滔不绝、连绵不断的河水就像诗人的情思，带有语尽情长的韵味，突出表现了诗人感情的真挚。

整首诗语言朴实无华，感情真挚，表达了诗人对杜甫的深挚友谊。

赠从弟冽[1]

楚人不识凤，重价求山鸡[2]。
献主[3]昔云是，今来方觉迷。
自居漆园[4]北，久别咸阳西。
风飘落日去，节变流莺啼[5]。
桃李[6]寒未开，幽关岂来蹊。
逢君发花萼[7]，若与青云齐。
及此桑叶绿，春蚕起中闺。
日出布谷鸣，田家拥锄犁。

顾余乏尺土，东作谁相携⑧。
傅说降霖雨⑨，公输⑩造云梯。
羌戎事未息⑪，君子悲涂泥⑫。
报国有长策，成功羞执珪⑬。
无由谒明主，杖策还蓬藜⑭。
他年尔相访⑮，知我在磻溪⑯。

注释

①冽：李冽，李白的堂弟。

②重价求山鸡：传说有一楚人，因不认识凤凰而花重金购买了一只山鸡当凤凰。当要献给楚王时山鸡死了，没想到楚王念其诚意，给予了他厚赏。

③献主：献给君主。

④漆园：位于山东菏泽。

⑤节变：四季更替。流莺：飞翔的黄莺。

⑥桃李：《史记·李将军列传》中有“桃李不言，下自成蹊”，意思是桃李虽不能言语，但它的花香与姿态却吸引着人们前来观赏，被行人走出一条小路。

⑦君：指李冽。花萼：花与萼。此处指兄弟友爱。萼，包围花瓣的一圈绿叶。

⑧东作：春耕。携：相约一起。

⑨傅说（yuè）：商王武丁的大臣。传说为奴隶出身，后得到商王赏识。降霖雨：像久旱逢甘雨一样，此处指傅说被商王看重。

⑩公输：公输班，春秋时期著名的工匠。

⑪羌：西北方部族。戎：指西方部族。

⑫涂泥：涂炭。

⑬珪（guī）：一种玉器，代表着爵位。

⑭杖策：拄着拐杖。蓬藜：一种野草。

⑮他年：以后，将来。尔：你，指李冽。

⑯磻（pán）溪：又名璜河，位于陕西宝鸡南，传说为吕尚钓鱼处。

译文

有个楚人不认识凤凰，花重金买了一只山鸡。

为表忠诚将其献给君主，现在想想觉得自己是多么执迷。

自从居住在漆园北，已经很久没有回西京长安了。

风吹着落日远去，季节变换流莺啼叫。

天气微寒，桃李还没有盛开，门庭冷清怎会有人前来拜访？

遇见你就像花开萼放，我们的感情能够与青云一比高低。

当桑叶渐渐变绿之时，闺房中的春蚕也渐渐成熟。

太阳升起，山内的布谷鸟啼叫，农家拿着锄头下田地耕作。

自己的地还没有一尺，春耕时有谁和我一起劳作？

傅说有及时降雨的能力，公输班有造云梯的技能。

羌戎不断挑起战事，君子哀叹世道艰难。

我有报效国家的良好计谋，成功后不屑于升官发财。

只是没有拜见皇帝的机会，只好拄着拐杖离开与蓬藜相伴。

以后如果你前来见我，要知道我在磻溪垂钓。

赏析

天宝九至十载（公元750—751年）间，李白被迫离开长安已经有两年的时间，在这首写给从弟李冽的诗中，他对自己在长安的三年供奉翰林生活进行了总结。这三年的生活让他对唐王朝腐朽黑暗的社会现实有了清晰的认识。以唐玄宗为首的统治集团腐朽穷奢，奸臣当道，为了排斥异己，残害有道德的人才，许多行径触目惊心。在这样的社会现实之中，诗人李白对统治者的幻想逐渐破灭，内心充满了对统治阶级的憎恨与不满。这首诗是诗人写给自己堂弟的，因此语气较为委婉，并没有发出像《行路难》中“大道如青天，我独不得出”那样慷慨激昂的感慨，而是娓娓道来，只能在叙说中窥见诗人内心的不满和愤慨。

整首诗描写的是诗人矛盾的心情：诗人不仅有着报效国家的壮志豪情，

又有着满腹的才华，有能力也有志向建功立业，但无奈现实并没有给诗人一展身手的机会，他只好隐居在外。但诗人内心充满了不甘，总是期盼着自己有朝一日能够受到君王的关注。诗中用“楚人不识凤，重价求山鸡”“傅说降霖雨，公输造云梯”这三个历史故事来表达自己不受重用的悲愤。同时也能看出诗人虽然对社会带有不满的情绪，虽然受到排挤和嘲讽，但仍然不忘国家，心怀天下。

诗歌开篇，诗人便交代了自己居住在此地的原因，引用楚人花费重价买山鸡的故事来表明自己当初“献主”的错误：自己也曾经像那位楚人一样带着自信，直到现在才知道自己当初的行为是多么的愚蠢，进一步表明君王不需要自己这样的人才。这一句将诗人对统治阶级打压和排挤自己的不满展现了出来。紧接着诗人通过“风飘落日去，节变流莺啼”展示了自己现在的生活状况，时光总是在悄悄流逝，自己一天天变老，唯一不变的是仍然在这里看风起吹过，太阳朝升夕落，春去冬来，鸟儿飞过。由此可见诗人内心的寂寞与凄惨。下两句“桃李寒未开，幽关岂来蹊”表达诗人对堂弟到来的欢迎。借写桃花，突出诗人与堂弟的兄弟情深。之后写春事，“及此桑叶绿，春蚕起中闺。日出布谷鸣，田家拥锄犁”。农民忙着养蚕、耕地，而自己作为一个读书人，和这里的农活格格不入，表达了诗人孤独的心境。显然，这里表达的并不是诗歌的主题。诗人很快将话题转移到了现实生活中，“傅说降霖雨，公输造云梯”，再次借用典故表明自己的不满和对社会的担忧。“报国有长策，成功羞执珪”，诗人在这两句中特别强调了自己想要出入朝廷并不是为了高官厚禄和荣华富贵。诗的最后，“无由谒明主，杖策还蓬藜”，表明诗人到了年老的时候，还是空有满怀的壮志和才能，毫无用武之地。结尾两句“他年尔相访，知我在磻溪”，再次展现了诗人内心对建功立业的执着，期待着能够一展宏图。

诗人性格豪放不羁，洒脱自如，高傲独立，全诗感情真挚，这同样也是李白抒情方式的鲜明特点。他的感情是喷发式的，一旦兴致来了就会一发不可收拾，如同喷溢的火山。这首诗中诗人想象奇特，虽然对当时的统治阶级感到万分的失望，但他没有一味失落和绝望，仍然怀有再次走进朝廷的想法，希望能够凭借自己的力量拯救国家，拯救黎民百姓。

鲁东门观刈蒲①

鲁国寒事早②，初霜刈渚③蒲。
挥镰若转月，拂水生连珠。
此草最可珍，何必贵龙须④，
织作玉床⑤席，欣承清夜娱⑥。
罗衣能再拂⑦，不畏素尘芜⑧。

注释

①刈（yì）：割。蒲：一种水生植物，其质地柔滑，可用来织席子。
②鲁国：鲁地，指山东一带。寒事：御寒之事。
③渚：水中的小块陆地。
④龙须：龙须草，一种草本植物，可用来织席子。
⑤玉床：形容床的精致。
⑥娱：舒适，放松。
⑦罗衣：一种衣服，用丝绸缝制而成。拂：拂拭。
⑧素尘：灰尘。芜：多，繁多。

译文

鲁国的秋天早早便到了，寒霜刚落便开始割蒲。
挥动的镰刀就像转动的弯月，从水面经过荡起串串连珠。
蒲草最可珍贵，何必看重那龙须草？
织成草席将它铺在玉床上，寂静的夜晚躺在上面多么舒适。
罗衣能够再次拂扫，不必担心会沾染上尘土。

赏析

这首诗约作于天宝五载（公元 746 年）秋日，感情基调优美，通过描写农民割蒲草的场景来抒发感情。

全诗开篇点明主题，用简单明了的语句写鲁人刈蒲。

三、四句采用比喻的修辞手法，将镰刀比喻成弯月，“转月”对“连珠”，工整生动，展现了一幅秀美绝伦的刈蒲图，画面感极强。

接下来几句写蒲草的功用，饱含诗人的赞美之情，意味深长。

金乡送韦八之西京①

客②自长安来，还归长安去。
狂风吹我心，西挂咸阳③树。
此情不可道④，此别何时遇？
望望⑤不见君，连山⑥起烟雾。

注释

①金乡：今山东金乡。韦八：姓韦，排行第八，李白友人。西京：长安。

②客：指韦八。

③咸阳：指长安。

④不可道：不能用语言表达。

⑤望望：远望。

⑥连山：连绵起伏的群山。

译文

你从长安来，现在又回到长安去。

狂风吹动着我的心，将我的思念高高地挂在那咸阳的高树上。

无法用言语诉说我的这种心情，这次离别后什么时候还能再相遇？

我远远望着你的身影渐渐消失不见了，连绵起伏的山峰却升起一片烟雾。

赏析

这首诗约作于天宝八载（公元749年）春，李白东游齐鲁，路途中偶遇自己的好友韦八回长安，故作此诗为友人送别。

开头两句，交代了人物和地点，好友从长安来，现在要回到长安，叙述流畅自然。

三、四两句，诗人想象奇特，因送别而引起自己的感慨，“吹”和“挂”两个动词生动形象地展现了诗人的内心世界，将诗人对长安的思念之情展现了出来。

五、六两句，诗人直接抒情，离别时的感伤之情油然而生，一句问句表达了诗人想要和友人相见的心情。

结尾两句，诗人远远望着友人的身影渐渐远去，“望”字重叠，显示出诗人伫立之久和依恋之深。

整首诗语言平易生动，构思新颖，感情真挚，浑然天成，表达了诗人与友人的深情厚谊。

秋日鲁郡尧祠亭上宴别杜补阙范侍御

我觉秋兴逸[①]，谁云秋兴悲[②]。
山将[③]落日去，水与晴空宜。
鲁酒白玉壶，送行驻金羁[④]。
歇鞍憩古木，解带挂横枝。
歌鼓川上亭，曲度神飙吹[⑤]。
云归碧海[⑥]夕，雁没青天时。
相失各万里，茫然空尔思。[⑦]

注释

①秋兴：因秋起兴。逸：安逸快活。

②“谁云”句：宋玉《九辩》以“悲哉秋之为气也”开头，接下来描写秋天萧瑟荒芜的景象。

③将：衔带之意。

④驻金羁：停下马。

⑤曲度：曲调的节拍。神飙吹：形容曲调就像疾风一样强劲有力。飙，疾风。

⑥碧海：青绿色的大海。

⑦“相失”二句：指与友人分别后相隔万里，茫茫之中只剩下想念。

译文

我觉得感怀秋天会使人安逸，谁说秋天只能带给人悲愁的感觉呢？
高山带走了斜阳落日，绿水和蓝天正相宜。

精美的玉壶盛着鲁地的美酒，为友人送行请你暂时停下马。

从马鞍上下来把马停放在古树旁边，解下腰带悬挂在横出的树枝上。

尧祠亭中歌鼓齐鸣，曲调合着节拍悠扬远飞云天。

日暮时分，白云渐渐归入碧海，大雁消失在无尽的青天中。

我们分别后各自相隔万里，茫然之中只剩下无尽的愁思。

赏析

这是一首送别诗。杜补阙、范侍御均是诗人的好友。

诗的前两句格调高昂，不同凡响，主观抒情色彩明显，直接写出诗人的观点“我觉秋兴逸”。

接下来八句具体写秋天的景色，点明了时间和地点：傍晚时分，尧祠亭外，群山、落日、水流、晴空，好一幅秋景图。诗人发挥自己的想象，为景色赋予了生机和活力，突出表现了诗人安逸舒适的心情。同时，诗人不仅写出了秋景的美丽，也重点描述了离别时的宴席：席上摆着美酒，宾客们开怀畅饮，大声歌唱奏曲。其中表现出来的动作和声音效果相互融合在一起，虽然离别使人感到悲伤，但诗人和友人们却表现出了一种不同于平常的乐观旷达，这就使离别的情绪显得格外热烈奔放。

接下来两句描写的是送别的时间和景色，临近黄昏，白云渐渐归入碧海，大雁消失在晴空之中。这两句与“山将落日去，水与晴空宜”相照应，营造了一种孤寂怅然的气氛，表达了诗人和友人们临别之际难舍难分的深厚情谊。宴席进行到此处也渐渐进入了尾声。

诗的末尾两句“相失各万里，茫然空尔思”，诗人和友人各自分别，“茫然”一词表达了无尽的哀思，一种惆怅之情油然而生。

李白这首诗主观情感浓厚，送别和抒情相融合，语言自然流畅，层次分明，风格明快，艺术感染力极强。

登金陵凤凰台[1]

凤凰台上凤凰游，凤去台空江自流。
吴宫[2]花草埋幽径，晋代衣冠成古丘[3]。
三山半落青天外[4]，一水中分白鹭洲[5]。
总为浮云能蔽日，长安不见使人愁。

注释

①凤凰台：故址在今南京凤凰山。传说南朝刘宋元嘉年间，有成群的凤凰栖息于此山，故于此修筑凤凰台。

②吴宫：三国时吴国的宫苑。

③衣冠：指代显赫的士族。丘：坟墓。

④三山：山名。在今南京西南长江边。三座山峰并列相连，故名三山。半落：三山被云雾遮挡，时隐时现。

⑤一水：一作“二水”。秦淮河流经南京后，西入长江，被一分为二成两条河流，中间隔着白鹭洲。白鹭洲：古代长江中的沙洲，位于南京水西门外。因有成群的白鹭聚集在此洲，故称白鹭洲。

译文

金陵的凤凰台上曾经有凤凰悠闲地游逛，凤凰飞走了，楼台空了，只有江水不停地向东奔流。

吴国繁华的宫苑已经被荒草覆盖，只留下一条幽僻的小路；东晋的显赫士族，留下来的也只是一座座坟丘。

三座山在云雾中若隐若现，仿佛半落在青天之外；一江流水被一分为二成两条河流，中间隔着一个白鹭洲。

浮云遮天蔽日，如同小人当道，登台望不见长安城，我的内心忧愁不已。

赏析

这首诗是七言律诗，是诗人李白登金陵凤凰台时所作。

开头两句，诗人借景抒情，写凤凰闲游和凤去台空来表明金陵六朝的兴盛和衰败，营造了一种惆怅与寂寥的意境。

三、四两句，紧跟前两句，进一步写历史的变化，通过写吴国的宫苑和东晋的显赫士族凸显时代的风云激荡，加重了历史变迁的沉重气息。

五、六两句，诗人重点写景，写出了大自然的奇观异景。

结尾两句，诗人将笔墨从历史和自然中抽离出来，放眼到残酷的现实社会中，强烈地表达了对当时政局的不满和愤懑，也突出了诗人对国家大事的关心。

整首诗贯穿古今，字里行间洋溢着悲慨之气，表达了诗人在遭遇挫折和打击时的无奈和不满。

劳劳[1]亭

天下伤心处，劳劳送客亭。
春风知别苦，不遣柳条青。

注释

①劳劳：离别时因不舍而频频挥手的样子。

译文

我认为天下最伤心的地方，就是这座送客人离去的劳劳长亭！

无情的春风似乎也知道离别的痛苦，不去催促柳条儿发芽。

赏析

这首五言绝句的创作时间不明，有学者认为乃是天宝八载（公元749年）诗人游玩金陵时所作。这首诗虽然表达的是离别时的痛苦，但并没有具体写送别的人与事，只是托物言志，借长亭来抒发感情。

前两句，诗人开篇点明主题，表明长亭是天下最令人伤心的地方，将离别的情绪推到了高峰。

后两句，诗人借用古时折柳送别的习俗，写无情的春风因为离别时的场面而变得多情起来，增加了文章的意味。

整首诗语言自然明快，清新俊逸，结构巧妙，感情真挚，想象奇特。

经下邳圯桥怀张子房①

子房未虎啸②，破产不为家。
沧海③得壮士，椎秦博浪沙。
报韩虽不成，天地皆振动。
潜匿游下邳，岂曰非智勇？
我来圯桥上，怀古钦英风。
唯见碧流水，曾无黄石公。
叹息此人去，萧条徐泗空。

注释

①下邳：古县名，设立于秦朝，治所在今江苏睢宁西北。圯（yí）桥：在今江苏邳州南。张子房：张良，子房是张良的字。

②虎啸：比喻声势浩大，威望天下。出自《北史·张定和传论》："虎啸风生，龙腾云起，英贤奋发，亦各因时。"

③沧海：沧海君，当时的一位贤人。

译文

张子房还没有在天下扬名，就已经耗尽家中所有的财产。

通过沧海君结识了一位壮士，用金椎狙击秦始皇在那博浪沙。

虽然这次为韩国报仇没有获得成功，但整个天下却因此受到影响。

为躲避追捕逃到了下邳，谁说他不是有勇有谋之人？

如今我来到圯桥之上，想起以往，钦慕他的英雄气概。

看到的只有向东流的碧水，黄石公却早已不见了身影。

我感叹此人的离去，徐泗两州只剩下一片萧瑟。

赏析

李白到圯桥上漫游时，触景生情，创作了这首怀古诗，表达了诗人对张良的钦慕之情，赞扬了张良英勇豪迈的气概，同时也发出了对自己怀才不遇的感慨。

首句的"虎啸"二字，暗示着张良跟随汉高祖打天下，一路叱咤风云的丰功伟绩。诗人并没有详细地介绍张良平步青云的过程，而是从"未"字一笔撇开，将着笔点放在了张良发迹前。张良的祖父和父亲均做过韩国的宰相，秦朝灭掉韩国以后，张良立志要报仇，《史记·留侯世家》中记载，"弟死不葬，悉以家财求客刺秦王"，可见张良想要报仇的决心。"破产不为家"五字，直接点明了张良本身就是一个性格豪爽、非比寻常的人物。

后两句写张良刺杀秦始皇一事。据《史记》记载，张良曾经“东见沧海君。得力士，为铁椎重百二十斤。秦皇帝东游，良与客狙击秦皇帝博浪沙中”。诗人显然是知道这一件事情的，他将这一件事简练成了十个字：“沧海得壮士，椎秦博浪沙。”

以上四句是直接叙述，接下来第五句开始了转折，“报韩虽不成”，写当时力士刺杀秦始皇时没有击中却误伤了副车，引起了秦皇帝的注意，他为自己的安全感到寒栗，于是下令“大索天下”，而张良的胆略与气概，让整个天下都为之震撼，诗人也发出了“天地皆振动”的感慨。

诗的七、八两句“潜匿游下邳，岂曰非智勇”，写的是张良“更名姓，亡匿下邳”，将张良受黄石公书一事省去，仅仅用一个“智”字稍作提点，一直过渡到“曾无黄石公”。“岂曰非智勇？”这一句以反问句的句式来叙述，让整首诗显得更加跌宕起伏，减少了平铺直叙的乏味。后来有学者评价此诗，认为这首诗每一句都有飞腾之势。看起来觉得很抽象，但“飞腾之势”则指的是第五句的“虽”字和第八句的“岂”字，一转折，一跌宕，使整首诗更加有气势。

以上八句有叙述、有议论，全部是在写张良，完全没有诗人自身的身影。九、十两句“我来圯桥上，怀古钦英风”，这才让读者看到诗人的出现，通过写圯桥古迹和古迹上观望的人，将今人、古人结合在一起。

诗人“怀古钦英风”，可见立足点还是在现实：“唯见碧流水，曾无黄石公。”这两句似五律中的流水对，句式整齐对应。上句写圯桥，桥下流淌着碧绿、清澈的溪水，就像张良生活的时期一样。岁月飞逝，和孔子在川上发出“逝者如斯夫，不舍昼夜”的感慨相似。一般来说，诗的下句应该说无法看见张良的身影了，但是诗人另辟蹊径，越过张良，反而说看不见张良的恩师黄石公的身影。由这里可以看出，诗人想要表达的是他所生活的时代也有很多像张良一样有勇有谋、胆识过人的英雄，只是没有像黄石公那样可以提拔张良的人。

结句表面上是“叹息此人去，萧条徐泗空”，感慨没有这样的伯乐；实际上，诗人将张良喻作自己，暗示自己有着张良一般的能力和才识，但是没有人赏识，没有机会报效国家。《孟子·尽心下》说：“由孔子而来至于今，百有余岁，去圣人之世若此其未远也，近圣人之居若此其甚也，然而无有乎尔，则亦无有乎尔。”表面上孟子在感叹世上再也没有像孔子那样的圣贤，实际上是隐隐地以孔子的继承人自居。诗人在这里的用意和孟子有着异曲同工之处：“谁说‘萧条徐泗空’，继张良而起，当今之世，舍我其谁哉！”诗人在《扶风豪士歌》的最后曾写道：“张良未逐赤松去，桥边黄石知我心。”可将这两句作为这首诗的注脚。

丁都护歌①

云阳上征去②，两岸饶商贾。
吴牛喘月③时，拖船一何苦。
水浊不可饮，壶浆④半成土。
一唱《都护歌》，心摧⑤泪如雨。
万人凿盘石，无由达江浒⑥。
君看石芒砀⑦，掩泪悲千古。

注释

①丁都护歌：乐府“吴声歌曲”调名，声调悲伤。

②云阳：今江苏丹阳，运河流经该城。上征：往北乘船行驶。

③吴牛喘月：形容天气炎热。吴牛畏热，夜晚见到月亮疑是太阳，不停地喘气。

④壶浆：壶中的水。

⑤摧：悲凉。

⑥江浒：江边。

⑦芒砀（dàng）：形容石头又多又大。

译文

从云阳逆流而上，两岸有许多商贾大户居住。
吴牛看见月亮也不停地喘气，炎热的盛夏拖船的工人多么辛苦！
江水混浊不堪不可饮用，壶中的水一半沉为泥土。
船工们唱一声悲凉的《丁都护歌》，内心悲痛不已，泪流满面。
有上万名工人在开凿大石，没有办法很快运到江边。
你看那一片石头又多又大，为百姓劳苦掩面而泣悲恨千古。

赏析

《丁都护歌》是乐府《清商曲辞·吴声歌曲》旧题，这首诗作于天宝六载（公元747年），诗人李白游赏云阳（今江苏丹阳）一带时，看到民工拖船运石的悲惨生活不禁有感而发，写出了拖船民工劳役的繁重，表达了诗人对劳动人民深切的同情。

诗的前十句具体刻画民工的形象，写出了拖船的艰辛以及民工生活条件的恶劣，"泪如雨"一词写出了民工悲凉的心境。

诗的最后两句借写石"悲"来衬托人的"悲"，加深感情。整首诗语言流畅，结构严谨，层层深入，感情真挚，形象鲜明。

对酒忆贺监二首并序

太子宾客贺公，于长安紫极宫①一见余，呼余为“谪仙人”，因解金龟②换酒为乐。怅然有怀，而作是诗。

其一

四明有狂客③，风流贺季真④。
长安一相见，呼我“谪仙人”⑤。
昔好杯中物⑥，今为松下尘⑦。
金龟换酒处，却忆泪沾巾。

注释

①紫极宫：道观。

②金龟：盖是所佩杂玩之类，非武后朝内外宫所佩之金龟也。

③四明：指四明山，位于今浙江东部地区。狂客：贺知章自号“四明狂客”。

④贺季真：贺知章，季真是贺知章的字。

⑤谪仙人：被贬到人间来的仙人。因贺知章品读李白的《蜀道难》，对其格外欣赏，直呼李白为“谪仙人”。

⑥杯中物：美酒。

⑦今：一作“翻”。松下尘：已亡故之意。古时坟墓上多植松柏，故云松下尘。

译文

太子宾客贺公，第一次在长安紫极宫见到我，就直呼我为“谪仙人”，因而解下他的金龟，换酒畅饮取乐。我望着美酒不禁怅然怀念往事而作此诗。

四明山中出现过一个狂客，那就是久负风流盛名的贺季真。

想当年第一次在长安见面，他就直呼我为“谪仙人”。

当初他喜欢杯中美酒，今日却变成了松树下的粉尘。

每当想起金龟换酒的情景，不禁悲伤得热泪沾巾。

赏析

这组诗为天宝五载（公元746年），李白去会稽（今浙江绍兴）游玩，拜访贺知章的住处时所作。那时贺知章已经去世，诗人只好饮酒怀旧，带着浓浓的怅然与思念之情写下了这两首诗。

这一首诗以“金龟换酒”一事为中心，通过回忆与贺知章的往事来彰显两个人之间的情谊。

“四明有狂客，风流贺季真。”《会稽记》中记载：“县南有四明山，高峰轶云，连岫蔽日。”贺知章因家住在此处，因此自称“四明狂客”。“风流”两字引自《旧唐书》陆象先之语：“贺兄言论倜傥，真可谓风流之士。吾与子弟离阔，都不思之，一日不见贺兄，则鄙吝生矣。”这首诗中诗人同样采用“风流”两个字来形容贺知章，不仅点明贺知章言谈、姿态的风绰，更饱含了自己的思念之情。

诗的开头两句点明人物，接下来一句“长安一相见，呼我‘谪仙人’”，与诗序相呼应，点明了事件。

“昔好杯中物，翻为松下尘。”这一句通过今昔的对比，让读者对两人之间的友谊有了更深刻的认识。“昔好杯中物”简单、直接地概括了贺知章喜好酒的这一事实。的确，贺知章是离不开酒的，杜甫《饮中八仙歌》中所说“知章骑马似乘船，眼花落井水底眠”也佐证了这一点。

“金龟换酒处，却忆泪沾巾。”通过回忆往事来缅怀好友。“金龟换酒”，对于诗人来说是他与贺知章交往中印象最深刻的一件事。这里的“换酒处”与下句的“却忆”形成了倒装句，一般来说应该是“却忆金龟换酒处”，但那样无法强调“金龟换酒”之事对诗人的影响，因此换成倒装句式，更好地展现了贺知章豪放不羁的性格和对友情的倾心。此刻，诗人来到好友的故居，好友却不见身影，诗人不禁感慨万千，联想到曾经“长安一相见”的情形，回忆那时“金龟换酒”时令人惬意的一幕，心中的思念之情溢于言表。由好友的遭遇联想到了自己，不由得热泪沾巾。

其二

狂客归四明，山阴①道士迎。
敕赐②镜湖水，为君台沼③荣。
人亡余故宅，空有荷花生。
念此杳④如梦，凄然伤我情。

注释

①山阴：今浙江绍兴，贺知章的故乡。
②敕赐：皇帝的重赏。
③沼：池塘，此处指镜湖。
④杳：渺茫。

译文

狂客贺知章回到四明，受到山阴道士的欢迎。
皇帝赏赐他一池镜湖水，使您的山光水色增添了几分光荣。
如今人已经亡去只剩旧宅，镜湖中只有几朵荷花盛开。
想起这些感觉人生渺茫就像一场梦，凄凄惨惨引起我无限伤情。

赏析

第二首诗写的是诗人的好友贺知章回到家乡后的事情，进一步表达了诗人内心对好友的怀念之情。

“狂客归四明，山阴道士迎。”写出了贺知章“请为道士，还乡里”的事情。这两句虽然都为诗人的回忆，但前句是实写，后句则是虚写。“归”“迎”两个字写出了贺知章还乡的整个过程，可见阵势极大。

“敕赐镜湖水，为君台沼荣。”写的是贺知章回到家乡时，皇帝下达诏书将镜湖剡川一曲赏赐给他，作为放生池。“为君台沼荣”，意思是为这一片池塘增加了光彩和荣耀。

诗的前四句直接叙述，看似简单没有深意，但却轻易地将读者的视野带进了当初长安送别的场面，让人不得不想起李白当时所作的两首诗，一首《送贺监归四明应制》：“久辞荣禄遂初衣，曾向长生说息机。真诀自从茅氏得，恩波宁阻洞庭归。”一首《送贺宾客归越》：“镜湖流水漾清波，狂客归舟逸兴多。山阴道士如相见，应写《黄庭》换白鹅。”这两首诗将诗人乐观向上的态度展现了出来。对于贺知章来说，放弃荣华富贵，过着归隐的生活，实际上是一种功成名就后荣归乡里的荣耀与闲适，而这一点也正是诗人所追求的。

接下来两句诗中诗人却将笔锋一转：“人亡余故宅，空有荷花生。”我们能够想象得到，如果贺知章此时没有病逝的话，诗人与他相聚在此地，应该会别有一番滋味。“荷花生”点明了诗人此次前行的季节，饱含情意，特别是“空有”两个字，将诗人那浓厚的思念之情展现了出来。此情此景，诗人不禁睹物思人，对着酒杯怀念好友，回忆往事，历历在目，仿佛就在昨日。然而“念此杳如梦，凄然伤我情”，曾经那些往事已经成了过往，留在眼前的只有好友的故宅，面对这样的现实，诗人不禁落泪沾巾，黯然神伤。

重忆一首

欲向江东①去，定将谁举杯？
稽山②无贺老，却棹③酒船回。

注释

①江东：长江下游，位于江苏南部、浙江北部一带。
②稽山：会稽山，位于浙江绍兴。
③棹（zhào）：船桨，此处为动词，划船。

译文

想要到江东去，但是在那里和谁共同举杯畅饮美酒呢？
会稽山再也没有贺老的身影，只好乘着船带着酒而归。

赏析

这首诗根据唐裴敬《翰林学士李公新墓碑》，原题目是《访贺监不遇》，《重忆一首》或许是后来编李白作品者所改。唐玄宗天宝三载（公元744年）正月，贺知章归乡，李白曾作诗送别。贺知章归乡后没多长时间便去世了。李白不知道贺知章去世的消息，因思念好友，于是在天宝五载（公元746年），前往会稽拜访贺知章。但在中途偶然得知了贺知章已去世的消息，诗人只好乘船返回。贺知章是李白的好友之一，在世时曾直呼李白为“谪仙人”，当诗人得知好友去世的消息后，内心悲痛不已，于是作此诗。整首诗语言朴实自然，感情真挚，表现了诗人内心无尽的惆怅。

送友人

青山横北郭①，白水绕东城。
此地一为别，孤蓬万里征②。
浮云游子意③，落日④故人情。
挥手自兹⑤去，萧萧班马鸣⑥。

注释

①郭：外城。古时的城分为外城和内城。

②孤蓬：飘飞的孤草。古诗中常常形容独自一人漂泊在外的旅人。这里指友人。征：远行。

③浮云：飘浮的白云。形容人的行踪不定。游子：远在他乡的人。

④落日：缓缓落下的夕阳。

⑤兹：此，这。

⑥萧萧：马的嘶叫声。班马：离群的马。这里指载人离去的马。

译文

一脉青山横亘在宣城的北边，波光粼粼的江水绕着城东流过。

你就要在这里和我分别，就像飘飞的蓬草一样，一去万里，独自在外漂泊。

天上的云彩随着风飘移不定，就像游子的心意，天边的夕阳缓缓落下，不忍心与大地分离，就像我们难舍难分的心情。

临去时挥手告别，你从这里离去，就连马也不忍心离开而放声嘶啸。

赏析

这是一首送别诗，约作于天宝六载（公元 747 年），整首诗充满诗情画意，情景交融，有声有色，表现了诗人送别友人时的依依不舍之情。诗人与好友策马辞行，饱含情意，感情真挚动人。

诗的首联点明了告别友人的地点，采用对偶句，对仗工整，别开生面。诗人随意一挥，就描绘出一幅秀丽无比的山水图景。

三、四两句点明题意，借孤蓬比喻友人的漂泊生涯，突出离别的深情，表达了诗人对友人的深切关怀。

五、六两句，诗人营造分别时的寥廓背景，极写对友人离别的不舍，既有景，又有情，情景交融，借景抒情。

尾联二句，诗人的情意更加真切。化用古典诗句，借马鸣之声犹作别离之声，借用“班”字，新颖独特，烘托离别的情绪，可谓经典。

整首诗写送别不落俗套，自然流畅，含蓄委婉，有声有色，新颖别致。全文充满了自然美与人情美，生动形象，气韵自然，节奏明快，感情真挚而又感人肺腑，充满乐观之意。

口号① 吴王美人半醉

风动荷花水殿香，姑苏台上宴吴王。
西施醉舞娇无力，笑倚东窗白玉床。

注释

①口号：古诗标题用语，意谓随口而作。

译文

微风吹动着荷花，传来满殿的清香，姑苏台上吴王正在摆宴。

西施喝醉酒后娇柔无力地跳起了舞，微笑地倚坐在东窗下的白玉床上。

赏析

这首诗作于天宝七载（公元748年），诗人通过写吴国帝王嫔妃沉醉于酒肉生活，进而批判了吴王贪图享受、骄奢淫逸的生活，表现了诗人关心国家安危，心怀百姓疾苦。

前两句，诗人通过写姑苏台的美景和摆宴的吴王，将帝王嫔妃贪图享受的生活场景展现在读者面前。

后两句，诗人写酒醉后西施柔弱动人、婀娜多姿的形象，突出了吴王生活的纸醉金迷。

整首诗语言自然轻快，风格活泼率直。

采莲曲

若耶溪[①]旁采莲女，笑隔荷花共人语。
日照新妆[②]水底明，风飘香袂[③]空中举。
岸上谁家游冶郎[④]，三三五五映垂杨。
紫骝嘶入落花去[⑤]，见此踟蹰[⑥]空断肠。

注释

①若耶溪：在今浙江绍兴南。

②新妆：刚刚化好妆的采莲女子。

③袂：衣服的袖子。

④游冶郎：游山玩水的年轻男子。

⑤紫骝：毛色枣红的良马。落花：凋谢的荷花。

⑥踟蹰：犹豫不决的样子。

译文

美丽的采莲女子在若耶溪畔采莲，隔着荷花传来阵阵笑语声。

阳光照耀在采莲女子刚化好的妆上，风儿吹得采莲女子的袖口在空中飘举。

不知谁家的年轻男子在岸上徘徊，三五成群的身影隐在垂杨里。

紫骝的嘶鸣声惊得她们进入了荷叶深处，年轻男子则徘徊在岸边而空自断肠。

赏析

采莲曲，古曲名。这首诗是诗人李白在会稽一带游玩时所作。这首诗栩栩如生地刻画了吴越采莲女的形象，描述了当时采莲少女快乐嬉戏的场景，她们精心装扮，在阳光明媚的夏日里穿梭于青翠欲滴的荷叶丛中，岸上的游冶少年们徘徊搔首，展现对采莲少女的爱慕，衬托出采莲少女的娇美，表达少年男女之间春心萌动的朦胧爱情。同时也表达了诗人对时光飞逝、岁月不饶人的感慨，从而表达内心怀才不遇、壮志难酬的忧愁。诗作采用民歌体裁，却不简单模仿，有青出于蓝的艺术魅力。

诗的前四句，展现在读者面前的是一幅清新明丽的采莲图：美丽的采莲女在阳光、微风下采莲，发出阵阵笑语。这四句诗节奏轻快，自然流畅，生动活泼，让人仿佛能够听到欢声笑语，看到美丽的面孔和嬉戏的身影，如临其境，顿感勃勃生机，将采莲人体态的娇美和内心的欢乐展现了出来。

接下来两句，诗人将视觉从水中的采莲女身上转移到了岸上的“游冶郎”身上，通过写“游冶郎”的表现来衬托采莲女的娇美，这里诗人采用了从对面着笔的手法，让整首诗显得更加委婉传神。

结尾两句，诗人面对美景和美人，不禁感慨万分，想到了时光飞逝、岁月不饶人，就连一向豪迈万状、洒脱自信、豪放不羁的诗人也难免有着壮志难酬的苦闷。

整首诗语言自然，清新雅丽，不落俗套，一气呵成，将诗人的高雅姿态、清新脱俗展现得淋漓尽致。

战城南

去年战，桑乾[1]源；今年战，葱河[2]道。
洗兵条支[3]海上波，放马天山[4]雪中草。
万里长征战，三军尽衰老。
匈奴以杀戮为耕作，古来惟见白骨黄沙田。
秦家筑城备胡处，汉家还有烽火[5]燃。
烽火燃不息，征战无已时。
野战格斗死，败马号鸣向天悲。
乌鸢[6]啄人肠，衔飞上挂枯树枝。
士卒涂草莽，将军空尔为。
乃知兵者是凶器，圣人不得已而用之。

注释

①桑乾：桑干河，位于河北西北部和山西北部。

②葱河：葱岭河，位于新疆西南部，发源于帕米尔高原。

③条支：汉西域国名，位于今伊拉克的底格里斯河和幼发拉底河之间。

④天山：位于新疆北部。常年积雪，也称雪山。

⑤烽火：古时用以示警的烟火。

⑥鸢（yuān）：一种猛禽，状似鹰。

译文

去年征战于桑干河，今年又转战于葱河道。

曾经在条支的海水中洗去兵器的污秽，也在天山草原中放牧过马。

万里奔驰，长年征战，三军将士都已衰老。

匈奴以打仗作为职业，就像我们耕作一样，在他们领域中的旷野里，自古以来只能看到白骨和黄沙。

秦代修筑的躲避胡人的长城，汉朝依然有烽火在燃烧。

边疆上烽火燃烧不息，战争没有结束的时间。

战士在原野的格斗中而死，战争失败后战马在向天悲鸣。

乌鸦和老鹰争着啄食死人的肉，肠子也被它们挂在了高高的树枝上。

草叶上沾满了战士的鲜血，将军到头来一无所获。

可见战争是杀人凶器，圣明的君主只有在不得已的时候才会用它。

赏析

《战城南》，汉乐府鼓吹铙歌十八曲之一，大部分写的是战争。李白的这首诗也是这样，主要抨击了封建统治者穷兵黩武。唐天宝年间，唐玄宗喜好边功，轻动干戈，天宝元年（公元 742 年），北伐奚怒皆，双方于桑干河交战，三次打败了对方。天宝六载（公元747年），唐玄宗又令高仙芝发兵征讨吐蕃。战争给人民带来了深重的灾难，导致生灵涂炭，哀怨四起，诗人有感而发，难以抑制心中的悲愤之情，内心的呼喊在这首诗中表达了出来。整首诗可分为四部分。

诗的前八句是第一部分。诗人从征战的频繁和广远入手，写的是唐玄宗统治集团多次发动战争，导致烽火不断，很多将士在一些没有必要的战争中白白浪费了大好的青春年华和旺盛的精力，将生命奉献到了战场上，而换来的只是无尽的战争。

接下来六句为第二部分。诗人描写与匈奴、胡人之间的战争，导致很多将士战死荒漠，最终成为白骨黄沙。以深刻的历史教训告诫统治集团，汉时边塞烽火燃烧不止，战争永远也没有结束的时候，这一部分将诗人深邃的观察和认识展现了出来。

接下来的六句为第三部分。诗人采用大量的笔墨描述了战场的残酷景象和战争带来的惨痛结局，战马向天悲鸣，将士战死沙场，尸体被乌鸦和老鹰啄食，肠子也被它们衔着挂在了枯树枝头，将军到头来一无所获，将战争的罪恶展现得淋漓尽致。

诗的最后两句为第四部分。诗人引用《六韬》中“圣王号兵为凶器，不得已而用之”的说法为全诗作结，点明主旨，起到了画龙点睛的作用。

整首诗语言简单，意味深长，含蓄隽永，气势磅礴，笔墨夸张，将诗人独特的风格展现了出来。

闻王昌龄左迁龙标[①]，遥有此寄

杨花落尽子规啼，闻道龙标过五溪[②]。
我寄愁心与明月，随风直到夜郎[③]西。

注释

①王昌龄：字少伯，太原（今山西太原）人。左迁：指被贬职。龙标：唐代县名，位于湖南怀化。

②闻道：听说。龙标：这里指王昌龄。五溪：指酉溪、沅溪、辰溪、雄溪、满溪，位于湖南西部和贵州东部。龙标接近贵州，在唐代属偏僻的地方，诗中的“过五溪”，表现诗人对王昌龄处境的担心。

③夜郎：唐代县名，位于贵州桐梓境内。诗中泛指湖南西部和贵州一带地区。

译文

杨花飘落杜鹃哀鸣，听说龙标是比五溪还要遥远的地方。

我把对你的牵挂之情寄托给明月，随风一直飘到夜郎之西。

赏析

王昌龄，字少伯，唐代著名诗人，当时被称作“诗家天子”。唐玄宗时做秘书省校书郎，天宝四载（公元745年），被贬为龙标（今湖南怀化）县尉。李白知道自己好友遭谗被贬后写了这首诗，表达自己对好友不幸遭遇的深切同情。王昌龄一生遭遇坎坷，他的性格与李白的傲岸不羁有着相似之处。因此当李白得知他被贬后不禁感慨万分，借诗来聊表慰藉。

这首诗以比兴手法开篇，在写景的同时兼明时令，“杨花”“子规”这两个意象，象征着王昌龄漂泊、伤离的人生，意味深长。这两句直接点明题旨，通过营造花落尽、鸟悲鸣的凄凉意境和描绘贬谪地的荒凉景象，表达对王昌龄的担忧和关切。

后二句寄情于景，直抒胸臆，王昌龄此一去天涯路远，两人很难再相遇，诗人只能将自己的心意寄托给明月，聊慰其孤寂。

这首诗虽短短四句，但却感情真挚，意境高远，想象丰富，气概超群，胸襟开阔，有着强烈的文人气息，给人以积极向上之感，表现出诗人豪放不羁的情怀。

寄东鲁二稚子①

吴地②桑叶绿，吴蚕已三眠。
我家寄东鲁，谁种龟阴③田。
春事已不及，江行复茫然。
南风吹归心，飞堕酒楼④前。
楼东一株桃，枝叶拂青烟⑤。
此树我所种，别来向三年⑥。
桃今与楼齐，我行尚未旋⑦。
娇女字平阳，折花倚桃边。
折花不见我，泪下如流泉。
小儿名伯禽，与姊亦齐肩。
双行桃树下，抚背复谁怜。
念此失次第⑧，肝肠日忧煎。
裂素⑨写远意，因之汶阳川⑩。

注释

①东鲁：指山东任城（今山东济宁）一带。二稚子：儿子和女儿。指儿子伯禽、女儿平阳。

②吴地：泛指金陵一带。

③龟阴：龟山（在今山东新泰）以北地区，因山的北面叫阴，故龟山的

北面为龟阴。春秋鲁定公十年（公元前500年），鲁国因受到孔子的帮助，收回了被齐景公侵夺的归郓、龟阴等地。李白引用此典故，指自己在东鲁的田地。

④酒楼：据《本事诗》记载，李白曾经在山东任城修筑酒楼，常与友人醉饮其上。

⑤拂青烟：抚弄着青烟。

⑥三年：诗人于天宝六载（公元747年）离开东鲁，直到天宝八载已将近三年的时间。

⑦旋：回。

⑧失次第：形容心绪不平。

⑨裂素：指准备书写工具之意。素，白绢。古时人们常常把书信写在白绢上。

⑩之：至。汶阳川：借指汶水。汶阳位于山东宁阳境内，靠近汶水，这里指的是东鲁。

译文

吴地的桑叶已经一片碧绿，吴地的蚕儿已经三次蜕皮就要结茧。

我的家人都寄居在东鲁，龟山以北的农田由谁来耕作呢？

我已经来不及料理春天的农事了，能否乘船沿江而返也感到一片茫然。

南风吹着我的归心，一直吹落到东鲁的酒楼面前。

我仿佛能看见楼东那棵桃树，枝叶在风的吹动下摇摆着，拂弄着淡淡青烟。

这株桃树是我还在家时种的，时间过得好快呀，转眼已经三年了。

如今桃树长得和酒楼一样高了，而我仍然在外做客没有回家。

手拿桃花的是我的女儿平阳，倚靠在桃树旁盼望着我早日回家。

手折桃花却见不到栽桃的父亲的身影，思念的眼泪就像泉水流淌。

我的小儿子伯禽长高了许多，就快要和姐姐齐肩。

他们两个人在树下一起行走，有谁抚摩着他们的肩背传达爱意呢？

想到这些我心中忐忑不安，就要失去常态，忧愁让我越来越肝肠熬煎。

扯一块白绢将我远思的心意写下来，就好像我也回到了汶水北面的故乡。

赏析

这首诗是诗人在天宝八载（公元749年）去金陵（今南京）游玩时所作，出游在外，诗人格外想念自己在东鲁家中的女儿平阳和儿子伯禽，因此创作此诗。这首诗语言朴实、简单，感情真挚细腻，意味深长，将诗人的慈父心肠展现了出来，表达了诗人对儿女深切的思念之情。

诗的前六句，诗人看到吴地的桑叶已经一片碧绿，蚕儿已经蜕皮就要吐丝结茧，这样的情景自然会引起诗人对家中“春事”的担忧。

中间十六句，诗人展开了联想，虽然家在千里之外，但家乡的一连串事物却让他挂念不已，这样的写法细致入微，栩栩如生。通过写家乡的酒楼、桃树，写家乡的女儿和儿子无人抚摩他们的肩背来展现诗人对家乡的思念之情以及对家乡儿女的怜爱之情。

结尾四句，诗人将自己的想象拉回到现实，撕下一块白绢当作纸，在上面写下远别后回归家乡的意愿，可见诗人真挚而急切的怀乡之心，这样的感情让读者同样感到凄楚动人。

此诗以景发端，为我们展示了一幅清新如画的江南春色图。接着即景生情，想到了远方的家乡和儿女，泛起慈父之情，是一首饱含真挚感情的寄怀诗，诗人以生动、细腻、真切的笔触，抒发了思念儿女的骨肉深情。

答王十二[1]寒夜独酌有怀

昨夜吴中雪，子猷佳兴发。[2]
万里浮云卷碧山，青天中道流孤月[3]。
孤月沧浪河汉清[4]，北斗错落长庚明[5]。
怀余对酒[6]夜霜白，玉床金井冰峥嵘[7]。

人生飘忽百年内，且须酣畅[8]万古情。
君不能狸膏金距学斗鸡，坐令鼻息吹虹霓；[9]
君不能学哥舒[10]，横行青海[11]夜带刀，
西屠石堡取紫袍[12]。
吟诗作赋北窗里，万言不直[13]一杯水。
世人闻此皆掉头，有如东风射马耳[14]。
鱼目亦笑我，请与明月同。[15]
骅骝拳跼不能食[16]，蹇驴[17]得志鸣春风。
《折杨》《皇华》合流俗[18]，晋君听琴枉清角[19]。
巴人谁肯和《阳春》[20]，楚地犹来贱奇璞[21]。
黄金散尽交不成，白首为儒身被轻。
一谈一笑失颜色，苍蝇贝锦喧谤声[22]。
曾参[23]岂是杀人者，谗言三及慈母惊。
与君论心握君手，荣辱于余亦何有[24]？
孔圣犹闻伤凤麟[25]，董龙[26]更是何鸡狗？
一生傲岸苦不谐，恩疏媒劳志多乖[27]。
严陵[28]高揖汉天子，何必长剑拄颐事玉阶[29]。
达[30]亦不足贵，穷[31]亦不足悲。
韩信[32]羞将绛、灌比，祢衡耻逐屠沽儿[33]。
君不见李北海[34]，英风豪气今何在？
君不见裴尚书[35]，土坟三尺蒿棘[36]居。
少年早欲五湖[37]去，见此弥[38]将钟鼎疏。

注释

①王十二：李白的好友，因排行十二，故名。他曾经作《寒夜独酌有怀》一诗赠送李白，李白因此写这首诗来回答他。

②吴中：吴郡，今江苏苏州一带，也是王十二居住的地方。子猷（yóu）：东晋人王徽之的字。据《世说新语·任诞篇》记载，王徽之曾经在雪夜忽发佳兴，乘船从家乡山阴（今浙江绍兴）到剡溪（今浙江嵊州）拜访老朋友戴逵。等到好不容易到达友人的家时，却因为忽然没了兴致便没有拜访友人，再次乘船而归。这里借用这个典故来表明诗人的友人王十二对自己的怀念。

③中道：中间。流孤月：移动着的孤月。

④孤月沧浪：形容月亮散发着苍凉清冷的光辉。沧浪，青苍色，这里有苍凉清冷的意思。河汉：银河。

⑤北斗：北斗星。长庚：星名，金星。

⑥对酒：两人相对饮酒。这里是说王十二饮酒还是像两人对饮一样，形容其对诗人的怀念。

⑦玉床金井：装饰华丽的井栏。床，这里指井上的栏杆。冰峥嵘：结的冰像山形高低不平。

⑧酣畅：畅快淋漓地饮酒。

⑨“君不”二句：唐玄宗喜欢斗鸡游戏，有些人因为擅长斗鸡深受宠爱，因此当时有“生儿不用识文字，斗鸡走马胜读书”的民谚。这句话是李白对这一现象的讽刺。狸膏，用狐狸肉提炼而成的油脂。金距，套在鸡爪上的金属芒刺，为了让鸡的爪子更锋利。坐，因此，导致。令，让，使。

⑩哥舒：哥舒翰，唐朝的将领，突厥族哥舒部人。曾经担任陇右、河西节度使。

⑪青海：今青海湖，指陇右、河西一带。

⑫紫袍：朝服，唐朝三品以上大官才可以穿。

⑬直：通“值”。

⑭东风射马耳：比喻毫不关心。射，吹。

⑮“鱼目”二句：鱼目自以为与珍珠一样，反而来嘲笑我。这是将“鱼目混珠”的意思做了进一步发挥。此以鱼目混明月珠喻朝廷小人当道。鱼目，这里指平庸的人。请，也作“谓”。明月，一种名贵的珍珠，这里指有能力的人。

⑯骅骝（huá liú）：好马，骏马。拳跼：弯曲。

⑰蹇（jiǎn）驴：跛足的驴，这里指小人。

⑱《折杨》《皇华（huā）》：古代民间流行的两种通俗的曲子。合：迎合，相投。流俗：社会上流行的风气。

⑲枉：枉然，白费。清角：曲调名。

⑳“巴人”句：巴人，即古时通俗的曲子《下里巴人》。《阳春》，即古时高雅的曲子《阳春白雪》。这句是说唱《下里巴人》曲的人是不肯应和高雅的《阳春白雪》的。

㉑“楚地”句：这句借用典故来嘲讽当时朝廷不识人才。犹，通“由”，从来，一直。璞（pú），带玉的石头。

㉒苍蝇：青蝇，这里指进谗言、诽谤的人。出自《诗经·小雅·青蝇》：“营营青蝇，止于樊。岂弟君子，无信谗言。”贝锦：带有花纹的贝壳。这里比喻谗言。出自《诗经·小雅·巷伯》：“萋兮斐兮，成是贝锦。彼谮人者，亦已大甚。”

㉓曾参：春秋时鲁国人，孔子的学生。

㉔何有：没有什么。

㉕凤麟：凤凰和麒麟。古时人们认为它们是吉祥的征兆。孔子曾用“凤鸟不至”来感叹自己不被赏识。

㉖董龙：十六国时前秦的右仆射。他阿谀奉承，极尽谄媚，受到国君的宠幸。司空王堕，性格刚烈，不与小人同流合污，每次上朝都不搭理董龙。有人劝他要适时低头，王堕骂道：“董龙连鸡狗都不如，我是不会和他说话的！”后来被董龙所害。这里借用董龙的典故，指责当时的权奸。

㉗“恩疏”句：出自《楚辞·湘君》“心不同兮媒劳，恩不甚兮轻绝”。恩疏，皇恩疏远。劳，徒劳，白费。志多乖，事情和自己的意愿不一样。

㉘严陵：东汉隐士严光，字子陵，曾经与光武帝刘秀一起游学。刘秀做皇帝后，召见严光时，他只作长揖而不跪拜皇帝。

㉙颐：下颌。长剑拄颐，佩带的长剑接近下颌的位置。这里借指做了大官。事玉阶：侍候皇宫中的皇帝。

㉚达：指仕途顺利。

㉛穷：指仕途不如意。

㉜韩信：汉初著名的将士，淮阴（今江苏淮安）人。

㉝祢衡：汉末辞赋家。逐：跟随。屠沽儿：屠夫和卖酒的人。

㉞李北海：李邕，广陵（今江苏扬州）人，担任北海（今山东青州）太守。据《旧唐书·文苑传》记载，于天宝六载（公元747年）被李林甫杀害。

㉟裴尚书：裴敦复。唐玄宗时担任刑部尚书，与李邕同时被李林甫杀害。

㊱蒿棘：杂草。

㊲五湖：太湖以及周围的四个湖。

㊳弥：愈发，更加。

译文

昨夜吴中一场大雪突至，你像王子猷一样兴致勃发。

浮云万里环绕着碧山，天空的正中游动着一轮明亮的孤月。

孤月苍凉清冷，银河清朗澄澈，太白金星晶莹明亮，北斗星错落纵横。

夜晚白霜洒地，你独自饮酒思念着我，井栏装饰华美的井台上结下了厚厚的冰层。

人生百年也只是一瞬间，要痛饮美酒来寄托万古不灭的情怀吧。

你不能学习那些专门钻营斗鸡要弄小计的人，鼻孔出气，气焰嚣张，飞扬跋扈；

你不能去学那陇右武夫哥舒翰，跨马持刀，横行青海，血洗石堡城，

穿上了三品以上的紫袍官服。

你在北窗之下吟诗作赋，写了千言万语，在这世上不值一杯淡淡的清水。

世俗人听说你吟诗作赋，都把头转了过去，好像从马耳边吹过一阵东风那样漠不关心。

鱼目混珠之辈居然也嘲笑我，夸说他们的才能与明月珠一样。

骏马屈身弓背得不到温饱，跛腿驴却春风得意，世运亨通。

世俗之人只听《折杨》《皇华》之类的乐曲，《清角》这样的琴曲，晋平公怎么有资格去欣赏？

听惯《下里巴人》这样的曲子，又怎么肯应和《阳春白雪》？楚国人从来就轻视珍奇的美玉。

用尽了钱财却没交到知音，白发苍苍的读书人一辈子都被世俗社会所轻视。

想不到一谈一笑之间就变了脸色，接着就听到苍蝇一样的小人花言巧语、罗织罪名的谗谤声。

曾参难道是杀人犯吗？可是接连不断的谗言还是使最信任他的母亲受到惊吓。

握住你的手向你诉说心里话，荣辱与我哪有什么关系？

听说孔圣人还感伤过凤凰和麒麟，谄媚皇上而得宠的董龙又是什么鸡和狗？

我一生傲岸和权贵难以相处，皇帝疏远，举荐者徒费苦心而事与愿违，壮志难酬。

严子陵长揖不肯跪拜汉光武帝，我何必用长剑拄着下巴去侍奉皇帝！

做官得志也不见得高贵，穷愁潦倒也不值得悲伤。

与周勃、灌婴同列韩信感到羞愧，祢衡耻于与屠夫、卖酒人交往。

你没看到北海李太守吗，他当年杰出的作风和豪爽的气度如今在哪里？

你没看到刑部裴尚书吗，他的土坟上已长满了高高的青蒿和荆棘！

我年轻时就想学习范蠡退隐五湖，看到这些更想远离富贵功名。

赏析

唐玄宗后期，宠信奸相李林甫，诛杀有德的贤臣。天宝六载（公元747年），北海太守李邕和曾经担任过刑部尚书的裴敦复，也遭到残害。天宝八载六月，陇右节度使哥舒翰攻打吐蕃石堡城，士兵伤亡惨重。这首诗记录了这些事件，可以看出诗的创作时间应当是天宝八载六月以后。当时安史之乱就要爆发，唐朝黑暗、腐朽的统治给人们带来了深重的灾难。诗人的好友王十二曾经写了一首《寒夜独酌有怀》寄给李白，而这首诗则是李白的应答。在这首诗中，李白揭露和批判了黑暗的政治现实，抒发了自己受谗被谤、怀才不遇的愤慨，有力地抨击了统治者颠倒是非、不分黑白的罪行，表达了诗人不贪图荣华富贵的性格。

整首诗可以分为四部分。

第一部分为开头十句。诗人想象丰富，联想王十二在寒冷的夜晚独自饮酒思念着自己的情景，并发出了人生百年不过弹指一瞬间的感慨。

第二部分为接下来的九句。诗人通过对比佞幸小人靠斗鸡、阿谀奉承取得宠爱，穷兵黩武获得声势和王十二遭受嘲笑、贬低的现象，讽刺是非不分，统治腐朽的现实社会，表达了诗人内心的不满。

接下来十四句为第三部分。诗人借用典故，揭露了现实社会中黑白不分、奸臣当道，贤者受尽诽谤，小人春风得意的现象，字里行间表达了诗人遭受排挤、迫害的愤懑。

最后十八句为第四部分。面对黑暗腐朽的社会，诗人表示想要效仿古人，远离官场，远离功名富贵。

整首诗主题集中，井然有序，语言犀利，比喻生动形象，以议论式的独白为主，重在揭示内心世界，刻画诗人的自我形象，具有鲜明的个性特点。全诗有着强烈的感情色彩，激情喷涌，一气呵成，具有一种排山倒海的气势，读之使人心潮澎湃。诗中所表现的诗人的高傲，正是诗人对当时权贵的蔑视，生动地反映了安史之乱前夕李唐王朝贤愚颠倒、亲佞远贤的黑暗政治现实，揭露了权贵们肮脏的灵魂和血腥罪行。

桃花开东园（《古风》其四十七）

桃花开东园，含笑夸白日[①]。
偶蒙春风荣，生此艳阳质。
岂无佳人色？但恐花不实[②]。
宛转龙火飞[③]，零落早相失。
讵知[④]南山松，独立自萧飕[⑤]。

注释

①夸白日：对着太阳自我夸耀。

②花不实：只开花不结果。

③宛转：婉转。指星星在天空中缓慢移动的情形。龙火：星名，即大火

星，古时人们根据大火星的移动位置来判断季节的变化。

④讵知：谁知。

⑤萧飕：秋风吹拂着树木发出的声音。

译文

东园的桃花盛开了，仿佛在青天下夸耀自己。

它只是偶尔受到春风的吹拂，因此绽放出鲜艳的花朵。

真花怎会不比佳人美艳动人？但就怕它只会开花而不能结果。

等到火星西降迎来秋风时，它也会早早地凋落消失不见。

哪里像那南山上的青松，高傲地伫立在山顶之上，任凭萧瑟的秋风吹动也不改其色。

赏析

这首诗借桃花和松树来比喻拥有两种截然不同的品格的人。桃花虽然鲜艳动人，但一旦到了秋季，就会凋落消失不见，而松树却能在萧瑟的秋风下安然不动，保持着自我操守。诗中讽刺了阿谀逢迎的小人，展现了诗人历尽风雨也不改颜色的思想。这首诗采用的是比兴体，通过写娇艳美丽、华而不实的桃花来暗讽那些阿谀奉承，一时得宠，见利忘义，没有操守也没有能力的小人。同时诗人还极力地赞扬了南山上伫立的苍松不畏风霜、高傲的品格，诗人借松树来比喻自己蔑视权贵、清高的情操。诗的最后两句是作者自况，有着陶公“凝霜殄异类，卓然见高枝”之意。

秦王扫六合[1]（《古风》其三）

秦王扫六合，虎视[2]何雄哉！
挥剑决浮云[3]，诸侯尽西来。
明断[4]自天启，大略驾群才[5]。
收兵铸金人[6]，函谷[7]正东开。
铭功会稽岭[8]，骋望琅琊台[9]。
刑徒七十万，起土骊山限[10]。
尚采不死药，茫然使心哀。
连弩射海鱼，长鲸正崔嵬[11]，
额鼻象五岳，扬波喷云雷，
鬐鬣[12]蔽青天，何由睹蓬莱。
徐市载秦女，楼船几时回。
但见三泉下[13]，金棺葬寒灰[14]。

注释

①秦王：指秦始皇。扫：扫荡，扫平，这里指统一中国。

②虎视：威风凛凛的样子。

③“挥剑”句：出自《庄子·说剑》。“天子之剑……上决浮云，下绝地纪。此剑一用，匡诸侯，天下服矣。”决，断。

④明断：英明果断。

⑤大略：超人的才略。驾：掌控，驾驭。

⑥金人：指铜人，古时的铜为赤金。秦始皇号召士兵铸造金人，据《史

记·秦始皇本纪》记载，秦始皇二十六年，征收天下的兵器，铸成十二个铜人，放置在咸阳宫内。

⑦函谷：函谷关，是秦王朝防守的重要关口。

⑧会（kuài）稽岭：会稽山，位于浙江绍兴。秦始皇巡视全国时曾经登上会稽山，并立碑刻石，记录自己的功绩。

⑨骋望：向远处眺望。琅琊台：位于山东胶南琅琊山上。

⑩骊山：位于陕西西安南。隈：山的弯曲处。秦始皇曾经派遣大量犯人分别在咸阳、临潼修筑阿房宫和骊山墓。

⑪崔嵬：高大，壮阔。

⑫鬐鬣（qí liè）：鱼脊和鱼颌上的部分，形状像羽毛。

⑬三泉下：三重泉水下面。

⑭金棺：用铜做成的棺材。寒灰：寒冷的死灰，指尸骨。

译文

秦始皇扫平四方统一中国，威风凛凛，是那么地威武！

挥舞着宝剑，一统战乱就像斩断浮云一般，六国诸侯均折服并甘愿称臣前来拜见。

他的英明果断就像受到了上天的启发，天下没有人能够比得上他的雄才大略。

将六国的兵器熔掉铸成十二个铜人，建造函谷雄关，大门向东方敞开着。

在会稽山南巡，在石头上歌颂伟业，登上琅琊台，望着四海八方。

骊山脚下，有着七十万囚徒，受命修筑陵寝和殿台。

派人前往三神山寻找长生不老的神药，这愚蠢的行为让人觉得心灰意冷。

拿着连弩去射杀东海的大鱼，长鲸如同山一样高，

额头和鼻子就像巍然隆起的五岳，扬波喷云，气势就像惊雷，

鱼脊和鱼颌上的鬐鬣能够遮挡天空、阻塞海道，这样怎么能看到去往蓬莱的道路？

徐市带着众多童男童女去寻找仙药，又有谁看见那高大的楼船归来？

看看骊山脚下的深土里，金棺内埋葬着的只有秦始皇冰冷的骨灰。

赏析

这首诗通过写秦始皇的事，赞扬了秦始皇的雄才大略和统一中国的业绩，讽刺了唐玄宗迷信神仙的无知行为。整首诗气势动荡开合，具有较强的艺术效果。据《资治通鉴·天宝九载》记载，唐玄宗“尊道教，慕长生”。李白此诗似为玄宗慕仙事而作，以古喻今，借秦始皇来讽刺唐玄宗。

全诗可以分为前后两部分，前十句为第一部分，后十四句为第二部分。第一部分为宾，第二部分为主，欲抑先扬，有张有弛。第一部分赞扬了秦始皇的雄才大略，第二部分笔锋陡转，极力讽刺了唐玄宗的骄奢淫逸和求长生的愚蠢行为。

虽然是一首咏史诗，却跌宕起伏，不失精彩，既有批判现实的精神，又有浪漫主义情怀。

大雅[①]久不作（《古风》其一）

大雅久不作，吾衰竟谁陈[②]。
《王风》委蔓草，战国多荆榛[③]。
龙虎相啖食，兵戈逮狂秦。
正声[④]何微茫，哀怨起骚人[⑤]。
扬马[⑥]激颓波，开流荡无垠。
废兴虽万变，宪章[⑦]亦已沦。
自从建安[⑧]来，绮丽不足珍。
圣代复元古[⑨]，垂衣贵清真[⑩]。
群才属休明[⑪]，乘运共跃鳞[⑫]。
文质[⑬]相炳焕，众星罗秋旻[⑭]。

我志在删述[15]，垂辉映千春。

希圣[16]如有立，绝笔于获麟[17]。

注释

①大雅：《诗经》中的一类诗，主要反映的是西周的政治情况。

②吾衰：出自孔子的《论语·述而》。“甚矣吾衰也。”陈：陈述，诉说。

③荆榛：在这里有形势混乱的意思。前文“蔓草”义同。

④正声：这里形容高雅、规正之声。

⑤骚人：指屈原。

⑥扬马：指汉大赋的作家扬雄、司马相如。

⑦宪章：指诗歌的规定。

⑧建安：东汉献帝的年号（公元196—220年）。

⑨圣代：指唐代。元古：远古时期。

⑩垂衣：形容衣服宽大，垂落下来。这里指无为而治。清真：清纯，自然。

⑪休明：指政治清明。

⑫跃鳞：在朝廷中大力施展才华。

⑬文质：文学的内容和形式。

⑭秋旻（mín）：秋季的天空。

⑮删述：指孔子删诗和只讲述而不作诗。

⑯希圣：学习、效法圣人。圣，指孔子。

⑰绝笔于获麟：据《春秋公羊传》记载，鲁哀公十四年（公元前481年）狩猎获麟，孔子见麟后说：“吾道穷矣。”传说他编的《春秋》绝笔于此年。

译文

像《大雅》那样具有中和雅正之音的诗歌已经很久没有出现了，如今我也上了年纪，此意向谁陈说呢？

春秋战国时期，斯文扫地，文明也弃于荆榛和蔓草之中。

诸侯之间互相吞并，直到秦国强大统一六国，当时战争残酷，血雨腥风。

雅正之声即将消亡，只有屈原在洞庭湖边低吟，形单影只，满心悲愤。

汉朝的扬雄与司马相如写文作赋，振兴了原本萎靡的文风，弘扬了正声。

然而政治体制全然改变，政治风气已经沦落，文章法度已经逐渐沦丧了。

特别是汉末建安时代以来，诗歌多绮靡，雄健的文风已经渐渐地萎靡了。

现在君王要恢复圣古时期尧舜所提倡的清净无为的治国方略，诗歌也以清新自然为主，真是天下人的幸福啊。

众多文人才子现在遇到了政治清明的好时代，趁着这个时机创作了大量精品，有着龙腾鱼跃之势。

文学形式和内容相映生辉，作品丰富多彩，就像天上的星星烁烁闪亮。

我的志愿就是像孔子一样，编定一代文献，除邪扶正，使它们能流芳千古。

希望能像前代圣贤一样有所成就，不到获麟那样不合适的时候，决不停止。

赏析

《古风五十九首》是诗人陆续创作的组诗，题材宏伟，诗学源远流长，立意新颖，艺术风格突出，诗的整体性突出。诗人将三代以来的腐败统治和动乱的世道作为基本的主题，诗的题目为《古风》，效古风体。这一首诗通过写文学创作的变化，反映出诗人在诗学上有自己独特的风格，并不是简单、直接地附和当时所推崇的建安的流行风气，而是研究古时的风雅之体，努力上溯风骚，将初、盛唐时期以来的复古诗学发扬光大。

这首诗不仅像诗人的一篇诗歌史论，更是诗人关于诗歌革新的宣言。诗人针对诗歌的发展史表明了自己的立场，以鲜明的评论，表达了诗人革新诗歌的远大理想。

开头两句，诗人开门见山，通过寥寥数字发出感慨：没有人能够写出像《大雅》那样风格独特的诗篇了。面对传统雅正之声的消亡，诗人感慨自己虽然能够将诗歌恢复雅正，但现实残酷，自己上了年纪，体力衰弱，并没有太多的时日，表达诗人内心深深的无奈。同时，也表达了诗人对振兴传统，后继无人的忧虑。

接下来十二句，诗人论述了各个时期的文章法度。从春秋战国到隋朝，迨至本朝前，以此展开抒写“大雅久不作”。从这一段话中不难看出诗人对绮丽侈靡的文学的厌恶，对清真自然的文学的推崇。

再以下六句，诗人描述了唐诗的发展情况。表面上看是持肯定的态度，实际上他对初唐以来唐诗沿袭六朝余风是不满意的，诗人并没有明确地表达自己的看法。在诗中诗人肯定了唐诗发展方向的选择，将自己的意愿蕴含于对诗歌革新的理想之中。同时，唐代是近体律绝诗新兴的时期，根本不可能出现“复元古”的现象，因此说明了诗人这六句是故弄玄虚。

结尾四句，诗人表明自己已经没有了创作的心思，但也想要发挥自己最后的价值。要像孔子修订《春秋》那样成就一番事业，希望能够整理出“废兴万变”之中的作品，使其能够流芳千古，并表示自己甘愿在有生之年，为文学事业做贡献。

整首诗一韵到底，音节中和，语言自然，语气娴雅，豪放不羁，形式独特，一叹三唱，感慨万分。

登高丘而望远海

登高丘，望远海。
六鳌骨已霜①，三山流安在？
扶桑②半摧折，白日沉光彩。
银台金阙③如梦中，秦皇、汉武空相待④。
精卫⑤费木石，鼋鼍⑥无所凭。
君不见骊山、茂陵尽灰灭⑦，
牧羊⑧之子来攀登。
盗贼⑨劫宝玉，精灵⑩竟何能。
穷兵黩武今如此，鼎湖飞龙⑪安可乘。

注释

①鳌：一种鳖。有传说，渤海的东面是一望无际的大海，海上有岱舆、员峤、方壶、瀛洲、蓬莱五座仙山，仙山上生长着长生不老药。但仙山时常跟随大海的波浪四处漂动，天帝命令禺疆使十五只鳌将仙山托住，防止仙山漂走。后来有个来自龙伯国的巨人，一次钓走了六只鳌，并杀死了它们，烧灼骨骼，用来占卜。最后，员峤、岱舆两座山沉入大海，只留下了其他三座山。骨已霜：骨头染上了白霜。

②扶桑：树木名，出现在神话传说中。传说，太阳每天在成池沐浴后，渐渐升起，直到到达扶桑树梢的时候，天就会大亮。

③银台金阙：用黄金白银建造而成的亭台楼阁，指神仙居住的地方。

④空相待：指秦始皇派遣方士前往海中寻找长生不老药，方士去了之后再也没有回来；汉武帝沉迷于求仙之道，派方士前往蓬莱山求见仙人安期生，也是寻求神药，同样没有任何结果。

⑤精卫：传说中的一只神鸟。炎帝有一个女儿叫女娃，因在东海游玩时溺水而亡，化为精卫鸟。它不分日夜从西山衔来木石，想要将东海填平。

⑥鼋（yuán）鼍（tuó）：传说周穆王讨伐越国的时候，曾经在九江以鼋鼍为桥。鼋，大鳖。鼍，鼍龙，扬子鳄也称猪婆龙。

⑦骊山：位于陕西西安东南，秦始皇的陵墓便建造在骊山上。茂陵：武帝刘彻的陵墓，位于陕西兴平东北。

⑧牧羊：据《汉书·刘向传》记载，一牧童在骊山牧羊，有羊误入山洞中，牧童拿着火把去洞里寻羊，没想到引起了一场大火，烧掉了秦始皇的外棺。

⑨盗贼：这里指的是农民起义军。

⑩精灵：指秦始皇、汉武帝的神灵。

⑪鼎湖飞龙：据《史记·封禅书》记载，黄帝曾在荆山下铸鼎，铸成后，乘龙上天，成为仙人。因此这个地方被称为鼎湖。

译文

登上高丘，远远地遥望大海。

传说中的东海六鳌的白骨已经如霜一般了，那海上的三神山不知道漂到了哪里。

或许东海中的神木扶桑已经断裂了，那是日出的地方。

传说中出现的银台金甄，只会出现在梦中，秦始皇和汉武帝想要长生不老，简直白日做梦。

精卫填海只是浪费木石，鼋鼍架海为梁只是传说，也没有证据。

难道你看不见骊山陵中的秦始皇和茂陵中的汉武帝早已经化成灰土了吗？

牧羊的孩子随意地在他们的陵墓上攀来登去，根本没有人在乎。

眼睁睁地看着墓中的金珠宝玉被盗贼偷得一样不剩，他们的神灵能有什么作用？

像这样穷兵黩武、不在乎百姓生死的帝王，早就会得到这样的结局，他们怎可能会像黄帝那样在鼎湖乘龙成为神仙呢？

赏析

这首诗作于天宝十载（公元751年），通过写秦皇汉武巡海求仙的事情讽刺唐玄宗求长生之法的荒唐行为。诗人登高眺望着远方，不禁发出一系列的感慨，怀疑古时仙山神阁等传说，讽刺和嘲笑秦皇汉武的无知行为，直言唐玄宗追求长生不老之术是毫无益处的。秦皇汉武的陵墓俱灭，被盗贼所侵犯，没有神仙、精灵保护，从中可以得知求仙之路的虚假，因此劝诫唐玄宗要以此为鉴，不要重蹈覆辙。

整首诗浑然一体，想象新奇，语言自然淳朴，借古讽今，具有较深的哲理性。

羽檄[1]如流星（《古风》其三十四）

羽檄如流星，虎符合专城[2]。
喧呼救边急，群鸟皆夜鸣。
白日曜紫微[3]，三公运权衡。
天地皆得一[4]，澹然四海清。
借问此何为，答言楚征兵[5]。
渡泸及五月[6]，将赴云南征。
怯卒[7]非战士，炎方[8]难远行。
长号别严亲[9]，日月惨光晶。
泣尽继以血，心摧两[10]无声。
困兽当猛虎，穷鱼饵奔鲸[11]。
千去不一还，投躯岂全生。
如何舞干戚[12]，一使有苗[13]平？

注释

①羽檄：征讨士兵的文书，插着羽毛，表示紧急。

②“虎符”句：朝廷向各个县征讨士兵，地方官与使者通过虎符验证。虎符，兵符。合，验合。专城，古时州郡的最高长官。

③白日：比喻帝王。紫微：星宿名，指朝廷。

④天地皆得一：出自《老子·第三十九章》。“天得一以清，地得一以宁。”指天下安定。

⑤楚征兵：“征楚兵”，为征讨南诏而征兵。

⑥“渡泸”句：传说江边多瘴气，在三、四月份根本无法渡江，只能等

到五月。泸，泸水。及，及时，趁早。

⑦怯卒：身体素质差的士兵。

⑧炎方：天气炎热的地方，这里指南诏。

⑨长号：大声痛哭。严亲：古时严亲指的是父亲，这里指父母两人。

⑩两：征战的士兵和送行的亲人。

⑪饵：鱼食。这里作动词，喂食。奔鲸：威猛的鲸鱼。

⑫干：盾牌。戚：斧子。

⑬有苗：古代的部族名。传说有苗族不听从舜的统治，禹提议用武力去征服他们，舜没有采纳他的意见，而是花费了整整三年的时间，改革政治，发展经济，提高军事实力，举行了一次操舞盾牌、大斧的演习，有苗族诚心归顺。

译文

征兵文书插着羽毛，速度就像流星一样传到各处，征调军队的虎符被发到了各州城。

解救边境危急的呼声让人为之震撼，夜间栖息的群鸟被惊动，四处乱飞叫个不停。

如今的天子圣明，就像太阳一样照耀大地，三公大臣深谋远虑，尽职尽责。

哪怕是天地也要遵守道的规则运行，天下清平，四海安宁。

想知道这个时候紧急调兵的原因，回答说是为了攻打南诏而征集援兵。

准备在五月前如期渡过泸水，前往云南去打一场望不到结局的战争。

胆怯、厌战的士兵不能杀敌向前，遥望炎热的南方没有人肯前行。

与亲人告别，哭声响彻天地，白云变得惨淡，日月失去以往的光辉。

泪水流尽了，眼里流出来的是鲜血，征夫和亲人痛不欲生，泪流满面。

和南诏的战争就像疲弱的小兽招惹威猛的老虎，像无路可走的鱼儿喂食万里奔腾的巨鲸。

有千千万万个士卒一去不复返，投身南诏的人根本不可能活着回来！

什么时候才能手舞干戚修明教化，像舜那样获得有苗族的臣服，使天下安定？

赏析

据《旧唐书·杨国忠传》记载，天宝十载（公元751年），杨国忠推荐鲜于仲通做益州的长史（四川一带的长官），带领八万士兵征讨南诏（在今云南），与阁罗凤在泸南大战，结果战败，最后全军覆没。杨国忠想要掩盖失败的事实，便大肆宣扬自己的战功。又据《资治通鉴·天宝十载》记载，鲜于仲通战败后，杨国忠再一次招募士兵征讨南诏，但百姓却不肯应募。杨国忠于是派御史分道捕人，送到军所。被征的百姓愤怒交加，送别征人的父母、妻子的哭声震耳欲聋。

这首诗描写了征讨南诏之事，强烈地批评了朝廷穷兵黩武的政策。

诗的开头四句并没有直接进入主题，而是写了一场惊心动魄的紧急军事行动场面，笔墨极其夸张，营造了一种紧张的气氛，这样的叙事结构既避开了直接叙述的写法，又使整首诗变得有声有势。

接下来十八句诗人采用夸张、比喻的手法形象鲜明地将朝廷征召士兵，让百姓走向虎口的惨象写了出来，不禁让人感到触目惊心，这也是诗人对统治者穷兵黩武的强烈批判与控诉。

诗的最后两句诗人采用舜的典故，点明主题，构思巧妙，照应前文。

出自蓟北门行[①]

虏阵横北荒，胡星耀精芒[②]。
羽书[③]速惊电，烽火昼连光。
虎竹[④]救边急，戎车森已行。
明主不安席，按剑心飞扬。
推毂[⑤]出猛将，连旗登战场。

兵威冲绝幕[6]，杀气凌穹苍。
列卒赤山下[7]，开营紫塞傍[8]。
孟冬[9]风沙紧，旌旗飒[10]凋伤。
画角[11]悲海月，征衣卷天霜。
挥刃斩楼兰，弯弓射贤王[12]。
单于一平荡[13]，种落[14]自奔亡。
收功报天子，行歌归咸阳。

注释

①出自蓟北门行：曲调名，“都邑曲”，以行军征战内容居多。

②胡星：指旄头星。古人认为当旄头星变得格外明亮时，就会发生战争。精芒：星星闪耀的光芒。

③羽书：同“羽檄”，插着羽毛的文书。

④虎竹：一种兵符。

⑤推毂：古代的一种仪式，当将士出征时，君王要为他推车，并授予作战的权力。

⑥幕：通“漠”，很远的沙漠。

⑦列卒：布阵。赤山：山名，位于辽东（今辽宁西部）。

⑧开营：安营扎寨。紫塞：因长城的颜色为紫色，故名。

⑨孟冬：初冬。

⑩飒（sà）：形容风声。

⑪画角：古时的乐器。用竹木、皮革制成，外围有彩绘，在军事行动中用来报告时间。

⑫贤王：官名，在匈奴有左贤王、右贤王之分，地位在单于之下。这里指敌军的高级将领。

⑬单于：匈奴的首领。平荡：扫平，扫荡。

⑭种落：部落，种族。这里指匈奴的部落。

译文

胡虏在北方荒原大肆横行，胡星在夜晚闪耀着光芒。

报信的羽书速度就像闪电一样快，用来示警的烽火不分日夜地燃烧。

急救边难的是可以调兵遣将的虎形竹符，武装战车森严地列队前行。

明主坐立不安，愤怒得就要拔剑。

担任将帅职责的人受到了隆重的礼遇，挥舞着军旗登上战场。

兵威凌厉直逼大漠，杀气汹汹直冲苍穹。

在赤山之下摆阵列兵，在紫塞的旁边安营扎寨。

初冬季节漫天刮着风沙，旌旗在风沙的吹动下飘荡。

画角阵阵，连海月也悲鸣，征衣都没有脱掉，漫卷天霜。

手拿利刃要挥向楼兰王，将雕弓拉弯要射向左右贤王。

扫荡匈奴单于，一路追逐攻打他的部落，匈奴四处奔亡。

将军将获胜的捷报报给天子，歌舞升平，将士得胜归咸阳。

赏析

天宝十一载（公元752年），诗人北游幽、蓟时触景生情而作此诗。这首诗写的是边塞征战的事情，直言燕蓟风物及征战的辛苦，表达了将士立功报国之情。这首诗借古写今，时代精神鲜明。李白通过写当时胡虏的事，以小说般的叙事结构呈现在读者面前，描绘了一幅生动的画卷：胡人张狂，侵害塞北，前去北征的将士扫平单于，捉住了他们的君主，因此大败敌军，得胜归来，使朝廷再也没有北顾的忧虑。这首诗歌颂朝廷中的将士反击匈奴贵族侵扰的同时，也用了大量的笔墨描写远征将士的艰苦生活，“画角”两个字用得格外巧妙，愁语亦壮。

行行且游猎篇①

边城儿，生年不读一字书，
但知游猎夸轻趫②。
胡马秋肥宜白草③，骑来蹑影何矜骄④。
金鞭拂雪挥鸣鞘⑤，半酣呼鹰出远郊⑥。
弓弯满月⑦不虚发，双鸧迸落连飞髇⑧。
海边观者皆辟易⑨，猛气英风振沙碛⑩。
儒生不及游侠人⑪，白首下帷⑫复何益。

注释

①行行且游猎篇：乐府“征戍”十五曲中的“校猎曲”，写的是古时帝王游猎的事情。这里用来称赞“边城儿”的雄姿。

②轻趫（qiáo）：形容动作轻捷。

③白草：牛马喜欢吃的一种牧草，颜色为白色，故称。

④蹑影：追逐太阳的影子。形容速度非常快。矜骄：骄傲自满的样子。

⑤鞘（shāo）：马鞭的末端。

⑥半酣：半醉的样子。呼鹰：驯服猎鹰，并用它打猎。

⑦弓弯满月：将弓拉成圆月的形状。

⑧鸧（cāng）：鸧鸹，即灰鹤。髇（xiāo）：骨制的响箭。

⑨海：指沙漠。辟易：倒退，因过于惊讶而情不自禁地后退。

⑩沙碛（qì）：沙漠。

⑪游侠人：边城男子。

⑫下帷：放下帷幕，这里指的是关上门认真读书的样子。

译文

在边城长大的男子，不读书里的一个字，

只喜欢四处打猎，夸耀自己动作的娴熟。

秋天胡马长得肥壮，喜欢吃白草，骑手骑上它一路追随着落日的影子，是那么矫健高傲。

金鞭打在白草上发出一阵阵响声，酒喝得半醉就呼唤着猎鹰去远郊。

将弓拉得像满月一样，从不虚发，双鸧从天空中飞过传来一阵呼啸。

沙漠上的观望者惊恐着躲避，他那英雄豪爽震动了沙碛。

儒生怎么会比得上边城男子，苦读圣贤书到白头又有什么用！

赏析

这是一首借古写今的诗，为天宝十一载（公元752年）诗人李白北游幽、燕时亲眼看到边城儿游猎有感而作。

这首诗的前九句为第一部分，后四句为第二部分。

第一部分讲的是边城儿虽不爱读书，却擅长打猎，只要发出箭必能射中，且每次都射中一双，可见其多么精通射箭之术。

第二部分写的是边城儿善于游猎，夷狄见到都会感到畏惧。边城儿虽然不认识字，却意气风发，那些白首苦读的儒生和他们相比也没有什么高明之处。

整首诗节奏轻快，塑造了边城儿骁勇矫健的形象，反映了诗人豪放不羁的思想风格，也抒发了诗人对儒生，也就是对自身命运的感叹。

北风行①

烛龙②栖寒门，光耀犹旦开。
日月照之何不及此③，
惟有北风号怒天上来。
燕山雪花大如席，片片吹落轩辕台④。
幽州思妇十二月，停歌罢笑双蛾摧⑤。
倚门望行人，念君长城苦寒良可哀⑥。
别时提剑救边去，遗此虎文金鞞靫⑦。
中有一双白羽箭，蜘蛛结网生尘埃。
箭空在，人今战死不复回。
不忍见此物，焚之已成灰。
黄河捧土尚可塞，北风雨雪恨难裁⑧。

注释

①北风行：乐府曲调名，主要写北风雨雪而行人不归，表达伤感之情。

②烛龙：一种龙，存在于我国古代神话传说中。人面龙身，没有脚，常年居住在不见阳光的极北的寒门，睁眼为白天，闭眼为夜晚。

③此：指幽州，治所位于今北京大兴。

④轩辕台：为纪念黄帝而修筑，位于河北怀来乔山上。

⑤双蛾摧：眉毛紧闭，形容极度愁苦的样子。双蛾，女子的眉毛。

⑥长城：古诗中常常代指北方前线。良：真的。

⑦虎文金鞞靫：一种箭袋，刻画着虎纹图案。鞞靫，也作鞴（bèi）靫。

⑧北风雨雪：是《诗经·邶风·北风》中“北风其凉，雨雪其雱”的化用。裁：去除，消除。

译文

烛龙栖息在寒门，它的目光就像晨曦一样。

日月的光辉为什么照耀不到这里？

只能听到北风的怒号从天而来。

燕山大雪纷飞，雪花就像座席一样大，随风飘落在轩辕台上。

十二月的幽州，有一位思妇突然停止了歌声，收敛笑容，双眉紧锁。

她倚靠在门旁，盼望丈夫早日回来，他远在比幽州更寒苦的长城。

临行分别时他拎着宝剑，情绪激昂地准备赴边救国，留下这个绣着虎纹的金黄箭袋。

里面有一对白色羽箭，已经布满了蜘蛛网和灰尘。

如今，羽箭啊仍然存在，而箭的主人却战死沙场永远回不来了。

想到这些痛心的往事，思妇不忍目睹它们，无奈把它焚烧成灰。

汹涌的黄河还能够捧土堵塞，我痛苦的心啊，就像这漫天雨雪一样，绵绵不断，难以平复。

赏析

这首诗是天宝十一载（公元752年）秋天（也有学者认为是冬天），诗人去幽州（今北京及河北北部一带）一带游历时所作。当时诗人目睹了安禄山在当地施行的残酷统治，有感而发写下此诗。这首诗以思妇睹物思人为主线，写的是一个北方妇女思念亡故的丈夫，并表达其内心的悲愤心情，揭露和抨击了安禄山制造战乱，挑起战争的罪恶之举。

诗的开头六句，写的是幽州的酷寒景象，暗喻北地幽州地区当时阴暗、沉闷的社会气氛，有张有弛，极富冲击力，并同时为下文思妇内心的愁苦做了铺垫。

接下来四句，诗人用“停歌”“罢笑”“双蛾摧”“倚门望行人”等一系列动作塑造人物形象，反映人物的内心世界，将一个担忧自己丈夫而愁肠百结的思妇形象刻画得淋漓尽致。

再以下八句，写的是丈夫临走之前留下的白羽箭已经结满了灰尘，而箭的主人却战死沙场。诗人通过描写丈夫带着一身正气为报效祖国战死沙场和思妇睹物思人，表现了思妇对丈夫深切的思念之情。同时，诗人写丈夫留下的白羽箭上结网蒙尘和思妇将丈夫留下来的东西烧毁，表现北方战争的持久与残酷。

结尾两句采用了传统的比兴手法，以“北风雨雪”这种可怕的自然现象，隐喻安禄山对人民的残酷迫害。思妇内心的不满情绪越来越高，就像火山爆发一样，刹那间宣泄出来，思妇内心的痛苦就像漫天的雨雪一样绵绵不断，可见思妇内心愁恨的深厚以及深广。

整首诗采用夸张、比喻的手法，表现了北方妇女对出征丈夫的深切怀念之情和对丈夫战死沙场的悲愤之情，感情真挚，想象奇特，语言流畅自然，妙语惊人，读起来动人心魄。

王昭君二首[①]（选一首）

其一

汉家秦地月，流影照明妃。
一上玉关道，天涯去不归。
汉月还从东海出，明妃西嫁无来日。
燕支[②]长寒雪作花，蛾眉憔悴没胡沙。
生乏黄金枉图画，死留青冢[③]使人嗟。

注释

①王昭君：古乐府相和歌《吟叹四曲》，第二首为《王明君》。王明君，指王昭君。

②燕支：燕支山，也叫胭脂山，位于甘肃境内。汉朝初期被匈奴占领。山上生长一种燕支草，可以用来化妆，故名。

③青冢：指王昭君的坟墓，位于内蒙古呼和浩特南。

译文

曾经照耀在秦地上空的明月洒在汉地上，苍茫天地间唯有月亮的流影与王昭君相随。

一日出嫁，踏上前往玉门关的道路，从此远在天涯没有归来之日。

汉地的月亮每天照样从东海升起，可西嫁的昭君却没有回来的日子。

燕支山气候寒冷无比，只能将雪花当作鲜花，曾经倾城的美貌也难以抵挡塞外的风沙。

就因为生前没有黄金送给后宫的画师，以至于被画工丑化，死后也只留下一座青冢供后人凭吊，令人叹惋。

赏析

这首诗是天宝十一载（公元752年）至十二载（公元753年）间，诗人离开幽州前往单于都护府来到昭君墓前所作，当时共有两首，这里选取了其中的一首。

前四句，诗人但用一个“月”字，来衬托王昭君远嫁匈奴的伤感。一提到“月亮”，往往就会想起家乡，王昭君出嫁唯有月亮相随，表现了王昭君对故乡深深的眷恋之情和她回故乡的路被阻隔的伤感和无奈，诗中透露出一种生离死别的感觉，让人心生惆怅。

后六句，诗人再次以“月”字来写，发出伤怀的感慨。这一段不仅写出了塞外环境的艰苦，还道出了王昭君的悲剧与宫中画师的关系。通过这些，不难看出诗人为王昭君的遭遇既感到无奈，又感到无望，让整首诗的情调更走向了悲伤。

昭君出塞的故事，自古以来便被很多学者以主题抒发感情，诗人通过这首诗，营造了一种伤感、别离的气氛，表达了诗人对于昭君出塞一事的惋惜之情，让人读起来感到伤怀。

古朗月行①

小时不识月，呼作白玉盘。
又疑瑶台②镜，飞在青云端。
仙人垂两足，桂树何团团③。
白兔捣药④成，问言与谁餐。
蟾蜍⑤蚀圆影，大明夜已残。
羿昔落九乌⑥，天人清且安。
阴精此沦惑⑦，去去⑧不足观。
忧来其如何，凄怆摧心肝⑨。

注释

①朗月行：乐府旧题，鲍照有《朗月行》，写佳人对月弦歌。

②瑶台：神仙居住的地方，出现在神话传说中。

③团团：形容月亮圆圆的样子。

④白兔捣药：生活在月亮上的白兔，日夜不停地捣着仙药。

⑤蟾蜍：蛤蟆。传说月亮中有只蟾蜍，它喜欢啃食月亮造成月食。

⑥羿：后羿，传说中射太阳的英雄。乌：指太阳。

⑦阴精：指月亮。沦：淹没。

⑧去去：快速地前往。

⑨凄怆：凄凉哀伤。摧心肝：肝肠寸断，形容极度悲愤。

译文

小时候不知道月亮，将它称作白玉盘。

又怀疑是传说中神仙居住处瑶台的一面仙镜，飘飞到夜空的青天之上。

月亮初升时可以看到仙人垂着双脚，等能看到桂树时月亮已经变得格外圆。

月中的白兔捣成的仙药，请问是要给谁服用呢？

蛤蟆把圆月啃食得残缺不全，夜间皎洁的月亮变得晦暗不明。

幸亏后羿射下了九个太阳，天上人间才免却了灾难而清明安宁。

月亮已经沦没而迷蒙不清，没有什么可看的了，不如远远走开吧。

心中怀着深重的忧虑，何忍一走了之呢？悲伤和凄楚令我肝肠寸断。

赏析

《朗月行》是乐府古题，属《杂曲歌辞》，此诗约作于天宝末年安史之乱前。唐玄宗晚年沉湎声色，宠幸杨贵妃，国家内部权奸争斗，宦官擅权，政治腐败。诗人针对当时黑暗的政治统治，发挥自己丰富的想象力，运用浪漫主义的创作手法，巧妙地融入神话传说，带着真挚而强烈的抒情，塑造了扑朔迷离、意蕴深远的艺术形象，表达了诗人内心起伏不平的感情。

开头四句，诗人写自己孩童时代不认识月亮，以“白玉盘”“瑶台镜”进行比喻，突出圆月的皎洁可爱，生动形象，富有童趣。

中间八句，诗人将神话传说灵活运用。首先描绘了月亮刚刚升起时的皎洁明朗，展现给读者一幅宛若仙境般的美景图，然后笔调突转，用圆月的残缺不全来表明仙境般的天上也会存在晦暗不明的情况，诗人在这里写后羿射日的故事，是希望当今社会也能够有后羿那样的英雄来拯救天下，还天下一片安宁。

结尾四句，诗人的思绪从美好的仙境回归到了险恶的现实当中，展现了诗人无能为力的失望感。诗人想要逃避现实，却又不忍心，只留下凄惨悲伤的情绪，让诗人肝肠寸断。

整首诗行云流水，想象丰富，奔放不羁，清新俊逸，极具感染力，发人深思，耐人寻味。

哭晁卿衡①

日本晁卿辞帝都②，征帆一片绕蓬壶③。
明月不归沉碧海，白云愁色满苍梧④。

注释

①晁卿衡：晁衡，原名阿倍仲麻吕，《旧唐书》中记作仲满，后改为朝衡。晁，通“朝”。唐开元五年（日本灵龟二年，公元717年），来到中国求学，学业结束后便留在了中国，又因学识过人，故担任司经局校书、左拾遗、左补阙、左散骑常侍、安南都护等职务。天宝十二载（公元753年），他担任秘书监兼卫尉卿时，作为唐朝使者的身份前往日本，后来于回国途中不幸在琉球附近遭遇风暴的袭击，和船员失去联系，时人皆认为晁衡遇难去世。但实际上他漂流到了越南一带，后来在天宝十四载重新回到长安。卿，一种尊称，用以称呼朋友，这里是对晁衡的尊称。

②帝都：京城长安。

③蓬壶：蓬莱，传说为东海中的仙山。这句话写的是晁衡在东海中航行一事。

④苍梧：指郁林山，这里指的是晁衡溺海的地方。

译文

日本友人晁衡，离开了帝都长安；前往蓬莱、方壶岛，乘着船，扬着风帆一去不归。

友人啊，如同明月掉进了大海；我的愁思寄托在白云之中，在苍梧青山的笼罩之下。

赏析

天宝十二载（公元753年），因晁衡与船员失去联系，被人认为遇难去世，李白听到这个消息后感到非常悲痛，因此创作了这首诗。其中的“哭”字，将诗人得知自己好友去世后的悲痛之情展现了出来，好友虽然为日本人，但两个人之间有着超越国籍的真挚情感，整首诗充满了悲痛哀怨的气氛。

诗的第一句采用赋的手法，直接点明了人物和具体的事情。

第二句紧跟上句，诗人凭借自己的想象，将晁衡在大海中航行的情景描述了出来。

诗的最后两句运用比兴的手法，高度评价了晁衡，抒发自己对友人的无限思念之情。整首诗自然含蓄，丰富生动，不落俗套，借景物以抒衷情，真挚潇洒。

远别离①

远别离，古有皇、英之二女②，
乃在洞庭之南，潇湘③之浦。
海水直下万里深，谁人不言此离苦。④

日惨惨兮云冥冥[5]，猩猩啼烟兮鬼啸雨，
我纵言之将何补。
皇穹窃恐不照余之忠诚[6]，雷凭凭[7]兮欲吼怒，
尧、舜当之亦禅禹[8]。
君失臣兮龙为鱼，权归臣兮鼠变虎。
或云尧幽囚[9]，舜野死[10]，
九疑[11]联绵皆相似，重瞳[12]孤坟竟何是。
帝子[13]泣兮绿云间，随风波兮去无还。
恸哭兮远望，见苍梧之深山。
苍梧山崩湘水绝，竹上之泪乃可灭。

注释

①远别离：乐府“别离”十九曲之一，以悲伤离别内容居多。

②皇、英：指尧的女儿娥皇、女英，同嫁于舜。舜南巡，二人未随行，听闻舜的死讯后，二人自投湘水而亡，世称湘夫人。她们的神魂常常在洞庭之南出没。

③潇湘：湘水中游与潇水合流处，也是湘江的别称。

④“海水”二句：采用倒装句法，表明生死难以相见，内心的痛苦像海水一样深不可测。

⑤惨惨：晦暗不明，暗淡无光。冥：阴暗不明的样子。

⑥皇穹：天空。这里指唐玄宗。窃恐：自己认为。照：查明。

⑦雷凭凭：形容雷声巨大且接连不断。

⑧“尧、舜”句：这是紧缩式的句子，意谓“尧当之亦禅舜，舜当之亦禅禹”。禅，禅让，将王位让给他人。

⑨尧幽囚：有传说认为，尧曾经被舜关押，并隔绝尧的儿子丹朱，父子两人不能相见。幽囚，关押，囚禁。

⑩舜野死：说舜在外巡视时于苍梧之野去世。

⑪九疑：苍梧山，位于湖南宁远南。因九座山峰连绵起伏，极其相似，

难以辨别，故又称九嶷山。传说舜死后葬在这里。

⑫重瞳：指舜。传说舜的眼睛有两个瞳仁。

⑬帝子：指娥皇、女英。传说舜去世后，两个妃子整天以泪洗面，泪下沾竹，呈现出斑纹。

译文

远别离啊，古时尧有娥皇、女英两个女儿，

她们的魂魄常常游荡在那洞庭之南、潇湘的岸边。

海水有着万里之深，谁不说大海的深度远不及离别的痛苦？

太阳惨淡无光，云黑雾暗，猩猩在烟雾中悲啼，鬼神在雨中哀啸。

我就是提起了此事又有什么用呢？

君王也不会明白我的忠诚，只会勃然大怒，发出怒吼。

尧将自己的王位给了舜，舜又给了禹。

国君若失去了贤臣的辅佐，就会像神龙化之为鱼；掌管国事的权力落到臣子手中，老鼠也会变成老虎。

有人认为尧被舜囚禁，舜也下落不明，最后死在苍梧之野，

连绵起伏的九嶷山，每座山峰都很相似，又能去哪里寻找舜帝的孤坟呢？

娥皇、女英在绿竹之间以泪洗面，随着湘水的波浪一去不复还。

她们四处远望，望到的只是苍梧的深山。

只有苍梧山断裂湘水断绝，她们洒在竹子上的泪痕才会消失不见。

赏析

这首诗收入唐人殷璠选编的《河岳英灵集》，该书所选诗作均在天宝十二载（公元753年）之前，因而此诗的创作时间是在天宝十二载之前。天宝年间，唐玄宗荒废政事，对高力士说，他认为天下已经安定，因此想要身处高位不做任何作为，将天下的一切大事都交给李林甫负责。高力士劝阻唐玄宗，说掌管天下的大权不可以交给别人，否则日后难以控制。玄宗没有听从高力士的劝告，继续宠信权臣李林甫和安禄山，导致天宝后期的政治腐败，统治

黑暗。诗人李白见此有感而发，通过写尧的女儿娥皇、女英及尧幽囚、舜野死的传说，结合现实社会赋予其现实意义，将君王失去天下的权力后的悲惨结局展现了出来。最后诗人回到二妃之哭，实则寄托自身对时政的忧虑。全诗以叙述二妃之哭开始，以二妃痛哭远望而告终，让悲剧故事笼括全篇，以迷离惝恍之笔，确保艺术上的完整性。诗中诗人采用楚骚体式，影响很深，意境深邃，感情强烈，有很强的艺术魅力，表现了诗人对黑暗现实的不满，以及对权奸得势、政治混乱的忧虑。

书情赠蔡舍人[1]雄

尝高谢太傅[2]，携妓东山[3]门。
楚舞醉碧云，吴歌断清猿。
暂因苍生起，谈笑安黎元[4]。
余亦爱此人，丹霄冀飞翻[5]。
遭逢圣明主，敢进兴亡言。
白璧竟何辜[6]，青蝇遂成冤。
一朝去京国[7]，十载客梁园。
猛犬吠九关[8]，杀人愤精魂[9]。
皇穹[10]雪冤枉，白日开昏氛[11]。
太阶得夔龙[12]，桃李[13]满中原。
倒海索明月[14]，凌山采芳荪。
愧无横草[15]功，虚负雨露恩[16]。
迹谢云台阁[17]，心随天马辕[18]。
夫子王佐才[19]，而今复谁论。
层飙振六翮[20]，不日思腾骞[21]。

我纵五湖棹，烟涛恣崩奔[22]。
梦钓子陵湍[23]，英风缅犹存[24]。
徒希客星[25]隐，弱植[26]不足援。
千里一回首，万里一长歌。
黄鹤不复来，清风奈愁何。
舟浮潇湘[27]月，山倒洞庭波。
投汨[28]笑古人，临濠得天和[29]。
闲时田亩中，搔背牧鸡鹅。
别离解[30]相访，应在武陵[31]多。

注释

①舍人：唐时官名，职责是撰拟诰敕。

②高：推崇，崇敬。谢太傅：东晋人谢安。

③携妓东山：谢安在东山隐居，常常带着歌伎游玩。

④谈笑：从容自若、不慌不忙的样子。黎元：指黎民百姓。

⑤丹霄冀飞翻：在天空中自由自在地飞翔。这里将朝廷比作天空，指诗人希望在政治上有所作为。

⑥白璧：美玉，这里指的是诗人李白。何辜：无辜，无罪。

⑦京国：京城，指都城长安。

⑧猛犬：奸诈的小人。九关：九重门。这里指的是朝廷。

⑨精魂：精神和魂魄。

⑩皇穹：皇天、上苍的意思。

⑪昏氛：阴暗、昏暗的气氛。

⑫太阶：星座名，也叫三台星。夔龙：传说中虞舜时的有能力的臣子。

⑬桃李：贤能的人。

⑭索：索取。明月：明月珠，极其名贵的一种珍珠。

⑮横草：形容事情轻微。

⑯雨露恩：指皇帝的赏赐、恩惠。

⑰迹：踪迹。谢：辞别。

⑱天马：皇帝专门乘坐的马车。辕：车前用来驾牲口的部分。

⑲夫子：一种尊称，这里指蔡雄。王佐才：辅佐君王建功立业的卓越能力。

⑳层飙：狂风呼啸的样子。翮（hé）：鸟翅的羽轴。这里指翅膀。

㉑骞（xiān）：鸟儿四处飞散的样子。

㉒烟：湖上的烟波。崩奔：波涛汹涌的样子。

㉓子陵湍：指严陵濑。位于浙江桐庐南，严光曾在此垂钓。

㉔英风：风姿绰约。缅：深远，久远。

㉕客星：据《后汉书·严光传》记载，汉光武帝刘秀与严子陵在夜间同睡，严子陵将脚放在了刘秀的肚子上。第二天有太史奏称："客星犯御座甚急。"刘秀不在意地说道："我只是和老朋友同睡罢了。"

㉖弱植：弱小且无法扶植，这里指无能的君王。

㉗潇湘：指湘江。

㉘投汨：指屈原于汨罗江自沉。

㉙临：从高处看低处。濠：水名，位于安徽凤阳境内。天和：自然的规则。

㉚解：能够，尚且。

㉛武陵：隐居的地方。

译文

我曾经格外崇拜东晋名士谢安，带着歌舞伎在东山隐居。

轻盈的舞姿连天上的云彩都被吸引，哀怨的猿声被美妙的吴歌中断。

为了天下苍生而出山入仕，在谈笑间战胜前秦军队，保佑百姓平安。

我也想成为那样的人，希望有朝一日能够飞向蓝天。

更何况生活在英明圣世，所以敢于向天子发表自己对国家兴亡的意见。

明亮的玉石无辜遭到青蝇的玷污，谣言让我蒙受冤屈。

离开了帝都长安，在梁园居住了有十年的时间。

朝廷上猛犬到处狂吠，冤枉忠良，太多的人含冤，真是感到无比愤怒。

皇帝的圣明一扫世界的黑暗，太阳赶走了黑暗的气氛。

三公之位又再次到了夔龙这样的贤能之人身上，有能力的人如同桃李布满了中原。

将大海淘尽只为了寻找明月珠，跨越高山只为了采摘芳草。

我没有寸草之功，感到很羞愧，平白无故地承受了雨露的恩赐。

我的身子虽然离开了云台阁，但我的心始终跟随在天子的身旁。

你是辅佐君王的重要大臣，可到了现在还有谁记得你？

但是你不畏狂风振动有力的翅膀，相信很快就会改变命运，重新得到重用。

我即将去那五湖纵舟放桨，乘着小船漂荡在烟波浩渺的水中。

夜里梦见自己在严陵濑垂钓，时光飞速，严光的高风亮节却永世长存。

我徒然仰慕严光能够归隐，没有能力和志向不足以承担大任。

南行千里，时常回想长安，一路漂泊，一路感慨万千。

高翔的黄鹤不会再次飞回，清风怎么能够吹散我的忧愁？

一叶小舟漂流潇湘的月下，岸上的青山倒映在洞庭湖之中。

笑那屈原为何要跳进汨罗江而死，像庄子那样在濠水观鱼就会得到自由。

闲时在田野里漫步，一边搔着背，一边放牧鸡鹅。

如果离别后你想来找我，我或许会在桃花源内生活。

赏析

这首诗是李白遭到小人的谗言被贬出京后所作，是一首咏怀诗。诗人将自己比作谢安，联想到自己曾经在天宝初年，满怀壮志，想要实现自己的政治理想，一路来到长安，本以为凭借自己的能力能够做出一番成就，没想到却遭受奸佞权贵的谗谤，只能带着忧郁之心离开京城。诗人虽被谗遭放还，但仍期盼着有朝一日天子能够想明白，洗清自己的冤屈，因此诗人为国尽忠的心一直不变。诗的最后诗人提出欲纵棹远游，找一处桃花源隐居，过着怡然自得的生活，可见诗人豁达的心胸。李白在这首诗中揭露了当时朝政的黑暗，抨击权贵，是难能可贵的诗作。

游敬亭寄崔侍御[1]

我家敬亭下，辄继谢公作[2]。
相去数百年，风期[3]宛如昨。
登高素秋[4]月，下望青山郭。
俯视鸳鹭[5]群，饮啄自鸣跃。
夫子虽蹭蹬[6]，瑶台雪中鹤。
独立窥浮云[7]，其心在寥廓[8]。
时来一顾我，笑饭葵与藿[9]。
世路如秋风，相逢尽萧索。
腰间玉具剑[10]，意许无遗诺[11]。
壮士不可轻[12]，相期在云阁[13]。

注释

①敬亭：山名，也称昭亭山，位于安徽宣城北。崔侍御：崔成甫，李白的好友，曾任校书郎等职，后被贬到湘阴。

②辄：就，在。谢公：指谢朓。谢朓担任宣城太守时，在敬亭山上游玩作诗。

③风期：仪态。

④素秋：清冷的秋天。

⑤鸳鹭：鹓鹭。鹓鹭能够有序地飞行，这里指的是百官朝见时井然有序，也指朝官。

⑥夫子：一种尊称，指崔成甫。蹭蹬：道路难以行走的样子。这里指政治道路上的失意。

⑦浮云：指有权势的贵族。

⑧寥廓：辽阔。这里指青天。

⑨葵：冬葵，古时的一种蔬菜。藿：一种蔬菜，豆叶，这里指较粗糙的食物。

⑩玉具剑：镶有玉饰的剑。这里指珍贵的宝剑。

⑪意许：内心赞同。无遗诺：不会忘记承诺。传说，春秋时期的吴公子季札奉命前往晋国，经过徐国时，徐君看上了季札的宝剑，想要却没有直说。季札从晋国回来时再次经过徐国时，徐君已经去世。季札想要将宝剑送给徐国的嗣君，他左右的人便劝他说："这剑是吴国之宝，怎么能轻易送给别人？"季札听后说："当初徐君喜欢这把剑却没有直说，我因为有任务在身，没有奉献，但内心已经决定将这把剑送出去了。现在徐君已死，我如果爱剑而不献，那就是违背了自己的内心。"徐国的嗣君执意不肯接受。季札就把剑挂在徐君墓地的树上。

⑫轻：贬低，轻视。

⑬相期：互相期望。云阁：云台，东汉时期用来摆放有功大臣画像的地方。这里指朝廷。

译文

我居住在敬亭山下，继谢灵运之后在这个地方吟诗。

虽然两者相距有数百年的时间，但是风景就像昨天一样。

登高远望，展现在眼前的是皎洁的秋月，向下望去，只见一排排的青山和村庄。

低头望着成群的鸳鹭，它们在自由自在地饮水啄食。

虽然现在的你失意不受重用，但仍然是那落雪的瑶台上的仙鹤。

遗世独立，望着浮云，心胸远大宽阔。

时常来看我，给我带来饭菜。

现在世道人情就像秋风般，相逢也难免感到寂寞凄凉。

你和季札一样有着卓越的才能，必定不会被埋没。

壮士你不要贬低自己，你应该有报效国家，在云台相遇的志向。

赏析

这首诗是诗人于天宝十二载秋（公元753年）去宣城游玩时所作。这首诗赞扬了崔侍御耿直高傲的品格，并提出“壮士不可轻”的话和崔侍御互勉。这首诗表面上看来层层重叠，但诗人安排得极其巧妙，给读者一气贯通的感觉。诗人在诗中写崔侍御怀才不遇，政治上失意，但他品格高尚，心性耿直高傲，与诗人格外契合。两个人均是郁郁不得志，却始终保持着昂扬的斗志和向上的精神状态。诗的最后运用典故，写出了诗人与崔侍御之间坚贞的友情，也突出了诗人看重义气而非钱财的品格。此诗语言自然真挚、淳朴有序。

秋登宣城谢朓北楼①

江城②如画里，山晚望晴空。
两水③夹明镜，双桥④落彩虹。
人烟⑤寒橘柚，秋色老梧桐。
谁念北楼上，临风怀谢公。

注释

①宣城：今安徽宣城。谢朓北楼：谢朓楼。

②江城：指宣城。因位于水阳江西岸，故称江城。

③两水：指宣城东郊的宛溪和句溪。

④双桥：指宛溪上的凤凰、济川两座桥。

⑤人烟：袅袅的炊烟。

译文

江边美丽的宣城就像一幅唯美的画，我站在陵阳山眺望着晴朗的天空。

宛溪、句溪像明亮的镜子，绕着城流过，宛溪上的两座桥倒映在水中就像跌落的彩虹。

橘柚掩映在散发阵阵寒意的炊烟之中，秋色渐浓，梧桐变得衰老。

除了我还会有谁想着登上北楼，迎着萧瑟的秋风深情地怀念谢公？

赏析

这首诗与《宣州谢朓楼饯别校书叔云》的创作时间接近，天宝十二载（公元753年）、十三载（公元754年），诗人曾经来到宣城，而这一首诗应该是创作于其中一年的中秋节后。那时候的诗人被“赐金放还”，过着四处漂泊不定的生活。谢朓北楼，在今安徽宣城东南的陵阳山上，南齐著名诗人谢朓做宣城太守时所建。诗文对北楼附近的宣城景色做了生动的描绘，表达了诗人对先贤的追慕之情和深切的怀念之情。

诗的开头两句写景，诗人登楼远望，将所见的景色勾画出来。

接下来三、四两句，所描写的景色意境更加壮阔，景色更加细致，诗人将登楼所见的奇秀之景诗意化，采用比喻的修辞手法，将两条溪水比喻成明亮的镜子，突出景色之美。

五、六两句，诗人将重点放在了秋色之中，橘林柚林、梧桐树叶，一切都泛着寒意，通过描写美景中的秋意秋色，描绘出深秋的轮廓。

诗的最后两句，点明主题，抒发诗人的感慨，与开头两句呼应，表现了诗人登高怀古的情绪，表达了对谢先生的怀念之情。

整首诗起承转合，一气呵成。语言自然流畅，清新优美，不俗不庸，淡雅委婉，意境高远。

听蜀僧濬弹琴

蜀僧抱绿绮①，西下峨眉峰。
为我一挥手②，如听万壑松③。
客心洗流水④，余响入霜钟⑤。
不觉碧山暮，秋云暗几重。

注释

①绿绮：琴名。傅玄《琴赋序》："司马相如有琴曰绿绮。"诗中以"绿绮"形容蜀僧濬琴的名贵。

②挥手：挥手弹琴。嵇康《琴赋》："伯牙挥手，钟期听声。"

③"如听"句：形容琴声就像松涛之声。壑（hè），山谷。

④"客心"句：自己听过弹奏，内心就像被流水洗礼过那样畅快淋漓。诗中的"流水"包含着"高山流水"的故事。春秋时有一楚人名叫钟子期，擅长音乐，听伯牙弹琴时，能够准确地分辨出伯牙的志向，或是高山，或是流水。(见《列子·汤问》)因此后人用"高山流水"比喻琴音的优美。客心，指诗人的胸怀。

⑤"余响"句：指钟声和琴的余音缠绕在了一起。余响，琴声的回声。

译文

蜀地的僧人抱着名贵的绿绮琴，从川西的峨眉山上下来。

他一挥手为我弹奏一曲，就像听到了万壑松涛的声音。

我这流离在外的游子的心就像被流水洗过，神清气爽，带有霜气的钟声渐渐融入琴声之中。

不知不觉，青山已经笼上了暮色，层层暗淡的秋云布满整片天空。

赏析

蜀僧濬，四川的一名和尚。这首诗约作于天宝十二载（公元753年），诗人在宣城（今属安徽）时，曾听过蜀僧濬弹琴，此诗当是诗人听琴后所作。这首诗表达了诗人对僧人弹琴出神入化、技艺高妙的赞美之情。同时，也展现了诗人听到美妙琴声时，对故乡的眷恋之情以及对知音深深的感慨。

诗的前两句，诗人直接点明了地点、僧人身份，短短一句便能够看出僧人豪爽的精神状态，抒发了诗人内心无尽的倾慕和敬佩之情。

诗的三、四两句，诗人采用正面描写的手法，写僧人弹琴，那琴声就像万壑松涛的轰鸣声，可见琴声的铿锵有力，宏远壮阔，以及僧人琴技的高超。

接下来五、六两句，诗人通过写琴声冲洗了内心的杂念，来展现琴声的逸韵悠扬，余音缭绕，使人感到神清气爽。

诗的最后两句，诗人通过写时间的流逝，表明自己完全陶醉在琴声之中，因此难以察觉到时光的流逝，可见琴声的美妙，同时也表现出诗人内心的愉悦感和满足感。

整首诗对仗用典，安排巧妙；语言轻快流畅，神清气爽；境界远阔，令人向往。

谢公亭

谢亭离别处，风景每生愁。
客散青天月，山空碧水流。
池花春映日，窗竹夜鸣秋。
今古一相接，长歌怀旧游。

译文

古人离别时的谢公亭，它的风景每次都会令人心生哀愁。

客人离去只有青天明月还停留在这里，碧水对着寂寥的空山长流。

春天荷花依然开满池中，秋夜里仍然能够听到窗外竹鸣飕飕。

我的心灵与当年的谢公相通，长歌慷慨只是格外怀念旧日交游。

赏析

“谢公离别处，风景每生愁。”诗中的谢公亭，在宣城北，是当年谢朓范云分手离别的地方，谢朓任宣城太守时建此亭。诗人每每看到谢公亭的景物都会心生愁苦。“愁”字有着很深的内涵，诗人思念古人却难以看见古人，由此生愁；诗人觉得现在的生活孤独，由此生愁；诗人想到谢朓的才华、交游、遭遇，联想到自己，有着同样的能力却遭受嫉妒，由此生愁。这些意思都可能蕴含其中。

“客散青天月，山空碧水流。”这两句紧跟着上联“离别”“生愁”，描写的是谢公亭的风景。当年谢朓和友人热闹欢聚的场面没有了，这个地方显得更加空旷，谢公亭上只留下了一轮明月和寂静的山、碧绿的水。这两句写的是眼前的景物让诗人不禁感到寂寞、愁苦。诗人将内心怀念古人却难以相见的失落、怅惘之情寄托在景物上，让环境也有了感情，仿佛在带着寂寞和期待的情绪盼望着能够遇见前代诗人，这一句也勾起了人们对于当年客散之前景况的回忆。这是一首怀古诗，更是一首描写诗人自己生活感受的自述诗。诗人经常在诗中表达对分别的友人的浓浓思念之情，可见诗人对人间友情的珍视。

“客散”两句写尽了古今之事，但诗人意犹未尽，接着写下了“池花春映日，窗竹夜鸣秋”这一名句。诗人抛弃了以往用孤月、空山等事物来表现愁苦的方式，而是通过写谢公亭春秋两季佳节良宵的景物，采用反衬的手法，写尽眼前的风光：春日里的池花、窗外的修竹、静谧的秋夜，虽然有美丽的景物相伴，但是却没有一起欣赏的知己，心中难免会觉得寂寞、孤独。这两句表面上写诗人看到的美丽的景色，实际上是借景抒情，表达的是言外的寂寞，诗人在谢公亭处思绪万千，想要和古人神游。

“今古一相接，长歌怀旧游。”这一句写出了诗人的缅怀遐想，诗人在恍惚之中仿佛看到了古人的风姿，打破了古今界限，两人在思想上产生了共鸣。这里诗人用“一相接”，是因为诗人心生向往，由此和古人在精神上达到了某种契合，表达的是诗人对谢公的缅怀。整首诗处处透露着诗人的精神性格，表现了诗人内心的志趣和情怀，展现了他美好的精神追求。

诗人的五律颇具特点，不受传统声律的约束，在体制上接近古律；同时更没有初唐时期浮艳的特点和气息，深情、自然、真挚、秀丽。这首《谢公亭》，在对仗声律方面和唐代的律诗相似，差别并不大，但在精神和情致方面则是唐律难以匹敌的。李白改变了初唐时期律诗讲究辞藻华丽、感情萎靡的特点，颇有气势。“客散青天月，山空碧水流”一句完美地概括了谢公亭边的景象，虽没有细腻的辞藻，但青天、明月、空山、碧水等意象所展示出来的境界却让整首诗显得更加开阔、寂寞、高远。“池花春映日，窗竹夜鸣秋”二句，看似描绘风光，实则饱含诗人的怀古之情，写得悠远飘逸，韵味十足。“今古一相接”五字将古今连接起来，摆脱了时间上的障碍。尤其是“一相接”显得格外超远。本诗触景生情，表现了李白对谢朓的缅怀，诗境超迈高远。

独坐敬亭山[1]

众鸟高飞尽，孤云独去闲[2]。
相看两不厌，只有敬亭山。

注释

①敬亭山：又名昭亭山，位于安徽宣城北，风景幽美秀丽，山上旧有敬亭，是南齐诗人谢朓的吟咏处。

②闲：悠闲的样子。

译文

成群的鸟儿高飞远去，无影无踪，一片孤云悠闲地飘过天空，越飘越远。

彼此望着对方永远不感到厌弃，这世上能和我交心的朋友，或许只有你敬亭山吧！

赏析

这是一首五言绝句，天宝十二载（公元753年）秋，诗人于宣州游玩时所作。表面上看，此诗是一首山水诗，写得平淡如水，但联想到诗人当时的境遇，便不难从中体会到诗人的愤世之情。整首诗反映了诗人对人生和自然的态度，诗人内心的孤独与怀才不遇的情怀难以纾解，只能寄托于大自然，从中寻求安慰。

诗的前两句写景，写的是诗人独自坐在敬亭山上所见到的景物。鸟儿飞远，孤云飘去，诗人的孤独感愈加明显。

诗的后两句抒情，写诗人独坐在敬亭山时的感受。诗人将敬亭山看作知己，向敬亭山透露自己内心难以言说的苦闷，自己空有一身本领，但却难遇赏识自己的人，身边的知己更是寥寥无几，所以才会将敬亭山当作倾诉的对象。

整首诗情景交融，想象奇妙，语言流畅，主题深刻，具有深刻的意境。

山鹧鸪[①]词

苦竹岭[②]头秋月辉，苦竹南枝鹧鸪[③]飞。
嫁得燕山[④]胡雁婿，欲衔我向雁门[⑤]归。
山鸡翟雉[⑥]来相劝，南禽多被北禽欺。

紫塞⑦严霜如剑戟，苍梧欲巢难背违。
我今誓死不能去，哀鸣惊叫泪沾衣。

注释

①山鹧鸪：曲名，模仿鹧鸪的声音而作。

②苦竹岭：位于池州原三保（今属安徽），李白曾经在此读书。

③鹧鸪：一种鸟，吴楚之地少有，岭南之地常见。腹前有白圆点，背上有紫红色的毛。像野鸡一般大，常常两只一起鸣叫，其声音就像在说“行不得也哥哥”。

④燕山：燕地的山。

⑤雁门：位于山西代县，有雁门山和雁门关。雁门山古时叫勾注山，山势险要，群峰挺拔。雁门关建立后，更是有“一夫当关，万夫莫开”的气势，“外壮大同之藩卫，内固太原之锁钥。根抵三关，咽喉全晋”。有传说，每年的春天，南方的大雁就会往北飞，嘴里叼着芦叶，飞到雁门会在上空盘旋，直到落叶后才会过关。因此有“雁门山者，雁出其间”的说法。

⑥翟（zhái）雉：一种鸟，叫长尾雉。

⑦紫塞：北方边塞之地。

译文

苦竹岭山头挂着一轮皎洁的秋月，清辉洒满大地，栖息在苦竹岭树木朝南的枝头上的鹧鸪受惊飞起。

一只小鹧鸪嫁给了北方的大雁，那大雁正准备叼着鹧鸪飞向自己雁门关的老家。

山鸡野雉纷纷劝说小鹧鸪：千万不要随它去北方，北方的鸟儿喜欢欺负南方的小鸟。

北方边塞的严寒冰霜布满大地，像刀枪一样刺骨，即使那里有梧桐树也很难让我安心栖息。

我听从你们的劝告，誓死不跟大雁去北方。说完忍不住号啕大哭，泪水沾湿了衣裳。

赏析

这首诗的创作时间大约在安禄山反叛之前。那个时候诗人受到邀请入幕僚，在幽州时得知安禄山准备谋反的消息，因此坚决地返回了江南。

诗的开头四句，描写的是山鹧鸪在皎洁的明月下因想到要去北方的雁门关而夜不安眠、惊飞不定，将山鹧鸪不能眠的原因表达了出来。

接下来二句，写的是众鸟纷纷来劝说鹧鸪，告诉它北嫁所面临的险境，都希望它能够留下来。

诗的最后四句，描写了北方边塞的环境恶劣，就像刀枪的寒光一样刺骨，令鹧鸪难以忍受，于是它听从了众鸟的意见，将自己不去北方的决心和悲哀的处境展现了出来。诗人借山鹧鸪的处境来暗示自己的处境，让读者深思。

整首诗采用拟人的手法，赋予山鹧鸪人的想法与感情，用鹧鸪不愿远嫁严寒凄冷的北方来暗喻自己对所处的危险环境的担忧，可谓寓意深刻。诗歌步步深入，别有一番滋味。

送王屋山人魏万还王屋并序[①]

王屋山人魏万，云自嵩宋沿吴相访[②]，数千里不遇。乘兴游台越[③]，经永嘉[④]，观谢公石门[⑤]。后于广陵相见。美[⑥]其爱文好古，浪迹方外[⑦]，因述其行而赠是诗。

仙人东方生[⑧]，浩荡弄云海。
沛然乘天游，独往失所在。
魏侯继大名[⑨]，本家聊摄城[⑩]。
卷舒入元化[⑪]，迹与古贤并。
十三弄文史，挥笔如振绮[⑫]。

辩折田巴生[13]，心齐鲁连子[14]。
西涉清洛[15]源，颇惊人世喧。
采秀卧王屋[16]，因窥洞天门[17]。
朅来[18]游嵩峰，羽客何双双[19]。
朝携月光子[20]，暮宿玉女窗[21]。
鬼谷上窈窕[22]，龙潭下奔潨[23]。
东浮汴河[24]水，访我三千里。
逸兴满吴云，飘飖浙江汜[25]。
挥手杭越[26]间，樟亭[27]望潮还。
涛卷海门[28]石，云横天际山。
白马走素车，雷奔骇心颜。
遥闻会稽美，且度耶溪[29]水。
万壑与千岩[30]，峥嵘镜湖里。
秀色不可名[31]，清辉满江城[32]。
人游月边去，舟在空中行。
此中久延伫[33]，入剡寻王许[34]。
笑读曹娥[35]碑，沉吟黄绢语[36]。
天台连四明[37]，日入向国清[38]。
五峰[39]转月色，百里行松声。
灵溪恣沿越[40]，华顶殊超忽[41]。
石梁[42]横青天，侧足履半月。
忽然思永嘉，不惮海路赊[43]。
挂席历海峤[44]，回瞻赤城霞。
赤城渐微没，孤屿前峣兀[45]。
水续万古流，亭空千霜月。
缙云[46]川谷难，石门最可观。
瀑布挂北斗，莫穷此水端。
喷壁洒素雪，空濛生昼寒。

却思恶溪[47]去，宁惧恶溪恶。
咆哮七十滩[48]，水石相喷薄[49]。
路创李北海[50]，岩开谢康乐。
松风和猿声，搜索[51]连洞壑。
径出梅花桥[52]，双溪纳归潮[53]。
落帆金华岸，赤松[54]若可招。
沈约八咏楼[55]，城西孤岧峣[56]。
岧峣四荒外，旷望[57]群川会。
云卷天地开，波连浙西[58]大。
乱流新安口[59]，北指严光濑[60]。
钓台[61]碧云中，邈与苍岭[62]对。
稍稍来吴都[63]，徘徊上姑苏[64]。
烟绵[65]横九疑，漭荡[66]见五湖。
目极心更远，悲歌但长吁。
回桡楚江滨[67]，挥策扬子津[68]。
身著日本裘[69]，昂藏出风尘[70]。
五月造我[71]语，知非佁儗[72]人。
相逢乐无限，水石日在眼。
徒干五诸侯[73]，不致百金产。
吾友扬子云[74]，弦歌播清芬。
虽为江宁宰，好与山公[75]群。
乘兴但一行，且知我爱君。
君来几何时？仙台[76]应有期。
东窗绿玉树[77]，定长三五枝。
至今天坛[78]人，当笑尔归迟。
我苦惜远别[79]，茫然使心悲。
黄河若不断，白首长相思。

注释

①王屋：山名，位于山西阳城西。魏万：人名，后改名颢（hào），唐代诗人，他隐居在王屋山，自称王屋山人。曾经替李白编辑第一部诗集《李翰林集》，并作序。

②嵩：嵩州，今河南登封一带。宋：宋州，今河南商丘一带。吴：指今江苏、浙江一带。

③台：台州，今浙江临海一带。越：越州，今浙江绍兴一带。

④永嘉：郡名，今浙江温州一带。

⑤谢公：指南朝宋诗人谢灵运，他曾经担任永嘉太守。石门：永嘉的一座著名山峰，谢灵运曾经在此地游玩作诗。

⑥美：赞美。

⑦浪迹：指四处游玩。方外：世外。这里指不同于世俗的行为。

⑧东方生：东方朔，西汉人，他身上有许多神异的传说。

⑨魏侯继大名：指魏万乃是毕万之后，诗人希望他能够继承前人，成就一番事业。

⑩本家：出生的地方。聊：聊城，今山东聊城西北。摄：摄城，今山东博平西。

⑪舒：舒展。这里指人的进退。元化：指造化，自然的发展规则。

⑫绮：带有花纹的丝织品。这里指文采华丽。

⑬折：折服，钦佩。田巴生：田巴，齐国有名的辩士。

⑭鲁连子：鲁仲连。

⑮清洛：洛水，源头在陕西，经过河南，汇入黄河。

⑯秀：指灵芝草。卧：避世，隐居。

⑰洞天门：古时人们认为王屋山上有仙宫洞天，是神仙居住的地方。

⑱朅（qiè）来：去。

⑲羽客：道士。双双：许多人。

⑳月光子：也称月光童子。传说是嵩山十六位仙人中的一位。

㉑玉女窗：传说中，嵩山上有一扇玉女窗，汉武帝透过此窗窥见天上玉女。

㉒鬼谷：战国时期鬼谷子的居住地。窈窕：形容山川幽深。

㉓龙潭：九龙潭，在今河南。潨（cōng）：众多水系流到一起。

㉔汴河：发源于河南荥阳，经过商丘流向东南方向。

㉕飘飖（yáo）：飘逸，漫游。汜：通“涘”，河边。

㉖杭越：指今浙江杭州、绍兴一带。

㉗樟亭：地名，在今杭州南。

㉘海门：钱塘江夹岸有龛（kān）、赭（zhě）南北两座山，两山被称为海门。

㉙耶溪：若耶溪，在今浙江绍兴南。

㉚万壑、千岩：连绵起伏的山峰。

㉛不可名：无法用语言描述。

㉜清辉：清冷的光芒。江城：指会稽。

㉝延伫：形容站立的时间很长。这里指停留的时间很长。

㉞王：指王羲之。许：指许询（一说许迈），东晋名士。两个人都曾居住在剡中。这里指隐居在外的高人。

㉟曹娥：东汉人，因父亲不幸落水而亡，她也投身水中，因此被人们称为“孝女”。

㊱黄绢语：东汉文学家蔡邕曾经在曹娥的墓碑后面题“黄绢幼妇，外孙齑（jī）臼”八字。

㊲天台：山名，在今浙江天台北。四明：山名，在今浙江宁波西南。

㊳国清：佛寺名，位于天台山下，隋代时期建立。

㊴五峰：国清寺旁边的五座山峰。

㊵灵溪：溪名，位于天台北。沿越：沿着越过。形容畅通无阻。

㊶华顶：华顶峰，是天台山最高的一座山峰。超忽：高远的样子。

㊷石梁：石桥。

㊸惮：畏惧，害怕。赊（shē）：高远。

㊹海峤（qiáo）：大海中的山峰。

㊺孤屿：山名，位于浙江永嘉北。峣兀（yáo wù）：险峻的山峰。

㊻缙云：山名，在今浙江缙云。

㊼恶溪：丽水。因波涛汹涌，急流险恶，多滩，故名恶溪。

㊽七十滩：夸张的说法，传说中恶溪九十里内有五十九滩。

㊾喷薄：形容急流喷涌而出。

㊿李北海：唐代北海太守李邕。曾经担任括州刺史时，于岭上建造山路。

51搜索：形容荡气回肠。

52梅花桥：在今浙江金华梅花溪上。

53双溪：指东港溪和南港溪两条溪流，在今金华南。归潮：指落潮。

54赤松：古代传说中的仙人赤松子，曾经来到金华山游玩。金华山上有赤松祠。

55沈约：南齐著名诗人。八咏楼：原名玄畅楼，位于浙江金华西南。沈约担任东阳太守时，曾经在楼上题诗，后人因改称八咏楼。

56岧（tiáo）峣：高耸的山峰。这里指八咏楼的高耸入云。

57旷望：眺望，远望。

58浙西：指钱塘江以西的地方。

59乱流：横流渡过江。新安口：指新安江口。

60严光濑：指严陵濑，汉代隐士严光（子陵）曾经在此隐居钓鱼，故称。

61钓台：指严子陵钓台，在今浙江桐庐西富春山。

62苍岭：括苍山，在今浙江仙居西。

63稍稍：随即，不久。吴都：在今江苏苏州，是春秋时期吴国的国都。

64姑苏：山名，在今苏州西南。

65烟绵：连绵起伏的群山。

66漭（mǎng）荡：形容浩浩荡荡的水。

67桡（ráo）：船桨。楚江：指长江中下游一段。

68挥策：挥动马鞭子。策，鞭子。扬子津：位于江苏扬州南，是古时长江渡口。

69日本裘：用来自日本衣料制成的皮衣。

70昂藏：激昂向上的样子。出风尘：世俗之外。

71造我：前来拜访我。

72佁（chì）儗（yì）：呆板、顽固的样子。

73干：请求。五诸侯：指贵族之家。

74扬子云：扬雄，字子云，西汉著名的文学家。这里借指李白的好友杨利物。

⑮山公：指晋朝人山简。这里形容性格洒脱的狂人。

⑯仙台：犹仙山，指魏万隐居的地方，即王屋山。

⑰绿玉树：指魏万在居住的地方附近栽种的树木。

⑱天坛：山名，在今河南济源，属于王屋山中的一座山峰。

⑲惜远别：不舍得远行。

译文

王屋山人魏万，说从嵩宋沿着吴来寻访我，走了几千里也没有相遇。于是乘兴游览了台州、越州，览经永嘉，观赏了石门山，后来在广陵与我相见。我赞美他爱文好古，不流于世俗，于是记述下他的行迹，赠予他这首诗。

古时有个仙人叫东方朔，曾经在浩瀚的云海中遨游。

如今他早已经乘龙飞升而去，再也看不见他的踪影。

现在您魏万先生，生长在聊摄古城，与春秋时期晋国的魏大夫毕万有着同样的名声。

性格舒卷合乎自然，行为和古时的贤人相同。

十二三岁便精通文史，落笔便成文，呈现出缤纷的光芒。

能说会道，正如当年的鲁连子，一句话就能让田巴终生折服。

您高风亮节，已经厌倦了世俗的喧嚣，西去前往洛阳等地，当地的文豪都为之吃惊。

您在王屋山吸收天地灵气，窥得上天的奥秘。

您曾去嵩山游览，见众多道士在青山云峰之中来往。

清晨随着仙童月光子一起观望太阳升起，傍晚透过玉女窗，窥视玉女的身影。

探遍了鬼谷的深幽，九龙潭水汇聚时的汹涌也早已经看遍。

现在又东渡汴河，经过三千里来江南找我。

您满怀雅兴，刚刚游遍了吴地，又再次来到钱塘江边。

您在杭州、越州两地穿梭，来到樟亭观看钱塘江的大潮。

波涛汹涌，巨浪滔天，浪花拍打着山石，像是被乱云遮盖的群山。

那白浪就像拉着车奔跑的白马，涛声像雷鸣般，使人心震撼。

您听说会稽山水秀美，于是来到了当年西施浣纱的若耶溪游玩。

会稽山峰连绵起伏，峥嵘山影都倒映在镜湖里。

当会稽山城被月光笼罩时，那美丽的光影真是不可名状。

真如同人在月亮边游玩，乘着船在天上航行。

您沉醉在美妙的自然风光中，走遍了王羲之、许询这些历史名人的遗迹。

还曾来到曹娥碑前，带着极大的兴趣品味蔡邕题的隐语。

您尽情游遍了天台山、四明山，还前往国清寺听那古老寺庙的暮鼓晨钟。

您永远也不会忘记那五峰的月色和百里的松声。

沿着灵溪向远方望去，华顶峰是那样高远。

那石桥就像横列在天上一样，走在上面就像漫步在一弯半月上。

您忽然想到永嘉有着美丽的景色，于是跨过曲折的海路欣然前往。

乘船经过了一个又一个海岛，终于看到了红霞般的赤城山。

当看不见赤城山的身影后，江心孤屿又出现在眼前。

那山间的流水从来没有断过，但曾经到过此地的古人却不见了身影，只留空亭和秋月。

缙云山川谷是那么的险峻，石门山是那么的壮观。

瀑布高高挂起，就像从北斗垂下一般，让人难以知道水源自哪里。

水珠四溅，就像雪花漫天，隐隐约约散发着寒意。

您想要去游玩恶溪，怎么会畏惧它的险恶无情。

那里有七十险滩，浪花拍打着山石，激荡汹涌。

李北海开山建筑的山路和谢灵运游览题诗的遗迹究竟在哪里？

这里只能听到恶溪上的猿啼与松声，只能看到重重山谷洞壑。

经过梅花桥，还可以欣赏双溪汇流的美景。

当您将船停靠在金华岸边，望着金华山仿佛感觉到仙人赤松子在挥手表示欢迎。

当年沈约题诗的八咏楼，如今还突兀高耸在金华城西。

如果您登上楼台眺望四方，就会看到汇集的群川。

水涌浙西，排山倒海，汹涌澎湃。

您跟随着乱流穿过新安江口，一路向北前往严陵濑。

当年严光垂钓的钓台便在那里，在与苍括山云端相望。
您离开浙西再次来到当年吴国的都城，登上姑苏山向远处遥望。
看见九嶷山白云浮雾，太湖浩浩荡荡，烟波缥缈。
望着远方不禁感慨万千，魏侯的长吁短叹随着松涛与山风飘散。
您带着无穷的兴趣溯长江而上，在扬子津处停留。
您穿着一身日本衣料制作的服装，器宇轩昂，气度不凡。
今年五月您和我进行了一番谈话，我知道您不是那狂妄无知之人。
我们流连在山水泉石中，是那么的快乐。
虽然我们也常常和权贵来往，但并不是为了荣华富贵。
我的一个好友杨利物，做官时靠着自己的贤德深受大家喜爱。
虽然如今担任江宁县令，但是他和晋代的山简有着相同的兴趣爱好。
如果您想和我一起去拜访他，便能见证我们之间的友情。
您这次出游已经有一段时间了吧？您所居住的仙境一定想要您快点回去。
您房前东窗下的绿玉仙树，已经发芽长出嫩绿的枝条。
王屋山天坛顶上的仙人，那时候会嘲笑您归去太迟。
我如果冒昧地挽留您，则一定会影响您的归期。
再见吧，魏侯！我对您的思念之情，就像黄河流水一样不会停息。

赏析

这首诗是一篇纪游文。魏万仰慕李白的大名，不辞千里前来拜会他。诗中描述了魏万由汴河出发，途经浙江、楚江，足足走了三千里，突出了他对诗人李白的仰慕之情。同时诗中还生动地描写了江浙一带秀美瑰丽的山水。整首诗有条有理，干净自然。整体节奏把握得非常恰当，简单而不失内涵。整首诗“健笔凌云”“光焰万丈”。不仅为读者展示了秀美的江南水乡的风景，也将整个浙江水道的示意图展现在读者面前。诗中运用了大量的散行单句，朗朗上口，层次分明，一气呵成。

宣州谢朓楼饯别校书叔云①

弃我去者，昨日之日不可留；
乱我心者，今日之日多烦忧。
长风万里送秋雁，对此可以酣高楼②。
蓬莱文章建安骨③，中间小谢又清发④。
俱怀逸兴⑤壮思飞，欲上青天览⑥明月。
抽刀断水水更流，举杯消愁愁更愁。
人生在世不称意⑦，明朝散发弄扁舟⑧。

注释

①校书：官名，即校书郎，在朝廷中负责图书管理、整理工作。叔云：指李白的族叔李云。

②酣高楼：在高楼处畅饮。

③蓬莱：神话中仙人居住的地方。那里藏有大量的典籍，有学者称藏书的东观为道家蓬莱山。建安骨：建安年间，曹操父子和建安七子等人倡导刚劲的文风，故称“建安风骨”。

④小谢：指谢朓。后人常常将他和谢灵运并举，故称。他擅长写山水风景诗，是李白格外敬重的诗人。清发：清秀。形容诗歌像小谢的诗歌那样清秀自然。

⑤逸兴：闲情逸致。

⑥览：通“揽”，摘取的意思。

⑦不称意：不能令人满意。

⑧散发：任意散开头发，指归隐。弄扁舟：乘舟。指范蠡泛游五湖的故事。

译文

离我而去的昨日时光难以停留，

紧接着的今日的时光使我心生愁闷。

登楼远望，看着万里长风吹送着秋雁南飞，此景不由得让我兴起了畅饮美酒的兴趣。

曾经任蓬莱宫校书郎的你，有着建安诗歌的风骨，写的文章又像谢朓的诗篇那样清新秀丽。

我们彼此都有满满的豪情逸兴，酒酣兴发，思绪飞腾，想要登上万里青天去摘取明月。

抽出宝刀来想要砍断流水，但水却流得更猛，举起酒杯想要消愁反而愁上加愁。

活在人世中，有太多不如意的事，不如明天散开头发归隐去江湖泛舟。

赏析

本篇一作《陪侍御叔华登楼歌》，是诗人于天宝末年在宣城饯别族叔李云之作。诗中诗人赞美李云的文章写得巧妙，也表达了自己诗兴之高，这首诗辞语慷慨，意气骏发，写尽了诗人的烦忧苦闷，表达了诗人怀才不遇的愤懑。

诗的前两句写出了诗人的感情：昨日弃我而去，今日使我烦闷。可见诗人极其烦闷的心境，这一句直接点明了整首诗的感情基调。

接下来三、四两句，诗人由第一句的极端苦闷转向了写宽阔寂寥的秋空，突然转折，让读者的眼界跟着一起变得开阔起来，秋雁、秋风，面对此景，诗人不禁产生了酣饮高楼的豪情逸兴，可见诗人内心旷达不羁、豪迈阔大的胸襟。

五、六两句，诗人通过对比族叔李云的文章与谢朓的文章，表明两者同样清新秀逸，展现诗人的豪情逸兴。

七、八两句，诗人酒酣兴发，发出了想要登上青天独揽明月的感叹，可见诗人意气昂扬，充满了豪情壮志，将诗人内心的自负展现了出来。

九、十两句，写得经典，写得巧妙，诗人似乎从幻想之中回到了现实生活之中，现实的苦闷与幻想的美好形成了鲜明的对比，更加加重了诗人内心的烦忧苦闷。

结尾两句，诗人联想到自己，不禁感慨万千，现实和幻想之间难以实现融合，没有办法，只能发发牢骚，可见诗人的愁苦之深。

整首诗的境界壮阔，气势恢宏，虽然整首诗的格调是烦忧苦闷的，但并不能看出诗人人格精神的阴郁低沉。

望木瓜山①

早起见日出，暮见栖鸟还。
客心自酸楚，况对木瓜山。

注释

①木瓜山：山名，在今湖南常德东。

译文

早上起来看见太阳从东方升起，傍晚时分看见外出的鸟儿归巢。

客居他乡，本来已经很心酸，再看到木瓜山，不由得想起酸涩的木瓜，心中就更酸了。

赏析

这是一首五言绝句，有学者认为是诗人天宝十三载（公元754年），游览池州于青阳望木瓜山时所作，也有学者认为是诗人流放夜郎经过此地而作。这里采用后一种说法，写的是诗人路过此地触景生情，表达了诗人穷途潦倒、去国离乡、愁苦寂寞的感情。

诗的前两句，诗人描绘了一幅忧伤感怀图，早上升起的太阳，傍晚归巢的鸟儿，到处弥漫着诗人孤寂的心声。

诗的后两句，诗人看到木瓜山，情不自禁地流露出内心的情感，自己独自一人背井离乡，内心充满了对家乡的思念，以及无可奈何的酸楚情感。

整首诗语言流畅简练，意味深长，气氛渲染得巧妙，将诗人客居他乡忧伤悲愁的酸楚之感展现得淋漓尽致。

入清溪[①] 行山中

轻舟去何疾，已到云林境[②]。
起坐鱼鸟间，动摇山水影。
岩中响自合[③]，溪里言弥[④]静。
无事令人幽，停桡向余景[⑤]。

注释

①清溪：水名，位于安徽贵池北。

②云林境：白云飘动、山林苍翠的境地。

③合：应和。

④弥：越发。

⑤停桡：停船。余景：夕阳的余晖。

译文

乘着小船飞速地行驶，转眼间就来到了白云飘动、山林苍翠的地方。

在船上欢喜地时起时坐，不时看看天上飞翔的鸟儿和清溪中游动的鱼，自己天真地用船桨拍击溪水，看青山的倒影在水中动摇、变幻。

溪岸山岩应和着水声也发出各种声音，兴趣十足地期盼着山岩能够发出回声，清溪里山谷是那么的安静，在这里说话，就会暂时打破山谷的寂静。

环境清静幽雅，没有风尘杂事，令人感到幽静；不禁停下船桨，放松自己，让全身沐浴在这余晖之中。

赏析

这首诗将清溪四周优美秀丽的景色生动形象地描绘出来，展现在读者面前的是一幅精致优美的山水画。

诗的前两句写的是诗人乘船穿梭在白云山水之间，白云悠悠，山林苍郁，好一幅浓墨淡彩的水墨画。

诗的三、四句诗人写近处的景物，天上的鸟与水底的鱼，天上、水中，将整个画面变得完整。“摇”字用得极妙，使整幅画面增添了动态，变得活泛起来。

后四句写诗人独自一人游赏幽溪，停棹观景。

这首诗清新秀雅、绚丽豪爽，语言流畅自然、浑然天成。

宿清溪主人

夜到清溪宿，主人碧岩①里。
檐楹挂星斗②，枕席响风水。
月落西山时，啾啾③夜猿起。

注释

①碧岩：苍郁的山岩，此处指住在深山老林之中。

②“檐楹”句：房屋的地势很高。檐，房檐。楹，房屋的柱子。

③啾啾：猿猴的叫声。形容凄厉悲惨。

译文

夜晚我来到清溪借宿，主人家就在那层峦叠嶂的深林之中。
屋檐上面挂着闪烁的星斗，枕边响起了风吹流水的声音。
月亮落山的时候，夜晚猿猴的啼声又起。

赏析

天宝十三载（公元754年），诗人来到池州，投宿住在层峦叠嶂深林中的人家，身处此景不禁感慨而作此诗。整首诗描写的是清溪夜晚的景色。清溪主人居住在深林之中，仿佛与尘世隔绝。在那里看到的是房檐上空高高挂着的星斗，听到的是风声水声。在月亮即将落山时，又听见了猿猴的哀鸣声。虽然山林之中景色优美，但却处处透着凄凉。清溪夜景固然清爽，但在外漂泊的诗人却备感寂寞。此诗“奇语得自眼前”，语言自然流畅，淳朴清新，韵味深浓。

清溪行

清溪清我心，水色异诸水。
借问新安江[①]，见底何如此？
人行明镜中，鸟度屏风[②]里。
向晚[③]猩猩啼，空悲远游子[④]。

注释

①新安江：浙江上游，源出安徽黄山。

②屏风：重峦叠嶂的山峰。

③向晚：傍晚。

④远游子：远在他乡的游子。此指诗人自己。

译文

清溪的水使我备感清爽，清溪水的颜色也不同于其他。

想问清澈的新安江，哪里能像这样清澈见底？

人就像行走在明亮的镜子中，鸟像在屏风里飞翔。

傍晚猩猩发出哀鸣，让我这远在他乡的游子更加悲伤。

赏析

这首诗是李白漫游宣城时所作，是一首写景诗。诗中描写了清溪山水的秀丽景色，借景抒情，寄托诗人喜清厌浊的情怀和郁郁不得志的苦闷心情。

“清溪清我心。”这首诗的开篇诗人就道出了自己的真实感受，将客观的景物带入自己的主观色彩。诗人一生游览过太多的名山名水，却只有清溪的水色给他留下了“清我心”这样深刻的感受，将清溪水色的独特之处展现了出来。

接下来，诗人采用衬托的手法写出了清溪水色的清澈。新安江源出黄山，流向浙江，水清是它的独特之处。南朝诗人梁沈约曾经作诗《新安江水至清浅深见底贻京邑游好》一首：“洞澈随深浅，皎镜无冬春。千仞写乔树，百丈见游鳞。”以此来突出新安江水的清澈。新安江的水是清澈的，诗人在这里将清溪的水与之相比：“借问新安江，见底何如此？”意指新安江没有清溪江清澈。在对比衬托下，突出清溪的清澈无比。

再接下来，诗人采用比喻的手法直接突出清溪的清澈。诗人以明亮的镜子来比喻清溪，以屏风来比喻两岸的群山。岸上有人在行走，山中有鸟儿在飞来飞去，清溪之中有着清晰的倒影，好一幅“人行明镜中，鸟度屏风里”

的美丽画面，让读者有身临其境之感。

诗的最后，诗人重点强调了自己的主观感受，营造了一个悲凉寂寞的氛围。“空悲远游子”的“空”字，将诗人的漂泊无依展现了出来。诗人离开了热闹繁华的长安，独自来到这清澈见底的清溪畔，内心不由得产生一种孤寂的感觉。此情此景使诗人联想到自己胸怀济世之心和报国之志，却难以实现，因此夜晚时听到猩猩一声声的啼叫，内心更加落寞。

青溪半夜闻笛

羌笛《梅花引》①，吴溪陇水情。
寒山秋浦月，肠断玉关声。

注释

①羌笛：古代流行于西北地区的一种竹笛。《梅花引》：古曲名。

译文

阵阵的羌笛声吹出了《梅花引》的曲子，哀怨婉转的曲子却让人在这吴溪感到难以诉说的伤情。

皎洁月光下照耀着的秋浦寒山，令人肠断的边关之声回响在耳边。

赏析

这是一首五言绝句，是诗人在天宝十三载（公元754年）去秋浦（今安徽贵池）游玩时创作。这首诗将战争给人民造成的深重灾难展现了出来，也表达了诗人思念故乡、怀才不遇、报国无门的复杂情感。

诗的前两句，写的是哀怨的曲子、陇头流水幽咽的荒芜凄凉的画面，看到这样的情景，诗人不禁联想到自己的处境，不由得心生愁苦。

诗的后两句，诗人抒发征夫征战的愁苦，将诗人去国离乡的忧愁展现得淋漓尽致。

整首诗有情有景，借景抒情，风格苍凉悲壮，笔调低沉伤痛，展现了诗人的思乡之愁。

秋浦[1]歌十七首

其一

秋浦长似秋，萧条使人愁。
客愁不可度，行上东大楼[2]。
正西望长安，下见江水流。
寄言向江水，汝意忆侬不[3]？
遥传一掬[4]泪，为我达扬州。

注释

①秋浦：秋浦县，在唐池州（今属安徽），其地有秋浦水。

②东大楼：大楼山，在今安徽池州境内。《江南通志》记载，大楼山在池州府城南六十里。

③不：同“否”，表示疑问。

④掬（jū）：双手做捧状。

译文

秋浦水就像秋天一样长，萧条的景色让我内心充满了忧愁。

我身在他乡的忧愁像秋浦水一样难以测量，我来到大楼山消解心中的愁闷。

站在山顶向西望着长安城，只看见滚滚东流的长江水。

我望着江水不禁问道：你是否记得我李白？

请你把我的一掬泪水，寄给远在扬州的朋友吧！

赏析

秋浦河景色优美，有较多的名胜古迹。诗人曾经三次去秋浦游玩，创作了几十篇佳作。这十七首诗的创作时间约是天宝十三载（公元 754 年），诗人第二次去秋浦游赏时所作，也有学者认为是诗人于天宝十二载（公元 753 年）所作。这个时候的诗人已经从翰林放归有十年了。这一组诗内容丰富，语言优美，感情真挚，从多个角度赞颂了秋浦的山川景物和民俗风情，也表达了诗人忧国伤时，心念长安，想要归去却不能的无奈。

第一首诗是这组诗中最长的一首。

开头两句，说“秋浦长似秋”，这是因为地名而产生的诙谐，也是为引出下句“萧条使人愁”而设。秋—萧条—愁，这样的顺序，将整首诗的冷落寂寥之感写了出来。

三、四两句，写的是“客愁”，紧跟上句，表达了诗人内心难以诉说的忧愁。

五、六两句，诗句中的“望”字写出了浓浓的忧愤之情。“望长安”也是整首诗的中心所在。站在山顶望着滚滚的江水，诗人想要建功立业而又欲归不得的忧愤被展现得淋漓尽致。

最后四句，是诗人对江水说的话。扬州是北上长安的必经之处，诗人要把忧国之泪寄往扬州，实为寄往长安。泪水虽然只有一掬，却很有分量。表达了诗人心念长安，欲归不能，只有将情寄托在有形之物中以表情思。

其二

秋浦猿夜愁，黄山堪白头①。
青溪非陇水，翻作断肠流。
欲去不得去，薄游②成久游。
何年是归日，雨泪下孤舟。

注释

①堪白头：愁白了头发。

②薄游：短暂地住在他乡。

译文

夜晚猿猴在秋浦水上发出哀鸣声，让附近的黄山被这哀愁白了头发。

青溪虽然不是陇水，但发出的声音也像陇水一样令人感到愁苦。

我想离开这里，但实际上哪也去不了；本来打算短暂地居住在这里，但却在这里常住了下来。

何年何月才能回到我的家乡啊，一想到这里我就不禁泪流满面。

赏析

这首诗与第一首诗一样，同样是诗人抒发“客愁”，表达其想回归故乡却不能的愁闷，以及对长安深深的思念之情。整首诗感情真挚，愁绪浓厚，是一篇佳作。

前四句，诗人通过写黄山猿猴的哀鸣和青溪的流水声来抒发别愁，委婉感伤，将读者带入悲伤难耐的情境之中。

后四句，诗人进一步写思乡之情，直抒胸臆，一气呵成，让人扼腕。

其三

秋浦锦驼鸟[1]，人间天上稀。
山鸡羞渌水，不敢照毛衣。

注释

①驼鸟：也就是鸵鸟。

译文

秋浦有一种鸵鸟，它的羽毛非常美，乃是人间天上少有的。

即使是美丽无比的山鸡，见了它也会失去走近水边映照自己华丽的羽毛的勇气。

赏析

这是一首咏物诗，极具寓意。整首诗诗人并没有正面描写鸵鸟的美丽，而是通过将鸵鸟和山鸡进行对比，以此来突出鸵鸟的美。但细细品味，又能发现虽然诗人表面上是在赞美鸵鸟，但更多的是对山鸡的同情。

其四

两鬓入秋浦，一朝飒[1]已衰。
猿声催白发，长短尽成丝。

注释

①飒：形容衰弱的样貌。

译文

我来到秋浦之后，一个早晨，哀愁就让我白了双鬓。

秋浦两岸那凄惨的猿声，让我满头的黑发成了纷乱的白发。

赏析

第四首诗是李白的自画像，将一个愁苦不堪、满腹忧郁、白发苍苍的寂寞老人形象展现在读者面前，表达了诗人空有远大的政治抱负却报国无门，欲罢而又不能的矛盾情怀。在整首诗的开头，诗人便用一句话“两鬓入秋浦，一朝飒已衰”来形容自己，让读者能够感觉到仿佛在来秋浦之前，诗人还一直是两鬓青丝，但到了秋浦之后，没想到会在一觉醒来后发现两鬓已经白发苍苍了！“一朝”突出时间之快，诗人头发白的速度之快出乎所有人的意料，这句话和当年伍子胥过不去昭关，一夜之间白了头发的事情颇有相似之处。但不同的是伍子胥是心急难耐，而李白却并不着急，也不会像伍子胥那样如果过不了昭关就会有性命之忧，那既然是这样，又为什么白了头发呢？在这里，诗人有一个很恰当的理由：“猿声催白发，长短尽成丝。”古时的诗文中有太多关于闻猿声而心生愁苦的诗句。诗人曾经在流放夜郎的途中，在三峡得到大赦，在坐船回归的时候，曾经写下“两岸猿声啼不尽，轻舟已过万重山”的诗句。但是在这样的情景下，诗人显然没有了当初的心情，猿声一“催”，满头的青丝便变成了白发，“催”字用得格外传神，头发抵挡不住猿声的催促，在一夜之间白了头发。这首诗中的“一朝”和“催”这两个词突出强调了诗人头发变白的速度之快，和诗人在《将进酒》中的名句：“君不见高堂明镜悲白发，朝如青丝暮成雪。”有着相似之处。

这首诗表面上是写诗人对时光的感叹，深层意义上则表达了诗人空有济世之大志而又报国无门的矛盾情怀。

其五

秋浦多白猿，超腾[1]若飞雪。
牵引条上儿，饮弄水中月。

注释

①超腾：腾空跳跃。

译文

秋浦两岸的树丛中生活着很多白猿，它们跳跃飞腾就像飘着的白雪。夜晚它们从树枝上牵引着儿女，来到水边玩耍着捞月的游戏。

赏析

第五首诗写的是秋浦两岸白猿欢乐嬉戏的景象，诗的前两句“秋浦多白猿，超腾若飞雪”点明了地点和描写的对象，好一幅白猿嬉戏图；后两句“牵引条上儿，饮弄水中月”，描写的是夜晚白猿捞月的场面，整个场面动态感十足，活灵活现。

其六

愁作秋浦客，强看秋浦花。
山川如剡县[1]，风日似长沙。

注释

①剡（shàn）县：县名，位于浙江嵊（shèng）州。李白《秋下荆门》诗："此行不为鲈鱼鲙，自爱名山入剡中。"可见剡中山水之美。

译文

带着愁苦在秋浦做客，强打精神欣赏秋浦两岸的花。

秋浦的山与水就如剡县一样美丽，而其四季的风光却像长沙一带的潇湘、洞庭之景。

赏析

第六首诗开头便以"愁"字领起，将诗人面对残酷现实的愁闷之情展现出来。战乱一触即发，诗人内心一筹莫展，苦闷的心情和难以言说的忧愤让诗人备感忧愁。"愁作秋浦客，强看秋浦花"，即使是欣赏美丽的秋色，也要强打精神，这就与诗人杜甫的"感时花溅泪，恨别鸟惊心"的感受如出一辙，可见诗人情绪的低落。诗人借剡县和潇湘美景作比，看似赞美秋浦山水的风光，其实是在表达诗人内心用美丽的景色都不能掩盖的忧愁。

其七

醉上山公①马，寒歌宁戚②牛。
空吟白石烂，泪满黑貂裘。

注释

①山公：山简。

②宁戚：春秋时卫人。

译文

我像晋朝的山简一样喝得大醉骑着马归去，我像春秋时期的宁戚一样倚牛角歌唱。

报国无门的我空吟着《饭牛歌》感慨无人知遇，就像失意东归、满眼泪水的苏秦那样无法得到君王的赏识。

赏析

第七首诗可以说是这一组诗的纲领。诗人借用典故表达了自己艰难的境遇，真挚深切地抒发了诗人内心失意于朝廷的愁苦。诗中借用山简、宁戚、苏秦的典故，将自己比作他们，表达了诗人内心的抱负、境遇和不平。“白石烂”“黑貂裘”两个典故写得直接、清晰，读者明白易懂这是诗人内心不得统治者赏识的隐痛。“白石烂”是关于宁戚的故事，宁戚在不得志时，利用齐桓公出行之际，牵着牛唱歌，引起了齐桓公的注意，最终得到了重用。“黑貂裘”则是关于苏秦的故事，苏秦原本是战国时期的一名策士，他游说秦惠王失败后，处境变得艰难且穷困潦倒，因此便有“说秦王书十上而说不行，黑貂之裘弊，黄金百斤尽”（《战国策·苏秦始以连横说秦》）之句，而诗人李白则觉得如今自己的处境就像那失意东归的苏秦，得不到君主的赏识与重用。

其八

秋浦千重岭，水车岭最奇。
天倾欲堕石，水拂寄生[1]枝。

注释

①寄生：一种植物，寄生在树木上。

译文

在秋浦河两岸的千重山岭中，只有水车岭的风景是最奇妙的。

天空就像要随着大石一道倒下来把悬崖峭壁压垮，寄生在树木上的植物在溪水中漂浮。

赏析

这首诗写的是秋浦的奇妙景观。诗人采用极其夸张的手法写出了秋浦河两岸山岭的险峻和秀美。天空就像要倾斜而下，可见其夸张。

其九

江祖一片石，青天扫画屏。
题诗留万古，绿字锦苔生[①]。

注释

①“绿字”句：此句写石刻周围的苔藓就像织锦般。绿字，古人在石碑上刻字，并用颜色上漆，故称绿字。

译文

数丈高的巨石江祖矗立在清溪河畔，简直就像横扫青天的一幅自然画屏。

上面古人所留下的题诗即使过了千年仍然存在，石刻周围长满了像织锦般的苔藓。

赏析

这首诗同上一首诗一样，描写的是秋浦壮丽、奇妙的景观。诗人采用白描的手法，不以词语惊人而以意境取胜，将秋浦如画的美景展现在人们面前。江祖石上古人的题字、长满苔藓的石刻，用人文古迹来表达诗人对秋浦的赞美之情。

其十

千千石楠①树，万万女贞②林。
山山白鹭满，涧涧白猿吟。
君莫向秋浦，猿声碎客心。

注释

①石楠：常绿灌木名，属石楠科，七八尺高，叶子呈椭圆形，初夏开花，颜色为淡红色，江南人多将其种在墓地上。

②女贞：常绿灌木，六七尺高，叶子呈卵形，夏季开花，颜色为白色。

译文

秋浦河的两岸，有千千万万棵石楠树和女贞树。

各个葱绿的山头上都是欢乐嬉戏的白鹭，各个山涧里都回响着白猿凄凉的呻吟声。

劝君不要去秋浦游览，那苍凉的猿声只会搅碎他乡游子的客心。

赏析

在这首诗中，诗人描写了秋浦河两岸嘉木成林、白鹭嬉戏的美景，抒发了美景也无法消解自己独自漂泊在外、思念家乡的愁苦之情。

诗的开头两句，笔调较为轻快；中间两句，白鹭和猿声两个意象承上启下；结尾两句，诗人笔锋陡转，营造了一种使思乡人愁肠寸断的情感氛围。

其十一

逻人[1]横鸟道，江祖出鱼梁[2]。
水急客舟疾，山花拂面香。

注释

①逻人：石名。

②鱼梁：捕鱼的小堤坝。

译文

高峻的逻人石上面只有飞鸟才能飞过，渔人在江祖石上筑起了捕鱼的小堤坝。

湍急的水流使得游览的客船飞快地行驶，两岸的山花散发着阵阵沁人心脾的香气。

赏析

这首诗诗人写的是秋浦的山与水，通过写山水的美来展现自己对秋浦的喜爱之情。鸟儿飞过的巨石、捕鱼的小堤坝、湍急的河水、岸边的山花等，这些景物描绘出一幅具有空间感的壮观图景，有高和低的视觉效果，也有快和慢的想象意境。

其十二

水如一匹练①，此地即平天②。
耐可③乘明月，看花上酒船。

注释

①练：白色的绢。
②平天：湖名。
③耐可：为何。

译文

湖水安静得就像一匹白绢，此地之水也就是平天湖。

为何不乘着此舟飞入云天去看看那皎洁的明月，在船上一边饮酒一边欣赏两岸的鲜花呢？

赏析

第十二首诗写的是平天湖的夜景和诗人观赏夜景时的感受。诗人采用比喻和夸张的描写手法，写出了平天湖的静谧、美丽，将诗人乘船饮酒、赏花的安闲舒适展现在读者面前，生动形象，极具韵味。整首诗前两句写景，后两句抒情，给人以精神享受。

其十三

渌水净素月，月明白鹭飞。
郎听采菱女①，一道夜歌归。

注释

①“郎听”句：吴楚之地有种风俗，当菱成熟时，女子采摘，种田郎前来听女子唱歌。

译文

清澈明净的水中倒映出一轮明月的影子，一行白鹭在月光下飞行。
种田郎一边劳作一边听采菱女唱歌，然后一起合唱山歌趁着月光归去。

赏析

第十三首诗是一首歌颂纯真爱情的诗，描写的是江南水乡之景，水净月明，民间采菱男女歌唱着采菱之歌，有景有情，景和情又是相互关联、渗透、交融的，歌颂了他们之间美好的爱情，令人不禁神往。这首诗同上一篇一样，均是前两句写景，后两句抒情，整首诗充满了安乐轻松的气氛，可见诗人当时愉悦的心境。

其十四

炉火照天地，红星乱紫烟[1]。
赧郎明月夜[2]，歌曲动寒川。

注释

①红星：指炼矿炉中四处飞舞的火花。乱：交错，掺杂。

②赧郎：工人在炉火的映照下红了脸。赧，即“赧”，害羞而脸红的样子。

译文

熊熊的炉火将天地照得通明，喷出来的火星四射，夹杂着的紫色炉烟缓缓升入天空。

在这明月之夜，火光将炼铜工人的脸庞照得通红；他们边唱边劳动，那歌曲使寒冷的溪水为之激荡。

赏析

第十四首诗描写的是关于底层劳动人民劳动的场面，是一首正面描写和歌颂冶炼工人的诗歌，这在中国浩如烟海的古典诗歌中极其少见，也极其可贵。

“炉火照天地，红星乱紫烟。”诗的开篇便展现了一幅色彩明艳的冶炼场面。诗人用了“照”“乱”两个词，看似平凡无奇，但融入整首诗中，便使整首诗变得生动，有光辉。诗人看到这样卓然生辉的场面，不禁感到兴奋、新奇。

接下来两句“赧郎明月夜，歌曲动寒川”，具体描写了冶炼工人的形象。

诗人带着赞美的口吻，用粗犷的线条将冶炼工人雄伟健壮的形象展现了出来。“赧郎”这一词语用得恰当、新颖，颇耐寻味。“赧郎”这个词充满了强壮和朴实的意味，能够让读者联想到他们健美强壮的身体和勤劳、淳朴、热情、乐观、豪爽的性格。诗的最后一句“歌曲动寒川”，升华了人物的形象，使人物形象更加饱满。冶炼工人边劳动边歌唱，那嘹亮的歌声仿佛能够让寒冷的河水变得动荡起来。关于歌曲的内容，诗人并没有详细说明，给读者留下了丰富的想象空间。当然，这里也运用了夸张的描写手法，歌声显然不会把寒川激荡，这是诗人夸大了的感受，颇为传神。“赧郎”一词只是简单描述了明月、炉火交映下冶炼工人的面部长相，而这句诗则真实地展现了他们的内心世界，即使在艰苦的环境下，他们也带着乐观向上的心情工作着，整首诗字里行间透露着诗人对劳动人民的赞美、歌颂之情。

诗人通过向读者展示一幅热闹壮观的秋夜冶炼图，生动形象地描述了劳动人民的劳动场面，赞扬了劳动人民淳朴的性格。诗人融合光、热、声、色，利用明与暗、冷与热、动与静的相互对比，酣畅淋漓地塑造了古代冶炼工人的形象，是中国古代诗歌宝库中难得的优秀作品。

其十五

白发三千丈，缘愁似个长[①]。
不知明镜里，何处得秋霜。

注释

①缘：因为。个：这般，这样。

译文

我的白头发啊，已经长到三千丈了，这是因为忧愁才使得它这般长。
不知道在明镜中，是何处的秋霜落在了我的头上？

赏析

第十五首诗是这一组诗中流传最为广泛的一首，也是读者最为熟悉的一首。

“白发三千丈，缘愁似个长。”这一句气势磅礴，犹如大潮奔涌，也似火山爆发，令人触目惊心。仅仅从“白发三千丈”这一句来看，其实是很难让人理解的：人的白发怎么会有“三千丈”呢？接下来一句“缘愁似个长”，则让读者豁然开朗，白发“三千丈”只是因为忧愁过度而越来越长。我们都知道忧愁能够令人生白发，而三千丈之长的白发，显示出愁思的深重。诗人将这十个字的千钧重量全部放在了一个“愁”字上。这样来写愁，令人感到不可思议。奇怪的想法诞生出奇怪的句子，诗人的气魄和笔力在这里展现了出来。古典诗歌里有大量写愁的句子。宋人罗大经《鹤林玉露》中说：“诗家有以山喻愁者，杜少陵云‘忧端如山来，澒洞不可掇’……有以水喻愁者，李颀云‘请量东海水，看取浅深愁’。”李白角度新奇，以“白发三千丈”来写愁，暗示着愁之深重。这样的想法不但不会让人感到奇怪，相反会让人由衷赞赏诗人的另辟蹊径，为诗人的愁苦感到同情。

人们照镜子才会看到自己头上生了白发以及白发的长短，而这首诗的前二句暗藏照镜，第三、四句就将镜子写了出来：“不知明镜里，何处得秋霜。”秋霜的颜色是白色的，在这里指的是白发，看似有重复的部分但又并不是重复，它加重了诗人内心忧伤、憔悴的感情。上句的“不知”，并不是说诗人真的不知，而是诗人的一种自我发问，饱含着悲痛的语气。下句的一个“得”字是整首诗的诗眼。其中的浓愁，究竟从何而“得”？“得”字表明了诗人生活中所遭受的排挤和压抑，心有大志却难以实现，因此而愁生白发、鬓染秋霜。李白有“奋其智能，愿为辅弼”的政治抱负，有着“寰区大定，海县清一”的伟大心愿（均见《代寿山答孟少府移文书》），尽管未能实现，多次遭受挫折，但是他的志向始终没有变过。这首诗是李白五十多岁的时候创作的，壮志未酬，人却已经衰老，心中的痛苦可想而知。所以揽镜自照，不禁感慨万千，发出“白发三千丈”的孤吟，也让读者为之震撼。

这首诗中，诗人运用了高度夸张的手法，表现心中的无限愁苦，又用

"秋霜"借指白发，充满忧伤悲郁的感情色彩。结尾使用反问句式，更增加了艺术的感染力，写出了诗人备尝漂泊的孤独寂寞和壮志未酬的缺憾与无奈。

其十六

秋浦田舍翁，采鱼水中宿。
妻子张白鹇①，结罝②映深竹。

注释

①张：张网。白鹇（xián）：雉类，出自江南，毛色为白色，背部有细黑纹。
②罝（jū）：泛指捕鸟兽的网。

译文

居住在秋浦的农家老翁，为捕鱼晚上就睡在水上的船中。
他的妻子在竹林深处张结鸟网，捕捉林中的白鹇。

赏析

第十六首诗，诗人李白用一种平和的心态、欣赏的眼光、轻松自然的笔调描写了秋浦人家忙碌的生活情调。

诗的前两句，写老翁夜以继日地捕鱼，后两句写老翁的妻子也为了家庭的生计不肯闲着，在竹林深处忙着捕鸟。老翁的一家整日为生活而忙碌，虽然忙碌但却表现出了一种平和的心态。

这首诗与王维《辋川诗》的格调一致，能够明显地看出这首诗是诗人李白在一种轻松而享受的心境下创作出来的。这也能够看出李白不论身处何地，总能够不断地自我更新，接受新事物，正是这种健康的心理，他才能够写出脍炙人口的精美诗文。

其十七

桃波[①]一步地，了了语声闻。
黯[②]与山僧别，低头礼白云。

注释

①桃波：池塘名。《全唐诗》有注曰："一作陂。"实际上应写为"桃陂"。

②黯：默默，不说话。

译文

桃陂距离我这个地方只有一步之遥，我能清楚地听到那里的人说话。

我在这里默默地与山僧告别，向着白云作揖离开。

赏析

这首诗写的是诗人带着伤感、黯然的心离开秋浦，营造了一种难以诉说的悲伤情怀。

前两句，诗人通过写池塘，以及在池塘说话的人来表达自己对秋浦池塘和这里的人的无限留恋之情。

后两句，诗人默默无言地与山僧告别，与白云作揖，表达出诗人的依依不舍之情。

赠汪伦①

李白乘舟将欲行，忽闻岸上踏歌②声。
桃花潭③水深千尺，不及汪伦送我情。

注释

①汪伦：泾县（今安徽泾县）贾村人。
②踏歌：一种民间歌唱形式，用脚步作为节拍，边走边唱。
③桃花潭：在今安徽泾县西南。

译文

我上船即将启程，忽然听到岸上传来一阵阵踏歌声。
桃花潭水虽然深达千尺，但是比不上汪伦送别我的深情。

赏析

这首诗是李白写给好友汪伦的赠别诗，朴素自然地表达了汪伦对诗人朴实、真诚的情感。

前两句描写了送别的场面，汪伦用歌声表达惜别自己的深情厚谊。

后两句是抒情句，运用夸张的手法，盛赞汪伦对自己的情谊比桃花潭水还要深。

全诗虽然只有二十八个字，但画面丰富，情感充沛，是李白作品中脍炙人口、广为流传的佳作之一。

当涂赵炎少府粉图山水歌[1]

峨眉高出西极天[2]，罗浮直与南溟连[3]。
名公绎思[4]挥彩笔，驱山走海置眼前。
满堂空翠如可扫[5]，赤城霞气苍梧烟。
洞庭潇湘意渺绵，三江七泽情洄沿[6]。
惊涛汹涌向何处？孤舟一去迷归年[7]。
征帆不动亦不旋，飘如随风落天边。
心摇目断兴难尽[8]，几时可到三山[9]巅？
西峰峥嵘喷流泉，横石蹙水波潺湲[10]。
东崖合沓[11]蔽轻雾，深林杂树空芊绵[12]。
此中冥昧[13]失昼夜，隐几[14]寂听无鸣蝉。
长松之下列羽客[15]，对座不语南昌仙[16]。
南昌仙人赵夫子[17]，妙年历落青云士[18]。
讼庭无事罗众宾[19]，杳然[20]如在丹青里。
五色粉图安足珍，真仙可以全吾身。
若待功成拂衣去，武陵[21]桃花笑杀人。

注释

①当涂：今安徽当涂。赵炎：李白友人。少府：唐代官职名，也称县尉。粉图：一种以色粉为颜料的中国画。

②峨眉：今四川峨眉山。西极：西方极远之地。

③罗浮：今广东博罗县罗浮山。南溟：南海。

④绎思：形容构思精密细致。绎，蚕抽丝。

⑤空翠：青山绿水。如可扫：画中的青山绿水具有立体感，仿佛能够一层层地扫下来。

⑥三江：泛指长江下游诸河流。七泽：指南方诸湖泊。洄：逆流而上。沿：顺流而下。

⑦迷归年：不知归期。

⑧心摇：心情波动。目断：望断，望到极远处。

⑨三山：指东海上的三座神山蓬莱、方丈和瀛洲。

⑩蹙（cù）水：泉水被横石阻挡，流动不畅，叫作蹙水。蹙，紧迫。潺（chán）湲（yuán）：水缓慢流动的样子。

⑪合沓：重叠。

⑫芊绵：草木茂盛的样子。

⑬冥昧：幽暗。

⑭隐（yìn）几：靠着几案。

⑮列：排列。羽客：道士。

⑯南昌仙：指梅福，汉成帝时任南昌县尉。据说他后来成了神仙。

⑰赵夫子：指赵炎。因他也曾担任南昌县尉，所以将他比作梅福，称为南昌仙人。

⑱妙年：青年。历落：磊落。青云士：高士。

⑲讼庭：指官厅。罗：聚集。

⑳杳然：深远。

㉑武陵：引用《桃花源记》典故。指隐居之地。

译文

峨眉山高耸入云，仿佛要冲破西边极远的青天；罗浮山笔直挺拔，和南海紧紧相连。

名画师构思巧妙，彩笔飞舞，眼前的高山大海就像他们用画笔搬来的。

满堂的青山绿水极富层次感，就像那赤城的朝霞和苍梧的云烟。

洞庭和潇湘意气相投，绵远流长，江河湖海情深意切，交错相连。

惊涛骇浪汹涌澎湃，将要流向何处？孤舟一去不知何时能够回来。

船帆静止不动，也不旋转，在海上漂泊像是要随风漂到天边。

我的心情无比激动，极目远望游兴难尽，什么时候才能看到那三座神山的顶峰？

西峰峥嵘挺拔，瀑布喷射而下，巨石横行使泉水流速放缓。

东崖重峦叠嶂，被轻雾笼罩，丛林中树多草茂绵延到远方。

丛林内部枝繁叶茂，幽暗深邃分不清昼夜，倚靠着几案静听，根本听不到蝉鸣。

高大的松树下面站立着几个道人，南昌仙人梅福坐在对面一句话也不说。

赵炎夫子就像南昌仙人一样，风流倜傥，一身正气，正值大好年华。

官厅内没有公事，众多宾客仍然聚集在一起，他们悠闲自得的样子就像在图画中。

五彩的图画并不珍奇，只有真正的山水才能让我端正己身。

如果等到功成名就之后才去归隐，武陵源的桃花也会笑死人。

赏析

这是一首题画诗，写于赵炎由当涂流放到南方之前。诗歌交织着诗人对画家的赞美和自己看画的感受，表现了诗人高超的艺术才能。

诗人先从整体出发，展现全幅山水画，然后从整体到局部细致欣赏画作，最后从景过渡到人，根据自身感受赞美画作拥有巨大的艺术感染力。全诗由远及近，动静结合，让人感觉视野开阔，读起来气势磅礴。

奔亡道中五首（选三首）

其一

苏武天山上[1]，田横[2]海岛边。
万重关塞断，何日是归年？

注释

①苏武：汉武帝时担任中郎将，奉命出使匈奴，被匈奴扣留。匈奴多次逼迫他投降，但他始终坚贞不屈，被拘异国牧羊十九年后终于回到汉朝。天山：雪山名，在今新疆境内，古人误认为是苏武牧羊的地方。

②田横：齐国贵族。秦朝末年，与兄弟田儋、田荣一起反秦。刘邦统一天下后，派人招降他，他与部下不肯投降，逃到海岛，后全部自杀。

译文

苏武在天山上牧羊仍然坚贞不屈，田横宁愿逃到海岛也不肯投降。

关塞重重，将我和故地隔断，哪一天才能回去呢？

赏析

天宝十四载（公元755年），安禄山发动叛乱。次年春天，为避战祸，李白匆忙南逃，途中写了五首诗，这是第一首。

诗的前两句引用苏武和田横的典故，表现了诗人坚贞不屈的高尚气节。后两句以夸张的笔法和疑问的语气，表现了诗人对故土的思念之情。

其四

函谷如玉关①，几时可生还？
洛阳为易水，嵩岳是燕山。②
俗变羌胡③语，人多沙塞颜④。
申包惟恸哭⑤，七日鬓毛斑。

注释

①“函谷”句：函谷，指函谷关，古代重要关口，在河南灵宝西南。李白写这首诗时，函谷关东部大片土地已被安禄山叛军占领，函谷关西部属于唐军，函谷关就像玉门关一样，起着划分边界的作用，所以说“函谷如玉关”。

②“洛阳”二句：易水，在今河北保定易县。嵩岳，指中岳嵩山，在河南登封西部。燕山，在河北北部。洛阳、嵩岳都在内地，易水、燕山都是边关。安史之乱发生后，战火蔓延到中原地区，安禄山号称“大燕皇帝”，所以李白感叹“洛阳为易水，嵩岳是燕山”。

③羌、胡：古代某些少数民族的泛称。

④“人多”句：是说作者在洛阳城中看到很多北方来的胡人。沙塞，北方沙漠地区的边塞。

⑤“申包”句：《战国策》记载，春秋时期吴国和楚国交战，吴军攻破楚国都城，楚国大夫申包胥向秦国求援，在秦国宫殿上哭了七天七夜，秦王深受感动，于是答应派兵援助楚国。诗人在这里引用申包胥的恸哭来表达自己的爱国热情。

译文

随着战火的蔓延，函谷关就像玉门关一样，不知道什么时候我才能活着回到长安？

洛阳的河流就像易水，嵩山等同于边塞的燕山。

羌、胡的方言改变了原来的俗语，路上也多是沙塞胡人的容颜。

我像申包胥一样只能在这里痛哭，就算哭七天七夜，哭得两鬓斑白也没有用。

赏析

安禄山兵变后，李白从梁园逃亡到江南，路上写下了这首诗。诗人先将沿途见闻描绘出来，然后引用申包胥哭秦廷的典故，表达自己想要效仿申包胥，为平叛做出贡献，极大地表现了诗人的爱国热情。

其五

淼淼①望湖水，青青芦叶齐。
归心落何处，日没大江西。
歇马傍春草，欲行远道迷。
谁忍子规②鸟，连声向我啼。

注释

①淼（miǎo）淼：形容水浩瀚无际。

②子规：也称杜鹃鸟、断肠鸟，相传是蜀王杜宇死后所化。其鸣声凄厉，听起来像在喊“不如归去”。古人常用以表达思乡之情。

译文

湖水茫茫一望无际，芦叶青翠整齐。

我有一颗归乡的心却不知道落在哪里，只能看着红日西沉落入大江。

在青草地旁边让马儿歇息，刚想动身却发现路途遥远无法辨认。

谁能忍受耳边的杜鹃鸟，它连续不断的凄惨叫声让人更加心痛。

赏析

这首诗表达了诗人奔亡途中的迷茫。

前四句融情于景，描写奔亡途中看见的景物。渺渺湖水、青青芦叶都是诗人内心愁情的映射。傍晚已至，诗人的归心却无去处，迷茫之情油然而生。

后四句借景抒情，进一步表现出诗人的哀愁。诗人正不知何去何从，此刻又听到杜鹃鸟的哀啼，更是加重了悲痛之情。

登敬亭[①]北二小山，余时[②]客逢崔侍御，并登此地

送客谢亭[③]北，逢君纵酒还。
屈盘[④]戏白马，大笑上青山。
回鞭指长安[⑤]，西日落秦关。
帝乡[⑥]三千里，杳在碧云间。

注释

①敬亭：即敬亭山，在今安徽宣州。李白曾多次登上敬亭山，留下诸多作品。

②“时”字后似缺一“送”字。

③谢亭：谢公亭，在敬亭山北。南朝齐诗人谢朓担任宣城太守时所建。因谢朓曾在这里送别朋友，谢亭因此成为宣城著名的送别之地。

④屈盘：曲折盘绕。

⑤“回鞭”句：唐玄宗躲避安禄山叛乱入蜀，为悼念杨贵妃，回鞭指着长安，抒发对故人的难舍难分之情。李白借用此典故表现他和崔侍御的深厚情谊。

⑥帝乡：指长安。

译文

我在谢亭北送走客人，刚好碰见你喝酒回来。

在蜿蜒曲折的小路上，我们一起骑着白马，大笑着登上青山。

马鞭回旋指向长安，夕阳西下落在秦关。

这里距离长安只有三千里，可是我感觉要回去难比登天。

赏析

天宝十四载（公元755年），李白在敬亭山安家时，写下了这首诗。

诗的首联直接点明和崔侍御相遇的时间、地点，以及崔侍御的状态，为下面描写友谊埋下伏笔。

颔联真实地再现了诗人和友人相遇后的所作所为，展现了二人亲密无间的状态。

颈联借用典故形容两人深厚的友谊，同时巧妙联想，抒发自己的思乡之情。

尾联借景抒情，深切地表达了诗人归乡无望、报国无门的遗憾。

全诗在行动上明明是偶遇，却自然流走，畅通无阻；在情感上明明是欢游，却愁肠百结。两种情感虚实共生，令人叹为观止。

宣城见杜鹃花[1]

蜀国曾闻子规鸟，宣城还见杜鹃花。

一叫一回肠一断，三春三月忆三巴[2]。

注释

①杜鹃花：又叫映山红，每年春末盛开。

②三春：指春季。三巴：巴郡、巴东和巴西的总称，都位于今四川东部。

译文

在遥远的故乡，我曾经无数次听到子规鸟哀凄的鸣叫；现在身在异乡宣城，没想到还能看到杜鹃花。

子规鸟叫声凄厉，让人愁肠寸断，暮春三月鸟鸣花开，我非常思念故乡三巴。

赏析

诗人写这首诗时已经到了老年。他在异乡宣城看到杜鹃花开，联想到年轻时在蜀国经常看到杜鹃鸟，浓浓的思乡之情立刻涌上心头。

前两句形成自然对仗，从地理、时间上进行对比、联结，真实地再现了触动乡思的过程。

后两句承接前两句，进一步渲染浓厚的乡思。“一”“三”各自串联，蕴味深浓，让人感到乡思涌上心头时的悲切和伤痛。“忆三巴”三字巧妙地把杜鹃花开、子规悲啼和思乡浓情融为一体，给全诗笼罩了一片苍茫的愁思。

金陵新亭①

金陵风景好，豪士集新亭②。
举目山河异，偏伤周颉情。③
四坐楚囚悲④，不忧社稷倾⑤。
王公⑥何慷慨，千载仰雄名。

注释

①新亭：指中兴亭，三国时吴国修筑，在今江苏南京。

②集新亭：东晋南渡后，很多名士从中原来归，每到闲暇时就相约新亭开怀畅饮。

③“举目”二句：周颉（yǐ）本是西晋官员，东晋时出任尚书左仆射等职。他在新亭集宴时说：“风景不殊，举目有江山之异。”众人听后无不感伤流泪。

④四坐：在座的众人。坐，通“座”。楚囚：这里指穷困丧气的东晋士卒官吏。

⑤社稷倾：国家覆灭。

⑥王公：指王导，出身于魏晋名门琅琊王氏，东晋建立后任丞相。

译文

金陵是个风光秀丽的好地方，众多豪杰名士曾经到新亭集会。

放眼望去，中原满目疮痍，大好河山繁荣不再，只有周𫖮为此感到伤悲。

众多名士围坐在一起就像楚囚一样悲怨，没有几个人担心国家的兴衰。

王导的话语是多么慷慨激昂，就算过去千年万年，后人也会仰慕他的美名。

赏析

这首诗写于天宝十五载（公元756年），是李白根据《世说新语》中的典故所作。

首联由景入事，描绘出金陵豪士在新亭集会的具体事实。

颔联引出矛盾，选取周𫖮绝望哀鸣、众人感伤落泪的典型场景。

颈联深化矛盾，批判了作者对空有悲怨却无心忧国的东晋豪士的不满。

尾联以古喻今，既赞美了王导的爱国壮语，又表达了诗人想要救国救民的美好愿望。

西上莲花山[①]（《古风》其十九）

西上莲花山，迢迢见明星[②]。
素手把芙蓉，虚步蹑太清[③]。
霓裳曳广带[④]，飘拂升天行。
邀我登云台[⑤]，高揖卫叔卿[⑥]。
恍恍与之去[⑦]，驾鸿凌紫冥[⑧]。
俯视洛阳川[⑨]，茫茫走[⑩]胡兵。
流血涂野草，豺狼尽冠缨[⑪]。

注释

①莲花山：指华山最高峰莲花峰。

②迢迢：形容遥远。明星：传说中的华山仙女。

③虚步：凌空而行。蹑（niè）：踩，登。太清：天空。

④霓裳：用云霓做成的衣裙。曳广带：衣裙上拖着宽阔的飘带。

⑤云台：云台峰，位于华山东北部，陡峭险峻，风景秀美。

⑥高揖：长揖。卫叔卿：传说中的仙人。

⑦恍恍：恍惚的样子。之：指卫叔卿。

⑧鸿：鸿鹄，即天鹅。紫冥：高空。

⑨洛阳川：泛指中原地区。川，平坦的原野。

⑩走：流窜。

⑪豺狼：比喻安禄山部下的伪官。冠缨：穿戴上官吏的衣帽，指做官。

译文

我登上华山最高峰莲花峰，远远看见仙女像明星一样耀眼。

她素手握着皎洁的莲花，在天空中凌空行走。

她身穿美丽的七彩衣裙，拖着宽宽的长带，像云彩一样飘然飞上高空。

仙女邀请我登上云台峰，我双手作揖拜见久仰的仙人卫叔卿。

我恍恍惚惚地跟着他们远去，就像做梦一般，骑着鸿鹄来到高空。

我无意间看到下方广阔的中原大地，安禄山的胡马胡兵在到处流窜。

血流成河，染红了地上的野草，那些叛军和叛臣却穿着官服、戴着官帽。

赏析

天宝十四载（公元755年），东都洛阳被安禄山叛军攻陷，这首诗约作于洛阳沦陷后。

全诗在内容上可分为两个部分。

前十句为第一部分，虚拟游仙之事，首先描绘了一幅轻灵缥缈的仙女飞天图，表现出诗人想要超然出世的愿望，然后写仙女邀请诗人登上云台峰，遇到了仙人卫叔卿。诗人用卫叔卿的典故暗喻自己在现实中不被认同的失意和痛苦。

后四句为第二部分，从仙境返回现实，描写现实中的残酷和污秽，表现了诗人虽然想独善其身，但是看到生灵涂炭、社稷倾覆，不忍飞仙而去的矛盾心理。

诗歌在艺术上将浪漫主义和现实主义结合在一起，表现了诗人对理想的执着追求，以及对国家命运的担忧、对苦难的人们的同情。

猛虎行①

朝作猛虎行，暮作猛虎吟。
肠断非关陇头水②，泪下不为雍门琴③。
旌旗缤纷两河道④，战鼓惊山欲倾倒。
秦人半作燕地囚，胡马翻衔洛阳草。⑤
一输一失关下兵，朝降夕叛幽、蓟城。⑥
巨鳌未斩海水动，鱼龙⑦奔走安得宁。
颇似楚汉时，翻覆无定止。
朝过博浪沙⑧，暮入淮阴市。
张良未遇韩信贫，刘、项存亡在两臣。
暂到下邳受兵略，来投漂母作主人。⑨
贤哲栖栖⑩古如此，今时亦弃青云士。
有策不敢犯龙鳞⑪。窜身南国⑫避胡尘。
宝书玉剑挂高阁。金鞍骏马散故人。

昨日方为宣城客，掣铃交通二千石[13]。
有时六博[14]快壮心，绕床三匝呼一掷[15]。
楚人每道张旭[16]奇，心藏风云世莫知。
三吴邦伯皆顾盼[17]，四海雄侠两追随。
萧、曹[18]曾作沛中吏，攀龙附凤当有时。
溧阳酒楼三月春，杨花茫茫愁杀人。
胡雏绿眼吹玉笛，吴歌《白纻》[19]飞梁尘。
丈夫相见且为乐，槌牛挝鼓会众宾[20]。
我从此去钓东海[21]，得鱼笑寄情相亲。

注释

①猛虎行：乐府旧题。

②陇头水：古乐府别离之曲。

③雍门琴：战国时期著名琴师雍门子周所弹之琴。

④两河道：河南道和河北道，唐代行政区划，相当于现在的河南、河北、山东和辽宁的部分地区，在天宝十四载（公元755年）十一月被安禄山叛军攻陷。

⑤“秦人”二句：安禄山攻陷洛阳，高仙芝派兵征讨失利，退守到潼关一带。高仙芝手下一半士兵被叛军俘获，所以诗人说“秦人半作燕地囚”。洛阳沦陷后，遍地都是胡马，所以诗人说“胡马翻衔洛阳草”。

⑥“一输”二句：高仙芝败退潼关后，宦官边令诚向他索要贿赂，他没答应。边令诚便向唐玄宗说其坏话，导致高仙芝被杀。李白的意思是，高仙芝兵败可以看作“一输”。唐玄宗听信谗言，草率杀了高仙芝可以看作“一失”。天宝十五载，常山太守颜杲卿起兵讨贼，河北十七郡都归降朝廷。等到颜杲卿被安史叛军打败，河北十七军又回到贼人手中，李白认为这是“朝降夕叛”。

⑦鱼龙：指唐朝军民百姓。

⑧博浪沙：在今河南原阳东南。据《史记》记载，秦始皇东游时，留侯张良曾在此地刺杀他。

⑨“暂到”二句：典出《史记》。据说张良刺杀秦始皇失败后，逃亡到下邳（今江苏邳州），在圯桥上遇到一位老人（黄石公）。老人把《太公兵法》传授给了张良。韩信少时家贫，寄人篱下，一次因饥饿去河边钓鱼，一位漂母见他可怜，将自己的食物分给了他。漂母，漂洗衣絮的老妇人。

⑩栖栖：急迫不安的样子。

⑪“有策”句：传说龙的颈下有逆鳞，如果谁触动了它，龙就会发怒伤人。这里是指皇帝喜怒无常，不喜欢听批评意见，暗示唐玄宗、唐肃宗不是汉高祖那样的明君。

⑫南国：指溧阳（今江苏溧阳）。

⑬掣铃：唐代官员在门口挂铃铛，出入都要摇响铃铛代替传声。掣，摇动。二千石：汉代郡守俸禄为两千石。此指太守、刺史一类的官员。

⑭六博：古代一种具有赌博性质的游戏。

⑮“绕床”句：《晋书》记载，刘毅曾经聚集众人玩樗蒲游戏，据说一次输赢数百万钱。刘毅投掷得到第二名，以为必胜无疑，高兴地撩起衣服绕床大叫。这里形容诗人愉快的赌博生活。

⑯张旭：唐朝中期著名书法家，李白好友。

⑰三吴：指吴兴、吴郡和会稽三地。邦伯：州牧，一州的长官。

⑱萧、曹：指萧何和曹参。

⑲《白纻》：《白纻歌》，乐府曲名。

⑳槌（chuí）、挝（zhuā）：都是击打的意思。这里指宰牛、击鼓。

㉑钓东海：典出《庄子·外物》。相传神人任公子曾经蹲在会稽山上，在东海钓到了大鱼。这里指平叛安史叛军。

译文

早上创作《猛虎行》，晚上吟唱《猛虎行》。

我之所以愁肠寸断、泪如雨下，不是因为听了《陇头歌》的别离之音，也不是因为听了雍门子周悲凄的琴声。

河南和河北两道战旗如云，战鼓声咚咚作响震得地动山摇。

秦地一半百姓成为燕地胡人的阶下囚，东都洛阳沦陷后，胡人的战马在洛阳随意吃草。

征讨叛军的官兵败退潼关，将帅草率被杀真是莫大的失策；幽州和蓟州的城池刚刚收复，很快又被叛军攻陷。

安禄山叛军就像一只翻江倒海的巨鳌，这个祸害一天不除去，上至王侯大臣，下至平民百姓，都将永无宁日。

现在的局势就像楚汉相争时的情景，两方翻来覆去难分胜负。

我去过博浪沙，也到过淮阴市。

曾几何时，张良还没有遇到黄石公，韩信依然过着贫困潦倒的生活，谁能想到，楚汉胜败的关键就在于这两个人。

直到后来，张良在下邳得到黄石公赠送的兵书，韩信凭借漂母的接济才有机会出人头地。

从古到今的贤人能士都有不得志的时候，现在也是这样，青云之士被人抛弃得不到重用。

我心中早就有了灭掉胡人的想法，却因为不敢触怒皇帝，所以逃亡到南国躲避战乱。

打算抗敌的宝书玉剑只能高高挂起，金鞍宝马也送给了朋友。

昨天我还在宣城做客，和宣州太守交游。

有时候像刘毅一样赌六博来愉悦心情，掷得好彩头便高兴得绕床大叫。

楚人都说张旭是一位奇士，却没有多少人知道他胸怀文韬武略。

三吴的官员都很看重他，四海的豪侠都争相追随他。

萧何和曹参都做过沛中的小吏，他们后来有幸得到了君臣际遇。

阳春三月的溧阳酒楼，柳絮漫天飞舞，让人无限惆怅。

绿眼胡儿在酒席上吹奏玉笛，歌女唱着吴歌《白纻歌》，余音绕梁。

大丈夫相见就应该摆酒庆祝，杀牛击鼓宴请宾客。

我从这里离开打算去东海垂钓，如果有幸钓到大鱼就送给诸位知己。

赏析

至德元载（公元756年）春天，李白为了躲避战祸离开宣城，在溧阳偶遇大书法家张旭，写下这首诗赠送给他。

全诗在内容上可分为三个部分。

前十二句为第一部分。诗人将安史叛军比喻为吃人的猛虎和翻江的巨鳌，表达了对叛军恶行的愤慨，以及对国家命运、人民生活的担忧。

中间十八句为第二部分。诗人借张良、韩信的故事，抒发了自己身逢乱世，虽然心怀天下，有意救百姓脱离水深火热，却得不到君王重用而“窜身南国”的悲哀和愤懑。

最后十四句为第三部分。诗人赞扬张旭不仅是一位有名的书法家，还胸怀大志。他把张旭和汉初大臣萧何、曹参相比，祝愿张旭有朝一日能够大展宏图。与知己畅饮话别的同时，表达了诗人仍然心怀壮志，伺机平叛报国的思想。

全诗脉络清晰，浑然天成，语言错落有致，堪称精品。

扶风豪士[1]歌

洛阳三月飞胡沙[2]，洛阳城中人怨嗟。
天津[3]流水波赤血，白骨相撑如乱麻。
我亦东奔向吴国[4]，浮云四塞道路赊[5]。
东方日出啼早鸦，城门人开扫落花。
梧桐杨柳拂金井[6]，来醉扶风豪士家。
扶风豪士天下奇，意气相倾山可移[7]。
作人不倚将军势[8]，饮酒岂顾尚书期[9]。
雕盘绮食[10]会众客，吴歌赵舞[11]香风吹。
原、尝、春、陵六国时[12]，开心写意君所知。
堂中各有三千士，明日报恩知是谁？
抚长剑，一扬眉，清水白石何离离[13]。
脱吾帽，向君笑；饮君酒，为君吟。
张良未逐赤松去[14]，桥边黄石知我心。

注释

①扶风豪士：指安史之乱后，从扶风逃亡到吴地的豪士。扶风，郡名，在今陕西凤翔一带。

②飞胡沙：指洛阳被安禄山叛军占领。

③天津：洛阳古桥，位于洛水之上。

④吴国：东南一带的泛称。

⑤“浮云”句：逃亡的人很多，像浮云一样从四面八方涌来，堵塞了漫漫长路。赊，远，长。

⑥金井：护栏上有美丽的花纹和装饰的井。

⑦相倾：彼此敬慕。山可移：形容友情深厚。

⑧作人：为人。不倚将军势：反用辛延年《羽林郎》“依倚将军势，调笑酒家胡”，赞扬豪士不攀附权贵。

⑨“饮酒”句：据《汉书·陈遵传》记载，西汉陈遵嗜酒如命，热情好客，他举办宴会常常关上大门不放宾客离开，甚至把客人车轴上的键拔出来扔到井中，让他们有急事也不能走。有一次，一个刺史和尚书约好了议事，陈遵不放他走。直到陈遵喝醉后，陈遵母亲从后门放刺史离开。尚书，古时协助帝王处理政事的官员。期，约定。

⑩绮食：美酒好菜。

⑪吴歌赵舞：古时吴地人善歌，赵地人善舞。这里指出色的歌舞。

⑫原、尝、春、陵：指“战国四公子”赵国平原君赵胜、齐国孟尝君田文、楚国春申君黄歇、魏国信陵君魏无忌。六国：指战国时齐、楚、燕、韩、魏、赵六国。

⑬清水白石：水清石见。离离：清晰的样子。

⑭“张良”句：张良晚年曾有“愿弃人间事，欲从赤松子游”的想法。逐，跟随。赤松，赤松子，传说中的仙人。

译文

暮春三月的洛阳胡沙漫天飞舞，城中百姓的哀怨声接连不断。

天津桥下血流成河，死人白骨就像乱麻一样堆积在一起。

为了躲避战乱，我向东逃到吴国，逃难的人像浮云一样多，从四面八方涌来，堵塞了漫漫长路。

太阳从东方升起，早鸦开始啼叫，人们打开城门清扫落花。

梧桐和杨柳随风起舞，轻拂华丽的井栏，我来到扶风豪士家打算开怀畅饮。

扶风豪士是一位世间奇士，只要和他意气相投，他愿意为朋友把山移走。

做人不倚仗将军的权势，喝起酒来哪顾得上和尚书的约定。

众人一起喝着美酒、吃着美味佳肴，欣赏着吴歌赵舞，感觉香风从面前吹过。

战国四公子闻名六国，他们倾心结交你一定也明白。

他们堂中各自蓄养着数千能人贤士，将来能报恩出力的又是谁？

手抚长剑一扬眉，清水白石本来就能看到底。

脱下我的帽子向您微笑，喝着您的美酒为您吟唱。

张良并未跟随仙人赤松子远游，桥边的黄石公知道我的志向。

赏析

天宝十五载（公元756年），李白为躲避战乱向东逃到吴地，参加扶风豪士家的一次宴会。为表示感谢，他写下了这首诗。

开头六句，诗人直接交代时事，真实地再现了安史之乱后百姓处于水深火热中的景象，也为全诗定下了沉重悲痛的基调。

中间十句，诗人细致地描写了扶风豪士的热情款待，与前文相比，看似闲笔，实则为下文做铺垫，告诉大家他并没有沉迷于美酒佳肴的享乐之中。

最后十三句，诗人笔锋再次陡转，从战国四公子写到自己，高调宣示他不是一个贪图享乐、不顾国家兴亡的人，而是像张良一样等待机会，希望遇到像黄石公一样的伯乐，为平定叛乱、统一天下做贡献。

李白的这首诗豪情四射、自由挥洒，用典精准又操纵自如，丰富了诗的内涵和感染力，彰显了诗人以天下为己任和誓死报国的志向。

赠溧阳宋少府陟[1]

李斯未相秦[2]，且逐东门兔。
宋玉[3]事襄王，能为《高唐赋》。
尝闻《绿水曲》[4]，忽此相逢遇。
扫洒青天开，豁然披云雾。[5]
葳蕤[6]紫鸾鸟，巢在昆山树。
惊风西北吹，飞落南溟去。
早怀经济策，特受龙颜顾。
白玉栖青蝇，君臣忽行路[7]。
人生感分义[8]，贵欲呈丹素[9]。
何日清中原[10]，相期廓天步[11]。

注释

①宋少府陟：少府宋陟，李白的朋友。

②李斯：战国末年楚国人，起初在郡里当小吏，后到秦国为官。秦始皇统一六国后，被任命为丞相。未相秦：还没来到秦国做丞相。

③宋玉：战国后期楚国辞赋家，相传是屈原的弟子，代表作有《九辩》《高唐赋》《风赋》等。

④《绿水曲》：古代乐曲名。这里指宋陟创作的辞赋。

⑤“扫洒”二句：喻指宋陟性格开朗豁达。青天开、披云雾，拨开云雾就能看到青天。

⑥葳蕤：草木茂盛。形容鸟类羽毛丰美。

⑦君臣：这里指唐玄宗和李白。行路：路人，陌生人。

⑧分（fèn）义：情义。

⑨丹素：赤诚纯洁的心。

⑩清中原：平定中原的叛乱。

⑪廓：开展。天步：国家的气运。

译文

李斯还没有到秦国做宰相时，在东门外追逐野兔是何等潇洒。

宋玉侍奉宋襄王之后，竟然能写出溜须拍马的《高唐赋》。

曾经听说您作有像《绿水曲》一样高雅的辞赋，没想到有幸在这里遇到。

就像云雾忽然被风吹散，万里青天豁然开朗。

紫鸾鸟的羽毛精美华丽，它将鸟巢修筑在昆山的琼树枝上。

忽然一股大风从西北方吹来，紫鸾鸟不得不飞往南海。

年轻的时候，我胸怀经世济国之策，曾经有幸获得直面龙颜的机会。

可恨的是白玉被青蝇玷污，玄宗忽然疏远了我，君臣之间的关系就像陌生人。

人这一生应该牢记情义、遵守名分，赤诚纯洁的心灵最为可贵。

什么时候中原的叛乱能够平定，非常期待那一天早日到来，我们可以一起为国效力。

赏析

这是一首酬赠诗，约写于至德元载（公元756年）。

开头八句，诗人以李斯自喻，表现自己未做官时的潇洒自在，并以宋玉喻宋陟，赞美宋陟品学兼优、豪迈豁达。

中间八句，诗人笔锋忽转，先用紫鸾鸟在大风逼迫下无奈飞往南海，比喻宋陟被纷乱时事所累由京城来到江南，然后联想到自己命途坎坷，早年遭小人诋毁被唐玄宗疏远。

最后四句，诗人抒发了内心的情怀，自己虽然被陷害远离朝堂，但仍然心怀忠君之心，希望与友人宋陟肝胆相照，一起为国效力。

全诗用典精准，条理清晰，浑然一体。

北上行①

北上何所苦，北上缘太行②。
磴道③盘且峻，巉岩凌穹苍④。
马足蹶⑤侧石，车轮摧高冈。
沙尘接幽州⑥，烽火连朔方⑦。
杀气毒⑧剑戟，严风裂衣裳。
奔鲸⑨夹黄河，凿齿⑩屯洛阳。
前行无归日，返顾思旧乡。
惨戚⑪冰雪里，悲号绝中肠。
尺布不掩体，皮肤剧枯桑。
汲水涧谷阻⑫，采薪陇坂⑬长。
猛虎又掉尾⑭，磨牙皓⑮秋霜。
草木不可餐，饥饮零露浆⑯。
叹此北上苦，停骖⑰为之伤。
何日王道平⑱，开颜睹天光⑲。

注释

①北上行：李白模仿曹操的《苦寒行》而写的一首五言乐府诗。行，乐府诗的一种体裁。

②缘：沿着。太行：太行山，在山西、河北交界地带。

③磴（dèng）道：有石阶的山路。

④巉（chán）岩：峻峭的山崖。穹苍：天空。

⑤蹶：摔倒。

⑥沙尘：这里指战争景象。幽州：指安禄山所占据的范阳。

⑦朔方：北方，也是古代郡名，在今山西朔县一带。

⑧毒：凝成。

⑨奔鲸：奔驰的鲸鱼，喻指安禄山的叛军。鲸，古代用来比喻不义之人。

⑩凿齿：传说中的野兽。喻指安禄山。

⑪戚：悲戚。

⑫汲水：取水，打水。涧谷：两山间流水经过的地方。

⑬陇坂：本指陇山，这里指山冈上的斜坡。

⑭掉尾：摇尾。形容老虎扑食时的凶态。

⑮皓：洁白。

⑯零露浆：滴落的露水。

⑰停骖（cān）：停车。骖，驾在车前两侧的马，这里指马车。

⑱王道平：指朝廷平定叛乱，天下太平。

⑲睹天光：重见光明。

译文

向北逃亡，最苦的是什么地方？当然是攀登雄伟的太行山了。

山上的石路盘旋曲折而且陡峭险峻，巍峨的山崖直指青天。

如果踩上乱石，车前的骏马会被绊倒，车轮被阻滞在山冈前难以行进。

从幽州到朔方，战尘不断，烽火连天。

战场上的杀气凝成剑戟，严冬的寒风就快撕裂衣衫。

安禄山的叛军像奔鲸一样钳制了黄河两岸，安禄山像野兽一样盘踞在东都洛阳。

往前逃亡的道路漫长，归来的日子遥遥无期，人们只能回头远望，深深思念故乡。

这一切发生在冰天雪地里是多么凄惨，我悲天哭地，感觉肝肠寸断。

身上只有几块破布难以蔽体，皮肤粗糙就像枯柴一样。

想要取水喝却被沟谷挡住了道路，想砍些柴取暖无奈山高路长。

更何况山中可能有凶恶的猛虎，它摇晃着尾巴，牙齿像秋霜一样惨白。
野草树皮已经不能再吃了，饥渴的时候只能喝些树上滴下的露水。
深深感叹着这北上逃亡的苦难，我不由自主地停下车马无限悲伤。
究竟什么时候才能天下太平，让人们再次露出笑脸重见光明呢？

赏析

本诗写于天宝十五载（公元756年）安禄山占领洛阳之后。

全诗分为四个部分。

“北上何所苦”到“车轮摧高冈”为第一部分。描写百姓北上逃亡途中为太行山恶劣的自然环境所苦。

“沙尘接幽州”到“凿齿屯洛阳”为第二部分。描写百姓被逼迁徙的原因：安史之乱后，战火从幽州蔓延到朔方，百姓被逼无奈向北逃亡，不得不登上太行山。

“前行无归日”到“饥饮零露浆”为第三部分。细致描绘了北上逃亡百姓的苦难，展现了他们背井离乡的悲伤痛苦和风餐露宿的辛酸无助。

“叹此北上苦”到末句为第四部分。写诗人被北上的见闻深深震撼，流露出对苦难百姓的同情，抒发了诗人对平定叛乱、天下统一的无限期盼之情。

整首诗的笔触细腻，感情真切，画面感强烈，给人以深刻的印象。

赠王判官，时余归隐居庐山屏风叠①

昔别黄鹤楼，蹉跎淮海②秋。
俱飘零落叶，各散洞庭流③。
中年不相见，蹭蹬④游吴越。
何处我思君？天台绿萝月⑤。

会稽风月好，却绕剡溪回。
云山海上出，人物镜中⑥来。
一度浙江⑦北，十年醉楚台⑧。
荆门倒屈宋⑨，梁苑倾邹枚⑩。
苦笑我夸诞⑪，知音安在哉?
大盗割鸿沟⑫，如风扫秋叶⑬。
吾非济代⑭人，且隐屏风叠。
中夜⑮天中望，忆君思见君。
明朝拂衣去，永与海鸥群⑯。

注释

①屏风叠：山岭名，在庐山五老峰下，因形似九叠屏风而得名。

②淮海：今江苏扬州一带。开元年间，李白曾从湖北出发东游扬州。

③“各散”句：意思是诗人和王判官分别，就像洞庭湖分散的支流。

④蹭（cèng）蹬（dèng）：失意，不得志。

⑤天台：天台山，在今浙江天台。绿萝：女萝、松葛，地衣类植物。

⑥镜中：水面清澈如同镜子。

⑦浙江：新安江和兰溪的总称。

⑧十年：形容时间很长。楚台：古代楚国的楼台亭榭。

⑨荆门：这里泛指荆楚地区。倒：压倒，超过。屈宋：屈原和宋玉，都是荆州人。

⑩梁苑：西汉梁孝王的兔园。倾：倾倒，胜过。邹枚：邹阳和枚乘，都是古代著名文学家。

⑪夸诞：浮夸，荒诞。

⑫“大盗”句：是说安史叛军割据区域很大。大盗，指安禄山。鸿沟，今河南贾鲁河。楚汉相争时，项羽和刘邦以鸿沟划分地界，鸿沟以东为楚，以西为汉。

⑬“如风”句：形容叛军来势迅猛。

⑭济代：济世，匡时救世。

⑮中夜：夜半。

⑯“永与”句：永远和海鸥相伴，指过隐居生活。

译文

当年和你在黄鹤楼离别之后，我在淮海一带漫游虚度了很多时光。

分别后的你我就像飘零的落叶和洞庭的支流。

时值中年，我们没有再见过面，我失意地在吴越游荡。

我在什么地方怀念你呢？天台山的月光正在照耀地上的女萝。

会稽的风光多么美好，剡溪水环绕在周围。

云山好像从海上生出，人行走在水边就像从明镜中走来。

自从北渡浙江后，十年时间沉醉在楚地的楼台上饮酒作诗。

我的才智压倒了荆州的屈原、宋玉，也胜过梁苑的邹阳和枚乘。

可是人们苦笑着说我浮夸放诞，我的知音究竟在哪里呢？

安禄山叛军割裂了中原大地，就像秋风扫落叶那般声势迅疾。

我并不是匡时救世的能人，只好暂时隐居在庐山屏风叠。

半夜起来仰望夜空，回忆起了你，好想再和你相见。

明早我就要拂衣归去，从此以后隐居避世，永远和海鸥为伴。

赏析

天宝十五载（公元756年），安史叛军攻陷了洛阳以北的广大地区，唐朝都城长安也在这一年被攻破。李白想要为国效力却得不到重用，十分悲愤和失望。为了躲避战乱，隐居于庐山屏风叠。这首诗便是诗人隐居期间所作。

开头八句为第一部分。诗人回忆年轻时和友人王判官依依惜别的场景，交待二人已经多年未见，同时感慨自己功业无成和政治上的失意。

中间十句为第二部分。诗人首先描写漫游吴越时领略的风景，生动地展现出多年沉醉饮酒作诗的风貌，然后将自己的才华和“屈宋”“邹枚”相比，用知音难觅表达怀才不遇之感。

最后八句为第三部分，诗人从追忆往事转到现实世界，生动地描写了猖獗凶恶的安史叛军，表现了因天下大乱隐居屏风叠的无奈和对友人王判官的思念。

独漉篇[1]

独漉水中泥，水浊不见月。
不见月尚可，水深行人没。
越鸟[2]从南来，胡鹰[3]亦北渡。
我欲弯弓向天射，惜其中道失归路。
落叶别树，飘零随风。
客无所托，悲与此同。
罗帏舒卷，似有人开。
明月直入，无心可猜。
雄剑[4]挂壁，时时龙鸣[5]。
不断犀象，绣涩[6]苔生。
国耻未雪，何由成名[7]。
神鹰梦泽[8]，不顾鸱鸢[9]。
为君一击，鹏抟九天。

注释

①独漉（lù）篇：也作《独禄篇》，乐府“拂舞歌”五曲之一。李白将四言体改为长短句，将为父报仇的主题换成为国雪耻。独漉，地名，在今河北涿州。

②越鸟：泛指南方的鸟。

③胡鹰：泛指北方的鸟。

④雄剑：泛指宝剑。

⑤龙鸣：传说颛（zhuān）顼（xū）有多把宝剑，发生战争时，如果有一把宝剑不用，这把剑就会在剑鞘中发出龙吟般的声音。

⑥绣涩：生锈。

⑦成名：建功立业。

⑧神鹰：相传楚文王爱好打猎，有人送了他一只神鹰。有一次，楚文王带着神鹰到云梦泽打猎。神鹰果然非同凡响，击落一只硕大的鹏鸟。梦泽：云梦泽，古代楚国的大湖，在今湖北监利东南。

⑨鸱（chī）鸢（yuān）：鹰科猛禽。这里指凡鸟。

译文

独漉河湍急汹涌、浊泥滚滚，水中看不见月亮的倒影。

看不见月影还不算什么，它深不见底淹没了不少行人。

越鸟从南方飞来，胡鹰向北方飞去。

我本打算拉弓射向天空，却因为怜惜它们中途迷路不忍下手。

树叶和树干依依惜别，最终随风飘零而去。

我现在做客他乡，无依无靠，心中的悲伤就像落叶离开树干一样。

窗边的罗帷时舒时卷，好像有人要进来。

明亮的月光照入室内，像我一样光明磊落，根本不用猜疑。

宝剑挂在墙壁上，时不时发出龙鸣声。

这把能斩断犀象的利器，闲置得锈迹斑斑。

叛乱还没有平定，哪有工夫谈什么万世功名？

相传神鹰曾在云梦泽放猎，它根本没兴趣理睬鸥鹭一样的凡鸟。

因为神鹰志向远大，只想着为君王一战，高飞九天之上，搏击像大鹏一样的鸟。

赏析

天宝十五载（公元756年），李白在金陵、秋浦、浔阳一带躲避战乱。他想像楚文王的神鹰搏击九天大鹏一样，歼灭安史之乱的叛军。这首诗便真实地反映了诗人的情感。

诗人先从时局动乱引出客居他乡、漂泊无依的悲愤，然后从独伫空堂的期待写到挂壁宝剑的龙吟，最后用神鹰明志，表明自己为国捐躯、平定叛乱的雄心壮志。

诗歌韵律优美，意蕴深厚，展现出雄迈悲慨的气魄。

金陵三首（选一首）

其二

地拥金陵势①，城回江水流。
当时②百万户，夹道起朱楼。
亡国③生春草，王宫没古丘。
空余后湖④月，波上对瀛州⑤。

注释

①拥：环抱的样子。金陵：这里指金陵山（今南京钟山）。

②当时：这里指六朝。

③亡国：指六朝故都金陵。国，都城。

④后湖：金陵城北的玄武湖，在今南京东北部。

⑤瀛州：这里指玄武湖中的小洲。

译文

地形凭借金陵山的龙盘之势，城外有江水环绕流向远方。

当年的六朝权贵何止百万户，道路两旁建筑了无数座华美的楼阁。

现在金陵的土地上长满了野草，曾经的离宫别馆变成了荒凉的古丘。

玄武湖上只剩下一轮明月，照耀着湖中的小洲。

赏析

这是一首怀古诗。

首联运用倒装句式，将金陵依山傍水的地势生动地描绘出来。

颔联描写六朝兴盛时金陵一片繁华的景象。

颈联笔锋一转，展现了六朝覆灭后荒凉衰败的金陵城景象，和上一联形成巨大的反差。

尾联虽然只描绘了后湖月，却是对前两联的一次升华，用六朝的兴衰和亘古不变的明月对比，表现了诗人对故国萧条的感伤和无奈。

全诗语言真挚淳朴，韵味悠长，发人深思，引人遐想。

永王[①]东巡歌十一首（选一首）

其二

三川北虏乱如麻[②]，四海南奔似永嘉[③]。

但用东山谢安石[④]，为君谈笑净胡沙[⑤]。

注释

①永王：唐玄宗第十六子李璘，唐肃宗李亨同父异母的弟弟。天宝十五载（公元756年），唐玄宗逃亡蜀地，李璘被任命为山南、江西、岭南、黔中四道节度采访使。同年十二月，率领部下水师东下。当时唐肃宗李亨已经在灵武即位，认为李璘要和他争位，于是下令讨伐。至德二载（公元757年）二月，李璘兵败被杀。

②三川：指洛阳，因境内有黄河、洛水、伊水而得名。北虏：指安史叛军。

③四海：指中原地区的百姓。永嘉：晋怀帝年号。永嘉五年（公元312年），前赵刘曜攻陷洛阳，晋怀帝被俘，天下大乱，中原百姓为了躲避战乱南逃到江东。这里用永嘉之乱比拟安史之乱。

④谢安石：谢安，东晋名相。这里用谢安自比。

⑤净胡沙：指平定叛乱，安定北方。

译文

叛军在洛阳一带作恶，局势混乱如麻，中原地区的百姓争相南逃避难，就像晋代的永嘉之乱。

如果您任用隐居东山的谢安石，谈笑间就能把胡兵扬起的沙尘清扫干净。

赏析

至德元载（公元756年），永王李璘率领部下水师向东行进，路过九江时三次到庐山邀请李白。李白想要一展抱负，便应召成为随军幕僚。第二年正月，李白在行军途中写下一组诗，这里选了第二首。

前两句描写了叛军数量众多，给中原地区的百姓造成深重的灾难，然后从历史高度揭示了这场灾难的规模和性质，表达诗人对叛军的愤恨和对百姓的同情。

后两句诗人把自己比作东晋名将谢安，字里行间流露出豪迈的气概和必胜的决心，抒发了诗人想要报效国家、平定叛乱的英雄情怀。

本诗欲抑先扬，用典精准，比拟切当，艺术构思非常出色。

南奔书怀

遥夜何漫漫，空歌白石烂[①]。
宁戚[②]未匡齐，陈平[③]终佐汉。
欃枪扫河洛[④]，直割鸿沟半。
历数[⑤]方未迁，云雷[⑥]屡多难。
天人秉旄钺，虎竹光藩翰[⑦]。
侍笔黄金台，传觞[⑧]青玉案。
不因秋风起，自有思归叹。[⑨]
主将动谗疑[⑩]，王师[⑪]忽离叛。
自来白沙[⑫]上，鼓噪丹阳岸。
宾御如浮云，从风各消散。
舟中指可掬[⑬]，城上骸争爨[⑭]。
草草出近关[⑮]，行行昧前算[⑯]。
南奔剧星火[⑰]，北寇无涯畔[⑱]。
顾乏七宝鞭[⑲]，留连道傍玩。
太白夜食昴[⑳]，长虹日中贯[㉑]。
秦赵[㉒]兴天兵，茫茫九州乱。
感遇明主恩，颇高祖逖[㉓]言。
过江誓流水，志在清中原。
拔剑击前柱[㉔]，悲歌难重论[㉕]。

注释

①白石烂：宁戚《饭牛歌》中的一句歌词。

②宁戚：春秋时期卫国人，相传他想求见齐桓公谋求官职，但因为家境穷困无法自谋仕进，只好替商人赶着货车来到齐国，晚上宿在城门外。后来喂牛时遇见齐桓公，有感而发创作出《饭牛歌》。齐桓公听到歌曲内容后，认为他不是一般人，力排众议任命他为上卿。

③陈平：西汉大臣。曾协助刘邦建立西汉，汉文帝时被任命为丞相。

④欃枪：彗星，喻指安禄山。河洛：指黄河和洛水之间的地区。

⑤历数：王朝的气运。

⑥云雷：喻指环境艰难。

⑦藩翰：比喻保家卫国的重臣。

⑧传觞：传杯，行酒。

⑨“不因”二句：据《晋书·张翰传》记载，晋人张翰是齐王司马冏（jiǒng）的幕僚，因为看到秋风吹拂非常思念故乡，就辞别齐王回到江南。没过多久，齐王兵败，张翰没有受到牵连。

⑩主将：指李璘部下大将季广琛。动谗疑：指季广琛煽动众人背叛李璘。

⑪王师：指永王李璘的军队。

⑫白沙：白沙洲，在今江苏仪征南。

⑬指可掬：据《左传·宣公十二年》记载，晋国和楚国交战，晋军战败，很多士兵争着登船逃跑，攀船时被砍断了手指，断指数量很多，可以用双手捧取。

⑭骸争爨（cuàn）：抢着拿人骨当柴烧。据《左传·宣公十五年》记载，楚庄王围攻宋城九个月，宋城中粮草都用光了，只能“易子而食，析骸以爨”。爨，烧火做饭。

⑮近关：附近的关隘。

⑯行行：踯躅不前的样子。这里指进退两难。昧前算：没有明确的打算。

⑰星火：比喻形势紧迫。

⑱北寇：指安史叛军。无涯畔：无边无际。形容敌势猖獗。

⑲顾：顾念，想到。七宝鞭：据《晋书·明帝纪》记载，晋明帝担心王敦谋反，穿着便衣侦察王敦军营，被人发现后匆忙逃跑，半路上他把七宝鞭送给路边的老妇人。追兵赶到后，老妇人拿出七宝鞭给他们看，并谎称明帝早已走远。追兵互相传玩七宝鞭，晋明帝乘机脱险。

⑳“太白”句：太白星侵蚀了昴宿。古代认为只要出现这种天象，就会发生战乱，国家也有灭亡的可能。

㉑“长虹”句：古代认为这种天象预示人间将遇灾祸。据《战国策·魏策》记载，战国时期，聂政刺杀韩国国相韩傀的时候，一道白虹冲向了太阳。

㉒秦赵：这里指李亨和李璘。据《史记·赵世家》记载，秦赵出自同一祖先，后来变成了敌国。

㉓祖逖：东晋名将。晋元帝时以奋威将军、豫州刺史的身份进行北伐。他带领的部下军纪严明，得到各地人民响应。在领兵渡江时，他曾经发誓：“如果不能平定中原、驱逐敌寇，就像大江之水一去不回。”

㉔“拔剑”句：化用鲍照《拟行路难》“对案不能食，拔剑击柱长太息”句意，表达自己的悲愤之情。

㉕难重论：无法详说。

译文

长夜是多么漫长，徒然哼唱着“白石烂”。

宁戚没有到齐国做官前还是个商贩，陈平最终辅佐刘邦建立了西汉。

安禄山像彗星一样横扫河洛地区，想以鸿沟为界中分天下。

大唐王朝气数未尽，现在还多灾多难。

永王执掌兵权，正是光复国家、捍卫王室的重臣。

我为他起草文书就像登上黄金台，美酒佳肴堆满了青玉案。

并不是因为秋风吹起我才想要归山，心中早有了这样的想法。

许多大将互相猜疑，永王的大军忽然分崩离析。

自从来到白沙洲上，丹阳岸边战鼓轰鸣。

宾客和卫士就像空中浮云，随风而去各自逃散。

舟上的人可以用双手捧起断指，城上的人抢着用人骨烧饭。

匆匆逃出附近的关隘，进退两难，心里没有明确的打算。

形势万分危急，仓促南奔，安史叛军势大无边，非常猖獗。

环顾身边并没有七宝鞭，无法留在道边把追兵拖延。

太白吞昴，长虹贯日，天下正在发生灾祸。

李璘和李亨兄弟相争，就像秦赵相战却拥有共同的祖先，茫茫天下一片乱象。

感激明主的知遇之恩，钦佩祖逖当年的豪言壮语。

过江时对着流水发誓，我的志向是平定中原。

拔出宝剑砍向前面的柱子，心中无限伤悲很难说完，只能悲壮地歌唱。

赏析

这首诗写于永王李璘被杀后，李白南奔晋陵的途中。

前十二句为第一部分，描写了诗人渴望从政济世的志向和成为幕僚后受到礼遇的得意之态。开头用典总起，拿宁戚和陈平自比，表现诗人渴求明主、经世济民的伟大抱负。他把永王比作天人，把受召入幕比作登上黄金台，表现出对永王知遇之恩的深切感念。

中间十二句为第二部分，描写了永王部下分崩离析后诗人的所见、所闻、所感，表现出忧虑迷茫的心境。李白化用“秋风思归”的典故，表达了自己早有退隐的想法。紧接着交待永王部下分崩离析的原因，即大将相互猜疑、各怀异心，这很可能是他想要退隐的一个原因。李白目睹“王师离叛”后的乱象，想要匆忙离去却进退维艰、一片迷茫。

最后十四句为第三部分，描写了安史之乱后天下大乱的局面，表现出诗人壮志未酬、蒙受不白之冤的悲愤，以及对统治集团不顾“北寇”的强烈不满。诗人心中有着像祖逖一样平定叛乱的志向，没想到永王兵败被杀，而他成了政治斗争的牺牲品，悲痛伤感难以述尽。

全诗有两条主线，一条是作者的理想抱负，另一条是入幕前后的经历。诗人熟练运用大量典故，将叙事、抒情巧妙结合，使整首诗显得条理有序，宛如一卷长篇史诗。

万愤词投魏郎中[1]

海水渤潏[2]，人罹鲸鲵[3]。
蓊[4]胡沙而四塞，始滔天于燕齐[5]。
何六龙[6]之浩荡，迁白日[7]于秦西。
九土星分[8]，嗷嗷[9]凄凄。
南冠君子[10]，呼天而啼。
恋高堂而掩泣，泪血地而成泥。
狱户[11]春而不草，独幽怨而沈迷。
兄九江兮弟三峡，悲羽化之难齐[12]。
穆陵关北愁爱子[13]，豫章[14]天南隔老妻。
一门骨肉散百草[15]，遇难不复相提携。
树榛[16]拔桂，囚鸾宠鸡。
舜昔授禹，伯成耕犁[17]。
德自此衰，吾将安栖[18]。
好我者恤我[19]，不好我者何忍临危而相挤。
子胥鸱夷[20]，彭越醢醢[21]，
自古豪烈，胡为此繄？
苍苍之天，高乎视低[22]，
如其听卑[23]，脱我牢狴[24]。
傥辨美玉，君收白珪[25]。

注释

①魏郎中：李白友人，生平不详。郎中，唐代官职名。

②渤澥：海水汹涌澎湃的样子。这里用来形容社会动乱。

③鲸鲵：海中大鱼，比喻凶恶残暴之徒。这里指安禄山叛军。

④蓊（wěng）：这里是众多的意思。

⑤滔天：原指洪水泛滥。这里形容战乱扩大。燕齐：今河北、山东地区。

⑥六龙：神话传说中给日神拉车的六条龙。这里指皇帝的车驾。

⑦白日：指君主。

⑧九土：九州。星分：指山河破碎。

⑨嗷嗷：大雁的哀鸣声。这里指百姓的哀叹声。

⑩南冠君子：李白的自称，当时他身陷狱中。南冠，春秋时期楚人钟仪被晋国俘虏后，仍然戴着楚国的帽子。楚国在南方，因此称楚冠为南冠。后世用南冠泛称囚犯或者战俘。

⑪狱户：指监狱。

⑫羽化：长翅膀，指成仙。齐：同。

⑬穆陵关：关名，故址在今山东临朐（qú）东南。爱子：李白之子伯禽，当时在山东。

⑭豫章：郡名，也称洪州，在今江西南昌。

⑮散百草：像分散零乱的杂草。

⑯榛：一种杂树。古代认为榛树杂乱低贱，桂树美好高贵。

⑰伯成耕犁：据《庄子·天地》记载，尧治理天下时，封伯成子高为诸侯。后来尧让位给舜，舜又让位给禹，伯成子高辞去诸侯之位回家种地。禹问他原因，他说："尧治理天下时，不依靠赏罚，百姓仍然服从。你现在非常依赖赏罚，百姓仍然不仁不爱。德行从此衰败，刑罚从此建立，天下马上就要大乱。"这里用以抨击唐肃宗滥用刑罚，罪及无辜。

⑱安栖：在哪里安身。

⑲好：友善。恤：怜悯，救济。

⑳子胥：伍子胥。鸱（chī）夷：形状像鸱鸟的皮袋子。

㉑彭越：汉初大将，后来被吕后所杀。醢醢（hǎi xī）：古代酷刑，把人杀死后剁成肉酱。

㉒视低：看到地面的东西。

㉓听卑：听到低处的声音。

㉔牢狴（bì）：监狱。

㉕君：指魏郎中。珪（guī）：同“圭”，美玉。这里是诗人的自比。

译文

社会动荡不安就像海水汹涌翻腾，百姓遭受离乱之苦就像喂了大鱼。

烟尘滚滚弥漫四方，这滔天大祸从燕齐之地兴起。

皇帝的车驾是多么威风浩荡，却不得不离开长安向西而去。

山河破碎分崩离析，难民哀号凄惨无比。

我就像那南冠君子钟仪，被囚禁在狱中哭天喊地。

思念年迈的父母忍不住掩面哭泣，眼泪像血一样落到地面化作稀泥。

春天已经到来，可是狱门并没有长草，我独自忧愁悲怨昏昏迷迷。

我的兄长远在九江，贤弟远在三峡，悲哀的是我不能长出翅膀飞过去和他们团聚。

穆陵关北的孩子让我忧心忡忡，豫章郡南的妻子和我天各一方。

一家人骨肉离散就像散乱的杂草，遇到苦难也无法相互帮忙。

拔出美好的桂树却栽上杂乱的榛树，囚禁高贵的凤凰却去宠爱低贱的山鸡。

当年舜让位给禹，伯成子高便辞官回家去种地。

社会动荡不安，德行开始衰败，我又能到哪里安身立命？

喜欢我的人同情我、救济我，不喜欢我的人怎么忍心落井下石？

伍子胥被装进皮袋扔到江里，彭越遭受陷害被剁成了肉泥。

自古以来的英雄豪杰，为什么下场如此凄惨？

法力无边的老天啊，我知道您居高临下。

如果可以听到我在下面申诉，那就赶快把我从牢狱解救出来吧。

如果能够辨识我这块美玉，请你把它收起来放好。

赏析

至德二载（公元757年），永王李璘兵败被杀，李白受牵连身陷浔阳狱，写下了这首诗。他向魏郎中倾诉自己清白如玉，希望好友能帮他早日脱离牢狱之灾。

全诗交织着诗人对祖国命运的关怀、对亲人的深切思念、对统治者的不满，以及对个人遭遇的悲痛。题名包含“万愤词”三字，显示出李白在牢狱中百感交集的悲愤心情。

开篇到“嗷嗷凄凄”为第一部分。用比喻的手法揭露安史之乱后唐玄宗选择不抵抗的逃跑路线，造成山河破碎、百姓多灾多难的局面。

“南冠君子”到“遇难不复相提携”为第二部分。描写了诗人遭受不白之冤的悲愤，以及对异地亲人的思念。

“树榛拔桂”到“胡为此繄”为第三部分。诗人借古讽今，抨击唐朝统治者不辨忠贤、重用佞臣，表达了诗人遭受迫害的强烈愤慨。

“苍苍之天”到尾句为第四部分。诗人向苍天申诉自己的无辜，希望友人魏郎中助他早日脱离牢狱。

本诗善于运用比喻手法讽刺、揭露事实，用典精准，情感真挚，充分表达了诗人无辜下狱的悲愤之情。

中丞宋公以吴兵三千赴河南[①]，军次寻阳[②]，脱余之因[③]，参谋幕府[④]，因赠之

独坐[⑤]清天下，专征出海隅[⑥]。
九江皆渡虎[⑦]，三郡尽还珠[⑧]。
组练明秋浦[⑨]，楼船入郢都[⑩]。
风高初选将[⑪]，月满欲平胡。

杀气横千里，军声动九区⑫。
白猿惭剑术⑬，黄石借兵符⑭。
戎虏行当翦，鲸鲵立可诛。
自怜非剧孟⑮，何以佐良图？

注释

①中丞：御史台副长官。宋公：宋若思。河南：指河南道。

②次：停留。寻阳：浔阳（今江西九江）。

③脱余之囚：把我从牢狱中救出来。

④参谋幕府：参加宋若思幕府谋议军事。

⑤独坐：专席而坐。这里指宋若思。东汉光武帝时期，尚书令、御史中丞、司隶校尉在朝会时都专席而坐，被称为“三独坐”，用来彰显皇帝对他们的优宠。

⑥专征：古代帝王授予将帅的特权。指不用等皇帝下达命令，可以自主征伐。海隅：沿海地区。

⑦“九江”句：汉朝九江一带经常有老虎伤人，宋均担任九江太守后，罢免贪官污吏，废除苛捐杂税，老虎都渡江向东游去。

⑧三郡：泛指宋若思将要到达的地方。还珠：传说汉代合浦郡盛产珍珠，当地太守逼迫人民无限度采摘，致使珍珠渐渐转移到邻郡。孟尝做了合浦太守后，让采珠业休养生息，合浦一带又有珠可采了。

⑨组练：均为古代军士穿的军服，这里指军队。秋浦：县名，在今安徽贵池西。宋若思领兵从宣城到浔阳，正好路过秋浦。

⑩郢都：春秋战国时楚国都城，在今湖北荆州。

⑪风高：秋深风高之时。初选将：开始调兵遣将。

⑫军声：军队声势。动：震动。九区：九州。这里指全国。

⑬“白猿”句：据《吴越春秋》记载，越国有一女子剑术高超，一个自称袁公的老翁和她比武。几番较量之后，老翁自愧不如，变为白猿离开了。

⑭“黄石”句：见《猛虎行》注释⑨。兵符，发兵的符信。这里指兵法。

⑮剧孟：西汉著名游侠。

译文

您担任御史中丞专席独坐要澄清天下，现在又被授予将帅特权到偏远地区自主征伐。

您到这里廉政清明，就像宋均做太守让恶虎渡江离去，又像孟尝做太守让合浦有珠可采。

您的军队明衣亮甲，在秋浦一带格外耀眼，楼船战舰高大威猛，驶入郢都。

秋高气爽之时，您就开始调兵遣将；明月当空之时，您又打算平叛灭胡。

战云密布，杀气纵横千里，行军作战的声势响彻天下。

您武艺高强，身手矫健的白猿自愧不如，我猜想黄石公一定把兵法借给了您。

残暴的戎虏马上就能被消灭，凶恶的叛军立刻就能被诛杀。

可惜我不是剧孟那样的游侠，如何帮助您实现雄才大略？

赏析

至德二载（公元757年）秋，宋若思担任御史中丞率军抵达浔阳，将李白从牢狱中解救出来，并留他在军中参谋军事，本诗写于这一时期。

开篇到“三郡尽还珠”为第一部分，诗人用汉代宋均、孟尝的事迹，比喻宋若思为政清廉，深受皇帝恩宠。

“组练明秋浦”到“月满欲平胡”为第二部分，诗人描写了军纪严明、秩序井然的吴兵，表现了宋若思治军有道和平定叛乱的雄心。

“杀气横千里”到“鲸鲵立可诛”为第三部分，诗人首先想象宋若思率领吴兵驰骋沙场、威震天下的景象，然后引用“白猿”和“黄石公”两个典故，形容宋若思用兵如神、武艺高超。

最后两句为第四部分，诗人拿西汉游侠剧孟和自己相比，表达了未能很好地辅佐宋若思的遗憾和歉意。

全诗以排律起句，结构完整，情境俱现，用典炼意传神，可谓一首杰作。

赠张相镐[1]二首（选一首）

其二

本家陇西人[2]，先[3]为汉边将。
功略盖天地[4]，名飞青云上。
苦战竟不侯[5]，富年颇惆怅。
世传崆峒[6]勇，气激金风壮。
英烈遗厥孙[7]，百代神犹王[8]。
十五观奇书[9]，作赋凌相如。
龙颜惠殊宠，麟阁凭天居[10]。
晚途未云已[11]，蹭蹬遭谗毁。
想像晋末时，崩腾[12]胡尘起。
衣冠陷锋镝[13]，戎虏盈朝市。
石勒窥神州[14]，刘聪劫天子[15]。
抚剑夜吟啸，雄心日千里。
誓欲斩鲸鲵，澄清洛阳水。
六合洒霖雨[16]，万物无凋枯。
我挥一杯水，自笑何区区。
因人耻成事，贵欲决良图。
灭虏不言功，飘然陟方壶[17]。
惟有安期舄[18]，留之沧海隅。

注释

①张相镐：张镐，唐肃宗时为宰相。

②本家：祖籍。陇西：郡名。西汉名将李广祖籍陇西成纪（今甘肃秦安），李白认为李广是自己的先祖。

③先：祖先。这里指汉代大将李广。

④功略：功绩谋略。盖天地：形容功绩非常大。

⑤不侯：没有封侯晋爵。

⑥崆峒：山名，古属陇西郡，据说这一带人骁勇善战。这里指李广。

⑦英烈：英勇壮烈。厥：其。

⑧王：通“旺”。

⑨奇书：指诸子百家著作。

⑩麟阁：麒麟阁，皇帝藏书的地方，代指翰林院。凭：依靠。天居：皇帝的住所。

⑪晚途：晚年。未云已：指进取之心没有停止。

⑫崩腾：奔腾。

⑬衣冠：古代士人戴冠，衣冠连称，引申为世族、绅士。陷锋镝（dí）：遭受战祸。镝，箭头，泛指箭。

⑭石勒：十六国时后赵建立者。窥：窥伺。

⑮刘聪：十六国时汉国君主。劫天子：指刘聪俘虏西晋怀、愍（mǐn）二帝。

⑯六合：天地四方。这里指天下。霖雨：大雨连绵。这里形容恩泽。

⑰陟（zhì）：登。方壶：方丈山。

⑱安期舄（xì）：传说安期生成为仙人后，留下一双玉鞋。安期，安期生，传说中道教仙人。舄，鞋子。

译文

我祖籍陇西，先祖是汉代大将飞将军李广。

他的丰功伟绩高盖天地，他的英名远播，高飞青云之上。

他苦战多年竟然没有封侯，少壮之时感到十分惆怅。

传说崆峒山人骁勇善战，他们气宇轩昂，如秋风般壮怀激烈。

李广的子孙继承了他的勇猛，历经百代仍然保留着英烈之气。

我从十五岁起博览群书，创作的诗词歌赋凌驾司马相如之上。

曾经有幸获得皇上礼遇，在麒麟阁遥望天子的宫殿。

晚年我的进取之心并没有停止，可惜命运不好，遭人诋毁，无奈离朝归山。

现在的形势就像晋末那样，胡马奔腾侵入，战尘四处飞扬。

世族绅士身陷刀光剑影，胡虏叛军遍布朝廷和城市。

安禄山像石勒一般窥视着神州大地，又像刘聪一般想要劫持天子。

我在夜里抚弄宝剑高声吟唱，雄心满怀想要飞奔千里之外的战场。

我立誓要斩杀害人的鲸鲵，让洛阳河水恢复清澈。

让天地四方洒满连绵大雨，万物欣欣向荣没有凋枯。

我挥洒着杯中酒，大笑自己竟然以天下为己任。

我羞愧于依靠他人的帮扶成就事业，最重要的是心中要先有良好的计策。

我不会谈论自己平定叛乱的功劳，事成之后就飘然登上蓬莱仙山。

就像仙人安期生一样，只留一双玉鞋在沧海之隅。

赏析

李白出狱以后，在宿松山病倒了。听说宰相张镐率军东征睢阳，平定安史叛军，他两次写诗给张镐，表达为国效力的决心。这里选了两首诗中的第二首。

开篇到“作赋凌相如”为第一部分。诗人自报家世，认为李氏先祖为名将李广，宣称自己继承了先烈精神，想要效仿先祖报效国家。同时又用李广没被封侯自比，表明诗人才华不得施展的惆怅。

“龙颜惠殊宠”到“蹭蹬遭谗毁”为第二部分。诗人讲述了自己曾经受到皇上礼遇供奉翰林，却因奸佞陷害离朝归山，表现了壮志未酬的忧伤和对奸邪小人的愤恨。

“想像晋末时”到“贵欲决良图”为第三部分。诗人直言当世混乱，就像西晋末年五胡乱华一样，心中仍有为国效力的决心，想为平定叛乱出谋划策。

“灭虏不言功”到尾句为第四部分。诗人假想平定叛乱后退隐仙山，表现了不求功名利禄，想要为国效力的豪情壮志。

这首诗虽然是李白生病时所写，却没有丝毫的病态，反而精神饱满，气势磅礴，用典精准，情真意切。

赠易秀才①

少年解长剑，投赠②即分离。
何不断犀象③，精光④暗往时。
蹉跎君自惜，窜逐⑤我因谁？
地远虞翻⑥老，秋深宋玉悲⑦。
空摧芳桂色，不屈古松姿。
感激平生意⑧，劳歌⑨寄此辞。

注释

①易秀才：李白友人，生平不详。

②投赠：赠送。

③犀象：犀牛和大象。

④精光：宝剑的光辉。

⑤窜逐：指李白被流放到夜郎。

⑥虞翻：三国时吴国经学家。因刚直多次触犯孙权，被放逐到交州直到老死。

⑦“秋深”句：宋玉曾作《九辩》，文中有“悲哉秋之为气也”等句。

⑧感激：受到感触而内心激动。平生：往常。

⑨劳歌：指这首诗。庾信在《哀江南赋序》中提到，服劳役者只能通过唱歌来减轻劳苦。李白当时在流放途中，把写给易秀才的诗称为劳歌。

译文

年轻时我们豪爽意气，解开长剑相赠很快又分离。

为什么不用宝剑斩断犀角、象牙？因为精力豪气已经比不上从前。

你独自怜惜浪费了很多时光，我被放逐到夜郎又是因为什么？

地遥路远，我像虞翻一样苍老了年华；秋风萧瑟，我像宋玉一样满怀悲伤。

就算桂花的芬芳美色被摧残殆尽，我始终还有古松那样不屈的雄姿。

一想起和你萍水相逢意气相投，就忍不住写下这首诗聊表我心。

赏析

这首诗写于乾元元年（公元758年）李白流放夜郎的途中。

前四句交待诗人和易秀才年少相识，现在都年华苍老，感慨二人同是怀才不遇之人。

中间四句叙述诗人蹉跎不遇，抒发了无辜流放远方的愤懑。

最后四句，诗人用“古松”自比，认为才华可以被埋没，操守应当坚贞不屈，表现了他身受放逐之苦仍然顽强不屈的精神。

这首诗语言淳朴自然，感情真挚。虽然写于流放途中，却没有表现出丝毫颓废之情，其积极向上的精神非常可贵。

赠从弟南平太守之遥二首[1]（选一首）

其一

少年不得意，落拓[2]无安居。
愿随任公子[3]，欲钓吞舟鱼[4]。
常时饮酒逐风景，壮心遂与功名疏。
兰生谷底人不锄[5]，云在高山空卷舒。
汉家天子驰驷马[6]，赤车蜀道迎相如。
天门九重谒圣人[7]，龙颜一解[8]四海春。
彤庭左右呼万岁，拜贺明主收沉沦[9]。
翰林秉笔回英眄[10]，麟阁峥嵘[11]谁可见？
承恩初入银台门[12]，著书独在金銮殿。
龙驹雕镫白玉鞍[13]，象床绮食黄金盘[14]。
当时笑我微贱者，却来请谒为交欢。
一朝谢病游江海[15]，畴昔相知几人在？
前门长揖后门关，今日结交明日改。
爱君山岳心不移，随君云雾迷所为。
梦得池塘生春草[16]，使我长价登楼诗[17]。
别后遥传临海作[18]，可见羊何共和之[19]。

注释

①从弟：堂弟李之遥。南平：郡名，位于四川、重庆一带。

②落拓：穷困失意，流落无依。

③任公子：参见《猛虎行》注㉑。

④吞舟鱼：形容鱼大，这里指胸怀大志。

⑤不锄：三国时刘备想要杀掉狂士张裕，诸葛亮为他求情，刘备说："芳兰生门，不得不锄。"意思是说张裕虽然很有才华，但是行为不轨，必须除去。

⑥汉家天子：指汉武帝。驷马：四匹马拉的车，通常为显贵者所乘坐。

⑦天门：宫门。圣人：指唐玄宗。

⑧龙颜一解：皇上开心一笑。

⑨收：起用。沉沦：沦落之人。

⑩翰林秉笔：指李白供奉翰林时给皇帝草拟文章。英眄：形容目光威武。这里指皇帝注目凝视。

⑪峥嵘：高大耸立的样子。

⑫银台门：唐代宫门名，这里指翰林院。唐玄宗在大明宫时，翰林院在银台门内。

⑬龙驹：一种名马。雕镫：华丽的马镫。镫，马鞍两旁的铁制脚踏。

⑭象床：象牙镶制的床。绮食：一作"绮席"，丰盛的筵席。黄金盘：金制餐具。

⑮谢病：因病离职。江海：江湖。

⑯池塘生春草：语出东晋诗人谢灵运《登池上楼》诗。

⑰长价：增长身价。登楼诗：指《登池上楼》这首诗。

⑱临海作：原指谢灵运的《登临海峤初发疆中作与从弟惠连可见羊何共和之》，这里指李白给李之遥写诗。临海，郡名，今浙江临海一带。

⑲羊何：谢灵运的诗友羊璿之和何长瑜。和：唱和，用诗文相互酬答。

译文

少年时人生过得很不如意，穷困落魄居无定所。

胸怀大志想要追随任公子，用大钩巨绳钓上那吞舟大鱼。

常常痛饮美酒游览四方美景，雄心壮志早就跟着功名远去。

香草生于谷底没人锄去，洁白的云朵在高山上自由舒展。

皇上派华丽的马车迎接我，就像赤车在蜀道奔跑迎接司马相如。

跨越九重宫门拜见圣上，他龙颜大悦让我觉得四海如春。

宫中左右大臣高呼万岁，拜贺君主圣明起用沉沦的英才。

我在翰林院挥笔拟文受到皇上注视，还有谁能看到这高大耸立的麒麟阁呢？

蒙受皇上恩泽进入银台门，独自待在金銮殿内写诗著文。

踩着华丽的脚踏登上装有白玉鞍的龙驹马，享受象牙装饰的大床和黄金盘上丰盛的美食。

从前讥笑我卑微低贱的那些人，现在却来拜见我请求和我交好。

一旦我因病辞京漫游江湖，以前那些争相交好的人还有几个？

刚开始长揖拜见的人很多，后来就无人问津；今天和你交好之人，明天就可能变了面孔。

我最钦佩你心志坚定如同山岳般难以撼动，多想远去追随你，不管你打算做什么。

我也想在梦中与你相遇，因此写下像“池塘生春草”一样的佳句，让我的登楼诗身价百倍。

分别后我要像谢灵运遥寄谢惠连那样，把诗作寄给你，你可以和友人互相唱和，就像谢灵运和羊璿之、何长瑜一样。

赏析

这首诗是李白在流放途中所作，描写了诗人流放前后的不同遭遇。

前八句为第一部分。首先用追随任公子的故事表达了诗人以天下为己任、不做追名逐利之人的志向，然后描写了诗人失意时饮酒抒忧、醉情山水的自然率真。

中间十二句为第二部分，详细描写了李白受召入京后的得意之势，表现了他受到皇帝信任时的春风满面，传神地再现了诗人荣极一时的内心活动。

最后十二句为第三部分，描写了诗人成名前后的遭遇，通过鲜明的对比表现出势利小人虚伪处世的态度，同时又用这些人和堂弟对比，赞美了李之遥不与世俗同流合污的高尚品德。

全诗语言真挚生动，讽刺辛辣，将客观环境和人物描写巧妙结合。严羽称赞说："说尽炎凉变态，可以警世，可以平情。"

与史郎中钦听黄鹤楼上吹笛

一为迁客去长沙①，西望长安不见家②。
黄鹤楼中吹玉笛，江城五月落梅花③。

注释

①迁客：被贬谪之人。去长沙：借用西汉贾谊事。贾谊遭受权臣谗毁被贬为长沙王太傅，曾写下《吊屈原赋》自伤。

②家：这里指京都长安，古人常常"以官为家"。

③江城：江夏城（位于今湖北武昌）。落梅花：指《梅花落》，古代笛曲名。

译文

我像贾谊一样被贬官到远方，向西遥望长安却看不见家。

黄鹤楼中传来一阵阵《梅花落》的笛声，五月的江城仿佛有梅花纷纷落下。

赏析

关于本诗的创作时间说法不一。有人认为作于乾元元年（公元758年）诗人流放夜郎途中，有人认为作于乾元二年诗人遇赦东归时。诗人在史郎中的陪同下登上黄鹤楼，有感而发写下此诗。

前两句，诗人用贾谊贬官长沙的不幸比喻自身遭遇，流露出无辜受害的愤懑，倾诉了被贬谪的失望和无奈，表现出对朝廷的眷念。

后两句，诗人借景抒情，从听觉写到视觉，凄凉的笛声和飘落的梅花交融，渲染了心中去国怀乡的愁情。

这首诗结构独特，情景交融，妙合无垠，令人神往。

上三峡

巫山夹青天，巴水流若兹[①]。
巴水忽可尽[②]，青天无到时。
三朝上黄牛[③]，三暮行太迟。
三朝又三暮，不觉鬓成丝[④]。

注释

①巴水：指长江三峡的流水。若兹：像这样。

②忽：迅速。

③黄牛：指黄牛山，又称黄牛峡，在今湖北宜昌。黄牛山很高，周围水流蜿蜒曲折，行走好几天仍然可以望到。古代民谣中有“朝发黄牛，暮宿黄牛。三朝三暮，黄牛如故”的说法。

④鬓成丝：两鬓斑白如蚕丝。

译文

陡峭的巫山把青天紧紧夹住，巴水只能沿着峡谷蜿蜒曲折。
巴水好像忽然就能看到尽头，青天却依然无边无际。
三个早晨在黄牛峡行走，三个晚上还在黄牛峡打转。
三天三夜都走不出黄牛峡，不经意间愁得人两鬓斑白。

赏析

这首诗写于乾元二年（公元759年）诗人流放夜郎途中。诗中描写了三峡的艰险难行，表现了诗人内心的郁闷难熬。

前四句，诗人运用夸张手法，描绘了高耸入云、遮天蔽日的巫山，以及急流滚滚、曲折回环的巴水，表面上在写江行的直观感受，实际上反映了心中的沉重苦闷。

后四句，诗人用互文笔法描写出朝暮行路的缓慢，化用了古代民歌，将旅途的艰辛和忧郁的心情委婉地表现出来。

本诗没有直接写愁情却能感受到愁情，是古诗中的上乘之作。

早发白帝城

朝辞白帝彩云间①，千里江陵②一日还。
两岸猿声啼不住③，轻舟④已过万重山。

注释

①彩云间：白帝山地势高峻，站在山下仰望山上的白帝城，好像在彩云之间。

②江陵：今湖北荆州，距离白帝城约一千二百里，其中包括三峡。

③住：停息。

④轻舟：轻快的顺水船。

译文

早晨告别彩云中的白帝城，一天就能到达千里之外的江陵。

两岸的猿啼声一直萦绕在耳畔，不知不觉轻舟已经驶过万重青山。

赏析

乾元二年（公元759年）春天，李白流放夜郎途经四川，抵达白帝城时忽然收到赦免的消息。他立刻乘船东下江陵，写了这首诗，表现遇赦后的喜悦畅快之情。若将此诗与前诗《上三峡》对比来看，可发现两首诗相映成趣。同样是三峡这段路程，创作时间间隔很短，前诗在流放途中，诗人所见都是险山恶水，只感到旅途难熬，而此诗闻赦东返，所见风光都是那么明媚，只感到心情欢畅，这正是融情于景的鲜明体现。

前两句，诗人先用“彩云间”三字反映白帝城地势极高，为下文描写行船飞快蓄势，然后用空间之远和时间之短做对比，表现行舟速度极快，暗示诗人喜悦轻快的心情。

后两句，诗人用猿声、山影烘托行船之快，一个“轻”字将逆流而上的滞重抛之脑后。既是写景，又是比兴，既描写了壮丽多姿的山水，又表现出遇赦后的轻松愉悦。

本诗因物兴感，精妙绝伦，大胆运用夸张和想象，将遇赦后的欢快轻松表现得酣畅淋漓，读起来气势豪迈，回味悠长。

峨眉山月歌送蜀僧晏入中京①

我在巴东三峡②时，西看明月忆峨眉。
月出峨眉照沧海，与人万里长相随。
黄鹤楼前月华③白，此中忽见峨眉客④。
峨眉山月还送君，风吹西到长安陌。
长安大道横九天⑤，峨眉山月照秦川⑥。
黄金师子⑦乘高座，白玉麈尾⑧谈重玄。
我似浮云殢吴越⑨，君逢圣主游丹阙⑩。
一振高名满帝都，归时还弄峨眉月。

注释

①蜀僧晏：生平不详。中京：唐肃宗至德二载（公元757年）建凤翔为西京，改称长安为中京。

②巴东三峡：唐武德二年（公元619年）置归州，下辖秭归、巴东二县。天宝元年（公元742年）改置巴东郡，乾元元年（公元758年）复置归州。巴东在这里指归州，三峡在其中，所以称为“巴东三峡”。

③月华：月光。

④峨眉客：指蜀僧晏。

⑤九天：相传天有九重，称作九天。

⑥秦川：这里指长安。

⑦黄金师子：指当时的皇帝与王孙贵族。

⑧麈（zhǔ）尾：拂尘、拂子等。魏晋以来的玄学家清谈时执之以示高雅。

⑨吴越：这里指长江中下游地区。

⑩丹阙：指朝廷。

译文

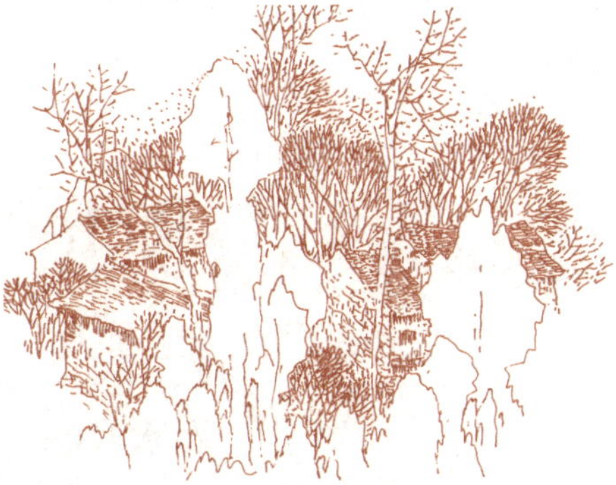

以前我在巴东三峡时，遥望西边明月思念家乡的峨眉山。

明月从峨眉山升上来普照沧海，月光跟着行人直到万里之外。

黄鹤楼前月光洁白如玉，我忽然在这里遇到了从峨眉山远道而来的你。

峨眉山月又要送你远去，还有清风伴随你西入长安。

长安大道无比宽阔直通九天，峨眉山月也将为你照亮八百里秦川。

皇上和王族大臣登上席次乘坐高座，手持拂尘谈论重玄之道。

我像浮云一般滞留在吴越地区，而你却能遇到明君游览帝都。

等你誉满帝都、名声大噪之时，我们再一起赏弄峨眉山月吧。

赏析

乾元二年（公元759年），李白遇赦归京路过江夏，送故友蜀僧晏入京时写下了这首诗。

开篇到“与人万里长相随”描写了诗人回忆初出三峡时见到的峨眉山月，即便万里远游仍觉得它在身旁，表现了诗人对故乡深深的思念。

“黄鹤楼前月华白”到“风吹西到长安陌”描写了诗人和故友相遇时的景象，思绪从峨眉山月转到将要送别的友人身上，表达了对友人归京的祝福。

“长安大道横九天”到“白玉麈尾谈重玄”大胆想象友人归京后，将受到皇上的礼遇和重用，表现了对友人的祝福和对京都美好生活的向往。

“我似浮云殢吴越”到尾句将诗人滞留吴越的不幸和友人誉满帝都相比，表现了他对友人归京的羡慕和美好祝愿。

本诗借峨眉山月抒发送别之情，以月为媒，贯穿全文。从“我”到月再到友，然后从友到月再到“我”，感情深挚、强烈。

荆门浮舟望蜀江[1]

春水月峡[2]来，浮舟望安极[3]。
正是桃花流[4]，依然锦江色。
江色绿且明，茫茫与天平。
逶迤[5]巴山尽，摇曳楚云行[6]。
雪照聚沙雁，花飞出谷莺。
芳洲却已转[7]，碧树森森[8]迎。
流目浦烟夕[9]，扬帆海月生。
江陵识遥火[10]，应到渚宫[11]城。

注释

①蜀江：指四川境内的长江。

②月峡：明月峡，在四川广元境内。

③望安极：一望无际的样子。

④桃花流：桃花汛。每年三到四月，蜀江上游冰雪消融形成春汛，流到下游时恰逢两岸桃花盛开，因此称为桃花流。

⑤逶迤：迂回连绵。

⑥摇曳：缓慢地飘荡。楚云：荆门古代隶属楚国，所以把荆门云称为楚云。

⑦却已转：指小船继续向前，芳洲相对后退。却，退。

⑧森森：形容树木繁盛。

⑨流目：放眼向四周眺望。浦：水畔。烟夕：云烟弥漫的黄昏。

⑩遥火：远处的灯火。

⑪渚宫：春秋时期楚成王的别宫，故址在今湖北江陵。

译文

汹涌的江水在早春三月流经明月峡，我站在荆州江面的小船上怎么能望到尽头呢？

这时恰好赶上桃花汛到来，就像看到了故乡锦江的春色。

江水碧绿明澈、汹涌奔腾，它广阔深远的样子仿佛和天齐平。

两岸的巴山蜿蜒曲折、连绵不绝，荆门上空的云彩在缓慢飘荡。

无数只大雁聚集在洁白如雪的沙滩上，出谷觅食的黄莺如花儿一样迎风飞舞。

翠绿的沙洲好像在绕船转动，洲上碧树成荫，似乎在迎接我的到来。

放眼望向四周，江浦上水汽氤氲好像云烟缭绕，扬帆起航的船只正在和海上明月一起冉冉上升。

远远可以看到江陵城内的灯火，我知道很快就要到达渚宫城。

赏析

这首诗是李白遇赦后由蜀入楚，向东行船到荆门山时所写，描写了江流之上明丽的春景，流露出诗人遇赦后的轻松愉悦。

前六句为第一部分。着重描写了诗人在船上看到的长江美景。诗人先从“桃花流”联想到故乡的锦江春色，表达对故乡的眷恋，然后描写江流的动态，生动传神地再现出江水的明澈宽阔。

中间六句为第二部分。诗人抓住行舟远眺这一特点，完整勾勒出江畔的景物和状态，传达出融入画境的欢快喜悦之情。

最后四句为第三部分。描写了一幅日暮月升的画面。诗人通过远望四周，看见冉冉升起的明月和江陵城中越来越浓的灯火，联想到逐渐靠近的渚宫城，给人留下无限的想象空间。

这首五言诗紧抓江中行舟这一特点，展现了一幅幅秀美的山水画，从白昼写到日落月升，层次分明，脉络清晰，动感十足。

江夏赠韦南陵冰[1]

胡骄马惊沙尘起，胡雏饮马天津水[2]。
君为张掖近酒泉[3]，我窜三巴九千里。
天地再新法令宽[4]，夜郎迁客带霜寒。
西忆故人[5]不可见，东风吹梦到长安。
宁期[6]此地忽相遇，惊喜茫如堕烟雾。
玉箫金管喧四筵，苦心不得申长句[7]。
昨日绣衣倾绿樽，病如桃李[8]竟何言！
昔骑天子大宛马[9]，今乘款段诸侯门[10]。
赖遇南平豁方寸[11]，复兼夫子持清论[12]。
有似山开万里云，四望青天解人闷。
人闷还心闷，苦辛长苦辛。
愁来饮酒二千石[13]，寒灰重暖生阳春。
山公[14]醉后能骑马，别是风流贤主人[15]。
头陀[16]云月多僧气，山水何曾称人意。
不然鸣笳按鼓戏沧流[17]，呼取江南女儿歌棹讴[18]。
我且为君槌碎黄鹤楼，君亦为吾倒却鹦鹉洲。
赤壁争雄如梦里，且须歌舞宽离忧。

注释

①韦南陵冰：南陵县令韦冰，李白在长安结交的友人。南陵，即今安徽南陵。

②胡雏：年幼的胡人，这里指安史之乱时的胡兵。天津：指天津桥，在今河南洛阳。

③张掖、酒泉：唐代郡名，在今甘肃张掖、酒泉一带。

④天地再新：指收复两京后形势好转。法令宽：指乾元二年（公元759年）的大赦。

⑤故人：指韦冰。

⑥宁期：没想到。

⑦长句：唐代把七言古诗称为长句，这里指作诗。

⑧病如桃李：病得像不讲话的桃李。

⑨大宛马：古代西域大宛国所产的名马。

⑩款段：行走缓慢的马。这里指劣马。诸侯：这里指地方长官。

⑪南平：指李白堂弟南平太守李之遥。豁方寸：心胸豁达。

⑫夫子：指韦冰。清论：清高脱俗的言论。

⑬石：古代计算酒容量的一种单位。

⑭山公：西晋名士山简，曾担任征南将军，常骑马出游，大醉而归。

⑮贤主人：指韦冰。

⑯头陀：寺名，故址在今湖北武汉。

⑰笳：古代乐器名。沧流：清凉的流水。

⑱棹讴：用船桨打着节拍唱歌。

译文

骄横的安史叛军骑着胡马惊起滚滚沙尘，年幼的胡人在天津桥边用洛水随意喂马。

您从张掖抵达酒泉，我被流放到九千里外的三巴。

皇上颁诏宽松法令大赦天下，天地好像焕然一新，流放到夜郎的我携带一身寒霜归来。

回想起西方的老朋友遥遥不能相见，只能让东风托梦到长安和你相会。

没想到在这里和你忽然相遇，我万分惊喜，内心一片茫然好像身在云雾中。

宴会上玉箫金管响彻四方，七言长句根本不足以抒发我心中的苦涩。

昨天和幕僚把酒言欢，我却像得了病的桃李说不出话来。

从前我骑着天子恩赐的大宛马逍遥远行，现在只能骑着劣马在地方长官的门前缓慢穿行。

幸亏还有心胸豁达的南平太守李之遥可以依靠，再加上和您商谈清高脱俗的言论。

有时想到青山顶拨开万里乌云，眺望朗朗晴空消除人生苦闷。

人之所以感到愁苦还是因为内心郁闷，之所以郁闷是因为经历了漫长的艰辛。

愁苦涌上心头就饮酒二千石，渴望死灰复燃重现温暖的春天。

效仿山公酒醉后仍然能骑马，这也是主人和大家的一番风流。

头陀寺的云月大多带有僧人的气息，这样的山水怎么能让人满意？

倒不如吹笳击鼓在清凉的流水中嬉戏，呼唤江南女儿用船桨打着节拍尽情歌唱。

我将为您捶碎黄鹤楼，您也该为我推倒鹦鹉洲。

三国时赤壁争霸就像梦中之事，还是一边唱歌一边跳舞方能宽慰心中的离愁。

赏析

乾元二年（公元759年），李白流放夜郎途中刚刚遇赦，忽然在江夏遇到友人韦冰，惊喜异常，遂写下这首诗。追忆了之前坎坷的经历，表达了对当前处境的感慨，抒发了政治上的失意和苦闷。

前十句为第一部分。诗人采用倒叙的手法追忆往事，描写了安史之乱后被贬异地的悲苦，表达了对友人深深的思念。

中间十句为第二部分。诗人感激故人在宴会上的解慰，化用“桃李不言，下自成蹊”，将自己比作生病的桃李以表品德高尚，暗示了内心郁结无处排遣，只有堂弟李之遥、好友韦冰可以理解，同时映衬出友人的清正脱俗。

最后十四句为第三部分。诗人将强烈的悲愤直泻而出，希望通过“痛饮美酒”和“遨游山水”解除心中苦闷，可惜心中愁苦太重，只能通过歌舞宽解。诗人用“捶碎黄鹤楼”和“倒却鹦鹉洲”表达对彼此不幸遭遇的激愤。“黄鹤楼”代指自己政治失意，“鹦鹉洲”代指韦冰被贬，都包含着无可奈何的悲伤。

这首诗从遇赦骤逢的惊喜写到愁苦境遇的悲愤，真实地反映出造成悲剧的时代特点，构思巧妙，笔调豪放，情感真挚。

经乱离后，天恩流夜郎，忆旧游书怀赠江夏韦太守良宰[1]

天上白玉京[2]，十二楼五城[3]。
仙人抚我顶，结发受长生。
误逐世间乐，颇穷[4]理乱情。
九十六圣君[5]，浮云挂空名。
天地赌一掷[6]，未能忘战争。
试涉霸王略，将期轩冕[7]荣。
时命乃大谬，弃之海上行[8]。
学剑翻自哂[9]，为文竟何成。
剑非万人敌[10]，文窃四海声[11]。
儿戏[12]不足道，五噫[13]出西京。
临当[14]欲去时，慷慨[15]泪沾缨。
叹君倜傥才，标举冠群英[16]。
开筵引祖帐[17]，慰此远徂征。
鞍马若浮云[18]，送余骠骑亭[19]。
歌钟不尽意，白日落昆明[20]。
十月[21]到幽州，戈鋋若罗星[22]。

君王弃北海，扫地借长鲸[23]。
呼吸走百川[24]，燕然可摧倾。
心知不得语，却欲栖蓬瀛[25]。
弯弧惧天狼[26]，挟矢不敢张。
揽涕黄金台，呼天哭昭王。
无人贵骏骨[27]，騄耳空腾骧[28]。
乐毅[29]倘再生，于今亦奔亡。
蹉跎不得意，驱马过贵乡[30]。
逢君听弦歌，肃穆坐华堂。
百里独太古[31]，陶然卧羲皇[32]。
征乐昌乐馆，开筵列壶觞。
贤豪间青娥[33]，对烛俨[34]成行。
醉舞纷[35]绮席，清歌绕飞梁[36]。
欢娱未终朝，秩满归咸阳[37]。
祖道[38]拥万人，供帐遥相望。
一别隔千里，荣枯异炎凉[39]。
炎凉几度改，九土中横溃[40]。
汉甲连胡兵[41]，沙尘暗云海。
草木摇杀气，星辰无光彩。
白骨成丘山，苍生竟何罪?
函关壮帝居，国命悬哥舒[42]。
长戟三十万，开门纳凶渠[43]。
公卿如犬羊，忠谠醢与菹[44]。
二圣出游豫[45]，两京遂丘墟。
帝子许专征[46]，秉旄控强楚[47]。
节制非桓文[48]，军师拥熊虎[49]。
人心失去就[50]，贼势腾风雨。
惟君固房陵[51]，诚节冠终古[52]。

仆卧香炉顶[53]，餐霞嗽瑶泉。
门开九江转，枕下五湖[54]连。
半夜水军来，浔阳满旌旃[55]。
空名适自误[56]，追胁上楼船。
徒赐五百金，弃之若浮烟[57]。
辞官不受赏，翻谪夜郎天。
夜郎万里道，西上令人老。
扫荡六合清，仍为负霜草[58]。
日月无偏照，何由诉苍昊[59]。
良牧称神明[60]，深仁恤交道[61]。
一忝青云客[62]，三登黄鹤楼。
顾惭祢处士，虚对鹦鹉洲。
樊山[63]霸气尽，寥落天地秋。
江[64]带峨眉雪，川横三峡流。
万舸此中来，连帆[65]过扬州。
送此万里目，旷然散我愁。
纱窗倚天开，水树绿如发[66]。
窥日畏衔山[67]，促酒[68]喜得月。
吴娃与越艳[69]，窈窕夸铅红[70]。
呼来上云梯，含笑出帘栊[71]。
对客小垂手[72]，罗衣舞春风[73]。
宾跪请休息，主人情未极[74]。
览君荆山作，江鲍[75]堪动色。
清水出芙蓉，天然去雕饰。
逸兴横素襟，无时不招寻。
朱门拥虎士[76]，列戟何森森[77]。
剪凿竹石开，萦流涨清深[78]。
登台坐水阁，吐论多英音[79]。

片辞贵白璧，一诺轻黄金[80]。
谓我不愧君，青鸟明丹心[81]。
五色云间鹊[82]，飞鸣天上来。
传闻赦书[83]至，却放夜郎回。
暖气变寒谷[84]，炎烟生死灰[85]。
君登凤池去[86]，忽弃贾生[87]才。
桀犬尚吠尧[88]，匈奴笑千秋[89]。
中夜四五叹，常为大国忧。
旌旆夹两山[90]，黄河当中流。
连鸡[91]不得进，饮马空夷犹[92]。
安得羿善射，一箭落旄头[93]。

注释

①乱离：因遭战乱而流离。乱，指安史之乱。天恩：泛指帝王的恩惠。太守：州郡最高行政长官。良宰：韦太守的名字。

②白玉京：指天帝所居住的地方。

③十二楼五城：传说昆仑山上有五城十二楼，是仙人居住的地方。

④穷：对事物进行仔细推究。

⑤九十六圣君：泛指历代君主。

⑥天地：天下。赌一掷：孤注一掷。意思是倾尽所有作为赌注以求一胜。

⑦轩冕：指官位爵禄以及显贵的人。

⑧之：指“轩冕荣”。海上：指李白出游时期经常去的地方。

⑨翻：同“反”。自哂（shěn）：自我讥笑。暗含惭愧的意思。

⑩剑非万人敌：诗人化用项羽“剑一人敌，不足学，学万人敌”的语意，谦称自己在学剑方面并没有什么得意的成就。

⑪四海声：传遍全国的名声。

⑫儿戏：谦指自己所写的诗和文章。

⑬五噫：此处是指自己离开京城而隐居。

⑭临当：正当。

⑮慷慨：情绪激昂，充满正气。

⑯标举：高超。这里指杰出。冠群英：超出各位英才。

⑰祖帐：古代的时候送亲朋好友远行，在野外路旁所设的帷帐。

⑱浮云：诗中形容送行的人很多。

⑲骠骑亭：送别的地点。

⑳昆明：指汉武帝在长安西南凿挖的昆明池。

㉑十月：指天宝十一载（公元752年）十月，当时李白正在幽州游览。

㉒铤（chán）：短矛。罗星：像群星罗列。诗中比喻兵器众多。

㉓长鲸：诗中比喻安禄山。

㉔呼吸：形容时间短暂。走：移动。

㉕蓬瀛：蓬莱和瀛洲。

㉖弯弧：弯弓。弧，木弓。天狼：星名。诗中喻安禄山。

㉗骏骨：千里马骨。

㉘騄耳：古代骏马名。空腾骧：白学了奔腾超越的本领。

㉙乐毅：战国时燕将，燕昭王用为亚卿。燕昭王死后，新任国君燕惠王不信任乐毅，以骑劫取代乐毅为将，于是乐毅出奔赵国。

㉚贵乡：县名，故址在今河北大名东南。

㉛百里：指一个县的大小。太古：指尧舜之前的时代。

㉜陶然：悠闲的样子。羲皇：传说中太古时代的部落首领伏羲氏。

㉝间：间隔，夹杂。青娥：指年轻的歌女。

㉞俨：庄严的样子。

㉟纷：众多。

㊱清歌：清脆的歌声。绕飞梁：形容歌声优美动听。

㊲秩满：指做官的任期已满。咸阳：指长安。

㊳祖道：设宴送行。

㊴荣枯：草木的繁茂和凋谢。炎凉：天气的炎热和寒冷。

㊵九土：指全国。横溃：诗中比喻天下大乱。

㊶汉甲：指唐军。连：接战。

㊷国命：国家的命运。哥舒：哥舒翰。安史之乱初期他领兵二十万御敌

于潼关，担负着保卫京城外围的重任。

㊸纳：放进来。凶渠：罪魁祸首。特指安史叛军将领。

㊹忠谠（dǎng）：忠诚正直。醢（hǎi）与菹（zū）：剁成肉酱。

㊺二圣：指唐玄宗和唐肃宗。游豫：游乐。这里是逃跑的婉转说法。

㊻帝子：指永王李璘。许专征：指唐玄宗曾命令李璘在长江中下游招募水军，稳定人心，巩固后方。

㊼控强楚：李璘当时是江陵大都督，管辖的范围相当于古代楚国的大部分地区。

㊽节制：指指挥、约束有方。桓文：齐桓公和晋文公，春秋时期两个擅长用兵的霸主。

㊾拥熊虎：指李璘部下的将领都像熊虎一样骄横跋扈，无法管教。

㊿去就：舍去和相从。

51固：坚守。房陵：地名，在今湖北房县。当时韦良宰在那里做太守。

52诚节：忠诚而有节操。终古：自古以来。

53仆：对人自称的谦辞。卧：隐居。香炉顶：香炉峰。

54五湖：泛指庐山附近的湖泊。

55旃旃（zhān）：军旗。

56空名：虚名。适：正好。

57浮烟：浮云。

58负霜草：被霜覆盖没有阳光照耀的草。比喻自己含冤受屈。

59苍昊（hào）：苍天。

60良牧：贤明的地方官。这里指韦良宰。神明：卓越，贤明。

61恤：顾念。交道：交友的道理。

62忝（tiǎn）：有愧。自谦之词。青云客：达官贵人家的宾客。

63樊山：山名。在今湖北鄂州。

64江：诗中指岷江，长江支流。

65连帆：形容船只来往紧凑，接连而过。

66绿如发：“绿”在诗文意境中形容发的乌密。

67衔山：指太阳落山。

68促酒：劝饮。

⑥⑨吴娃与越艳：泛指江南的美女。

⑦⓪铅红：敷面点唇的粉和胭脂。

⑦①帘栊：指屋舍。

⑦②小垂手：一种舞蹈的动作。

⑦③舞春风：形容翩跹的舞姿。

⑦④情未极：兴致未尽。

⑦⑤江鲍：指六朝诗人江淹和鲍照。

⑦⑥虎士：指侍卫。

⑦⑦列戟：唐代五品以上的官员可以在官署前列戟。何森森：多么森严威武。

⑦⑧萦：缠绕。清深：指河水清澈。

⑦⑨吐论：谈论。英音：指独特而有深度的见解。

⑧⓪“一诺”句：西汉人季布不经常许诺，一旦许诺必然做到，当时的人赞美他说：“得黄金百斤，不如得季布一诺。”

⑧①青鸟：传说是古代仙人西王母的使者。后来代指传送书信的人。丹心：赤诚的心。

⑧②云间鹊：直飞入云的喜鹊。

⑧③赦书：赦免的诏书。

⑧④寒谷：传说燕地有寒谷，日光稀少导致寒气较多，不生产农作物。后来邹衍吹奏乐曲，才引来了暖风。

⑧⑤“炎烟”句：死灰复燃。比喻失势的人重新得势。

⑧⑥凤池：也称凤凰池。指离皇帝较近，并且掌管机要的中书省。

⑧⑦贾生：贾谊。诗中是诗人自比。

⑧⑧“桀犬”句：桀，夏朝最后的君主，此处以桀犬喻叛将余兵，以尧喻唐朝皇帝。按其时安禄山已死，其部史思明、史朝义仍在作乱。

⑧⑨千秋：指汉武帝时丞相车千秋（田千秋）。他没有什么才能，就是因为上书言事，才得到武帝的宠信，被任为丞相。匈奴听闻这个消息嘲笑汉朝无人。

⑨⓪旌旆（pèi）：泛指军旗。两山：指黄河两旁的太华山（西岳华山）和首阳山（也称雷首山，在今山西）。

⑨连鸡：诗中比喻节度使之间的明争暗斗。

⑨饮马：饮马渡河。诗中指渡河的部队。夷犹：犹豫不前。

⑨落旄头：指消灭安史叛军。

译文

天上的宫阙，名字叫作白玉京城，那里有十二楼阁和五座城池。

仙人抚摩我的头顶，年轻的我从那里学习长生不老之术。

可是，还没等到学成的时候，我就误去追求尘世间的快乐，以尽前缘。

从秦始皇开始到现在已经有九十六位皇帝，最终，这些帝王像浮云飘过只留下了空荡荡的名字。

他们孤注一掷，用战争的方式夺取天下。

我曾经学习制霸天下的韬略，希望能功成名就。

可惜时运不济，只好放弃这个念头，浪迹江湖。

我学的剑术令自己都感觉惭愧，文章写得很好，可那又有什么用呢？

结果，我学习剑术并没有什么成就，文章倒是四海闻名，鲜有人匹敌。

这些诗文都是小孩儿的把戏，不足挂齿，于是我唱着《五噫歌》从西京长安离开。

离开的时候，我感慨伤怀的泪水，还是沾满了冠缨。

韦太守你有杰出的才能，品格冠绝群英。

你在道路旁设置了帷帐和酒宴，慰劳我这次的远行。

送行的人多如浮云，最后又送我到骠骑亭。

歌声和钟鼓声表达不尽你的情意，太阳将要从昆明池那边落下。

某年十月我到了幽州，那时安禄山军队的兵器和盔甲好似天上的群星般罗列。

唐玄宗将幽州以北的大片地区都交给了安禄山管辖，使他如鱼得水。

他在那里呼吸之间似乎就能行走百川，燕然山好像也能被他摧毁。

我知道皇上不在意我的话语，说也无用，准备隐居世外，躲避祸乱。

最终，我没有这样做，而是想要弯弓射杀贪婪暴虐的安禄山，可惜箭已经拿到手里了，我对他还是心存畏惧没敢张弓。

我只好在当地的黄金台痛哭流涕，呼唤已经故去的燕昭王。

当今天下已经没有千金买马骨的君主，骏马白白学习了本领。

即使乐毅重生，在如今的形势下也会远遁。

在这里我虚度光阴过得很压抑，就骑着马来到了贵乡。

你当时正听着演奏的弦乐，严肃而安静地坐在华丽的厅堂。

我看到你治理的地方就像太古时代一样井然有序，你本人也像羲皇伏羲氏一样悠闲高卧。

你还是个礼贤下士的人，行乐在昌乐馆，对于贤能之士设宴款待。

并安排年轻的歌女在一旁服侍，对着烛光整齐地坐成一行。

喝醉了就在席间起舞，优美的歌声余音绕梁。

欢乐的日子没过多久，你就因为任期已满要回到长安。

为你饯行的有上万人之多，帷帐一眼望不到边。

这次离别之后我们相隔千里，你的仕途越来越好，我却越来越凄凉。

我们离别的岁月里，九州分崩离析。

唐军和叛军的厮杀，使得尘土飞扬遮天蔽日。

战乱不断，草和树木都带着杀气，星辰也黯淡无光。

荒野的白骨堆积成山，百姓有什么罪过，要遭到这样的劫难？

潼关是守卫京师的屏障，国家的命运都落在潼关守将哥舒翰身上。

可是手握三十万大军的哥舒翰，却打开城门向叛军首领投降了。

王公大臣像犬羊一样被对待，忠诚直言的人被剁成肉酱。

两位皇帝从都城逃跑，洛阳、长安两座都城成为一片焦土。

皇帝的儿子永王接到皇帝的诏令招募水军，用军队保卫东南地区。

可是永王久居深宫，没有齐桓公和晋文公管束军队的才能，他手下的将领飞扬跋扈且不受约束。

这样使得永王在军队中失去人心，叛军势头没有被遏制反而气势更加猖獗。

只有你稳固地守住了房陵，你的忠诚和节操都是古今罕有的。

我为避时乱在庐山香炉峰隐居，修仙学道。

开门就能看见山下江河的流动，躺着就能看见各个湖泊的美景。

这样的日子很逍遥，可有一天半夜永王带着水军来浔阳，在这里插满了军队的旗帜。

我因为顾忌名声而耽误了自己，永王以此要挟我上了他的楼船。

他赏赐我五百两黄金，我将这些黄金扔到一边，把它看作浮烟。

我辞去了永王所授的官职，反而被流放到夜郎这样偏僻的地方。

夜郎是西部边境，从我这里上路要走万里那么远，向西走的路上容易让我变得衰老。

现在所有的战乱都结束了，天下太平，有罪的人都得到赦免，唯独我像寒霜盖着的草一样，含冤受屈。

阳光普照大地唯独没有照到我，我如何向上天诉说我的冤情。

你是优秀的官员，如此神明卓越，而且宅心仁厚，肯定会念及我们之间的友情，不会嫌弃我这个有罪之人。

我愧为你的宾客，三次登上黄鹤楼。

我很惭愧没有祢衡的才能，即便对着鹦鹉洲也无法写出《鹦鹉赋》这样的诗篇。

樊山已经没有三国时期孙权在此地建业那种霸王的气势，天上地上是一片冷清的秋色。

奔腾的长江水夹带着峨眉山融化的雪水，川水纵横交错，汇集在三峡。

万艘船只从江上游过，船帆连成一片，熙熙攘攘地渡过扬州。

举目望去，万里无边，使我的忧愁慢慢消散。

楼上的窗户靠着天开启，从这里远眺江那边的树像头发一样浓密。

看着天上的太阳，害怕它马上就落山，但又饮酒交欢来迎接明朗的月亮。

吴越女子美艳动人，她们身姿窈窕，妆容精美。

招呼她们上黄鹤楼，这些女子面带微笑从屋里面走了出来。

面对客人跳起了小垂手，舞姿翩跹。

客人已经喝多了，跪在席子上告辞休息，主人却还兴致盎然。

看过你写荆山的诗，江淹和鲍照都会动容感叹。

就如同清水中长出的芙蓉一样，非常自然，没有雕刻修饰的痕迹。

你游玩的兴致一直很足，经常叫朋友一起游赏。

你的太守府门前侍卫何等威武，兵戟陈列摆放多么森严。

你的园林景色优美，剪竹凿石，清澈的溪水在这里环绕流动。

登上这里的阁楼，一起高谈阔论。

你又是个重情重义的人，片言只语就像白玉一样珍贵，一个诺言就比黄金还值钱。

我未曾愧对过你，分别的日子只能用青鸟传递信件来表达我的心意。

云中五彩的喜鹊，鸣叫着从高空向我飞来传达喜讯。

听说是京师的赦免文书到了，却被流放夜郎去。

如同寒冷的山谷吹进暖风，熄灭的灰烬又燃烧了起来。

你马上就要到皇帝身边担任要职了，别忘了将我这个有才的人推举给皇帝。

安禄山虽然死了，但他的部下还在作乱，就像桀养的狗一样向尧大声地吠叫，朝廷中的宰相就像车千秋一样无能，被敌人嘲笑。

为此我经常在半夜里叹息，对国家的形势十分担忧。

黄河两岸的山上仍然插满了军旗，战局依旧紧张。

唐军之间还互相牵制，不能够同步行动，面对战场踌躇不前。

朝廷什么时候能够出现优秀的将领，像后羿射箭一击致命那样，将敌军击溃？

赏析

这首诗是乾元二年（公元759年），诗人在江夏写的，是现在所保存的李白诗中最长的一首。诗人详尽地叙述了他从刚进入京城到流放后又被赦免这些岁月当中发生的事情和诗人自身的感怀，同时也揭穿了唐朝统治者的无能与安史叛军的贪婪暴虐，表达了诗人对人民生活艰难的怜悯、对国家命运的担忧的思想感情。这首诗中“清水出芙蓉，天然去雕饰”是千古佳句，一直被后人推崇，它也成了对李白作品的高度评价。这首诗篇幅很长却不拖泥带水，层次分明，条理清晰。典故运用十分娴熟，表现手法也丰富多样，语言简练又有深意在其中。

与夏十二登岳阳楼[1]

楼观岳阳尽，川迥洞庭开[2]。
雁引愁心去，山衔好月来。
云间连下榻，天上接行杯[3]。
醉后凉风起，吹人舞袖回[4]。

注释

①夏十二：李白的朋友。岳阳楼：湖南岳阳西门城楼，临近洞庭湖，对面就是君山。

②迥：远。开：开阔。

③行杯：传杯喝酒。

④回：摆动。

译文

在岳阳楼上将景色尽收眼底，江水辽远流向开阔的洞庭湖。

我忧愁的心随着大雁飞去，一轮明月也从山峰后面升起来，如同山衔着月亮似的。

在高入云间的楼上下榻设席，如同在天上传杯饮酒。

酒醉过后刮起了凉风，吹得我们的袖子来回摆动。

赏析

这首诗是诗人在乾元二年（公元759年）所写。

开篇两句描写岳阳楼周围美丽的风景，在楼上俯视周边的风景，从侧面衬托出楼高。

三、四句对仗工整，又相互映衬，使景象跃然纸上，不失兴致。第四句角度新奇，有独特的创意，用一个“衔”字让意境全部显现出来了。

五、六句笔锋一转，喝醉之后恍惚看到虚幻的场景，再次衬托出楼高。

最后一句行云流水，大气洒脱，结尾处生动地展现了生活的乐趣。

整首诗裹挟在浓郁的浪漫主义色彩中，浑然天成。

陪族叔刑部侍郎晔及中书贾舍人至游洞庭五首①

其一

洞庭西望楚江②分，水尽南天不见云。
日落长沙③秋色远，不知何处吊湘君④。

注释

①刑部侍郎：刑部副长官，掌管法律、刑狱等。晔：李晔，曾任刑部侍郎。中书贾舍人至：中书舍人贾至，诗人。

②楚江：长江入楚地称楚江。

③长沙：指长沙郡。在今湖南长沙，距洞庭约三百里。

④湘君：湘水之神。

译文

楚江水到洞庭湖西就分流了，烟波浩渺，南方的天空万里无云。

太阳缓缓西下，这落日映衬下的长沙秋色浓郁，可在什么地方我能够祭拜湘水之神呢？

赏析

唐肃宗乾元二年（公元759年），诗人在流放夜郎的路途当中被赦免，秋天的时候，朋友裴隐之邀请他到岳阳游玩，就住在洞庭湖的旁边。当时的刑部侍郎李晔因罪被贬谪到岭南地区，途经此地，而中书舍人贾至又从汝州刺史被贬为岳州司马，因此，这三位同病相怜的人在岳阳会合，在洞庭湖上坐船游玩，喝酒唱歌，互相开着玩笑，发泄自己的郁闷之情。李白借景抒情，写下了这五首七绝组诗。

组诗从各个方面勾勒烘衬出洞庭湖秋夜里的山水景色，抒发了和朋友在湖上把酒言欢的豪迈之情和高雅的兴致，寄托了这些被流放的人对朝廷恋恋不舍的心情和被流放的伤心之情。诗的风格清新明朗，形象生动，语言精练，富有哲理，这是李白晚年具有代表性的七绝作品。

这首诗是组诗当中的第一首，是全组诗的开头，极力描绘八百里洞庭之水的浩瀚无垠，毫无痕迹地点出在湘江流传的感动人心的神话，表达了吊古寻幽的意味，也隐喻了悲寂伤感的心情。

第一句看到的是远景，描写洞庭湖和长江之间的分合。“楚江”就是长江。长江从西边流入，到湖北石首境内分两支向南流入洞庭湖，西南一支从华容县注滋口流进湖内，东北一支从岳阳城陵矶流进湖内，所以诗人才说“楚江分”。

第二句笔锋一转写到了眺望南方的天空，勾勒了一幅洞庭湖浩浩汤汤、水天相接、一望无边的图景。

第三句用“日落”“秋色”写出了时间和季节，营造出伤感的氛围。长沙是这个地区的著名城市，距离洞庭湖数百里，诗中把日落、秋色延伸至长沙，可谓相当深远了，这么写正好映衬了诗人忧愁思念的幽远。日色、天色、秋色的远处描写，引起了诗人的哀愁。

最后一句将全诗的境界提到了国家情怀的层面，笼罩全诗哀伤的情感，意味深长。湘君为国家而死，现在不知道到哪里寻找其遗迹，写出了诗人想要报效国家，却又报国无门。

整首诗写景的笔法潇洒流畅，悼念湘君的思想也很深邃，可以说神形兼备。

其二

南湖①秋水夜无烟，耐可②乘流直上天。
且③就洞庭赊月色，将船买酒白云边。

注释

①南湖：指洞庭湖。因为它在长江的南面而得名。

②耐可：怎么能够。

③且：姑且。

译文

夜里的南湖秋水没有水雾环绕，怎么能够沿着这水笔直地飞上青天？
姑且就着这洞庭湖的景色赊来一些月光，然后行船去白云边买酒。

赏析

这首诗是组诗当中的第二首，内容写的是在月光下的湖上坐船游玩，把酒狂欢。

第一句描绘洞庭湖秋夜景色。“秋水”写明了季节，衬托了景色的优美。“夜无烟”既写出了时间是在夜晚，又突出了秋天夜里江水寒冷、清澈透明、毫无水雾的特点，描绘了洞庭湖迷人的景色，虽然没有直接写明月色，却将月色逼真地表现了出来。月光下波光粼粼的湖上，浩浩荡荡，真是人间仙境。

第二句用问句，写出了置身朦胧幻境的疑问。诗人这么一问，体现出了诗人天真洒脱的一面。

第三句和第四句，诗人将天上在湖中的投影，变幻为在神奇玄妙的天上旅程，展现了作者酒醉之后的奇思妙想。“赊”字将自然人格化，既妙趣横生，又十分亲切。

此诗表达了诗人月夜游玩洞庭的快乐心情，一扫前一首诗中的忧愁之情。整首诗借景抒情，想象力十分丰富，语言独到精练，颇有神韵。

其三

洛阳才子①谪湘川，元礼②同舟月下仙。
记得长安还欲笑，不知何处是西天③。

注释

①洛阳才子：指贾谊。出自晋潘岳《西征赋》：“终童山东之英妙，贾生洛阳之才子。”这里指贾至。他也是洛阳人，所以诗人才会用这个典故。

②元礼：东汉李膺的字。根据《后汉书·郭太传》记载：“郭太，字林宗……乃游于洛阳。始见河南尹李膺，膺大奇之，遂相友善，于是名震京师。后归乡里，衣冠诸儒送至河上，车数千两。林宗唯与李膺同舟而济，众宾望

之，以为神仙焉。”这里把李晔比作李膺。

③西天：指长安。出自桓谭《新论》：“人闻长安乐，则出门西向而笑。”

译文

贾谊被贬到了湘江边，李膺和郭林宗一起乘船游玩，如同神仙一般。

回想起长安时的经历还想笑，不知道哪里是长安。

赏析

这首诗是组诗当中的第三首。诗中对两位朋友大加称赞，感叹雅士时乖运蹇，吐露自己对长安的思念。

第一句和第二句借用西汉贾谊、东汉李膺的典故，分别赞扬了朋友贾至和族叔李晔的才气和声誉，也对他们被贬的遭遇感到同情。第一句实际上是指贾至被贬为岳州司马。贾至与贾谊都是洛阳人，他们也都被贬到了湘江边，所以用西汉贾谊的典故来写贾至，这个典故用得贴人、贴事、贴地，浑然天成，妙合无垠。第二句实际上是写诗人在月下和族叔李晔同舟畅游湖上一事。这里用的是东汉李膺的典故，借用这一典故，将诗人和李晔两人在湖中游玩、月下逍遥自在、微风吹动衣裳、超尘出世的形象勾画出来，情景交融，用典故像化盐入水一般，盐无迹但水中有味道，情思优美。这两句诗用典故说今人，手法已臻化境。

第三句和第四句写被贬的人内心的五味杂陈。当年李白在长安的时候，曾和贾至、李晔相谈甚欢，现在乘舟湖上，回首过往，诉说当年长安游乐的记忆。这一场景是伤感的，诗人却用“还欲笑”强装豁达，这“笑”不是开心的笑，而是苦笑。在笑中带泪里，暗含着思念、被流放的悲楚，诗人以乐写哀，添增了他悲哀的深度。最后一句深层次地说明诗人心中的苦痛。“不知何处是西天”，意思是说不知道哪里是长安。诗人在被流放夜郎赦还以后，始终在期待朝廷的任命。可惜朝廷把诗人遗弃了。诗人明确地知道长安在洞庭西北，却说“不知何处”，将心存高远，但被朝廷弃用的苦闷充分表达出来。“不知”两个字，写得相当沉重悲痛！

全诗典故运用自然娴熟，语境压抑沉闷，心情悲伤，充斥着彷徨孤独的失落感。

其四

洞庭湖西秋月辉，潇湘江北早鸿飞。
醉客满船歌《白苎》①，不知霜露入秋衣。

注释

①《白苎》：古乐府，盛称舞者的美，说的是要及时行乐。

译文

洞庭湖西的秋月散发着冷清的光辉，湘江的北面早就有鸿雁在飞舞。
满船喝醉的客人唱着《白苎》曲，不知道衣服上早就落满了秋霜。

赏析

这首诗是组诗当中的第四首。这首诗写的是月夜游湖到后半夜欢快放纵的场景。表面上纵酒狂欢，豪迈洒脱，但暗含着无限愁思。

第一句“洞庭湖西秋月辉”，点明秋月已经慢慢移到湖西的位置，暗示已到深夜，秋月向西斜落。

第二句“潇湘江北早鸿飞”中的“早鸿飞”，指早就有鸿雁在江上飞翔鸣叫，点明深秋季节，相传北方鸿雁每年秋天南飞到潇湘衡阳。稀疏的斜月、犀利的雁鸣、无垠的洞庭，给人静谧凄怆、空阔寂寞的感觉。

而第三句和第四句却写船中醉客对秋霜秋露已浸湿衣服浑然不觉，依旧沉浸在“满船歌《白苎》”当中，表现了一群放纵的人在湖上醉歌的豁达情感。

秋夜在船里醉歌《白苎》，反映了客人们为发泄心中的苦闷心情而作乐，这种追求快乐的目的是为了让自己忘却苦楚，所以更容易麻痹自我，“不知霜露入秋衣”正好点明麻木的程度。

全诗善用对比、反衬之法，寓情于景，意味悠长。

其五

帝子①潇湘去不还，空馀秋草洞庭间。
淡扫明湖开玉镜，丹青画出是君山②。

注释

①帝子：指尧女娥皇、女英。出自屈原《九歌·湘夫人》：“帝子降兮北渚，目眇眇兮愁予。”

②君山：在洞庭湖的北面，当年娥皇、女英在这里居住，所以名字叫君山。

译文

尧的女儿娥皇、女英来到潇湘后就再也没有回去，滞留在洞庭湖的荒草间。

洞庭湖的明亮清净就好像一面拂扫完灰尘的玉镜，北面的君山，好似她们用丹青画出的一幅图画。

赏析

这首诗是组诗当中的第五首，内容和组诗的第一首诗结尾遥相呼应。第一首诗突出描写洞庭湖的壮丽，第五首诗则着重描写洞庭湖的山光水色。

第一句“帝子潇湘去不还”正和第一首结尾处的“不知何处吊湘君”相呼应，传递作者悼念湘君的情感。

第二句“空馀秋草洞庭间”，写诗人直立舟中，环视洞庭湖，却看不见湘君，看见的只是落寞秋草，传递出萧索的景象、悲秋的意境。诗的第一句和第二句以湘夫人起兴，引出婉转动人的神话传说，使一层渺远的云雾环绕在诗意周围，让人沉醉在朦胧的意境中。

第三句和第四句详细描写洞庭湖和君山的山光水色。第三句描画月下水景。“淡扫”两个字，用拟人的手法逼真地写出月光清扫湖面的景色，月光照亮湖面，所以叫作“明湖”。一扫一开，互为因果。皎洁轻柔的月色和秀美平静的湖面交相辉映，相辅相成，十分和谐地勾勒出一幅洞庭明湖玉镜图，突显了洞庭湖明静秀丽的美景。

最后一句“丹青画出是君山”，从颜色的角度立体地勾勒君山的美。这里不写君山像画一般，却写“丹青画出是君山”，虽然意思相近，但突出了色彩，使画面更加引人入胜。

诗人通过一扫一画，湖光山色互相映衬，静动互化，使得全诗风神摇曳，生动传神，洋溢着山水画的意境美感。

可是，诗人描写君山，缅怀湘君，也是为了抒发他心中压抑酸楚的情感。全诗空灵纯净，表现出诗人洒脱和抑郁相杂糅的复杂心情。

陪侍郎叔游洞庭，醉后三首（选一首）

其三

刬却[1]君山好，平铺湘水[2]流。
巴陵[3]无限酒，醉杀洞庭秋。

注释

①刬（chǎn）却：削去。

②湘水：洞庭湖主要由湘江组成，这里所说的湘水就是指洞庭湖水。

③巴陵：隋大业及唐天宝、至德年间改岳州为巴陵郡，即今湖南岳阳。

译文

把君山削去是一件多好的事，湘水平着铺展开来一望无垠。

洞庭湖水就像喝不完的巴陵美酒一样，灌醉了洞庭湖周围秋天的景色。

赏析

第一句诗人起得奇巧，迎面便叫一句："划却君山好。"何等妙想天开！诗人在流放途中被赦免，绝处逢生，渴望朝廷再次重用，可惜梦碎人醒，回忆过去，悲愤交加，思索前途，茫然不知何往，眼前湖中的君山显得十分突兀，正是挡住湘水奔腾入湖的障碍。君山实际上暗指妨碍诗人仕途的小人，这第一句诗，吼出了诗人的心声，发泄心中愤愤不平的情感。

第二句"平铺湘水流"照应了前句。削去了君山，湘水便能不经阻挡，平铺入湖，而这也宣泄着诗人苦闷的心情。

第三句和第四句是诗人醉后臆想的景色，也是诗人醉后浓烈的情感表达。诗人内心痛苦，只有借酒消愁，真是"何以解忧，唯有杜康"。"醉"，是全诗之眼，醉眼醉心烘托出一片醉景，不但浩瀚无垠的洞庭湖水在醉眼中变成无尽的美酒，并且整个洞庭秋景也因诗人的醉而"醉杀"了。这种烘托醉的方式，强烈体现了李白的个人风格。

李白醉后经常抒发愤慨的情感，特别是到了晚年，心境凄凉，更加司空见惯。一个落寞的天才，借酒消愁，只有通过内心的宣泄和排解，才能得到生命的升华，这难道不可悲可叹吗？

司马将军歌[1]

狂风吹古月[2]，窃弄章华台。
北落[3]明星动光彩，南征猛将如云雷。
手中电曳倚天剑[4]，直斩长鲸海水开。
我见楼船壮心目，颇似龙骧下三蜀[5]。
扬兵习战张虎旗[6]，江中白浪如银屋。
身居玉帐临河魁[7]，紫髯若戟冠崔嵬[8]。
细柳开营[9]揖天子，始知灞上为婴孩。
羌笛横吹《阿亸回》[10]，向月楼中吹《落梅》[11]。
将军自起舞长剑，壮士呼声动九垓[12]。
功成献凯见明主[13]，丹青画像麒麟台[14]。

注释

①司马将军歌：乐府“征伐王曲”调名。此诗是李白模仿《陇上歌》而作的乐府诗。

②古月：“胡”字的隐讳表达。这里指叛将康楚元、张嘉延。

③北落：星名，即北落师门星。位置在北方，古代常用它占卜战争胜负。如星光明亮，就认为胜利在望。

④电曳：像闪电一样挥舞。倚天剑：靠近天的长剑。

⑤三蜀：指蜀郡、广汉、犍为三郡。都在今四川境内。

⑥虎旗：熊虎旗，古时主将的军旗。

⑦玉帐：指主将身居的军帐。临河魁：在河魁星的方位设立军帐。

⑧紫髯：原为三国时吴国孙权面貌的美誉。这里指南征将领面貌的雄武。

髯，胡须。崔嵬：高耸的样子。

⑨细柳开营：据《史记·绛侯周勃世家》记载，文帝后元六年（公元前158年），匈奴侵犯边境，朝廷任命刘礼、徐厉、周亚夫率军屯驻灞上和棘门、细柳，以防匈奴的袭击。一次，文帝亲往劳军，先到灞上、棘门，刘礼、徐厉恭敬地迎送，军门内外，通行无阻。后到细柳，军中戒备森严，车驾被阻不得入。文帝下诏后，周亚夫才传令开营门，请皇帝下马徐行，仅以军礼相见，没有跪拜。事后，文帝对将士们说："这才是真正的将军！灞上和棘门两处的军队，就像孩子们在做游戏，容易受到敌人的袭击。"

⑩羌笛：由西方部族传入的笛子，这里泛指笛。《阿嚲（duǒ）回》：《阿滥堆》，乐曲名。

⑪《落梅》：乐曲名，即《梅花落》。

⑫九垓：九重天。

⑬献凯：献捷，奏凯歌。

⑭麒麟台：麒麟阁。

译文

叛将康楚元、张嘉延兴兵作乱，夺取荆州。

北落星闪烁着耀眼的光芒，南征猛将像云彩一样密集，声势像雷声一样。

靠近天的长剑像闪电一样挥舞，直接斩断长鲸，劈开海水。

我看到楼船壮阔，就如同当年王濬从三蜀东下的舰队一般。

列兵开战，虎旗飘扬，霎时江中白浪翻腾，像银屋一般。

主将处在设立在河魁星方位的军帐里，面貌魁梧，头冠耸立。

周亚夫屯驻细柳，皇帝巡视也要按照军纪严进严出，这才知道灞上的军队就像儿童做游戏一样容易受到敌人攻击。

羌笛乐队吹起《阿嚲回》乐曲，月下的戍楼里吹响《落梅》。

将军舞动长剑，手下士兵呐喊的声音都能震动九重天。

等到胜利那天，高奏凯歌去见皇帝，功臣就像汉朝时一样，用丹青在麒麟台画像。

赏析

这首诗称颂南征将士威风的气势和严格的纪律，表达了诗人对平息康张叛乱的必胜信心。整首诗充满了爱国主义热情和乐观向上的精神。第一句和第二句为第一部分，写胡人滋扰中原，总起全诗。

“北落”句至“始知”句为第二部分，是全诗主体。前四句写“南征猛将”的雄武形象，其后八句表现了军容严肃整齐，气势磅礴，而且称赞了这位南征将军。

最后六句为结尾，写军队凯旋，高歌庆祝，天子赏赐，名垂青史。全诗充满对保家卫国的歌颂之情。

临江王节士歌①

洞庭白波木叶稀，燕鸿②始入吴云飞。
吴云寒，燕鸿苦，风号沙宿潇湘浦③，
节士悲秋泪如雨。白日当天心④，
照之可以事明主。壮士愤，雄风生，
安得倚天剑，跨海斩长鲸。

注释

①临江王节士歌：李白模仿南朝陆厥同名乐府诗所写。节士，诗中特指爱国的人。

②燕鸿：北方飞往南方的大雁。

③浦：水边。

④天心：天的中央。

译文

秋天的洞庭湖，白色的浪花不断翻滚，草木凋零，北方的大雁飞往南方。

可现在南方也是天寒地冻，大雁在恶劣的天气下凄厉地叫着；风越刮越大，大雁只好在湘江的边上休息，

爱国的人在这秋天里悲痛得泪如雨下。太阳在天的正中央，

照耀我报国效君的赤诚之心。壮士悲愤不已，强劲的风霎时就刮了起来，

怎样才能得到长剑，去消灭敌寇呢？

赏析

诗人在被赦之后，和朋友游览洞庭湖时写下了这首诗。这首诗开头两句写了洞庭湖萧瑟的秋景和大雁南飞，来表明作者现在的境遇如同初入南方的大雁那般凄凉。

这首诗前六句借景抒情，情文并茂，暗含着作者此时悲伤的心情，并且暗指这一时期朝廷动荡不安的局面。

最后六句写诗人并没有被现状击溃，仍想要报效国家。

这首诗，怨而不怒，积极乐观。

鹦鹉洲①

鹦鹉来过吴江②水，江上洲传鹦鹉名。
鹦鹉西飞陇山③去，芳洲④之树何青青。
烟开兰叶香风暖，岸夹桃花锦浪⑤生。
迁客此时徒极目⑥，长洲⑦孤月向谁明。

注释

①鹦鹉洲：本是江夏（今武汉武昌）附近长江中的一小块陆地。因祢衡在这里写下了《鹦鹉赋》，所以此地被叫作鹦鹉洲。

②吴江：三国时江夏属于吴国，流经此地的长江被称作吴江。

③陇山：位于今陕西陇县西北，传说中鹦鹉的产地。

④芳洲：指鹦鹉洲，诗人化用崔颢《黄鹤楼》中“芳草萋萋鹦鹉洲”一句。

⑤锦浪：形容浪花像锦缎那样漂亮。

⑥极目：远望。

⑦长洲：诗中特指鹦鹉洲。

译文

以前吴江有鹦鹉飞来，江中的小陆地还在传出鹦鹉的美名。

如今鹦鹉已经飞回西边陇山的故乡，鹦鹉洲上树木郁郁葱葱。

和煦的春风吹散雾气带来兰叶的芳香，岸两旁的桃花飘落江中，浪花像锦缎那般漂亮。

我这个曾经被流放的人这时候徒然远眺，鹦鹉洲天空上的一抹孤单残月，到底是照向谁呢？

赏析

这首诗是诗人在上元元年（公元760年）从永州回到江夏，远眺鹦鹉洲时所写。想到三国名士祢衡葬身此地，诗人联想到自身的怀才不遇，心中顿生感慨，因而诗中流露出感伤的氛围。

诗的前两句直接进入正题，讲述鹦鹉洲名称的由来。鹦鹉也暗指祢衡。

第三句和第四句，鹦鹉西飞暗喻祢衡被杀，表达诗人对天妒英才的痛惋之情。

第五句和第六句，通过对眼睛、鼻子和身体的感受的描写，勾勒出一幅百花齐放、花朵芬芳的春景。

最后两句，“迁客”指的就是诗人自己。“徒”字是点睛之笔，诗人的失望之情溢于言表。

结尾使用了疑问句，更将诗人悲怆的心情表达到极致。凭吊古人慨叹现状，才华横溢的人在不同的时代却同样命途多舛，这种感伤在结尾两句彻底宣泄。让后人读完这首诗感受到诗人是在用祢衡作为自己悲剧的写照，宣泄郁郁不得志的闷气。

全诗当中“鹦鹉”一共出现三次，这就是所谓的一唱三叹，充分表达了诗人的痛惜之情，同时用反衬的手法写出了自己悲苦凄凉的心境。

早春寄王汉阳①

闻道春还未相识，走傍寒梅访消息。
昨夜东风入武阳，陌头杨柳黄金色。
碧水浩浩云茫茫，美人不来空断肠。
预拂青山一片石，与君连日醉壶觞。

注释

①王汉阳：汉阳指的是汉阳县令，王某，人名事迹均不详。

译文

虽然听闻春天已然来到，但是我还没有见到，于是我出门循着梅花探访寻问春天的讯息。

昨天晚上东风向武昌吹来，使得道路旁边的杨柳长出了一片嫩黄的芽。

碧绿的江水浩浩荡荡，天空中雾起云涌，美人迟迟未来，令我肝肠寸断。

青山上的一块大石头已经被我提前打扫干净了，等你来和我连日开怀畅饮。

赏析

这是诗人的一首七言诗。此诗内容简单朴实，是上元元年（公元760年）诗人在江夏时所作，表现了其思念友人的一片真情厚谊。

这首诗写于上元元年（公元760年），内容通俗易懂，就是约请朋友陪自己春游喝酒而已，表达了诗人和朋友之间的真挚友谊。

第一句到第四句以“春还”为核心细致隽永地写出了早春的感觉，抒发了诗人对期盼已久的春天到来之后愉悦的心情。

第一句当中“闻到”这两个字说明春天到来的信息是诗人从别人的谈话当中得知的。这种生活点滴，诗人却妙笔生花写得别有韵味。只闻其声不见其“人”，引起第二句的寻春问春。

第二句写诗人向梅询问春天在哪。梅本身是植物，这里明显地使用拟人的修辞方法。“走”“访”这两个字形象地概括出诗人迫不及待跑到梅花树下寻找的情景。

第三句写的是春天归来。“东风”前面添加“昨夜”两个字，是想要形容期盼中的春风，在夜里悄然而至了。但这只写出了季节更替快的特点，并没有将春来的气势写出来，所以马上紧接了一个“入”字，说明春风是推门进来的，把春归的特征活灵活现地展现了出来。这句体现出诗人对字词的把控已经登峰造极。

第四句勾勒出了早春美丽的风景图。到这里才稍微点出诗人如愿瞧见了春天到来的样子。初春柳尖钻出时间短暂，因为阳光照射不充分，所以远远望去是让人悦目愉心的明亮的金色而不是绿色。诗人描绘初春的景色，用黄金色来形容柳芽，既表现了诗人对生活细致入微的观察，又将自己愉悦的心情融合在里面。

总之，诗人前四句紧扣“春还”这一主题，细腻地重现了早春慢慢到来的情景。

最后四句是与朋友进行春游饮酒的邀约。

第五句和第六句起承上启下的作用。第五句运用比兴的手法，无实际意义，为的是流畅过渡到第六句。第六句把朋友称作“美人”，为的是体现想念程度很深，用这调笑的诗寄送给朋友，可见两个人友情的深厚。

最后两句写得相当出色。诗人没有直接表现出“邀请”，而是充分发挥想象力，描绘了一个场景，就将自己恳挚约请的情感表露出来，并且暗含一同欣赏春景的意思，这里就与前四句早春的描写相贴合了。最后一句用“连日醉壶觞”五个字将赏春热情表现得淋漓尽致，给人一种荡气回肠的感觉。

全诗活泼自然，不落俗套。诗人思念友人的心中，潜藏着热爱生活、热爱大自然的美好情感，给人以强烈的感染。

庐山谣[①] 寄卢侍御虚舟

我本楚狂人[②]，凤歌笑孔丘。
手持绿玉杖[③]，朝别黄鹤楼。
五岳寻仙不辞远，一生好入名山游。
庐山秀出南斗[④]旁，屏风九叠[⑤]云锦张，
影落明湖青黛[⑥]光。
金阙[⑦]前开二峰长，银河[⑧]倒挂三石梁，
香炉瀑布遥相望，回崖沓[⑨]嶂凌苍苍。
翠影[⑩]红霞映朝日，鸟飞不到吴天长[⑪]。
登高壮观天地间，大江茫茫去不还。
黄云万里动风色，白波九道流雪山[⑫]。
好为庐山谣，兴因庐山发。
闲窥石镜清我心，谢公[⑬]行处苍苔没。

早服[14]还丹无世情，琴心三叠[15]道初成。
遥见仙人彩云里，手把芙蓉朝玉京[16]。
先期[17]汗漫九垓上，愿接卢敖[18]游太清。

注释

①谣：诗歌的一种体裁。

②楚狂人：春秋楚国人，名叫陆通，字接舆，典故出自《论语》。

③绿玉杖：绿色的玉装饰的手杖，传说中仙人用的手杖。

④南斗：指二十八星宿之一的斗宿。在古代天文学当中把它划为浔阳的分野，庐山就在浔阳周围。这里指庐山的海拔很高。

⑤屏风九叠：指五老峰东的九叠屏。

⑥青黛：青黑色。

⑦金阙：指庐山西南方向的铁船峰和天池山形成的石门。

⑧银河：指瀑布。

⑨沓：重叠。

⑩翠影：绿色的山形成的影子。

⑪长：寥廓的天空。

⑫雪山：指长江奔腾带起的白色浪花。

⑬谢公：指南朝时期谢灵运，他当年在庐山游玩过。

⑭服：服用丹药。

⑮琴心三叠：道教修炼术语，达到心神宁静的境界。

⑯玉京：道教称元始天尊居住在玉京山。

⑰先期：提前约定。

⑱卢敖：战国时燕国人，被秦始皇征召为博士，让他去寻找仙丹一去不复还，他和仙人的典故记载在《淮南子》中。

译文

我就像楚国狂士接舆那样，歌唱凤歌来嘲笑迷恋做官的孔子。

手中拿着绿玉装饰的手杖，早上就离开了黄鹤楼。

在五岳当中寻找神仙，不计较路程长远，这一辈子就喜欢游览三山五岳。

庐山矗立在南斗星的旁边，九叠云屏像锦绣云霞那样铺展开来，

庐山倒映在湖中，泛着青黑色的光。

两座山峰并排而立就像金色的门打开一样，瀑布就像银河倒挂在三道石梁上，

香炉峰瀑布和它远远地对望着，崎岖的山崖和重叠的山峰耸入云霄。

苍绿色的山影、红色的云霞和早上的太阳交相辉映，吴地天空寥廓，鸟儿飞翔都找不到边际。

登上庐山山顶远望天地间的美景，大江滚滚流向东方，一去不复还。

万里天空布满了暗淡的黄云，长江分九道而流，波涛汹涌像漂浮着的雪山。

我喜欢为庐山而歌唱，兴致也是由庐山引起的。

空暇时间照着石镜使我心神清净，谢灵运当年的足迹已经被青苔覆盖。

早一点儿服用丹药抛下对尘世的眷恋，心宁气静的时候学道就能打下根基。

从远处望见有一位仙人站立在彩色云朵之上，手中拿着芙蓉花朝拜玉京山。

我早就和仙人约好在九天上相会，希望可以带着你一起遨游天地。

赏析

这首诗是诗人晚年的作品。诗中不仅展现了庐山壮丽秀美的景色，也流露出诗人一方面想要脱离尘世羁绊，另一方面又留恋现实中美好风物的矛盾心理。这是诗人晚年心理最真实的写照。

这首诗可以分为三个部分。第一句到第六句是诗人对自己的描写，这是

第一部分；接下来的十七句，着力描写庐山风景，点明题目“庐山谣”，这是第二部分；最后六句是第三部分，表达了要寻仙访道的豁然之情。

在诗的第一部分，诗人对自己进行了深入剖析。

第一句和第二句诗人把自己比作楚狂接舆。诗人借用“凤歌”的典故，表明自己看淡政治，想要做一个隐士的心迹。

第三句和第四句叙述自己云游四方的过程。

第五句和第六句写明诗人到庐山的缘由，也生动地总结了他一生的嗜好和足迹。

第二部分为核心部分“庐山谣”的描写。

第七、八、九句，诗人首先描绘了从鄱阳湖眺望庐山的远景，是对庐山总体面貌的写真。

庐山最令人惊奇的是瀑布，诗人在接下来四句中写出了风格迥异的瀑布，文笔流畅优雅，将大自然鬼斧神工展现得淋漓尽致。

接下来的两句诗，诗人又给这些美景添上了绚丽的颜色。

之后八句，诗人勾勒出在庐山山顶远眺的风景。前四句诗笔饱墨酣地将长江的气势磅礴和祖国的锦绣山河充分写了出来，后四句更多地传达诗人的心情。

第三部分写诗人被大好河山激发兴致，最后写的是其漫游仙境的想象场景。诗人感到人生苦短，世间有太多烦恼，不如早点修仙去。最后两句典故反用，诗人将自己比作神秘人物，把卢敖暗喻卢虚舟，表示愿意和他一起遨游太虚。

诗中第一部分的自述和最后一部分的漫游仙境，表现手法虽然不一样，但都包含诗人对政治的厌弃和超然物外的想法。

全诗浑然天成，色觉冲击强烈，豪情万丈，有着丰富的想象力，言语生动活泼，给人一种雄伟惊奇的感觉。

公无渡河[1]

黄河西来决昆仑[2]，咆哮万里触龙门[3]。
波滔天，尧咨嗟[4]。
大禹理[5]百川，儿啼不窥家。
杀[6]湍湮洪水，九州始蚕麻。
其害[7]乃去，茫然[8]风沙。
披发之叟狂而痴，清晨临流[9]欲奚为?
旁人不惜妻止之，公无渡河苦[10]渡之。
虎可搏，河难冯[11]，公果溺死流海湄[12]。
有长鲸白齿若雪山[13]，公乎公乎挂罥[14]于其间，
箜篌所悲竟不还。

注释

①公无渡河：乐府名，又被称作《箜篌引》。

②昆仑：昆仑山，在今新疆和西藏之间。

③龙门：禹门口，在今山西河津西北的黄河峡谷中。

④咨嗟：叹息。

⑤理：治理。唐朝时为避唐高宗李治的名讳，改“治”为“理”。

⑥杀：减少。

⑦其害：指洪水。

⑧茫然：无边无际的样子。

⑨临流：直接走到河边。

⑩苦：坚决。

⑪冯：徒步过河。

⑫海湄：海边。

⑬雪山：形容长鲸牙齿的巨大锋利。

⑭罥（juàn）：挂。

译文

黄河的水从西面而来，它冲出昆仑山，奔腾轰鸣，万里之外都能听到，冲击着龙门。

黄河造成的波浪滔天的洪水，尧曾经为此叹息。

大禹为了治理黄河的水患，在路过家门时，听到自己孩子的啼哭声，也没推门回家看看。

最终减缓了湍急的河流，堵塞住了洪水，天下的百姓才得以继续生活。

水患刚刚平息，风沙又造成了灾害。

一位披头散发的老头儿癫狂痴呆，太阳刚出来就直接走到河边，不知道他想要干什么？

旁边没有人可怜他，只有他的妻子在后面追赶他，想要阻止他渡河，但是他坚决地跳进了河里。

老虎可以绑缚，但大河却不可渡，老头儿最终被淹死，他的尸体被水流推至海边。

长鲸的牙齿巨大锋利，老头儿的尸骨就挂在长鲸的牙齿上面，

他的妻子拨弹箜篌高声歌唱，十分悲伤，但她的丈夫不会再回来了。

赏析

这首诗是乐府中的古题，属《相和歌辞》，本名《箜篌引》，描述了一位癫狂痴呆的老头儿要徒步渡过波涛汹涌的黄河，他的妻子在后面呼喊却未能阻止他，最终被黄河水流淹没。诗以渺远的上古时期为背景，两句话就将黄河气势磅礴的场景描绘了出来，前十句着力点在黄河，后笔锋一转，写老头儿渡河，最终溺死河中的结局。

全诗寓意深厚，别有深意。

赠何七判官①昌浩

有时忽惆怅，匡坐至夜分②。
平明空啸咤③，思欲解世纷。
心随长风去，吹散万里云。
羞作济南生④，九十诵古文⑤。
不然拂剑起，沙漠⑥收奇勋。
老死阡陌间，何因扬清芬⑦。
夫子⑧今管乐，英才冠⑨三军。
终与同出处⑩，岂将⑪沮溺群。

注释

①何七判官：何昌浩，排行第七。判官，节度使属官。

②匡坐：正坐。夜分：夜半。

③啸咤（zhà）：高声长啸。

④济南生：指西汉的伏生，名胜，济南人。曾经是秦国博士，焚书时曾将尚书藏在墙壁内，汉文帝想请他讲解《尚书》，但当时伏生已经九十多岁了，汉文帝只好派晁错去伏生那里学习。

⑤古文：诗中特指《尚书》。

⑥沙漠：指北方战场。

⑦清芬：指美名。

⑧夫子：对人的尊称，诗中指何昌浩。

⑨冠：超过。

⑩出处：出来做官。

⑪将：与，跟。

译文

有时候我的内心忽然泛起一股惆怅，在床上正坐直到午夜才能睡去。
天刚蒙蒙亮的时候，高声长啸，想要解除世间的纷争。
我的心伴随大风远去，将漫布在天空的万里云彩吹散。
我羞于成为济南伏生那种人，九十岁还只会诵读《尚书》。
不如就擦剑起身，到北方战场建功立业。
在田间蹉跎一生，怎能传播自己的美名？
您就是当今的管仲和乐毅，杰出的才智超过三军。
您最终一定会成为大官，哪能和长沮、桀溺是一路人！

赏析

这首诗写于上元二年（公元761年），这一年是安史之乱的第七年，战乱未息，百姓仍不能安居乐业。诗人这个时候已经是迟暮之年，但仍想要驰骋疆场，拯救苍生，报效国家，不想做一个书呆子，隐居田野山林之间。全诗洒脱自如，将诗人的侠肠义胆尽情展露。

闻李太尉大举秦兵百万出征东南，懦夫请缨，冀申一割之用[①]，半道病还，留别金陵崔侍御十九韵

秦出天下兵，蹴踏燕赵倾[②]。
黄河饮马竭，赤羽[③]连天明。
太尉杖旄钺[④]，云旗绕彭城。

三军受号令，千里肃雷霆⑤。
函谷绝飞鸟，武关⑥拥连营。
意在斩巨鳌，何论鲙长鲸⑦。
恨无左车⑧略，多愧鲁连生⑨。
拂剑照严霜⑩，雕戈鬘胡缨⑪。
愿雪会稽耻⑫，将期报恩荣。
半道谢病还，无因东南征。
亚夫⑬未见顾，剧孟⑭阻先行。
天夺壮士心，长吁别吴京。
金陵遇太守⑮，倒屣⑯欣逢迎。
群公咸祖饯⑰，四座罗朝英⑱。
初发临沧观⑲，醉栖征虏亭⑳。
旧国㉑见秋月，长江流寒声。
帝车㉒信回转，河汉㉓复纵横。
孤凤向西海，飞鸿㉔辞北溟。
因之出寥廓㉕，挥手谢㉖公卿。

注释

①一割之用：东汉班超典故，作者借此表达现在仍能用自己的年迈之躯为国效力。

②蹴踏：踩踏。燕赵：战国时燕、赵一带，当时是安史叛军的据点。

③赤羽：红色羽毛装饰的军旗和兵器。

④旄钺：白旄和黄钺，均为皇帝授予军事统帅掌管军权的信物。

⑤肃雷霆：形容李光弼治下军队军容整肃。

⑥武关：在今陕西商洛。

⑦鲙：细切鱼肉，名词做动词。长鲸：指叛军。前句“巨鳌”也指叛军。

⑧左车：李左车，战国名将李牧之孙，谋略过人。

⑨鲁连生：鲁仲连，战国时齐国人，以辩才著称，在赵国被围困时用自

己的口才替赵国解围。

⑩严霜：喻指剑折射出的寒光。

⑪鬘胡缨：古代武士用的缨带。

⑫会稽耻：春秋时越王在会稽被吴王夫差击败。诗中喻指安史叛军攻陷两京的耻辱。

⑬亚夫：指周亚夫，西汉名将。诗中喻指李光弼。

⑭剧孟：西汉侠客。诗中喻指诗人自己。

⑮太守：指崔侍御。

⑯倒屣：用的是东汉蔡邕倒穿着鞋迎接名士王粲的典故。诗人以蔡邕喻指崔成甫。

⑰祖饯：古代饯行的隆重仪式，祭拜路神之后，在路边设宴送行。

⑱朝英：当朝的英杰。

⑲临沧观：在今南京，又叫作劳劳亭，是送人远行的地点。

⑳征虏亭：东晋征虏将军谢石所建，以此命名。

㉑旧国：金陵曾经是三国吴和南朝的都城。

㉒帝车：北斗星。

㉓河汉：银河。

㉔飞鸿：大鹏。

㉕寥廓：宽广的天空。

㉖谢：告别。

译文

长安调派精兵，要踏平燕赵之地安史叛军的巢穴。

战马喝黄河的水，使河水枯竭，遍地插着红色羽毛的旗旗照亮了整个天空。

李太尉手握军权，漫如云海的旗帜环绕着彭城。

号令三军，军容整肃，势若雷霆。

函谷关口绝尽了天上的飞鸟，武关之地驻扎了连片的军营。

目标就是斩杀叛军首领，更何况余下的杂兵？

我恼恨自己没有李左车般的谋略，对没有鲁仲连的辩才也很惭愧。

轻轻擦拭利剑映射着凛冽的寒光，士兵们也手握着戟站立。

想要一雪之前被安史叛军攻陷两京的耻辱，来报答皇帝赐予的恩宠与荣耀。

可惜半路上因为生病只好返回，没能和李太尉一起去东南征讨。

没有与周亚夫相见，我虽犹如剧孟但也无法前行去见你了。

我想要为国效力的壮志之心就这样被老天夺走，只能长叹一声从金陵离开。

在金陵担任太守的崔侍御听说我来了，急得倒穿鞋子来迎接我。

群公都为我设宴送行，四周坐满了当朝的英杰。

临沧观是我旅途的开始，又因为喝醉了酒在征虏亭休息。

在金陵看见秋天的月亮，听见长江江水流动发出凄凉的声音。

北斗星正在回转，银河群星交错排列。

孤独的凤凰向西海飞去，大鹏也展翅高飞离别北海。

我也想和它们一样飞向宽广的天空，和你们告别。

赏析

这首诗是诗人在上元二年（公元 761 年）所写，当时太尉李光弼征讨侵扰东南的安史叛军。六十高龄的李白听到这个消息毫不犹豫从军，未曾想走到金陵就因为患病遗憾返回。这首诗是李白晚年的重要作品。

全诗先称赞李光弼东南之征军队的严正和气势十足，再说明自己未能参军的原因，最后叙述了和金陵好友告别的场景，发自肺腑的深情打动人心。

此诗结构紧凑，条理清晰，格调压抑，笔触哀伤。诗人老而弥坚，精忠报国的信念之火还在燃烧，读罢令人感动。

宿五松山下荀媪[1]家

我宿五松下，寂寥无所欢。
田家秋作苦，邻女夜舂[2]寒。
跪进雕胡饭[3]，月光明素盘。
令人惭漂母[4]，三谢不能餐。

注释

①媪（ǎo）：老年妇人。

②舂：把谷物放在石臼里去壳。

③跪进：古人席地而坐。雕胡：菰米。菰在不结茭白的情况下长的籽实，可用来做饭。

④漂母：水边洗丝絮的妇人。据《史记·淮阴侯列传》记载，韩信少时很贫穷，有一漂母见他饥饿，常将饭分给他吃。韩信功成名就后用千金来报答她。

译文

我在五松山下面找了一户农家借住一晚，自己孤单一人感到十分的寂寞。
收获的秋天里农家格外繁忙，邻家女子在这寒冷的夜里舂米。
老妇人为我端上雕胡饭，月光将盛饭的盘子照得分外明亮。
我惭愧地想起了接济韩信的漂母，一再地感谢而无法进食。

赏析

这首诗第一句和第二句写诗人孤单寂寥的心境。第四句当中的“寒”字意味颇深。它不仅仅想表达舂米发出的声音的悲凉，也是猜想舂米女子所感受到的寒冷。第五句和第六句回到核心写主人荀媪，这位慈祥的老人专门做了雕胡饭款待诗人。生活在这种贫困环境下的老人做出这盘雕胡饭令诗人十分感动，联想到了当年给自己分饭吃的漂母。

全诗格调淳朴，诗人的写法也是平铺直叙，语言简练，浑然天成。

哭宣城善酿[1]纪叟

纪叟黄泉[2]里，还应酿老春[3]。
夜台[4]无晓日，沽[5]酒与何人？

注释

①善酿：酒做得特别好。
②黄泉：阴曹地府。
③老春：纪叟酿的酒名。
④夜台：指坟墓。
⑤沽：卖。

译文

在阴间的纪叟，你应该还在酿造着老春这种酒吧。
可是那边没有我李白，你的酒要卖给谁呢？

赏析

这首诗写于上元二年（公元761年），诗人悼念离世的好友纪叟所写。纪叟在宣城酿酒很有名，诗人最大的爱好就是喝酒，两人常来常往，成了好朋友。

第一句和第二句，纪叟离世后，令诗人深感悲痛和想念。诗人脑海中想象这位好友在阴间还在酿酒，看似略显荒谬，但又让人感到情深意切、合情合理。

第三句和第四句，诗人继续深挖联想，用了疑问句结尾，其伤感难忘的心情表露无遗。

全诗感情饱满，自然流畅，让人动容。

九月十日即事

昨日登高罢，今朝更举觞[①]。
菊花何太苦，遭此两重阳[②]。

注释

①举觞（shāng）：举起酒杯。

②两重阳：古代重阳节的习俗是采菊宴赏。重阳节第二天的宴赏叫作小重阳。

译文

昨天重阳节刚登上龙山，今天是小重阳，又要在这里畅饮。

菊花为何这样受苦，遭遇两个重阳采掇的痛苦？

赏析

这首诗是诗人于宝应元年（公元 762 年）重阳节的第二天在当涂龙山登高时所写。诗人前一天登过一次龙山，这是第二次登龙山，所以诗人由菊花接连两天遭到采摘回想过去自己两次入长安，都郁郁而还，感慨万千。

第一句和第二句，诗人叙述大小重阳两次登上龙山宴饮。

第三句和第四句，诗人借用菊花的痛苦来表达自己在官场多次遭受打击的抑郁之情。

全诗虽语言清淡，但内在沉重，展现了诗人在官场饱受挫折的愤懑之情。

文选

上安州裴长史书[1]

白闻天不言而四时行，地不语而百物生。[2]白人焉，非天地也，安得不言而知乎？敢剖心析肝[3]，论举身[4]之事，便当谈笑，以明其心。而粗陈其大纲，一快[5]愤懑，惟君侯察焉。

注释

①此文是开元十八年（公元730年）于安陆所作。

②“白闻”二句：谓天地未尝说话，但四季照旧运行，百物照样生长。

③敢：谦辞，有莽撞、冲突的意思。剖心析肝：形容极力坦诚地表白心意。

④举身：立身。

⑤快：痛快，舒畅。

译文

我听说，天不会说话，可是四季更替，地不会说话，可是万物生长。我是人，不是天或地，怎么能够不说话而传达心声呢？所以敢于袒露心声来讲一讲自己的立身之事，当作聊天的话题，来表明自己的心迹。毕竟不能写成长篇大论，只能选择主要的，把心中堆砌已久的话表述出来，也就痛快了，但愿君侯能够了解我内心的隐情。

白本家金陵[6]，世为右姓。遭沮渠蒙逊[7]难，奔流咸秦，因官寓家。少长江汉[8]，五岁诵六甲[9]，十岁观百家。轩辕以来[10]，颇得闻矣。常横经籍书，制作不倦，迄于今三十春矣。[11]以为士生则桑弧蓬矢，射乎四方，故知大丈夫必有四方之志。[12]乃仗剑去国[13]，辞亲远游。南穷苍梧[14]，东涉溟海。见乡人相如大夸云梦之事[15]，云楚有七泽，遂来观焉。而许相公家见招[16]，妻以孙女，便憩迹于此，至移三霜焉。

注释

⑥金陵：为汉郡名，治所在今甘肃永靖西北。李白自称陇西人，金陵或即金城之讹。或谓金陵盖指李暠在西凉所设的建康郡。

⑦沮渠蒙逊：十六国时北凉的国君。李暠建立西凉后不久就去世了，他的儿子李歆继位，后被沮渠蒙逊所灭。

⑧江汉：长江、汉水流域。此借指蜀中。

⑨六甲：用天干地支相配计算时日，后演为道教方术。

⑩轩辕以来：意思是从黄帝时代以来。轩辕，黄帝。

⑪“常横”三句：意为常常在枕边放着书籍，不知疲倦地写文章，到现在已经有三十年了。

⑫“以为”三句：出自《礼记·射义》。“故男子生，桑弧蓬矢六，以射天地四方。天地四方者，男子之所有事也。故必先有志于其所有事，然后敢用谷也。”桑弧蓬矢，用桑木做弓，用蓬草做矢。

⑬仗：持。去国：离开家乡。

⑭苍梧：山名，即九嶷山。见前《远别离》诗注。

⑮乡人：司马相如也是蜀人，故云乡人。云梦：云梦泽，在安州安陆（今湖北安陆）东南，阔数里，南接荆湖。

⑯许相公：谓高宗时宰相许圉师。见招：被招为婿。

译文

我原籍在金陵，我们家曾经是世家大族。祖上被沮渠蒙逊打败，流亡到秦国的都城咸阳，由于显贵的身份，也曾在那里住过。我从小在蜀中长大，五岁的时候背诵六甲，十岁的时候阅读诸子百家。对自轩辕黄帝以来的历史，都十分熟悉。常常废寝忘食，连睡觉的时候都枕着书，然后不停地写作，到现在已有三十年了。私下里认为，男子汉要有雄心，敢于闯荡天下。于是斜挎宝剑，离开故土，告别自己的亲人，远游他乡。向南走到边远的九嶷山，向东一直流浪到大海边。司马相如和我是同乡，在他所写的著作里有云梦泽的事情，所以兴冲冲地跑去观看。在机缘巧合下，我有幸被宰相许圉师招为孙女婿，于是我就把家安置在这里，到现在居住已经有三年了吧。

曩昔东游维扬[17]，不逾一年，散金三十馀万，有落魄[18]公子，悉皆济之。此则是白之轻财好施也。又昔与蜀中友人吴指南同游于楚，指南死于洞庭之上，白襌服[19]恸哭，若丧天伦[20]。炎月伏尸，泣尽而继之以血。行路闻者，悉皆伤心。猛虎前临，坚守不动。遂权殡于湖侧，便之金陵。数年来观，筋肉尚在。白雪泣[21]持刃，躬申洗削。裹骨徒步，负之而趋。寝兴携持，无辍身手。遂丐贷营葬于鄂城之东[22]。故乡路遥，魂魄无主，礼以迁窆[23]，式昭朋情。此则是白存交重义也。又昔与逸人东严子隐于岷山之阳[24]，白巢居[25]数年，不迹城市。养奇禽千计，呼皆就掌取食，了无惊猜。广汉[26]太守闻而异之，诣[27]庐亲睹，因举二人以有道[28]，并不起。此白养高忘机[29]，不屈之迹也。又前礼部尚书苏公出为益州长史[30]，白于路中投刺[31]，待以布衣之礼。因谓群寮曰："此子天才英丽，下笔不休，虽风力未成，且见专车之骨[32]。若广之以学，可以相如比肩也。"四海明识，具知此谈。前此郡督马公[33]，朝野豪彦，一见尽礼，许为奇才。因谓长史李京之曰："诸人之文，犹山无烟霞，春无草树。李白之文，清雄奔放，名章俊语，络绎间起，光明洞澈，句句动人。"

此则故交元丹，亲接[34]斯议。若苏、马二公愚人也，复何足尽陈；[35]倘贤贤也，白有可尚。[36]

注释

⑰曩昔：往日，从前。维扬：扬州。

⑱落魄：潦倒，穷困失意。

⑲禫（dàn）服：丧服，素服。

⑳天伦：兄弟。

㉑雪泣：擦拭眼泪。

㉒“遂丐”句：意为借钱将友人安葬于鄂城东。丐贷，借款。鄂城，鄂州城，江夏的治所，即今武昌。

㉓窆（biǎn）：下葬。

㉔逸人：隐士。东严子：其人不详。岷山：是岷江、嘉陵江发源地。

㉕巢居：指底层架空、上层住人的居住形式。

㉖广汉：汉郡名，唐为巴西郡，辖绵州、梓州、剑州，此以旧名称。

㉗诣：到。

㉘有道：唐代科举名，在进士、明经科之外，为制科。

㉙养高：谓培养高尚的志向。忘机：意为忘却世俗的机巧之心，与世无争。

㉚苏公：指苏颋（公元670—727年）。唐代政治家、文学家。益州：今成都。

㉛投刺：意为投送名帖以拜谒。刺，名帖。

㉜专车之骨：据《国语》记载，大禹曾在会稽山大会群臣，巨人族的防风氏来晚了，大禹杀了他，他的一节骨头大到能装满一辆车。此喻李白及其文章有大家风骨。

㉝马公：马正会，安州中都督府都督。

㉞亲接：意为亲耳听到。

㉟“若苏、马”二句：意思是说，如果苏、马二公为愚钝之人，他们的话又哪里值得陈述给长史您呢！

㊱“倘贤”二句：倘若贤能的人才能欣赏贤能的人，那么我李白自有出众的地方。

译文

曾经我东游扬州，在那里不到一年就挥霍金钱三十万，这些钱主要用来救济那些贫困的读书人，以便他们更好地进入仕途。这也是我乐善好施的一种表现吧。我也曾与蜀中的朋友吴指南游览过楚地，可惜故友吴指南在洞庭湖去世，我脱下丧服却还是念念不忘、泪流不止，就好像自己的亲人去世一样。那盛夏炎热的天气里，在他的尸体上痛哭，眼泪就这样哭着哭着哭干了，最后甚至哭出血泪。来往的人看到我这样都不禁为我的举止而感动，纷纷落下眼泪。当时有一只老虎忽然出现在尸体旁，我也没有挪离尸体半步。于是后来我暂且把他的尸体埋葬在洞庭湖旁，然后就去金陵办事了。几年后我回来寻找尸体，发现尸骨没有因为时间长而腐烂。我擦干眼泪便把尸骨上的泥土用刀剔除干净，并把它洗净。然后把他的尸骨用包裹小心翼翼地包好，背上这包好的尸骨徒步而行。昼夜不停地走，包裹始终不离身，最后借钱将他的尸骨改葬在鄂城东的一块山头上。因为他的家乡遥远，魂魄没有归属之地，便用最好的礼节将他改葬，也以此表明了我对他的感情深厚。这也是我注重情义的一面。曾经我也和世外高人东严子在岷山南面隐居过，两人在那边结庐而居多年，我们那时从来没有下过山。我们养过很多奇禽异鸟，只要呼唤一声，它们就会飞到手上来啄食，而且不怕我们。广汉太守听闻，很是好奇，亲自到我们的茅屋来观看，因此他觉得我们两人应考取功名为国奉献，并举荐我们参加制科考试，但是我们并没有答应。这是我培养高洁情趣，忘记投机取巧，与世无争而不从流俗的表现。还有前礼部尚书苏颋在担任益州长史时，我曾在他出行的途中投书举荐自己，苏大人用布衣的礼节来接待我。他还对随从的僚属说：“这个人文采斐然，风华正茂，而且下笔能够写千言，虽然诗文还未达到高妙的意境，但是火候也差不多了。若能够勤学苦练，并能够开阔眼界，就和古代的司马相如不相上下了。”这件事四海之内的名人雅士没有不知道的。安州中都督府都督马正会，虽在朝野生活，但他也是才智过人的名士，他曾和我见过一面，两人刚刚行完礼节，就大赞称呼我为奇才。

因此对长史李京之说："他人的文章好像山中没有烟霞之气，春天里不长草木。但是唯有李白的文章，俊美奇佳而且奔放，精彩的词句在字里行间熠熠生辉，光彩怡人，而且饱含情趣和理性，每一句都让人感叹。"这是我的老朋友元丹丘亲耳听到的评议。如果苏公、马公是愚蠢的人，他们怎么会评价得如此准确呢？若说贤能的人才能欣赏贤能的人，那么我自然有出众的地方。

夫唐虞[37]之际，于斯为盛，有妇人焉，九人而已。是知才难不可多得。白，野人[38]也，颇工于文，惟君侯顾[39]之，无按剑[40]也。伏惟君侯，贵而且贤，鹰扬虎视，齿若编贝，肤如凝脂，昭昭[41]乎，若玉山上行，朗然映人也。而高义重诺，名飞天京[42]，四方诸侯，闻风暗许。倚剑慷慨，气干虹霓[43]。月费千金，日宴群客，出跃骏马，入罗红颜，所在之处，宾朋成市。故时人歌曰："宾朋何喧喧，日夜裴公门。愿得裴公之一言，不须驱马埒华轩[44]。"白不知君侯何以得此声于天壤之间，岂不由重诺好贤，谦以得也。而晚节改操，栖情翰林，[45]天材超然，度越[46]作者。屈佐郧国[47]，时惟清哉。棱威雄雄，下慴群物。[48]白窃慕高义[49]，已经十年。云山间[50]之，造谒无路。今也运会[51]，得趋末尘[52]，承颜接辞，八九度矣。[53]常欲一雪心迹，崎岖未便。何图谤言忽生，众口攒[54]毁，将恐投杼下客，震于严威。[55]然自明无辜，何忧悔吝[56]。孔子曰：畏天命，畏大人，畏圣人之言。[57]过此三者，鬼神不害[58]。若使事得其实，罪当其身，则将浴兰沐芳，自屏于烹鲜之地，惟君侯死生。[59]不然，投山窜海，转死沟壑[60]。岂能明目张胆，托书自陈耶！昔王东海问犯夜者曰："何所从来？"答曰："从师受学，不觉日晚。"王曰："吾岂可鞭挞宁越，以立威名。"想君侯通人[61]，必不尔也。愿君侯惠以大遇，洞开心颜，终乎前恩，再辱英盼[62]。白必能使精诚动天，长虹贯日，直度易水，不以为寒。[63]若赫然作威，加以大怒，不许门下，逐之长途，白即膝行于前，再拜而去，西入秦海，一观国风，[64]永辞君侯，黄鹄举矣。何王公大人之门，不可以弹长剑乎？

注释

㊲唐虞：指唐尧与虞舜。

㊳野人：庶民。

㊴顾：眷顾，照顾。

㊵按剑：以手抚剑。这里是呵斥的意思。

㊶昭昭：光明的样子。

㊷天京：京师。

㊸“气干”句：谓气贯长虹。

㊹埒（liè）：一本作“将”。华轩：富贵者所乘的雕饰华美的车子。

㊺“而晚”二句：意为裴长史晚年改变节操，提拔文翰。

㊻度越：超越。

㊼郧（yún）国：春秋时位于楚国附近的小国，后为楚所灭。

㊽“棱威”二句：意为裴长史威势甚盛，使人畏服。慴，畏惧，使害怕。

㊾高义：崇高的正义。

㊿间：间隔，阻隔。

51运会：时运际会。

52末尘：意思指后尘。

53“承颜”二句：意为会面接谈，已有八九次。度，次。

54攒（cuán）：聚集。

55“将恐”二句：造谣者散播流言，为使裴长史也相信从而震怒。投杼，指曾母惊谗言之事。后以“投杼”比喻谣言众多，动摇了对最亲近者的信心。杼，织布机的工具。

56悔吝：悔恨。

57“畏天命”三句：语出《论语·季氏》。

58害：畏惧。

59“则将”三句：谓将以兰芳沐浴，自退于鼎镬（huò），生死全凭裴长史处置。浴兰沐芳，喻品德高洁。屏，退。烹鲜之地，谓鼎镬，古代有用鼎镬烹人的酷刑。

⑥⓪沟壑：坑谷，山沟。

⑥①通人：学识渊博的人。

⑥②辱：谦辞。英盼：青睐，照顾。

⑥③“白必能”四句：这里李白用荆轲的故事歌颂自己的壮志。

⑥④“西入”二句：将向西奔赴长安，探察长安的风俗习惯。秦海，此代指长安。国风，邦国的风俗。

译文

上古时代的尧舜时期，人才最盛，但十个治国能臣中有一个妇女，所以实际上只有九个人而已。这才知道人才不可多得。我虽是草野之民，但是文章却写得很好，我只希望能够引起您的注意和重视，而不是轻易呵斥我。只有君侯您高贵而又贤明，就像雄伟的飞鹰目光犀利，如同凶猛的老虎不可侵犯，牙齿排起来就像贝壳一样洁白整齐，肌肤洁白柔润，是那么明亮，走起路来就像在玉山上行走，光彩照人。而且为人品性高洁，一诺千金，名望已是海内皆知，四方诸侯提起来，没有一个人不称赞的。您仗剑高歌，行事慷慨，气冲霄汉。您注重情义，常常宴请宾客，月费已达到千金，您风流潇洒，出门便跨骑骏马，回来时有红颜相伴，您所到的每个地方，都有宾朋盈门，热闹无比。所以当时有许多人打着拍子唱歌：“高朋满座热闹非凡，车马盈门裴公家。情愿得到裴公的一句美言，也不坐华美的雕饰马车追求别的了。”我也不知道您为什么会有如此大的名望让海内外皆知，后来我懂了，一定是由于信守诺言、尊重贤者和谦逊待人吧。您晚年改变节操，倾心文翰，天赋高超出众，超过许多以此为业的人。大唐王朝因为有您这样的人，才会海内外升平。您的这种威仪，没有不敬服的。我追随您这种高洁精神已经有十年了。无奈有云山阻隔，实在是无缘拜会。如今恰逢难得的好机会，也许时间有些晚了，但还是有机会能够拜谒您，您也是看得起我，对我如此开恩，让我跟您说话已有八九次了。时常想跟您把心事一吐为快，无奈有很多事不方便说。奈何忽然谣言四起，毁谤突生，众人一致来指责我，想要让您相信谣言而震怒。可是我知道自己是无辜的，何必恐惧和悔恨呢！孔子说：敬重天命，敬仰那些德高望重的人，敬服那些圣人所说的话。只要做到这些，即使有鬼神也不会害怕。假使事实像众人所说的那样，应当判其罪，那么我自然会负荆请罪，请君侯您任意处置。即使不会像那样，那么我也会跳悬崖，或投入大海，或辗转死于深林沟壑之中。怎么能够这样明目张胆地给您上书陈述自己没罪呢！相传昔日东海郡的长官王安期问犯了夜禁的人说："为什么犯法？"犯人回答说："因为在老师家学习，不知不觉天色很晚了。"王安期听了说："我怎么可以去惩罚像宁越那样勤学的人来树立自己的威望呢？"我心里想，君侯您也是通达明理的人，绝不会惩罚我的。希望君侯您能给予我礼遇，高兴起来，把您的恩惠一直延续，再次垂青于我。我必定会精诚报答，来感动天地，就像聂政和荆轲那样忠心耿耿，不怕困难艰险。若您发怒，不让我跟随您，非要赶我走的话，那么，我将长跪在您身旁，拜谢于您，然后向西入长安，探察长安的风俗习惯，永远地离开您，就像黄鹤那样绝尘而去。为什么王侯将相的门前，不可以申明自己济世报国的情怀呢？

赏析

此文是李白因遭受诽谤谗言、蒙受不白冤屈而向安州裴长史自辩的一份文书，从中可以了解李白的家世以及生平。

文章第一段首先交代写作此文的目的，以此引出全文。

第二段介绍自己家世，主旨突出自己家世的优越与名气，以此来写自己的背景。

第三段叙述自己经历的事情，表现自己乐善好施、重情重义等品格，向长史展示自己才华横溢，有经天纬地之才的形象，接着写自己隐居养禽，还有高洁雅致的品格，展示其自我修养。然后写名流雅士对于自己作品的评价，通过他人的评论来道出自己文章的非比寻常。

第四段先是盛赞裴长史的地位高贵，赞其高义重诺，谦以好贤，也借此为自己因才高遭嫌、品德毁谤做铺垫，希望裴长史听后多提携自己。但在恳切地提出希望裴长史能够信任自己的诉求后，李白又以较为强硬的态度表示，如果不能雪谤，他便会"永辞君侯"。这看似有些矛盾，但其实正是他高洁、傲岸品格的最真实体现，同时也照应了他前文的自我评价。

这篇文章李白虽有讨好奉承之语，但同样充分展露出一代诗仙的英风豪气，充分显示其放荡不羁、奇伟高洁的品格特征。这对于我们认识和了解李白的形象与精神内涵有非常重要的研究意义。

剑阁赋①

咸阳②之南，直望五千里，见云峰之崔嵬③。前有剑阁横断，倚青天而中开。上则松风萧飒瑟飓④，有巴猿兮相哀⑤。旁则飞湍走壑⑥，洒石喷阁，汹涌而惊雷。送佳人⑦兮此去，复何时兮归来。望夫君兮安极⑧，我沉吟兮欢息。视沧波之东注，悲白日之西匿。⑨鸿别燕⑩兮秋声，云愁秦而暝色⑪。若明月出于剑阁兮，与君两乡对酒而相忆。⑫

注释

①此文作于李白首次入长安期间，是诗人送友人王炎去蜀时创作的一篇送别赋。剑阁，即剑门关。位于今四川剑阁东北，大剑山小剑山之间，峰峦叠嶂，连绵不绝，两岸险峻，凿石架阁而为栈道，下有隘路如门，地势险绝。阁，栈道。

②咸阳：在今陕西咸阳东北二十里。此代指长安。

③云峰：高耸入云的山峰。崔嵬（wéi）：形容高峻。

④萧飒：萧条冷落，形容风雨吹打草木的声音。瑟飓（yù）：指风声。飓，大风。

⑤巴猿：巴山的猿猴。相哀：互相哀叫应鸣。

⑥走壑：瀑布在山谷间奔流。

⑦佳人：与下文"夫君"皆指友人王炎。

⑧安极：无所极止。

⑨"视沧"二句：谓水流东下，落日西倾。沧波，青苍色的水，泛指江

河。注，流。西匿，太阳西下。匿，隐藏。

⑩燕：代指北方。

⑪暝色：天黑。

⑫“若明”二句：明月出剑阁，则应该举酒对月，来寄相思之情。

译文

从咸阳一直向南眺望大约五千里，看到的都是高耸入云的山峰。前方有剑门关横向截断去路，背后又靠着青天从中间断开。山上的松林在寒风中飒飒地发出声响，而且还有巴东三峡两岸的猿猴互相悲哀鸣叫。旁边还有急湍的瀑布在山谷间奔流，浪花飞起来拍溅在石壁上，湍流直奔向剑阁，水势翻腾涌起，而且还爆发出像雷声一样的响动。你这次离开，还不知道什么时候才能回来？我一直望着你的背影直到看不见为止，只好在原地发出无限的慨叹。遥望碧水从西向东流去，感叹太阳就这样向西而落。鸿雁告别春天的燕子传来秋日萧瑟的气息，天上的白云发愁秦地的遥远，于是天色黯淡了下来。若今晚的明月能够从剑阁升起来，我与君在两地共同举杯来怀念彼此。

赏析

这一篇抒情短赋，虽是送别之作，但是其情并没有哀伤凄别之感，而表现出自信豪放的情韵，音韵和谐，富有抒情意味。诗中描写了剑阁雄伟险要的特点，营造出雄伟壮观的景象。全赋情感色彩浓厚深沉，犹如一首华丽豪迈的乐曲。

全赋可分为两部分。第一部分从咸阳起首交代送别的地点，而后以精练的笔触，从视觉和听觉的角度，刻画剑阁雄伟壮观的景象，虽写剑阁奇险之景，却暗喻李白对世道炎凉的感叹，表达了其对于友人的关切和难舍之情。

第二部分在点明“送佳人”的主题后笔锋陡然一转，以反诘句式“复何时兮归来”将重点突出在情感抒发上，以景入情与以情入景相结合，既表现出对友人的担心之情，又体现出为友人壮行之意，尽吐李白真挚的情感与沉重的心情。李白借景抒情，寓情于景，将离别的情绪写得淋漓尽致。最后用明月表达李白对友人入蜀的关切，以明月来怀念彼此。

文章篇幅虽短，但语言精练有质，情节跌宕起伏，意味深长而又隽永。《古赋辨体》卷七云："其前有'上则''旁则'之语，是擎敛《上林》《两都》铺陈体格，而裁入小赋，所谓'天吴与紫凤，颠倒在短褐'者欤！故虽以小赋，亦自浩荡而不俭陋。盖太白天才飘逸，其为诗也，或离旧格而去之，其赋亦然。"

与韩荆州书①

白闻天下谈士②相聚而言曰："生不用万户侯③，但愿一识韩荆州。"何令人之景慕④，一至于此耶！岂不以有周公之风，躬吐握之事，⑤使海内豪俊，奔走而归之，一登龙门⑥，则声誉十倍。所以龙盘凤逸⑦之士，皆欲收名定价⑧于君侯。愿君侯不以富贵而骄之，寒贱而忽之，则三千宾中有毛遂，使白得颖脱而出，⑨即其人⑩焉。

注释

①此文开元二十二年（公元734年）作于襄阳。韩荆州，韩朝宗。李白在襄阳游历时曾拜谒韩朝宗。

②谈士：言谈之士。

③万户侯：食邑万户的诸侯。此处借指显贵。

④景慕：敬仰，爱慕。

⑤"岂不"二句：指周公吐哺握发之事。周公，周文王之子姬旦，曾辅佐武王灭商，在成王时期辅政。吐握，比喻求贤心切。

⑥登龙门：比喻能够得到有名望、有权势的人欣赏而身价大增。

⑦龙盘凤逸：比喻贤人隐居或者屈居下位。盘，盘曲。逸，隐逸。

⑧收名定价：取得美名，奠定声望。

⑨“则三”二句：此二句李白用毛遂来比喻自己。毛遂，战国时赵国平原君门客。

⑩其人：这里指韩荆州。

译文

我听说天下一些谈论世事的人，聚在一起议论说：“人生不必封万户侯，只愿能够结识一下韩荆州。”为什么令人仰慕竟达到了如此程度？难道不是因为您有周公的作风，有躬行吐哺、握发接待贤者的美德之事，才能够让海内外的豪杰俊才都奔走集会到您的门下，他们一经您的厚待便声名鹊起。那些才能超群的人也都希望在您这儿得到美名，来获得更高的声望。希望君侯不要因为自己富贵而傲视他们，不要因为他们贫贱而轻忽他们，那么您的众多宾客中便会有毛遂那样的奇才，如果能有施展才能的机会，我就是那样的人啊。

白，陇西布衣，流落楚、汉⑪。十五好剑术，遍干诸侯⑫。三十成文章，历抵卿相⑬。虽长不满七尺，而心雄万夫。王公大人许与气义。此畴曩⑭心迹，安敢不尽于君侯哉！君侯制作侔神明⑮，德行动天地，笔参造化，学究天人。⑯幸愿开张心颜，不以长揖见拒⑰。必若接之以高宴，纵之以清谈⑱，请日试万言，倚马可待⑲。今天下以君侯为文章之司命⑳，人物之权衡㉑，一经品题㉒，便作佳士。而君侯何惜阶前盈尺之地，不使白扬眉吐气、激昂青云耶？

注释

⑪楚、汉：李白当时正流落于安陆、襄阳等汉水流域，所以称“流落楚、汉”。

⑫干：干谒，求见。诸侯：此指地方长官。

⑬历抵：历，逐一。抵，拜谒。卿相：朝廷中的高级官员。

⑭畴曩：往昔。

⑮制作：指文章。侔（móu）：相等，齐等。神明：神灵。

⑯“笔参”二句：谓文思精妙，可参与自然化育天地万物之变化；学问渊深，可探究天道与人事之际的各种奥秘。

⑰“不以”句：谓不要拒绝接见。长揖，相见时，拱手高举，自上而下为礼，是一种互为平等的礼节。

⑱清谈：士人高谈阔论。

⑲倚马可待：形容文思敏捷。

⑳司命：掌握人之命运者。此处指判定文章好坏的权威。

㉑权衡：指品评人物的权威。

㉒品题：评定，给以评语。

译文

我是陇西平民，流落在楚地、汉水一带。十五岁的时候爱好剑术，拜访了很多地方长官。三十岁时候诗文有了成就，屡次拜谒朝廷大官。尽管身长不满七尺，但是我的志向远大，胜过很多人。王公大臣赞赏我有气概、讲道义。这是我从前的思想和行动，怎敢不尽情向您倾诉呢？君侯的文章能够与神明相媲美，您的德行感动天地，文思精妙，可参与自然化育天地万物之变化，学问渊深，可探究天道与人事之际的各种奥秘。希望君侯您能够敞开胸怀，和颜悦色地接纳进谏，不要因为我行长揖之礼而拒绝我。假如能够用盛宴宴请我，让我慷慨陈词、高谈阔论，那么请您用每天写万言文字来试一试我，我将会挥毫不止，一瞬间就能写完。如今天下人都认为您是评论文章、权衡人物的权威，他们一经您的评价，就被认作德才兼备的名士了。君侯为什么还吝惜您庭前一尺的地方，而使我不能够扬眉吐气、奋发昂扬于青天之上呢？

昔王子师为豫州，未下车，即辟荀慈明；既下车，又辟孔文举。㉓山涛作冀州，甄拔三十余人，或为侍中、尚书，先代所美㉔。而君侯亦荐一严协律，入为秘书郎。中间崔宗之、房习祖、黎昕、

许莹之徒[25]，或以才名见知，或以清白见赏。白每观其衔恩抚躬[26]，忠义奋发，以此感激，知君侯推赤心于诸贤腹中，所以不归他人，而愿委身国士[27]。倘急难有用，敢效微躯[28]。

注释

㉓“昔王”五句：东汉王允，字子师。灵帝时为豫州刺史，征召荀爽（字慈明，汉末硕儒）、孔融（字文举，孔子之后，汉末名士）等为从事。

㉔先代：前代。美：称赞。

㉕崔宗之：李白交游时的友人。房习祖：事迹不详。黎昕：与王维有交往，曾官拾遗之职。许莹：事迹不详。

㉖抚躬：表示慨叹。

㉗国士：国中有名望之士。此指韩荆州。

㉘微躯：谦辞，微贱的身躯。

译文

从前王允任豫州刺史，还没有到任就去征召荀爽，等到任后又去征召孔融。山涛在任冀州刺史时，考察选拔人才三十多人，有的人成为侍中、尚书，这都是为前代人所赞美的。君侯您以前也举荐过严协律，进入中央担任秘书郎。还有崔宗之、房习祖、黎昕、许莹等人，有的因为才干突出让您知道，有的因为德行清白而受到您的赏识。我常常看他们对您感恩戴德，抚躬自问，以忠义奋发自勉，我也因此受到感动，知道君侯能够对每个人坦诚相见，所以我也不依附其他人，而愿意把身心托付给您。倘若君侯在患难之际有用到我的地方，我自当奉献我的性命来为您效力。

且人非尧舜，谁能尽善。白谟猷[29]筹画，安能自矜[30]。至于制作，积成卷轴[31]，则欲尘秽视听[32]，恐雕虫小技，不合大人。若赐观刍荛[33]，请给纸墨，兼之书人。然后退扫闲轩，缮写呈上。庶青萍、

结绿，长价于薛、卞之门。[34]幸惟下流，大开奖饰[35]，惟君侯图之。

注释

㉙谟猷（mó yóu）：谋略。《尚书·君陈》："尔有嘉谋嘉猷。"

㉚自矜：自负，自夸。

㉛卷轴：古时图书皆用长卷，并以贯轴卷舒，因而称为卷轴。

㉜尘秽视听：请对方看自己的著述，谦辞。

㉝刍荛（chú ráo）：割草、打柴，本喻指草野之人，这里谦称自己的作品。

㉞"庶青萍"二句：此二句借剑、玉自喻，以薛、卞喻韩荆州。青萍，剑名。结绿，玉名。薛，薛烛，春秋时期越国人，善于相剑。卞，卞和，古时候善于辨识玉的人。

㉟奖饰：奖励，赞誉。

译文

况且，一般人又不是尧舜那样贤德的圣人，怎么会做到十全十美呢？我在谋略策划方面，怎么能自我夸耀？至于文章，已经积累成卷轴，想要您在闲暇时过目，只怕这些雕虫小技，未能受到君侯的赏识。倘若能得到您的垂青，愿意看看我的拙作，那么请赐予纸笔，再叫上书写人员。然后我回去把小屋打扫干净，誊抄呈上。希望青萍宝剑、结绿美玉，在薛烛、卞和的手中提高价值。但愿您能够顾念身处下位的人，大开奖励的门庭，请您考虑我的要求吧。

赏析

《与韩荆州书》是李白刚认识韩荆州时的一封自荐书，是一篇干谒性质的文章，希望能通过这篇文章得到韩荆州的提拔和举荐。但是这篇文章与一般干谒文不同，虽说有称誉韩荆州的内容，但文章内容并非谦抑自己，而是文气纵横恣意、气概凌云，着意把自己塑造成崇气尚义、志向高远者。这也同样反映了李白率真无邪的性格特征。

这篇文章在今天看来是世俗交际的文章，原本想借助韩荆州一展宏图实现自己理想的李白，并未达到创作此文的目的，反倒是在历史上未有名气的韩荆州由此文抬高了名声，并因此流芳后世。这正是双方在当时都未曾想到的。

在艺术方面，文章跌宕起伏，结构照应。借古喻今，用古人来比喻韩荆州之贤明，意在言外，令人深思。其典故与佳句恰当得体，能够激发韩荆州的荐拔之心。

春夜宴从弟桃花园序[1]

夫天地者，万物之逆旅也；光阴者，百代之过客也。[2]而浮生若梦[3]，为欢几何？古人秉烛夜游，良有以也[4]。况阳春召我以烟景，大块假我以文章[5]。会桃花之芳园，序天伦之乐事[6]。群季[7]俊秀，皆为惠连；吾人咏歌，独惭康乐[8]。幽赏未已，高谈转清[9]。开琼筵以坐花[10]，飞羽觞[11]而醉月。不有佳咏[12]，何伸雅怀[13]。如诗不成，罚依金谷酒数[14]。

注释

①此文约于开二十一年（公元733年）前后诗人闲居安陆时所作。桃花园，疑在安陆白兆山桃花岩。李白与堂弟们在春夜宴饮赋诗，并作此序文。

②“夫天地”四句：写人生短暂。逆旅，客舍。逆，迎接。旅，客。过客，过往的客人。

③浮生若梦：谓世事无定，生命短促，如梦一般。

④良有以也：谓很有原因、道理。

⑤大块：大自然。假：这里是提供、给予的意思。文章：绚丽的文采。

⑥序：同“叙”，叙说。天伦：这里指兄弟。

⑦群季：谓诸从弟。古人以伯、仲、叔、季为兄弟间的排行，此以季为弟之代称，因弟不是一人，故曰群。

⑧康乐：南朝宋山水诗人谢灵运，袭封康乐公，故称谢康乐。

⑨转清：转而谈论抽象的玄理。

⑩琼筵：华美的宴席。坐花：坐在花丛中。

⑪飞羽觞：谓频频举杯。

⑫佳咏：美好的诗章。

⑬雅怀：超俗高雅的情怀。

⑭“罚依”句：晋石崇在洛阳筑有金谷园，常在这里宴请宾客。其《金谷诗序》：“遂各赋诗，以叙中怀。或不能者，罚酒三斗。”后泛指在宴会上罚酒三杯。

译文

天地是万物的客舍，时间是古往今来的过客。生命如此短促，世事又不定，如同一番梦境，得到的欢乐又能有多少呢？古人晚间秉执着蜡烛游玩实在是有道理啊。况且春天的艳丽美景在呼唤我，天地能够把绚丽的文采赐予我。相聚在桃花飘香的花园中，畅聊兄弟之间快乐的往事。弟弟们英俊优秀，个个都有谢惠连那样的才情，而我作诗吟咏，却惭愧不如谢康乐。清幽的风景还未欣赏完，放言高论已经转为清谈。摆开宴席来欣赏名花，频频举杯醉于月下。没有好的诗作，怎么能够抒发高雅的情怀呢？假使有人写不成诗，就要按照当年石崇在金谷园宴客赋诗的例子，罚酒三杯。

赏析

这篇文章主要描述李白与诸从弟在桃花园春夜宴游的情景，李白发出天地广大，光阴如白驹过隙，人生短暂而聚少离多的长叹。李白以古人“秉烛夜游”为出发点，抒发了热爱生活、热爱生命的欢愉之情，显示出其俯仰古今的博大胸怀。文章潇洒自然，内容丰富跌宕。文章虽短小而意味悠扬，虽为文却洋溢着浓郁的诗情，从中可以看出李白的人生追求和积极乐观的人生态度。

大鹏赋并序①

余昔于江陵，见天台司马子微②，谓余有仙风道骨，可与神游八极之表③，因著《大鹏遇希有鸟④赋》以自广。此赋已传于世，往往人间见之。悔其少作⑤，未穷宏达之旨⑥，中年弃之。及读《晋书》，睹阮宣子⑦《大鹏赞》，鄙心⑧陋之。遂更记忆，多将⑨旧本不同。今复存手集，岂敢传诸作者⑩，庶可示之子弟而已。其辞曰：

注释

①这篇文章是诗人天宝元年（公元742年）秋到长安不久后所作。根据序中所说，本文是诗人在《大鹏遇希有鸟赋》的基础上完成的。大鹏，中国神话传说中的一种大鸟。

②司马子微：司马承祯，字子微，唐代著名道士，初隐天台山。开元年间，曾被召至京师，开元十二年卒。

③八极之表：犹言天地之外。八极，八方极远之地。

④希有鸟：传说中的神鸟。此以希有鸟来比喻司马承祯，以大鹏自喻。

⑤悔其少作：不满年轻时不成熟的作品。

⑥穷：尽。宏达：才识宏博通达。

⑦阮宣子：阮修，字宣子。曾经作《大鹏赞》。

⑧鄙心：谦辞，犹言己心。

⑨将：与。

⑩诸：之于。作者：在文学上卓有成就的人。

译文

我曾经在江陵拜谒过司马承祯，他说我有仙人的气派，可以和他一起遨游天地之外，于是我就作《大鹏遇希有鸟赋》来安慰自己。这篇赋文早已在全国流传，社会上常常能够看到。但我对于这篇年轻时的未成熟作品并不太满意，感觉它并没有把我宏伟的胸怀真正地写出来，于是在我中年时就将它摒弃了。等我读了《晋书》，看到阮修写的《大鹏赞》，感觉其文辞粗浅。所以又想起我曾作的《大鹏遇希有鸟赋》，觉得它与社会流传的旧版本有很大的不同。而现在留存的手稿文字，都不敢说这是传给大家看的，只想让自己的弟子作为参考罢了。这篇赋这样写道：

南华老仙⑪，发天机于漆园，吐峥嵘⑫之高论，开浩荡之奇言，征至怪于齐谐⑬，谈北溟之有鱼，吾不知其几千里，其名曰鲲。化成大鹏，质凝胚浑⑭。脱鬐鬣⑮于海岛，张羽毛于天门。刷渤澥之春流，晞扶桑之朝暾⑯。燀赫⑰乎宇宙，凭陵⑱乎昆仑。一鼓一舞，烟朦沙昏。⑲五岳为之震荡，百川为之崩奔⑳。尔乃蹶厚地，揭太清㉑，亘层霄，突重溟㉒。激三千以崛起，向九万而迅征㉓。背嶪太山之崔嵬㉔，翼举长云之纵横。左回右旋，倏阴忽明。㉕历汗漫以夭矫㉖，狂阊阖之峥嵘。簸鸿蒙㉗，扇雷霆，斗转而天动，山摇而海倾。㉘怒无所搏，雄无所争，固可想象其势，仿佛㉙其形。

注释

⑪南华老仙：谓庄子。

⑫峥嵘：谓卓越，不平凡。

⑬征：征引。至怪：一作“志怪”，记载奇异之事。齐谐：书名。或云人名，当误。

⑭“质凝”句：指鲲化为鹏的蜕化过程。

⑮鬐鬣（qí liè）：此指鲲之脊鳍（qí）。

⑯晞（xí）：方言词，急骤，快捷。扶桑：古神木名。朝暾（tūn）：初升的太阳。

⑰烜赫：声威显赫。

⑱凭陵：凌驾，逾越。登临其上。

⑲“一鼓”二句：谓大鹏每扇动一次翅膀，就会烟雾朦胧，沙尘飞起，天色就会昏暗下来。

⑳崩奔：水流冲激堤岸而奔涌。

㉑揭：高举。此处指高高飞行。太清：天空。

㉒重溟：大海。

㉓迅征：迅行。

㉔嶪：高耸的样子。太山：一作“太虚”。

㉕“左回”二句：谓大鹏左右盘旋，遮天蔽日，若隐若现。

㉖汗漫：广大，漫无边际。天矫：形容姿态的伸展蜷曲有气势。

㉗簸：摇动，颠动。鸿蒙：自然元气。

㉘“斗转”二句：谓大鹏奋飞，其气势使斗转星移，地动山摇，大海颠簸。

㉙仿佛：依稀，大略。

译文

庄子曾在漆园发挥他天赋的灵机，口吐不凡的高论，发出旷达深远的妙语，从齐谐那里收集到怪诞异调的事情，曾说北海那边有条大鱼，我也不太清楚它有几千里长，它的名字叫鲲。后来鲲化作大鹏，原来的身体凝为混沌的胚胎。在海岛上脱去它的脊鳍，在天帝所居住的天门前张开翅羽。迅猛超越通向渤海春天的河水，快捷的速度胜过朝阳从树梢升起。在宇宙间声威显赫，凌驾于昆仑之巅。它的翅膀一旦鼓荡，就能使烟波混沌，沙石飞起，天色昏暗。五岳因它而地震塌陷，所有的河川因它而冲破堤岸。在大地上飞奔，于天空中翱翔，直冲上云霄，穿过大海。冲激起三千里的浪涛，勃然而起，向九万里高空迅疾奋飞。大鹏的脊背如高耸巍峨的山峰，它的翅膀则如纵贯天空的长云。大鹏左右盘旋，顷刻间消失了身影，眨眼间又出现在天上。在漫无边际的高空中穿越飞翔，穿过险峻的高山到达天门。摇动大海的云气，翅膀扇动，有雷震的声响，气势使得斗转星移、上天震动，高山为之动摇，大海为之倾覆。发怒的时候没有任何事物可与之匹敌，如果它雄霸天下，没有什么敢与之争锋，因而可以想象它的气势，依稀能够想到大概的情形。

若乃足萦虹蜺，目耀日月，㉚连轩沓拖，挥霍翕忽。㉛喷气则六合㉜生云，洒毛则千里飞雪。邈彼北荒，将穷南图㉝。运逸翰以傍击㉞，鼓奔飙而长驱。烛龙衔光以照物，列缺㉟施鞭而启途。块视三山，杯观五湖。㊱其动也神应，其行也道俱。㊲任公见之而罢钓，有穷不敢以弯弧。莫不投竿失镞㊳，仰之长吁。尔其雄姿壮观，坱轧㊴河汉，上摩苍苍，下覆漫漫㊵。盘古㊶开天而直视，羲和㊷倚日以旁叹。缤纷乎八荒之间㊸，掩映乎四海之半。当胸臆之掩昼，若混茫之未判㊹。忽腾覆以回转㊺，则霞廓而雾散。

注释

㉚“若乃”二句：虹蜺，即彩虹。为雨后或日出、日落之际天空中所现的七色圆弧。此二句谓大鹏足爪环绕虹蜺，目光像日月那样灿烂、明亮。

㉛“连轩”二句：谓大鹏飞走迅疾。连轩，飞舞的样子。沓拖，延长的样子。挥霍，迅疾的样子。

㉜六合：天地四方，整个宇宙最大的空间。

㉝南图：南方边远之地。

㉞运：此指挥动。逸翰：强健善飞的翅膀。

㉟列缺：闪电。

㊱“块视”二句：三山，即传说中的蓬莱、方丈、瀛洲三神山。五湖，江南五大湖的总称。谓视三山如土块，视五湖如酒杯。

㊲“其动”二句：谓大鹏的动作感应于神灵，合于天道。

㊳镞（zú）：箭头。

㊴坱（yǎng）轧：一作“映背”，漫无边际的样子。坱，尘埃。

㊵漫漫：指大地。

㊶盘古：神话中开天辟地的人。

㊷羲和：古代神话传说中的人物，驾御日车的神。

㊸缤纷：缭乱貌。八荒：八方荒远的地方。

㊹混茫：模糊，蒙昧。判：分开。

㊺回转：返回。

译文

它的足爪环绕着彩虹，目光闪耀如明亮的日月，飞舞旋转，迅猛疾驰。喷出的云雾，在天地四方都能升腾起彩云，若轻抖一下羽毛，千里之内的天地都会飞舞起雪花。由遥远的北方回归南方。有时挥动矫健的翅膀拍击两边，有时腾风起浪直冲而飞。烛龙神兽在西北没有日光的地方衔烛来为它照明，闪电张开长鞭为它开路。它视三山为土块，将五湖视若酒杯。大鹏之动应于神灵，大鹏之行合乎天道。任公子看见都不再钓鱼，后羿都不敢弯弓射箭。他们只好丢弃鱼竿、弓箭，抬起头看着它远去而发出无奈的慨叹。然而它勇猛的姿势、健壮的形象，仿若一眼看不到边际，掩映着整个银河，向上连接着青天，向下覆盖着大地。就算是开天地的盘古，也只能呆呆地看着它不知该怎么办，驾御日车的羲和也只能靠在车旁无奈地长叹。翱翔于天地之间，一双翅膀掩映了半个世界，让人眼花缭乱。它的胸脯能够掩盖住白天的光芒，好像处于天地未分开时的混沌状态。忽地腾飞回转，云霞立刻清朗，雾霾也被驱散。

然后六月一息，至于海湄㊻。歘翳景以横翥㊼，逆高天而下垂。憩乎泱漭之野，入乎汪湟㊽之池。猛势所射，馀风所吹，溟涨沸渭㊾，岩峦纷披。天吴为之怵栗，海若为之躨跜㊿。巨鳌冠山而却走，长鲸腾海而下驰。缩壳挫鬣[51]，莫之敢窥。吾亦不测其神怪之若此，盖乃造化之所为[52]。岂比夫蓬莱之黄鹄，夸金衣与菊裳。[53]耻

苍梧之玄凤，耀彩质与锦章。[54]既服御于灵仙[55]，久驯扰于池隍。精卫[56]殷勤于衔木，鶢鶋悲愁乎荐觞[57]。天鸡警晓于蟠桃，踆乌晰耀于太阳[58]。不旷荡而纵适，何拘挛[59]而守常。未若兹鹏之逍遥，无厥类乎比方。[60]不矜大而暴猛[61]，每顺时而行藏。参玄根以比寿，饮元气以充肠[62]。戏旸谷而徘徊，冯炎洲而抑扬[63]。

注释

㊻海湄：海边。

㊼欻（xū）：忽然，表示快，迅疾。翳景：遮蔽日月的光辉。翥（zhù）：向上飞。

㊽汪湟：深广的样子。

㊾溟涨：此指大海。沸渭：水势奔涌不定。

㊿海若：传说中的海神名。蹩踬（kuí ní）：害怕而不敢动。

51缩壳：把头缩进壳里。挫鬣：指长鲸害怕大鹏而屈鳍。

52造化之所为：大自然所造就者。

53“岂比”二句：意思是大鹏岂是有着金衣、菊裳的黄鹄所能相比的。金衣、菊裳，都是指黄鹄的羽毛。

54“耻苍梧”二句：此二句谓大鹏以羽毛锦彩的苍梧玄凤为耻。玄凤，黑色凤鸟。

55服御：驾御车马。灵仙：灵物神仙。

56精卫：神话中的鸟名。常常用嘴夹着西山上小树枝和碎石来填东海。

57鶢鶋（yuán jū）：也作“爰居”，海鸟。荐觞：敬酒。

58踆（cūn）乌：传说住在太阳中的神鸟，也叫三足乌，后指太阳。晰：明亮。

59拘挛：冻僵，屈伸不灵。犹言拘束。

60“未若”二句：说的是大鹏自由自在，不是精卫、鶢鶋、天鸡、踆乌等所能相比的。厥，相当于“其”。

61矜：自恃，骄矜。暴：表现。

62元气：构成万物的原始物质。充肠：充饥。

⑹凭（píng）："凭"之古字。炎洲：传说中的南海洲名。

译文

然后每过六个月就会到海边休息。倏忽之间，振翅高飞，将日月的光辉也遮蔽了，那巨大无比的身形向下悬挂着。有时在广袤无垠的草原上休息，有时会钻到深不见底的湖水中。它迅猛疾驰的气势所射，余风所吹，使大海翻涌，崇山散乱。水神天吴看到它都发怵恐惧，海神海若看到都畏惧得不敢动。能够头顶仙山的巨鳌看见都望而却步，腾飞在海上的长鲸都得往下飞驰。巨鳌龟缩在壳中，长鲸屈鳍，没有敢偷窥的。我也没想到它如此的神奇怪异，这大约是大自然所造的吧。大鹏岂是着金衣菊裳的黄鹄所能比拟的呢？它以炫耀锦彩羽毛的苍梧玄凤为耻。这些鸟禽，有的已经去为神仙们驾驭马车，有的长久而顺服地生活在护城河的周围。精卫勤快地衔山上的木石来填海，鶢鶋看到人们敬献的美酒发出悲伤忧愁的叫声。天鸡只能在蟠桃树上报晓，踆乌则在太阳里发光。它们不能够在旷远无边的地方随心所欲地表现自己，为什么拘束而墨守成规呢？它们都不像大鹏那样逍遥快活，没有任何鸟禽能和大鹏相比。它从来不自恃骄矜而凶猛暴狠，每每顺应天时而调整自己的行为。参悟道的根本来比较寿命的多少，饮混沌元气充饥。在日出的地方嬉戏徘徊，倚托在南海洲的岛屿上而抑扬清鸣。

俄而[64]希有鸟见谓之曰："伟哉鹏乎，此之乐也。吾右翼掩乎西极[65]，左翼蔽乎东荒[66]，跨蹑地络，周旋天纲。[67]以恍惚[68]为巢，以虚无为场。我呼尔游，尔同我翔。"于是乎大鹏许之，欣然相随。此二禽已登于寥廓，而斥鷃[69]之辈，空见笑于藩篱[70]。

注释

⑭俄而：不久，顷刻。

⑮西极：西方极远之处。

⑯东荒：东方极远之处。

㊲“跨蹑”二句：意为希有鸟踏遍大地，驰逐周天。

㊳恍惚：指混茫。

㊴斥鷃：小雀。《庄子·逍遥游》中说，它曾讥笑大鹏。

㊵藩篱：界限，障碍。

译文

不久，希有鸟看到大鹏，对它说道：“你真的很伟大，遇到你是我无比快乐的事。我右翅可以掩盖到西方的极远处，左翅可以遮蔽东边的极远处，可以踏遍天地，驰逐周天。以混茫作为栖息的地方，以虚无作为嬉戏的场所。我呼唤你与我同游，你和我一起飞翔吧。”于是大鹏答应了邀请，兴冲冲地与它同行。这两只大鸟早已飞向辽阔的天际，而那些小雀之类的鸟儿，因束缚在自己的世界里而对它们发出轻蔑的嘲笑。

赏析

这是李白最具代表性的一篇文章。文章中李白以大鹏自喻，淋漓尽致地抒发了李白宏伟远大的人生追求。从序中可以发现，这是一篇干谒性质的文章，他想要借这篇文章向某人表明自己的才能。李白以“谪仙”的口吻来表述自己对于神仙世界的向往，同时又表现出自己人生理想所在。文章通过借鉴《庄子》，然后使用文学手段进行细节描绘，创造了一个广阔无垠的世界，并且塑造了一个自由自在、博大雄伟的大鹏彻底摆脱种种束缚的形象，展现了李白宽阔的胸襟和向往自由的个性。

秋于敬亭送从侄耑游庐山序[①]

余小时，大人令诵《子虚赋》[②]，私心慕之。及长，南游云梦，览七泽[③]之壮观。酒隐安陆，蹉跎十年。[④]初，嘉兴季父[⑤]谪长沙西还时，余拜见，预饮林下。耑乃稚子，嬉游在傍。今来有成[⑥]，郁负秀气[⑦]。吾衰久矣，见尔慰心，申悲道旧，破涕为笑。

注释

①此篇文章是李白于天宝十二载（公元753年）在宣城所作。敬亭，山名，在安徽宣州北。耑（duān），即李耑，李白堂侄。

②《子虚赋》：汉司马相如所作，描写了云梦壮观的景色。

③七泽：传说楚地古有七个水泽。云梦属“七泽”之一。

④“酒隐”二句：安陆，安州属县，即今湖北安陆。蹉跎，谓虚度光阴，任由时光流逝而毫无作为。

⑤季父：最小的叔父。

⑥有成：有所成就。

⑦郁：茂盛的样子。秀气：灵秀之气。

译文

我小的时候，父母让我背诵《子虚赋》，我就向往其中描述的地方。到长大以后，我就去游赏了南方的云梦泽，并且观赏了七个沼泽的宏伟景象。在安陆饮酒享乐，就这样虚度了十年的光阴。早年间，嘉兴的叔父被贬谪到长沙时，我在他的归途中曾拜见他，两人在树林间喝酒。你当时还是个孩子，只是在旁边嬉戏玩耍。如今已有所成就，还很有灵气。我很久前就衰老了，看到你真是很欣慰，再想起悲伤的旧事，也不禁转悲为喜了。

方告我远涉，西登香炉⑧。长山横蹙⑨，九江⑩却转。瀑布天落，半与银河争流，腾虹奔电，潨射⑪万壑，此宇宙之奇诡也。其上有方湖石井⑫，不可得而窥焉。

注释

⑧香炉：庐山香炉峰。

⑨横蹙（cù）：纵横曲折。

⑩九江：古称浔阳，现为江西省地级市。

⑪潨射：乱流激射。

⑫方湖石井：庐山之景。

译文

你方才告诉我要去远方，去登西方的香炉峰。长山纵横曲折，九条江河萦绕回旋。瀑布如从天上落下来一般，想要与银河争相奔流，那腾空而起的彩虹和奔驰的闪电，乱流一般激射在山谷沟壑之间，这真是宇宙间最美的奇观。香炉峰上的方湖和石井，我们无法看到。

羡君此行，抚鹤长啸。恨丹液⑬未就，白龙⑭来迟，使秦人着鞭，先往桃花之水。⑮孤负⑯夙愿，惭归名山；终期后来，携手五岳。情以送远，诗宁阙乎？

注释

⑬丹液：传说中的仙丹，服用后可以成仙。

⑭白龙：传说中仙人的坐骑。

⑮“使秦人”二句：秦人，指桃花源中的秦人。此二句谓秦人先找到桃源仙境。

⑯孤负：同“辜负”。

译文

羡慕你这次出行，能够抚鹤长啸。遗憾的是没有长生不老的仙药，也没有腾云驾雾的白龙，而且让秦人先一步找到了那桃源仙境。我辜负平生的夙愿，惭愧地回到名山之下；之后，我们一同游登五岳。为抒发送你远行的心情，岂可缺少诗呢？

赏析

这篇序文首先叙述了李白昔日与从侄初见以及今日重会的场景。然后由从侄即将前往庐山之事引出了对庐山风景的描写，表达出向往之情。最后，送别之意缓缓流出，又夹杂着归隐之意，这其实也是李白人生失意、仕途不顺引起的愁苦心情的反映。

文中，李白隐隐有将自己与从侄进行类比之意，使情感的表达更加真挚、行文更加流畅。

另外，本文虽也有描景与抒情，但主要为叙述，结合自己的经历传递出对从侄的殷切希望，因而语言朴实自然，读来真切感十足。

悲清秋赋①

登九疑②兮望清川，见三湘之潺湲③。水流寒以归海，云横秋而蔽天。余以鸟道④计于故乡兮，不知去荆吴⑤之几千。于时西阳半规⑥，映岛欲没。澄湖练明⑦，遥海上月。念佳期之浩荡，渺怀燕而

望越[8]。荷花落兮江色秋，风袅袅[9]兮夜悠悠。临穷溟以有羡，思钓鳌[10]于沧洲。无修竿以一举[11]，抚洪波而增忧。归去来兮，人间不可以托些[12]，吾将采药于蓬丘[13]。

注释

①此文为乾元二年（公元759年）李白游潇湘登九嶷山时所作。

②九疑：山名，九嶷山，又名苍梧山。

③三湘：潇湘、资湘、沅湘合称三湘。潺湲（chán yuán）：水缓缓流动的样子。

④鸟道：比喻险峻的山路，只有鸟才能够通过。唐李白《蜀道难》："西当太白有鸟道，可以横绝峨眉巅。"

⑤荆吴：春秋战国时的楚国与吴国，后泛指长江中下游地区。

⑥西阳半规：太阳向西而落，半为山峰遮蔽。

⑦澄湖：湖水澄澈。练明：像白缎子一样明亮。

⑧燕、越：李白的故乡在西蜀，荆、吴在东，燕在北，越在南，意为登高就能够遍览四方。

⑨袅（niǎo）袅：微风吹拂的样子。

⑩钓鳌：比喻志向远大。鳌，传说中大海里的大鳖。

⑪"无修竿"句：指抱负无法实现。修，长。

⑫托：依托。些：语气助词。

⑬蓬丘：蓬莱山，传说渤海中仙人居住的山。

译文

登上九嶷山眺望远处清清的河水，看到三湘之水潺潺而流。湘水带着寒气流入大海，秋日的天空被乌云遮蔽。我依据鸟飞还的道路而算计故乡的距离，不知这里距荆吴之地有几千里。此时的夕阳已经半落，映衬在水中的岛屿也将要消失。湖水澄澈得像白绢一样明亮，遥远的海上缓缓升起一轮明月。想起团聚的日子渺茫遥远，就像在燕遥望越。荷花凋落而江水一片秋色，秋风袅袅而夜色漫漫。在大海边羡慕别人钓鱼，想要到沧州钓大鳌。可惜没有那么长的钓竿可以让我使用，望着长流的洪波心里更加忧愁。回来吧，凡间并不适合自己，还不如到蓬莱山去采摘仙药。

赏析

这篇赋是李白登九嶷山时所作。作品描绘了绚丽的九嶷山风景，绘制出一幅旷远辽阔的景象，表现出其广阔胸襟，并抒发了钓鳌客的豪迈气概和远大抱负。面对这么美的风景，李白也暗暗流露出对家乡的思念之情，流露出求仙访道的隐居思想。在写作艺术上，有屈原《楚辞》的韵味，富有浪漫情调。